人间有微光

楚　清／著

陕西师范大学出版总社　西安

图书代号　WX24N0617

图书在版编目（CIP）数据

人间有微光 / 楚清著．—西安：陕西师范大学出版总社
有限公司，2024.4
　　ISBN 978-7-5695-4311-7

　　Ⅰ.①人… 　Ⅱ.①楚… 　Ⅲ.①长篇小说—中国—当代
Ⅳ.①I247.5

　　中国国家版本馆CIP数据核字（2024）第068953号

人　间　有　微　光
RENJIAN YOU WEIGUANG

楚　清　著

出 版 人	刘东风
责任编辑	庄婧卿　许　雯
责任校对	张旭升
封面设计	丁奕奕
出版发行	陕西师范大学出版总社
	（西安市长安南路199号　邮编710062）
网　　址	http://www.snupg.com
印　　刷	陕西龙山海天艺术印务有限公司
开　　本	720 mm×1020 mm　1/16
印　　张	21
插　　页	2
字　　数	278千
版　　次	2024年4月第1版
印　　次	2024年4月第1次印刷
书　　号	ISBN 978-7-5695-4311-7
定　　价	68.00元

读者购书、书店添货或发现印装质量问题，请与本公司营销部联系、调换。
电话：（029）85307864　85303629　　传真：（029）85303879

目　录

1

第一章　入职仁和医院

周一，又是个熙熙攘攘、忙碌不堪的日子。

延市三甲医院，仁和医院一大早便人满为患，无论急诊科还是综合大楼，随处可见匆匆奔走的身影。

"心身医学科是仁和医院2014年成立的新型特色学科，拥有一支高素质的医疗队伍，设有心理咨询门诊、抑郁症专科门诊、心理测评及各种心理治疗室……"

通往心身医学科的走廊上，医院人事科主任张福全边走边向身旁的短发女孩儿做介绍，女孩儿背着双肩包，穿着卫衣牛仔裤，踩着运动鞋，身材高挑，气质亲和，姣美的脸庞上，总是带着灿烂的笑容。

"李医生，你确定要入职心身医学科吗？你是这一批应聘的人员里综合成绩最好的，外科和心身医学科两科的专业都属拔尖儿，咱们急诊科的刘主任也想要你呢！"

张福全的话，换来李婧狡黠一笑："张主任，那我现在要是临时换科室的话，心身医学科的王主任岂不是……"

她双手隔空揉眼睛，做了一个小孩子号啕大哭的动作。

张福全忍俊不禁："好啦，我随便说说而已，医院方面当然要尊重李医生的意愿喽。"

"嘿嘿，谢谢张主任！"李婧笑弯了唇，"我回头一定去急诊科，当面感谢刘主任的厚爱！"

两人说话间，已经来到了心身医学科门诊区域，护士小金正在分诊台的电脑前忙碌，候诊区五排十列的椅子上几乎坐满了人，每个诊室门口，都围着不少排队看诊的病人，原本宽阔的走廊，水泄不通。

李婧打量一圈，面上浮起惊讶。

张福全语气略带感慨地说道："其实心身医学科也缺好医生，八个诊室同时开放，也难满足患者需求啊。"

李婧道："我看新闻上说，前段时间延市分别有小学生和高中生跳楼。"

"是啊，在原生家庭、学校环境和学业压力的多重作用下，孩子们的心理疾病越来越多了。"张福全说完，顿了顿，又补充道，"也不止孩子，家长也是一样，深受焦虑症、抑郁症、失眠症等问题的困扰，所以我们心身医学科的重要性，不亚于医院任何一个科室。"

李婧十分赞同，正是体会到了这一点，读研究生时她才攻读了心身医学。

张福全敲了敲分诊台，询问道："小金，王主任在哪儿呢？"

"张主任！"

小金赶忙站起身："我们王主任正在五号诊室坐诊。"

"李医生，我带你……"张福全话未完，便见一个中年女医生步履匆匆地走来，两人打了个照面，张福全笑着迎上去，"王主任，给你介绍一下，这是今天入职心身医学科的李婧医生。"

李婧立刻礼貌鞠躬："您好，王主任，我叫李婧。"

王主任看了一眼李婧，语速飞快地说道："来得正好，赶紧跟我走一趟。急诊科接诊了一个特殊的病人，刘主任请心身医学科会诊。"说罢，吩咐小金："给李医生拿一件白大褂。"

王主任雷厉风行的工作态度感染了李婧，她不假思索地应道："是！"

此时此刻，急诊内科一诊室，保洁人员正在进行消杀工作。

诊室外，一个穿戴朴素的中年男人弯着腰身，难为情地向医护人员致歉："对不起，对不起，都是我们的错，给医院添麻烦了，实在对不起……"

"没事儿，孩子不是故意的，您别太自责了。"刘主任温和安慰，并招呼道，"您是梁村长吧？请您跟我去办公室聊聊杰杰的病情。"

梁茂明忙不迭地点头："好好好，谢谢医生。"

洗手间里，梁奶奶一边用卫生湿巾替杰杰清理屁股，一边暗暗犯愁，杰杰腹泻，在看诊的时候，直接拉在了裤子里，然后就开始哭闹，甚至脱了裤子，把粑粑弄在了诊室的地板上。现在裤子脏了，洗干净也是湿的，当下穿什么呢？

"杰杰，奶奶给你洗裤子，你站在旁边不要乱动，好不好？"

杰杰趴在马桶盖上，表情淡漠，手指一下又一下无意识地抠着墙壁，不论奶奶说什么，都没有反应。

梁奶奶想了想，脱下自己的粗布外套给杰杰穿上，宽大的衣服遮盖了杰杰的全身，算是解决了问题，可是阴凉的天气，令梁奶奶忍不住打了个喷嚏。

"梁奶奶！"

这时，护士小钟进来，手里拎着一个纸袋，笑容可掬地说道："这是刘主任吩咐我从儿科借来的裤子，尺码应该差不多，只不过是八成新的旧衣服，您要是不嫌弃的话，先给杰杰换上应应急。"

梁奶奶意外之余，满心满眼的感动，不禁语无伦次："这，这怎么好意思呢？刚才杰杰……那，那个对不起啊，我来打扫，裤子不用了，杰杰可能还会拉肚子，万一再……杰杰穿我的外套就好，不能再麻烦医院了。"

"哎呀梁奶奶，医院的保洁大姐已经清扫卫生了，孩子特殊情况嘛，大家都理解，您千万别放在心里。还有这条裤子，我已经拿来了，今儿天气不好，待会儿可能还会下雨呢，您顾好自己甭生病，才能更好地照顾孙子啊！"

小钟快人快语，说完不等梁奶奶同意与否，直接从口袋里拿出一个卡通形状的棒棒糖，对杰杰笑说道："杰杰乖，想不想吃糖呀？要是想吃，你就点点头，好不好？"

杰杰表情依旧漠然，但是沉默了半响后，慢慢伸出了小手。

小钟欣喜，立刻接道："杰杰真棒！姐姐带杰杰去房间里吃糖，好不好？"

杰杰没有反应。

小钟把棒棒糖放进杰杰手里，然后指了指门外，牵着杰杰的手朝外走，杰杰难得没有哭闹，乖乖地跟了出去。

梁奶奶抬手揉了揉湿漉漉的眼睛，佝偻着身体，趴在水池前清洗脏裤子。

小钟把杰杰带到护士办，给杰杰换好裤子，又拿来几个玩具，一边陪杰杰玩耍，一边尝试与杰杰交流沟通。

李婧随王主任赶到急诊科时，刘主任和急诊内科的住院医师赵雅琴已经等在办公室了。

王主任为两方相互作了介绍，李婧礼貌地一一握手，微笑道："刘主任好，赵医生好。"

"难得有我看中的人，竟然被你们科撬走了，真是没天理！"刘主任瞪了眼王主任，虽是玩笑的语气，言语间却不乏惋惜之意。

王主任莞尔："呵呵，好苗子谁不稀罕啊？"

刘主任望向李婧，由衷道："医院各科主任都挺看好你的，好好干！"

李婧用力点头："谢谢刘主任，我会努力的！"

赵雅琴把病历分发下去，同时介绍情况："患者名叫梁杰杰，五周岁，因连续腹泻、呕吐长达十二天前来就诊。从各项常规检查结果来看，患者肠胃并没有什么器质性的病变，推测应该是由于大脑皮层和自主神经系统的紊乱引起了胃肠的功能紊乱，导致了腹泻及其他症状。"

王主任道："是神经性腹泻？"

"对。但是根据目前患者行为异常的临床表现，考虑患者还有发育障碍、精神方面的疾病。"

刘主任说完，吩咐小钟把患者和家属请过来。

梁茂明一手抱着杰杰，一手搀着梁奶奶，一进门，看到四个医生在场，不免心生紧张，问："杰杰是不是生了大病啊？"

"梁村长，梁奶奶，杰杰持续性腹泻和呕吐，并不是生理病变导致的，可能存在其他方面的问题。所以，我请心身医学科的王主任和李医生过来会诊。"刘主任态度温和，尽量不给家属增加心理压力。

梁茂明把杰杰放在地上，对梁奶奶说："婶子，杰杰是你一手带大的，你最了解杰杰的情况，你跟医生详细说说。"

王主任开口询问道："梁奶奶，杰杰平时的生活状态怎么样？有没有不同于其他小孩子的行为？他的语言表达能力、模仿能力怎么样？或者说，杰杰是不是一个比较聪明的孩子？"

李婧蹲在杰杰面前，从医生的专业角度，观察和引导杰杰。

梁奶奶叹气道："医生，我孙子不知道怎么回事儿，从小不爱说话，也好像听不大懂别人在说什么，有时候特别好动，但又不喜欢和小朋友一起玩儿，总是一个人待在角落里抠墙啊、乱画啊，你跟他讲话，他眼睛总是看着别处，偶尔开口说话，也是断断续续的不连贯，还有时候突然又喊又叫，莫名其妙的哭闹，安静的时候，又……又呆愣呆愣的，像个傻……哎。"

"傻子"一词，梁奶奶终究是说不出口，可眼眶却瞬间泛起了红，"我跟老头子命苦，这孩子也命苦啊！我只有一个儿子，杰杰出生才半年，儿子开三轮车送货，结果翻车掉进了沟渠，人和三轮都没了！杰杰妈年轻守不了寡，扔下杰杰改嫁了，杰杰没爹没妈，我们老两口年纪大了，也不会教孩子……"

老人控制不住情绪，说到后面，已是声泪俱下了。

李婧忙递上纸巾，轻抚老人的肩背，轻声安慰："奶奶，哭多了伤身，为了杰杰，您要多保重啊。"

梁茂明急道："医生，我们是宜县集子镇梁湾村人，梁湾村是宜县的贫困村之一，我是村长，我叫梁茂明。杰杰家是贫困户，杰杰的爷爷身体不好，走不了远路，所以我带婶子和杰杰来看病。孩子才五岁，是老两口唯一的孙子，如果孩子有什么毛病，拜托医生一定要治好孩子啊！"

闻言，一众医护人员的心里都不好受。

王主任扭头看向李婧，"说说你的想法。"

李婧思忖道："考虑儿童孤独症。"

"儿童孤独症？这是什么病啊？"梁茂明不解，立即追问。

李婧抿了抿唇，有些艰难地开口："就是常说的自闭症。"

王主任点了点头，补充道："当然，还要通过脑电图检查、颅脑 CT、颅脑 MRI 等一系列来确诊。小钟，帮忙办一下转科手续。"

"好。"小钟接下任务，便返回护士办了。

刘主任道："梁奶奶，治疗腹泻的药单赵医生已经开好了，待会儿去药房取药，按照医嘱服药就好了。自闭症需要转到心身医学科治疗，您放心啊，我们医院会尽力医治杰杰，我相信杰杰会慢慢地好起来的。"

"那……那是不是还要花很多钱啊？刚才做检查的费用，还是村长垫付的呢，我……我家里实在没钱了，该怎么办啊？"梁奶奶说着说着，又急哭了。

梁茂明安抚道："婶子，你只管听医生的话，好好配合医生，钱的事儿，村上想办法凑一凑，总能解决燃眉之急的。"

梁奶奶含泪点头。

李婧心里又酸又涩，王主任拍了拍她的肩膀，示意她在感性之外，还要保持医生的理智和冷静。

通过孤独症行为量表、发育评估及智力测验量表等一系列检测和实验室的各项检查结果综合诊断，确诊杰杰患有较为严重的自闭症。

因为杰杰是李婧入职仁和医院后，接触的第一个病人，所以王主任让李婧担任杰杰的主治医生。

杰杰被安排进了心身医学科的住院部，鉴于杰杰原生家庭的情况，李婧对杰杰和梁奶奶格外上心。

一大早，晨会结束后，李婧拿着一份文件敲开了主任办公室的门。

"王主任，杰杰家境贫困，就算医保可以报销一部分费用，对于他们这个丧失了劳动力、老幼无依的家庭来说，也是雪上加霜。所以，我写了份报告，想替杰杰向院方申请减免医疗费用。"

李婧说明来意，将文件递交给王主任。

王主任认真看完，频频点头。"李婧，你用心了。我们仁和医院从前年开始落实各项扶贫政策制度，为建档立卡的贫困户、低保家庭、特困人员、低保边缘家庭患者，免收挂号费、诊查费，减半收取专家门诊检查费和大型设备检查费等措施，为的就是避免贫困患者因病致贫或因病返贫，从而成功实现精准扶贫。"

说完，王主任拿起钢笔，在报告底部签上了"同意"和"王菱"，然后递给李婧，言笑道："交给院办吧。"

李婧喜出望外："太好啦！"

"李婧，你还没入党吧？你虽然刚刚参加工作，但我看得出来，你是个思想进步的青年。"

"嗯，我懂了，谢谢王主任！"

李婧临走时，又突然想到一件事："王主任，既然咱们医院有扶贫政策，您怎么不早点儿告诉梁奶奶啊？"

王主任道："梁村长有担当，是个好干部，有了梁村长的保证，梁奶奶就有了主心骨。医院方面，在减免申请没有正式批复下来之前，随意许诺，万一带给病人家属的是失望，就不好了。"

李婧不好意思地摸摸鼻子，讪讪地说："我……是我考虑得不周全。"

"没事儿，你还年轻，慢慢积累经验。"

"好，那我走啦！"

看着朝气乐观的李婧带上门离开，王主任怅然轻叹，真像她年轻的时候啊。

院办核实之后，审批通过了减免梁杰杰医疗费用的申请。

李婧第一时间将好消息传达给了梁奶奶和村长梁茂明，两人高兴得直夸党的政策好，夸奖仁和医院是为民服务的好医院。

开心过后，李婧不厌其烦地叮嘱："梁奶奶，我给杰杰开的药，一定要按时吃，自闭症只要治疗得当，也是可以改善症状的，比如可以减少杰杰的好动、多动及刻板的行为。当然，药物治疗只是辅助性的，主要还是以教育和行为途径的干预训练为主，比如通过沟通交流或者做游戏的方式进行训练，慢慢地促进孩子的语言发育功能，提高社会交往能力，掌握基本的生活技能和学习技能。如果有可能的话，可以请杰杰的妈妈多关心杰杰，和杰杰建立亲密的母子关系，可以多抱抱杰杰，亲亲杰杰，给予杰杰一些感情上的刺激，这对杰杰的病情恢复有好处。"

谁知，梁奶奶听到最后，除了摇头，就只剩下满心满眼的难过。

梁茂明见状，忙转移了话题，问道："李医生，杰杰到底为什么自闭啊？"

李婧解释道："引起自闭症的原因有很多，主要与先天遗传、基因突变、宫内发育不良、后天家庭教育环境的影响等因素有关。杰杰的病因，应该是后天的家庭情况导致的吧。"

正在这时，杰杰闷头拍打抽屉，一下又一下，像是完全不知疼痛。

"杰杰乖，阿姨帮你。"李婧柔声细语，她拉开抽屉，看到抽屉里面的水果，笑着问，"杰杰是不是想吃呀？你自己拿一个好不好？"

杰杰呆愣了一会儿，才伸手拿了一颗苹果，却送到李婧嘴边，口中发出几个不太清晰的音："吃……姨吃……村……有果……"

"杰杰开口说话了!"

"杰杰说……说苹果呢,咱梁湾村的苹果!"

梁茂明和梁奶奶喜不自禁,李婧低下头,轻轻咬了一口脆甜的苹果,心中溢满感动,亦若有所思,那个偏远的梁湾村,究竟是个怎样的地方呢?

经过一段时间的精心治疗,杰杰的病情有了明显的好转,李婧开始对杰杰进行仿搭积木训练,提升杰杰的视觉分辨力,引导其对颜色、形状的认知以及学会简单的分类。

李婧在桌子上摆了三块积木,红色正方形、绿色三角形、蓝色拱形,同时给了杰杰完全相同的三块积木,引导杰杰进行相同积木的配对。

梁茂明坐在一旁观摩,用手机拍下李婧专业的引导语言和训练方法,希望回村后也能照猫画虎,帮助杰杰。

下午,医办室。

临近下班时间,李婧赶着忙完手头的工作,抽空给宜县人民医院打了个电话。

同科室的副主任医师秦飞经过医办室时,一边查看手里的患者病历,一边通知李婧:"李医生,待会儿下班后去医院对面的餐厅吃饭,同事们给你举办入职欢迎宴。"

"啊?哦,好的,谢谢秦副主任。"

李婧反应有些迟钝,秦飞好奇地走进医办室,看到李婧明显忧愁的样子,关切地询问道:"出什么事了?说说看,大家一起想办法。"

李婧回道:"秦副主任,我刚刚联系了宜县医院,那边没有心身医学科,也没有接诊过自闭症患者,缺乏临床经验和相关专业的医生。我在想,杰杰回家后,后续的治疗应该怎么进行?频繁往来延市的话,又是一笔不小的费用,以他们家的情况恐怕难以负担啊!"

"这几年延市基层医院的医疗水平虽有大幅度提高,但最好的也不过是二甲医院，临床科室不全面，尤其是心身、精神医学科这一块儿，基本上是空白。"

"嗯，我查了咱们科室三年以内的患者病案，我发现基层患者的占比很小。"

"是的，一来因为县级医院没有心身科，基层患者往返市级医院，存在时间、车程费等种种不方便的因素；二来县区和农村的老百姓对心理疾病的认知有限，即便出现了明显的心理问题，也会片面地认为是生理原因导致的不适，就像梁杰杰一样。"

李婧点了点头，沉沉叹了口气："从现实情况来看，我们心身医生能做的，其实非常有限。"

秦飞笑道："别沮丧啊，市里的公益医疗志愿服务队每个季度都会招募爱心医生下乡义诊，咱们医院各个科室都会有医生报名参加，你要是有心啊，就多关注医院官网上的招募消息。"

"真的呀？"李婧一下子来了精神，笑容灿烂，"太好了！我一定要参加！"

晚上的入职宴，李婧和同事们玩得很开心，她爽朗直率的性格，极易与人相处，鉴于自身的专业性，也懂得拿捏分寸，保持人与人之间的边界感和安全距离，所以，她很顺利地融入了心身医学科这个集体。

一个疗程结束，经过全方面的指标评估，王主任批准了杰杰的出院请求。

李婧买了许多益智玩具送给杰杰，并一一展示给杰杰看："这是积木、魔方、配对聪明扭蛋、水果蔬菜厨房切切乐套装，还有会唱歌的玩具，杰杰回家后，让爷爷奶奶陪杰杰一起玩，好不好？"

杰杰愣了一会儿，小手慢慢摸上玩具，努力发出几个音："玩……玩具……谢谢姨。"

李婧欣喜地抱起杰杰，在他额头亲了亲，笑着说："杰杰好乖，阿姨好喜欢杰杰哦。"

"李医生花了不少钱吧？这，这多不好意思啊……"

"梁奶奶，您千万别往心里去，这是我对杰杰的一点心意。"

李婧放下杰杰，拉着局促的梁奶奶在床边坐下，温和地说道："因为宜县没有专业的康复中心，可以对杰杰进行康复训练，所以我们目前能做的，就是在家里，借助简单的玩具，用爱去引导孩子，帮助孩子提高与人沟通的能力以及生活能力，以免大脑退化，出现脑瘫、癫痫等其他症状。"

梁奶奶用力点头。

李婧耐心解说："您看啊，这几个是音乐玩具，我已经装好电池了，只要按下开关，就会有舒缓轻快的儿童音乐响起，孩子通过音乐的浸润，会变得开心。切切乐套装呢，可以帮助孩子认识蔬菜、水果和厨房灶具，通过切的动作，可以锻炼孩子双手配合的工作能力，还能丰富孩子的想像力。比如您可以引导杰杰说，我们一起做个番茄炒蛋吧！虽然这是简单的过家家游戏，但是特别适合自闭症的孩子。"

"好好好，只要是对杰杰好的事儿，我都愿意做。谢谢你，李医生！"

梁奶奶紧紧握住李婧的手，仿佛抓住了黑暗中的一缕微光。

杰杰出院后，李婧隔三岔五地给梁奶奶打电话，关心杰杰的状况，而她也渐渐适应了仁和医院的工作节奏，生活完全走上了正轨。

周末。

李婧休假，回家看望父母。

小区广场上，李建平正在下棋，对手是号称社区棋王的老张，两人棋逢对手，杀红了眼，连带围观的人，都激动连连！

"老张，你无路可走了，趁早投降吧！"

"投降？没门儿！"

"还嘴硬？那我就杀你个片甲不留！"

"哼，我将军！"

"你的马腿够得着吗？你往哪儿将军？"

"我就将军，你能怎么着？"

"哎老张，你甭耍赖……"

李婧提着烤鸭、羊蹄和水果往家走，远远地听见父亲的声音，她忍着笑走过去，轻快地唤道："爸！"

"小婧！"

李建平乍然一愣，旋即喜笑颜开，一把扔下手里的象棋，道："我宝贝女儿回来喽！老张，今儿就放你一马，当我输了！"

"行啦，看在小婧难得回家的分儿上，就不跟你争了，赶紧走吧！"老张笑眯眯地说道。

李婧从水果袋里拿出香蕉，一根根掰下来送给在场的人，笑着寒暄道："我爸是个急脾气，有不周到的地方，请叔叔阿姨们多包容啊！"

"小婧真是个心眼儿好，又孝顺的好姑娘，老李好福气哟！"

"不止呢，小婧从医学院毕业了，现在是仁和医院的医生呢！"

"工作稳定、长得漂亮、性格温和，这么好的孩子，给谁家当媳妇儿，谁家做梦都能笑醒呢！"

"就是就是，我可喜欢小婧了，我儿子跟小婧的年纪差不多，在国企做会计，要是小婧不嫌弃的话，阿姨安排你们见个面，怎么样？"

"我侄子也适合小婧啊，警察配医生，门当户对……"

"……"

眼看李婧被热心做媒的邻里们包围脱不了身，李建平赶忙插话道："哎哎哎，我家崇尚婚姻自由，我们夫妻啊，决不给孩子安排相亲，勉强孩子！"

"老李，你这话就不对了，自由是自由，但是交个朋友，慢慢相处也是可以的嘛！"王阿姨不高兴了。

见状，李婧落落大方地笑道："感谢叔叔阿姨们对我的关心，但是不

　　　　　　　　　　　人间有微光

好意思啊，我已经有男朋友了。"

老阿姨们心碎了一地，只能带着可惜和遗憾的口吻祝福李婧。

父女俩挽着胳膊回家。

进了单元电梯门，李建平忍不住开启了老父亲熊熊的八卦之心："小婧，你什么时候谈的男朋友？多大了？在哪儿工作？家住哪儿啊？家庭情况怎么样？"

"爸，你抢了我妈的台词哦。"李婧戏谑道。

李建平"哈哈"一笑："不能每回都让你妈抢在我前头啊！"

李婧调皮地眨巴着眼睫毛，煞有介事地说："可惜喽，我的男朋友啊，就是我的工作和我的患者，他们跟我才是门当户对！"

"呵呵，你这丫头，真是鬼精鬼精的。"

"哪有？我是为了咱们家老李的清静，才撒了一个善意的谎言。"

"那我谢谢你了。"

"嘻嘻，不用客气。"

两人刚出电梯，家门便开了，张澜倚在门框上，手里拎着锅铲，脸上弥漫着笑意："又背着我说悄悄话呢？赶紧洗手上桌，准备开饭！"

李婧快步过去，抱住张澜的肩膀，拎高食品袋，献宝似的笑着说："妈，我买了你最爱吃的北京烤鸭，还有我爸钟爱的麻辣羊蹄儿！"

"嗯，还是我女儿贴心，比某个糟老头子强多了。"

张澜拥着李婧进门，顺便赏了李建平一个大白眼儿。

李婧抿着嘴巴偷笑。

李建平气得又吹胡子又瞪眼："小婧，你必须替爸爸作主啊，自从你妈退休后，就各种嫌弃我，我哪里老？我才五十多岁好吧？"

"不老不老，我爸精神着呢！"

李婧一边安慰父亲，一边拿着食物进了厨房，帮忙装盘。

张澜失笑："谁叫你嫌我胖？"

"我没有啊，我就是提了个小小的建议，XL码的裙子，你穿上稍微有点儿紧。"

"哼，罚你待会儿洗碗！"

"没问题！"

温馨有爱的家庭氛围，是李婧精神世界最丰富的养料，看着父母喋喋不休地拌嘴，她不禁露出了会心的笑容。

饭桌上，李婧跟父母谈了最近的工作情况，顺便提了一嘴："爸，妈，我报名参加了市里组建的医疗志愿服务队，明后两天去宜县义诊。"

"不错啊，做公益是件好事儿，爸爸举双手赞成！"李建平当即表态。

张澜迅速拿出手机查询宜县的天气预报，然后叮嘱道："快要入秋了，宜县的气候虽然与市里差不多，但是早晚温差大，多带件外套，注意保暖，当心感冒。"

"嗯，我记下了。"李婧点了点头，突然又记起一件事，神色认真且坚定地说道，"爸，妈，我已经向仁和医院党委递交了入党申请书！我会加倍努力，争取早日入党！"

闻言，夫妻二人欣慰不已："太好了，小婧，我们支持你！"

翌日。

早上八点半，李婧坐上了开往宜县的医疗志愿服务队的大巴车。

此次义诊，安排了南北两个县区，宜县正好在列，李婧出于私心，便申请了赴宜县义诊。

宜县是延市最偏远的县区，路途遥远，需要两个多小时的车程。

自幼在城市里长大的李婧，鲜有机会深入乡下村镇，去亲历基层老百姓的生活，这次义诊，对她来说，是难得的社会体验。这一路上，看着车窗外的风景从眼前飞掠而过，她心里隐隐泛起激动，对将要从事的工作充满了向往和期待。

中午十一点，医疗队顺利抵达县城。

领队是仁和医院的副院长宋长淼，拿着话筒有条不紊地安排："各位同仁，我们先在宜县宾馆办理入住手续，大家将行李放在房间后迅速到一楼餐厅用餐，之后呢，大家抓紧时间休息，下午一点钟准时在大堂集合，乘车前往宜县的幸福广场，一点半正式开始义诊，至五点钟结束。义诊前，我们还需要和当地卫健局、宜县医院的同志开个碰头会，落实今天的工作细节。晚上七点半，在宾馆会议室开义诊总结会。"

行程安排得很紧，几乎没有闲暇时间能让李婧去看望杰杰，李婧想了想，决定打电话给梁奶奶，请梁奶奶带上杰杰来县城，她当面给杰杰再做一次检查和评估。

可惜，电话无法接通。

下午的义诊，极其忙碌。

医疗队共有二十五位专家坐诊，覆盖了十八个科室，心身医学科只有李婧一人，前来排队看诊的群众，看到李婧面前放置的科室名牌，大多一头雾水。

"这是什么科？是治心脏病的吗？"

"不是不是，心脏病是心血管内科，或者心胸外科。"

"那是治什么病的？"

"不知道呀！"

听到群众窃窃私语，李婧向导医交代了两句，导医随即拿起大喇叭，热情地介绍道："心身医学科是治疗抑郁症、焦虑症、睡眠障碍、儿童精神障碍、儿童青少年情绪障碍等和情绪、精神有关的心理疾病。李婧医生是延市仁和医院心身医学科的主治医师，大家如果有上述方面的病症，可以在李医生这边排队！"

导医话音刚落，便有一个中年妇女急忙跑到李婧面前，着急地问道："医生，请问晚上睡不着觉能治吗？孩子脾气大，动不动就闹自杀，这……这是精神病吗？能治吗？"

闻言，李婧温声询问道："大姐，失眠的患者，是您自己吗？孩子现在哪里？"

"对，是我睡不着，整宿整宿的失眠，孩子不听话，成天玩手机打游戏，眼睛近视了，学习成绩也一落千丈，我怎么管都没用，我就着急啊，一急就睡不着，头发大把大把地掉，实在是没办法了呜呜……"

中年妇女说着说着，竟当场抑制不住情绪地哭了起来！

李婧从白大褂口袋里拿出纸巾，递给中年妇女，耐心安抚："大姐，别激动，我们慢慢说，好吗？您叫什么名字？多大年纪了？孩子跟您一起来了吗？"

"我儿子没来，一直在家玩电脑呢！"中年妇女说着，从包里拿出证件放在李婧面前，"医生，这是我的身份证。我叫石秀珍，今年四十一。"

李婧一边快速记录患者基本信息，一边按常规询问道："你目前都有些什么症状？是入睡困难，还是睡着没多久，突然又醒了过来，如此反反复复，导致你休息不好？"

石秀珍擦了擦眼泪，愁容满面地回道："入睡特别困难，总是要熬到半夜，才能勉强睡一会儿，但睡一两小时就又醒来了，还老是做噩梦。"

"白天怎么样？有没有感觉到疲劳？对你的工作或者学习，有影响吗？"

"我是在酒店里干保洁工作的，晚上睡不好，白天没精神，稍微干一会活儿，就觉得特别累。"

"这种情况持续多久了？"

"大概半个月了吧。"

"每天入睡需要多久？"

"每晚十点多就躺下了，但翻来覆去的差不多要凌晨一两点钟才能睡着。"

"每天都是这样吗？"

"嗯，差不多。"

"除了精神不济，容易疲劳之外，身体还有没有其他不舒服的地方？比如胸闷、气短？"

"有，累的时候，感觉喘不上气似的，头也痛，总是好半天缓不过来。"

"月经正常吗？"

"正常。"

"既往有什么病史吗？"

"没有。"

李婧填写好病历主诉：入睡困难、睡眠质量下降、睡眠时间短、焦虑、胸闷、头痛、脱发。

"石大姐，我现在对您做睡眠测评，这几张表，需要您配合填写。"

"好。"

在对患者进行了失眠严重程度指数、匹兹堡睡眠质量指数、疲劳严重程度量表、生活质量问卷、睡眠信念和态度问卷等测评后，李婧确诊石秀珍为短期失眠症患者。

"精神因素是引起失眠的主要原因，家庭生活中的各种不愉快事件致使焦虑、忧愁、愤怒，精神压力过大，所以才阻碍了你的良好睡眠。"李婧殷殷叮嘱，"石大姐，失眠症的治疗周期一般为 4 周，我先开点儿褪黑素给你，这种药可以改善睡眠，能缩短睡前觉醒时间和入睡时间，改善睡眠质量，在免疫调节方面有很好的作用。还有，饮食要以清淡可口为主，要加强营养，增加蛋白质的摄入，忌食辛辣刺激的食物，还要戒烟、忌酒，睡前不要吃太多东西，可以喝一杯热牛奶有助于入睡。"

"好，我记下了。那……"石秀珍犹豫了几秒钟，忐忑地追问道，"那我儿子还有救吗？"

闻言，李婧微微一笑："石大姐，你家孩子多大了？"

石秀珍答道："我儿子十二岁。"

"这个年纪的孩子，正处于青春期、叛逆期，或多或少的都会出现一些心理问题，刚刚您说到孩子脾气暴躁，有自杀的倾向，而且不止一次，这是个危险的信号，建议您尽快将孩子带过来就诊！孩子的问题，也是您的病因，只要孩子的情况得到改善，您的心理压力也会缓解，再配合药物治疗，您的失眠症也会慢慢好起来的。"

李婧将开好的药单和病历单递给石秀珍，不忘交代道："另外，失眠症可能会引发内分泌障碍、肿瘤、糖尿病和心血管病等，这段时间，如果您感觉身体有任何不适，一定要及时就诊，知道吗？"

"好好好，谢谢医生，今天赶不及了，我明天带孩子过来找您！"石秀珍点头如捣蒜。

这一会儿的工夫，排队就诊心身医学科的人数，竟已达到了十多个！

有失眠的老人，有工作压力大导致精神崩溃的年轻人，有抑郁症的青少年，有创伤后应激障碍的青年……各种各样的心身疾病，令李婧忙碌到连水都顾不上喝，在就诊台前一坐就是三个半小时！

义诊结束后，李婧揉着后腰站起身，拿出手机看了看，不禁皱起了眉头，梁奶奶一直没有给她回电话！返回宾馆的途中，李婧给护士办打了个电话："小金，你可以帮我查一下梁村长的手机号吗？我记得梁杰杰的家属联络人里面有梁村长。"

小金热情地应道："好的，李医生，我查到后发你微信。"

"好嘞，谢谢你小金。"

"不客气。"

几分钟后，李婧手机"滴滴"响了一声，她复制号码，按下拨出键，结果提示：您拨打的电话已关机！

李婧叹了口气，眉头又紧了几分。

晚饭是自助餐，有不少宜县特色小吃，李婧累了一天，心里又惦记着杰杰，没什么胃口。

同席的一个年轻男医生见状，取了盘水果和蔬菜沙拉放在李婧面前，笑着说："女孩子过度减肥可不是好事儿啊，保持营养均衡，体重正常就好了。"

"谢谢。"李婧礼貌道谢，她叉起一块苹果，白净的脸庞上扬起灿烂的笑容，"我不会为了变瘦变美而透支身体健康的。我只是中午吃多了，

人间有微光

现在不怎么饿。"

男医生点了点头，伸出大手，"我叫顾韫，是中医院耳鼻喉科的。李婧医生，很高兴认识你！"

"顾医生知道我啊？"李婧与对方握手，表情浮上些许诧异。

顾韫扶了扶鼻梁上的眼镜，有些无奈地笑道："下午义诊的时候，我就坐在你旁边，只跟你隔了五十公分。"

李婧大囧，连忙解释道："抱歉啊，我……我有一点点脸盲，再加上下午太忙了，就……就没怎么注意旁边的人。"

顾韫莞尔："没关系，现在认识也不晚啊。对了，距离七点半开总结会还有一个小时，要不要在附近逛逛，感受一下宜县的风土人情？"

"好啊。"李婧欣然应允，"正好给我爸妈买点儿宜县特产带回去。"

顾韫看着眼前坦率大方的漂亮女孩儿，心头浮上些许悸动。

第二天上午，义诊活动接近尾声的时候，石秀珍才带着儿子来了。

孩子闷头不说话，抗拒的情绪十分明显，无论李婧如何询问病情，一概不理不睬，甚至时不时地翻个白眼儿，不屑一顾！

石秀珍又气又急，当场训斥儿子，言语激烈，几次扬手欲揍儿子，都被李婧及时拦了下来！

"石大姐，请您保持冷静！"

李婧示意导医看住石秀珍，将石秀珍和孩子隔开稍许距离，严肃地告诫道："孩子有抵触情绪，更要循序渐进地引导，一味地打骂，只会让情况更糟糕！"

"对不起李医生，我……我一着急就没控制住。"石秀珍局促地道歉，嗓门儿小了许多。

李婧微微弯下腰，与孩子平视，孩子眼神躲闪，十指不自觉地揪着衣襟，李婧从白大褂口袋里拿出一颗牛奶巧克力，柔声说道："巧克力有助于增强脑功能，帮助大脑集中注意力。更重要的是，它的味道很香甜，吃了以后能让人心情变好哦！"

孩子呆呆地看着李婧，眼中渐渐有了焦距。

李婧粲然一笑："送给你！"

孩子迟疑了片刻，接过巧克力，剥开锡纸，慢慢放进了口中。

李婧唇角的笑容扩大，她指了指自己胸前的工作证："我叫李婧，我是专业的心身科医生，可以帮助你解决内心的所有烦恼。现在可以告诉我，你叫什么名字吗？"

"尤乐。"孩子终于开了口，怯生生的，略带几分勉强。

李婧欣喜："尤乐，你愿意跟阿姨聊聊吗？"

尤乐侧目，看了一眼石秀珍，摇了摇头。

李婧了然："好，那我们今天就不聊了。不过呢，阿姨有一个小问题，你可以如实回答吗？"

尤乐点头。

李婧道："你有没有伤害过自己？比如产生过自杀的念头，并且落实在行动上？"

石秀珍一听，全身都绷紧了！

尤乐完全回避了妈妈的视线，沉默了好半天，才轻声说："有过念头，但是没有行动。"

说完，竟猝不及防地转身跑掉了！

"哎，乐乐，乐乐！"

石秀珍大惊，赶忙追了出去！

李婧秀眉紧蹙，拿起手机，将石秀珍的号码存进了通讯录。

义诊工作全部结束，各科的专家医生开始整理病案，收拾医疗器械。

"怎么样？"顾韫凑过来问，"那个孩子什么情况？"

李婧轻声一叹："考虑重度抑郁症。不过，还需要做全面的检查，才能确诊。"

"但我们下午就要返回延市了。"顾韫道。

李婧无奈："是啊，所以只能稍后给石秀珍打电话，让她带着孩子去仁和医院复诊。"

顾韫双手插进口袋，感慨道："现在的青少年，抗压能力、受挫能力实在太差了。"

"也不止是患者自身的性格问题，还有家庭原因，你看尤乐的妈妈，对待孩子缺乏耐心和包容心，不愿意走进孩子的内心世界，去尝试着了解孩子、引导孩子走出内心的困境。不过，石秀珍自己也病了，也需要进行心理干预。"

说到这里，李婧看着病历卡上记录的石秀珍的家庭地址，突然又想起了杰杰，一个念头随之在脑中打转。

午餐结束后，领队宋长淼又组织医疗队召开今天的义诊总结会，之后，全体打道回府。

"宋副院长！"

会议室外的走廊上，李婧拦下宋长淼，诚恳地说道："我暂时不回延市，我想请一天假，明天下午或者后天早上再回医院上班。"

宋长淼略感意外："嗯？有事吗？"

"是的。"李婧点头，"我有一个患者叫梁杰杰，是宜县集子镇梁湾村人，五岁，男孩儿，自闭症，家庭情况十分特殊，父亲早亡，母亲改嫁，跟随爷爷奶奶一起生活。患者出院后，一直跟我保持着有效沟通，可是从昨天到今天，患者家属突然失去了联系，我有点儿担心。所以，我想登门去探探情况。"

宋长淼沉吟道："你关爱患者是好事，但你一个人下乡进村，会不会存在安全隐患啊？"

"没事儿，虽然梁湾村对我来说是个完全陌生的地方，但现在是法治社会嘛，我手机上装有导航和报警系统，不会有事儿的。"李婧笑言道。

宋长淼斟酌了片刻，总算松了口，但千叮万嘱道："李医生，你是女孩子，出门在外，千万要保持警惕，以安全为上啊！"

"好，我记下了，谢谢宋副院长！"

"有任何问题，立刻联系我，到达梁湾村后，第一时间向我报备！"

"是！"

目送医疗队的大巴车离开后，李婧给石秀珍打了个电话，叮嘱石秀珍带上尤乐去延市仁和医院复诊，并将石秀珍母子的电子病历发给了心身医学科护士站存档，然后便拎着医疗箱，搭乘出租车前往宜县客运站。

人间有微光

2

第二章　下乡探望患者

从县城到集子镇，五十多公里的路程，客车以全程区间四十公里的速度，走了整整一个半小时！

然而，镇村之间尚未通车！

听到售票窗口工作人员的回答，李婧满目愕然："那……那我要怎么去梁湾村呢？有出租车吗？"

售票员道："出租车有是有，但是特别少，因为去村里的人，要么自己开车，要么骑摩托车、三轮车，很少有人搭出租。"

"好的，谢谢您。"

李婧道了谢，皱着眉头朝出站口走去。

根据导航显示，梁湾村距此还有十二公里，步行肯定是行不通的，必须想办法找辆车！

今天不是遇集日，镇子上的人不多，车辆也少，且以摩托车居多，全镇只有两条主街，李婧走了七八百米，穿过一座桥，走进了一家中型超市。

李婧买了中老年高钙低脂奶粉、豆奶、排骨、牛肉、鲈鱼、猪蹄及各种水果，装了满满两个大袋子。结账的时候，她询问收银员："您好！请问这里能帮忙叫一辆去梁湾村的车吗？私家车、出租车都可以，只要安全可靠就行。"

收银员是个二十岁出头的女孩儿，扎着高马尾，一脸歉意地说："嗯，不好意思啊，我不认识开出租车的，我们老板倒是有私家车，也偶尔帮忙送人进村，但今天老板出去了，不在店里，恐怕帮不上你。"

"好吧，谢谢。"

李婧无奈，有些发愁地看着她的行李，带着这么多东西，走路也吃力啊！

女孩儿见状，好奇道："听口音，你不是宜县人吧？是去梁湾村走亲戚的吗？"

"我是延市人，去梁湾村探望一个病人。"李婧回道。

女孩儿的视线落在李婧的医疗箱上，目光突然一亮："你是医生？"

李婧笑着点头。

"大城市来的医生？"

"仁和医院。"

"那……那您主治什么病？"

"主治心身医学、外科，如果你有不舒服的地方，我可以帮你看看。"

李婧说完，从包里拿出工作证给女孩儿看，希望获得对方的信任。

女孩儿瞅了瞅工作证，眉开眼笑："我们这种小乡镇啊，只有卫生院，医疗条件实在是太有限了，有时候连个头疼脑热都看不明白。就说给我们超市送货的老梁吧，前阵子一直咳嗽，去卫生院看了几回，药吃了不少，还是咳，最后没办法去了县医院，结果一查，是什么肺部结节……哎对了，我想起来了，老梁就是梁湾村人啊，我问问他今天回不回村里。"

说到这儿，女孩儿立刻拿出手机打电话，李婧忙补充了一句："我可以付费。"

女孩儿摇了摇手，笑容明媚："不用不用，老梁是个热心肠的人，他要是回村的话，也就是顺路的事儿。"

"谢谢，麻烦你了。"李婧露齿一笑。

女孩儿和老梁沟通后，回复李婧："老梁说可以送你去梁湾村，但是他平常开的小货车轧破了一个轮胎，送去汽车修理店了，如果你不嫌弃的话，他还有辆三轮车……"

"三轮车？"李婧愕然。

"嗯，不过你放心，老梁绝对安全可靠，不管开什么车，都开得特别稳当！"

女孩儿肯定的表情语气，令李婧安心了不少，再加上已经下午四点钟了，再等下去，天一黑，就更难行动了，遂点头道："好，那就麻烦老梁了！"

女孩儿一边通知老梁来超市，一边撕了一页便笺纸，在纸上写下自己的名字和手机号码，叮嘱李婧道："李医生，如果遇上什么事，你就给我打电话，我是在集子镇长大的，我叫杜小琴，对这里的人呀、事呀，我都很熟悉。"

李婧拨打杜小琴的号码，由衷道谢："小琴，今天真是谢谢你了！我的电话你也存一下，如果有医疗方面的问题，可以随时联系我。"

"好！"

杜小琴粲然一笑。

老梁很快就来了，跟李婧寒暄了几句，帮忙把东西搬上三轮车，还细心地在车厢里放了一个厚坐垫。

李婧庆幸自己今天穿的是牛仔裤、平底鞋，才能较为容易地爬进三轮车厢，在垫子上小心地坐了下来。

老梁看到李婧不太适应的样子，笑容憨厚地说："李医生，你抓好车厢两边，尤其是上坡下洼的时候，当心闪了腰。"

"哦，好。"李婧明显有些紧张。

"是第一次坐三轮吧？"

"嗯。"

"放心吧，进村的路好走着呢，前一半是柏油路，后一半是沙土路，稍微有点儿颠簸，但安全得很。顶多啊……嘿嘿，吃一嘴的土，飞一头的沙!"

老梁人到中年,头顶秃了不少,说话的时候,前额的几绺薄发随风上下跳跃,再配上老梁颇具喜感的五官面貌,讲话时特定的语气动作,竟莫名地瓦解了李婧的紧张,她"噗哧"一下笑出了声:"老梁,我不着急赶路,你可以开慢点儿,别让我灰头土脸的,吓坏了梁杰杰!"

"哦,你要去梁秋林家啊?"

"梁秋林?"

"就是杰杰的爷爷!"

"对。"李婧随口问道,"您跟杰杰家很熟吗?"

老梁道:"当然熟,都在一个村里住了几十年了,谁家有个大事小情风吹草动的,全村没人不知道。"

闻言,李婧点点头,坦言道:"我是杰杰的主治医师,这个孩子患有自闭症,我这两天刚好在宜县义诊,就想着顺道来杰杰家里看看,探望一下梁家两位老人。"

"李医生真是个好人哪!"

老梁一听,望着李婧的眼神满是赞赏,但话锋一转,又哀叹道:"杰杰去延市看病的事儿,我也听说了。秋林叔和婶子命苦,十几年前,闺女外出打工,从此没了音讯,为了找闺女,把家底儿都掏空了,儿子快三十岁才娶上媳妇儿,结果好景不长,儿子没了,媳妇儿改嫁了,还给老两口留下这么一个不太正常的孩子,这往后的日子可咋过啊!"

李婧满目惊诧:"梁奶奶还有一个失踪的女儿?具体什么情况?"

老梁点了根烟,娓娓道来:"秋林叔有两个孩子,老大是儿子,老二是女儿,兄妹俩差三岁,秀芝离家的时候才十九,说要南下赚钱,贴补家用,刚开始每个月都打电话回来,慢慢地,电话越来越少,最后直接失联了!秋林叔带了村里的几个人千里迢迢去秀芝工作的厂子找人,结果厂里说秀芝已经辞职了,问了一圈,没人知道秀芝去了哪里。"

李婧追问:"没有报警吗?"

人间有微光

"报了，警察找，自己找，能想的办法都想了，能去的地方也都去了，可是至今都没有消息。"老梁用力吸了口烟，吐出的烟雾，萦绕在他面庞上，再也没有了先前的喜感。

李婧心情变得沉重。

老梁吸完一支烟，拧灭烟头，坐上驾驶位，复又恢复了爽朗笑容："李医生，对不住啊，你看我多嘴惯了，听到你要去秋林叔家，就跟你说了些有的没的，弄得你心情不好，实在是……"

"不，老梁，谢谢你告诉我这些事情，让我对杰杰家的情况有了更深的了解。"李婧微微一笑。

"行，坐稳了！"

老梁没再说什么，发动三轮车，朝着梁湾村开去。

黄昏的暮色，渐渐铺满了一方天地。

三轮车一路颠簸，在李婧被露天的风吹得晕头转向的时候，终于驶入了手机导航上显示的梁湾村！

车速慢了下来，李婧松开一只手，捋了捋乱糟糟的头发，顺便拍了拍满脸的沙土，不用照镜子，她都知道自己形象全毁了！

"李医生，杰杰家就在前面的西坡上，但三轮上不去，需要下来走几步。"

老梁的话刚说完，便有村民肩上扛着铁锹迎面走来，热络地招呼道："狗蛋儿回来了啊！"

"噗哧！"

李婧没忍住，一下子笑出了声。

老梁尴尬地停下三轮车，回头解释道："李医生见笑了啊，我老母亲当年生我的时候难产，怕养不活我，就取了个贱名，但我身份证上的大名可有气势了，我叫梁振兴！"

说完，不待李婧说话，便朝着村民嚷嚷道："哎！你个梁旺才，跟你说了多少回了，当着外人的面儿，别叫我小名儿，你是没长耳朵啊？"

"外人？"

梁旺才走过来，笑嘻嘻地问："哪家的外人？"说话间，目光落在李婧身上，满眼好奇，"真不是咱村人啊！"

老梁一巴掌拍在梁旺才肩膀上，粗声粗气地说道："你甭盯着人家姑娘看，这可是从延市大医院来的专家，是杰杰的主治医师，专程来探望杰杰的。"

"您好，我叫李婧。"李婧伸出手，面庞上扬起笑容。

梁旺才受宠若惊，连忙用衣襟擦了擦手上的灰尘，然后才跟李婧握手："李医生，你好，欢迎来到咱们梁湾村！秋林叔家我熟，我带你去啊！"

李婧不好意思拒绝，便笑着点头应允："谢谢您！"

老梁见状，便道："李医生，梁旺才是秋林叔的侄子，就让他送你去杰杰家吧。"

"好。"

李婧下了地，活动了一下手脚，从包里拿出一百块现金递给老梁，可老梁说什么也不收，把医疗箱和两个大袋子统统递给了梁旺才，吩咐道："这些都是李医生的，你帮忙拎着，李医生是城里姑娘，可能走不惯山路，上坡的时候，你看顾着些。"

梁旺才把两袋子东西挑在铁锨两头儿，像挑水似的，另一只手去拎医疗箱，结果被李婧抢先一步，她笑着说："我虽然没有在乡下生活过，但我也能吃苦的！"

老梁被逗笑了："行，你们先去吧。我待会儿去找村长，看看村委会的宿舍有没有空的，给李医生安排一间。"

"梁茂明？"李婧一愣，遂道，"梁村长没出什么事儿吧？我这两天给他打过电话，一直关机。"

闻言，梁旺才插话道："前天下午，村里一小孩儿掉塘子里去了，村

　　　　　　　　　　　　　　人间有微光

长下水去救人，结果把手机落水里了，等捞上来一看，坏了，开不了机了。"

"人没事儿吧？孩子救起来了吗？"李婧惊诧。

梁旺才道："大人孩子都没事儿，就是废了个手机，村长舍不得买新的，让人捎去城里修手机去了。"

老梁几天没回来，这一听，立刻急了眼儿："谁家孩子啊，吓死人了，得赶紧给水塘加固围墙！"

"是赵根儿家的芳芳。"梁旺才说，"意外发生后，肖书记召集村委班子开了紧急会议，这两天正在办这事儿呢！"

老梁眼睛瞪得老大："芳芳？"

"哎，甭提了，赵根儿那混账东西，不是喝酒就是赌博，孩子摔进了塘子，他还在牌桌上跟人骂娘呢！"

"狗日的，我看看去！"

老梁火气上头，飙了句粗话，一脚踩下油门，往村东头的赵根儿家去了！

李婧感叹于老梁风风火火的性格，不禁嘟哝道："我还没来得及感谢老梁的暖心照顾呢！"

"嘿嘿，不用。"

梁旺才摆了摆手，招呼李婧出发，边走边笑着给李婧八卦道："狗蛋儿啊，是我们村儿出了名的管家婆，只要他待在村里，谁家有事他往谁家跑，又是调停又是帮忙的，从不嫌麻烦，去年村委会还给他颁发了一个优秀调解员的证书呢。"

夜的帷幔，缓缓拉开了序幕，宁静的村庄，灯火渐亮，烟火气息渐浓。

李婧呼吸着独属于乡间的清新味道，心中似乎打开了一扇新的认知的门。

人生在世，总能遇上糟糕的事儿，也总能遇上善良的人。善与恶的距离，有的时候看似很远，却又近在咫尺。

从村路拐进西坡，刚刚走了几步，宋长淼的电话便打了过来，李婧方才想起她没有在抵达梁湾村的第一时间报备，于是，她赶忙接通，赔着笑说道："宋副院长，不好意思，让您担心了。因为镇村之间不通班车，交通不便，耽误了时间，这会儿才刚到梁湾村，我等下把位置共享给您。"

宋长淼听闻，悬着的心落了下来，关切道："这一路折腾，累了吧？今天太晚了，探望患者后，你联系村上的干部，帮你安排住宿，等明天再回城。"

"嗯，好，我知道了。"李婧满口答应。

挂机后，李婧给宋长淼微信发了位置共享，及一个可爱的"谢谢大人"的表情包。

这时，梁旺才咂着嘴道："可惜啊，我们肖书记下午去县里开会了，不然你俩肯定聊得来。"

"为什么呀？"李婧好奇道。

梁旺才煞有介事地说："因为肖书记也是年轻人，也在城里上过学，还去外省念过名牌大学呢。这城里人跟城里人啊，可不是能聊得来吗？"

这话听得李婧忍俊不禁。

梁旺才急了："哎你别笑，我说真的，我们村第一书记，真的是个文化人，上知东西，下知南北，啥问题都难不倒他！"

"是上知天文，下知地理。"李婧抿着嘴，尽量忍着不笑，心想，她不会又遇上媒婆了吧？

"啊？是吗？"梁旺才愣了愣，咧嘴一笑，"反正差不多就这意思吧。"

山路陡峭，而且坑坑洼洼的，李婧深一脚浅一脚，十分吃力，走累了，她便停下来原地休息，喘着粗气打趣道："看来肖书记在梁湾村很有威望嘛！"

"那是当然，咱抛开工作能力不说，就说肖书记的长相，那叫个一表人才，这十里八乡的，可有不少姑娘托人介绍，想跟肖书记处对象呢！"

瞧着梁旺才眼里冒光、满脸崇拜的样子，李婧越发想逗逗梁旺才："那肖书记的女朋友岂不是压力很大？"

梁旺才听了直摇头："肖书记眼光高着呢，要不然，给我当女婿该多好。"

村里人的直率可爱，着实给了李婧意外的惊喜，她笑得险些直不起腰，梁旺才非但没有被人笑话的尴尬，反而语重心长地说道："当公公的，想要个好儿媳，当老丈人的，也想要个好女婿啊！"

"对对对，是这个道理，好瓜自然有人惦记。"

李婧拼命止住笑，继续爬坡，顺带转移了话题："杰杰家快到了吧？"她可不想继续在肖书记身上吃瓜了。

"快了！"

梁旺才抬了抬下颌："就上面那院子，有两间砖瓦房的人家。"

李婧休息好了，便加快了步子。

农村人的院子，多数都没有大门，只在院里拴一条狼狗看家，听到陌生人的脚步，原本蹲在墙根的大狗，倏地一下蹿了出来，"汪汪汪"一通狂叫！

李婧吓得一哆嗦，连退两步，绷紧了身体。

梁旺才赶忙呵斥道："虎子，不许叫，是自己人！"

左边砖瓦房的屋门开了，梁奶奶快步走了出来，招呼道："旺才来了啊，快进屋！"

"婶子，你看谁来了？"

梁旺才侧身让开，李婧风尘仆仆的面容，猝不及防地出现在梁奶奶面前，梁奶奶傻愣了几秒钟，旋即惊喜地叫道："李医生！"

李婧欣然一笑："梁奶奶！"

梁奶奶高兴之余，眼中忽然涌出了泪水，她指了指屋子，凌乱地说道："李医生，你来得正好，你……你快看看杰杰，不知道怎么了，杰杰不说话，就一直哭，我一碰他，他就大喊大叫，特别吓人！"

李婧急忙进屋。

老式的砖瓦房，室内面积不足十五平米，入目所及，一贫如洗。

四壁土墙，贴了半墙的旧报纸，地面亦是黄土压平而成，时日久了，坑坑洼洼不再平整。一个简陋的洗漱架、一个掉了漆的双开门衣柜、一张铺着泛黄油布的圆桌、四五只高低板凳及一个老旧组合柜，便是全部的家具。屋子后方是通铺的大炕，盘了锅灶，灶台上凌乱地归置着一些盆盆罐罐。

李婧是干部家庭出身，从小在优渥的环境里长大，以前只在电视上看到过贫困地区，现实中，却是第一次踏入这样一个只存在概念里的贫困户家庭，巨大的视觉冲击，令她一时之间惊在原地，无所适从！

"呜呜……呜呜……"

杰杰破碎的哭声，蓦地惊醒了李婧，她几步走到炕头前，只见杰杰睡在炕上，面庞惨白，满头大汗，眉心深深地拧在一起，看起来极其痛苦的样子！

李婧放下医疗箱和背包，伸手抚上杰杰的脸庞，尝试着获得杰杰的信任，她语气温柔地说："杰杰，我是医生李阿姨，我来帮你好不好？"

杰杰似乎认出了李婧，浸满泪水的瞳孔里绽出了些许光亮。李婧观人入微，欣喜不已："梁奶奶，帮我拿一块湿毛巾。"

梁奶奶赶忙去准备。

梁旺才把李婧买的东西全部搁在圆桌上，然后把铁锨立在墙根儿，紧接便凑了过来，担忧地问："李医生，杰杰这是怎么了？我能帮忙做什么吗？"

李婧从医疗箱里拿出听诊器，一边为杰杰检查心、肺、动脉等，一边交代梁旺才道："麻烦你拿一盒豆奶，不要拆封，直接放进开水里隔水加热。"

"豆奶？哪里有豆奶？"

"那两袋吃的用的，都是买给杰杰和爷爷奶奶的，你在里面找。"

"好。"

梁旺才转身时，差点儿跟梁奶奶撞上，梁奶奶拿着湿毛巾站在李婧身旁，既紧张又无措。

稍许，李婧拿下听诊器，接过湿毛巾，擦了擦杰杰额上的冷汗，然后又用叩诊锤叩击肢体。孩子有语言障碍，说不出哪里不舒服，她只能在有限的医疗条件下，全方位检查，逐一排除。当叩击杰杰左臂长骨时，李婧在另一端听到的传导音与正常肢体的传导音不一致，声音明显较健肢减弱。她立刻询问梁奶奶："杰杰今天有摔倒过吗？他上臂骨折了！"

"有啊，下午摔了一跤，大概四五点的时候，我回屋给老头子送药，结果杰杰一个人跑出去，下坡的时候摔下去了。"梁奶奶说着说着，忍不住哭了起来，"都怪我没看好杰杰……"

"别着急，杰杰只是轻微骨折，我现在帮杰杰用手法复位，你相信我，我在骨科实习过两个月，成绩合格！"李婧伸手握住梁奶奶的胳膊，她肯定的语气，给了梁奶奶莫大的安慰和希望。

梁奶奶含泪点头："李医生，拜托你了！"

"杰杰，阿姨跟你做个游戏好不好？阿姨把毛巾放进你嘴巴里，如果感到疼，你就闭上眼睛，使劲儿地咬毛巾，然后再睁开眼睛就不疼了啊。"李婧虽然不是儿科医生，但是哄小孩儿特别有一套。

杰杰抽噎着发出了一个音："呜……嗯。"

李婧根据杰杰骨折移位的方向，进行牵拉、提伸、反折、挤压，恢复正常的对位对线关系，达到复位的效果。

杰杰在一瞬间的剧痛之后，很快便缓了过来。

李婧拿下毛巾，又从医疗箱里取了一副备用夹板，给杰杰进行夹板外固定，绷带包扎，最后悬吊于胸前，中立位固定。

"这就……嗯，把骨头接好了吗？"梁旺才拿着加热好的豆奶走过来，上下打量杰杰，不甚放心地追问道，"这孩子身体弱，以后会不会有什么后遗症啊？"

"长骨的骨折因为不涉及关节，所以一般不会有后遗症。"

李婧摸了摸杰杰的小脑袋，给豆奶插上吸管，试了试温度，然后放进杰杰嘴巴，柔声说："杰杰是勇敢的男子汉，阿姨奖励杰杰喝豆奶好不好？"

杰杰呆愣了一会儿，才轻轻点头，泪水未干的眼瞳里，漾起了明亮的光。

梁奶奶喜极而泣，同时又自责不已："是我大意了，杰杰摔下坡后，我把杰杰抱回炕上，大概看了一下没有外伤，就以为没事儿，哪晓得竟然骨折了！"

"自闭症的儿童对于疼痛感通常比较迟缓，但还是可以感觉到疼痛的。只不过，杰杰不会用语言表达，没法儿告诉你他哪里痛，只能大喊大叫。"李婧一边说，一边观察杰杰手指的血运，看到一切正常，手指并未出现青紫色，方才放下了心。

待杰杰喝完豆奶，李婧又给杰杰测量了体温，确定没有问题后询问道："梁奶奶，村上有卫生院吗？我建议给杰杰口服活血化瘀或消炎止痛类药物，可以促进骨折愈合，缓解疼痛。只是可惜，我只有医疗器械，没有带药。"

梁旺才道："村上有医务室，大概要吃什么药啊？我过去问问有没有，如果没有，我找人开车去镇上买。"

李婧从包里拿出便笺纸，写了两种药的名称交给梁旺才。

梁奶奶忙道："旺才，麻烦你了啊，我拿钱给你……"

"婶子你别管了，花不了几个钱，你好好招呼李医生，杰杰出了事儿，你也不通知我，多亏人家李医生及时赶到，不然咱杰杰可要受苦了！"

梁旺才说完，又朝李婧道了谢，然后便快步出门了。

梁奶奶擦了擦湿漉漉的眼睛，感慨地说："旺才是子侄里最孝顺的，这些年帮了我们很多忙，我实在过意不去，就想着尽量少给他添麻烦。谁承想，不仅连累旺才添钱添人，还麻烦李医生大老远地跑来了，我，我真是……”

“梁奶奶，您真的是太多心了。”李婧笑容柔和，坦承说道，“我是市里公益医疗队的一员，昨天随队来宜县义诊，想邀您带杰杰来县里，我顺便给杰杰复查一下，可联系不上您，所以我就不请自来了。”

“李医生，我都不知道该怎么感谢你了！”

“谢什么呀？我正好没有下过乡，没有领略过乡下的风光呢。”

李婧生怕梁奶奶有心理负担，又多加了一个理由：“还有啊，杰杰是我在仁和医院的第一个病人，病症呢，也很特殊，所以我想对杰杰的病情做深入的研究，写一篇医学论文，希望梁奶奶您多支持我呀！”

梁奶奶虽然不懂什么是论文，但她很干脆地应允：“一定支持，李医生说的，肯定都是对的！”

“对了！”

李婧忽然记起一事：“您那会儿说给老头子送药，是杰杰的爷爷也生病了吗？”

梁奶奶点头：“嗯，卧床几天了，有时候肚子疼，有时候浑身发热，还恶心呕吐，下午吃了一颗止疼片，也不知道现在咋样了。”

“人在哪儿？我去看看。”

“在隔壁屋里呢。”

两间房子是连通的，中间挂着布帘子，没有过道门，也没有开灯，一片漆黑安静，屋子里毫无声息。

李婧不禁面露担心。

刚才动静闹那么大，杰杰的哭声，他们的谈话声，只要是正常清醒的人，不可能听不见，可梁爷爷却半分反应都没有，难道……

梁奶奶按下墙上的开关。

灯一亮，李婧立刻急奔至炕前，查看梁爷爷的状况！

果然，梁爷爷满面酡红，双目紧闭！

“老头子！”

"老头子你醒一醒！"

梁奶奶焦急地一遍遍呼唤，可是梁爷爷毫无反应意识！

李婧迅速拿出体温枪测温："38.9℃！"

"烧得这么高啊！"梁奶奶一听，脸色立马白了几分。

李婧用听诊器检查后，询问了病史和具体症状、用药情况，然后拿出手机打算拨打 120 急救电话！

正在这时，院子里响起了脚步声，且伴随着梁振兴爽朗的笑声："婶子，李医生！"

李婧大喜，立刻唤道："老梁！"

令李婧意外的是，村长梁茂明也来了，两人一打照面，梁茂明便激动地伸出了手："李医生，真是不好意思，都怪我手机坏了，不然……"

"村长，事情紧迫，我就不跟您客套了。"李婧面容严肃，指着炕上的梁爷爷道，"梁爷爷高烧致浅度昏迷，需要马上送医院！梁湾村偏远，急救车一来一回耽误时间，如果村上有车的话……"

"有！"梁茂明赶紧应承，"我有车，我开车送叔去县医院！"

说罢，梁茂明立马上前掀开被子，跳上炕，将梁爷爷扶起来，梁振兴弯下腰背起老人，便快步朝外走去。

梁茂明看着吓傻了似的梁奶奶，温声嘱咐道："婶子，你给叔收拾几件衣服和日用品，跟着去一趟医院吧。我给旺才媳妇儿打电话，叫她帮忙照顾杰杰。"

"嗯。"梁奶奶红着眼睛点头。

李婧收拾好医疗箱，又帮着安顿好杰杰，然后搀着梁奶奶一块儿出了门。

夜阑人静。

黑色的轿车，在通往县城的公路上疾驰。

梁茂明驾车，梁振兴坐在副驾驶，李婧和梁奶奶在后座看护着梁

　　　　　　　　　　　人间有微光

爷爷。

途中，李婧给宜县医院急诊科主任廖勇打了个电话，告之病人的情况，请医院做好急救准备。

梁奶奶攥着李婧的手，满心歉疚，亦感激涕零："奔波了大半天，连口水都没顾上喝，肚子也还饿着吧，我，我……李医生，你就是我家杰杰和老头子的大恩人啊！"

李婧笑着宽慰道："梁奶奶，我们做医生的吃饭从来没个准点儿，早都习惯了，您可千万别往心里去啊！倒是您，一定要保重好身体，杰杰和爷爷都等着您照顾呢！"

为了缓和气氛，不让梁奶奶过于自责，梁振兴回头看着李婧，调侃道："李医生，从今往后，你就是及时雨，在我们村可以横着走！"

李婧哭笑不得："横着走的是螃蟹，及时雨宋江的结局可不怎么好啊！"

"呃……"梁振兴尴尬了。

梁茂明见状，揶揄道："老梁，人家李医生是高精尖的知识分子，就你肚子里的那点儿墨水，还是藏起来的好。"

梁振兴哈哈大笑，李婧也笑，梁奶奶紧绷的心，渐渐松弛下来。

半个小时后，轿车抵达宜县医院。

经检查，梁爷爷被确诊为急性胆囊炎。

急诊科主任廖勇向梁奶奶说明了病情和治疗方案，梁奶奶听说需要做手术，登时紧张地抓住了李婧的胳膊。

李婧跟护士要了一杯水，搀扶梁奶奶坐下，趁着梁奶奶喝水的空隙，李婧耐心解释道："腹腔镜胆囊切除术是急性胆囊炎的有效治疗手段，也是胆道外科常用的手术，大部分病人术后当天就可以回家，可以正常饮食和活动。所以梁奶奶，您要相信医院，相信医生的专业水平，他们会尽最大的努力来完成手术的。"

梁奶奶信任李婧，遂宽下了心。

手术安排在第二天上午九点，李婧生怕梁奶奶上了年纪熬不了夜，便跟廖主任商量，安排了一张空病床让梁奶奶临时休息。

梁振兴是个细心的人，忙完各种跑腿的活儿，回来时，手里拎着一份鱼香肉丝饭和一碗紫菜蛋花汤，说道："李医生，我不知道你爱吃啥，有没有忌口的，今天太晚了，好多饭店都关门了，你先将就着垫垫肚子吧。"

李婧毫不客气地接过饭盒，欣然笑道："老梁，你才是救人于水火啊，我就不跟你谦让了！"语罢，便大快朵颐地吃了起来。

看到李婧没有半点矫揉造作，真实自然的样子，梁振兴很是高兴，力邀李婧去家里做客，并且对自己的厨艺狠狠地夸奖了一番。

李婧摇头，遗憾道："待梁爷爷做完手术，我就要回延市上班了。"

这时，梁茂明从病房里出来，轻声说道："李医生，夜里有我跟老梁守着，你累一天了，吃过饭就去宾馆休息，明天我开车送你回延市。"

"我们说话你听到了？"李婧笑了笑，搁下筷子，道："我搭长途客运车就好了，方便又省事。梁爷爷需要你们，杰杰骨折了，也需要人费心照顾，我有工作，不能久留，麻烦村长交代村上的医生，每天给杰杰检查夹板固定的情况，一周后带杰杰去医院复查骨折愈合的情况，遇到任何问题，随时打电话给我，我二十四小时开机。"

梁茂明听之动容，从上衣口袋里拿出一个工作本，写了满满一张纸，撕下来，递给李婧，道："李医生，这是梁湾村村委会电话及两委班子所有干部的手机号，保证不会再让你联系不上杰杰！"

李婧随意扫了一眼纸上的人名，目光突然一顿："肖禹？"

梁茂明颔首："对，这是我们梁湾村第一书记！"

李婧秀眉拧起，松开，又拧起，反反复复，如同她心中突然泛起的涟漪般起起伏伏。

这世上同名同姓的人，可真不少啊！

"怎么了？"梁茂明看出李婧神色有异，连带着紧张起来，"是……是肖书记有问题?"

李婧一瞬回神儿,笑得有些不太自然:"没,没问题。"说罢,她收起那页纸,把饭盒扔进垃圾箱,然后留下一句,"我去找廖主任聊聊手术的事儿。"便闪身进了医办室。

梁茂明和梁振兴互相对视一眼,又同时望向李婧消失的方向,默契地嘀咕:"难道肖书记真有问题?"

翌日。

手术进行了一个多小时,顺利结束。

梁爷爷留院观察,梁奶奶陪护在病床前。

李婧出门没带多少现金,翻遍了包包,才翻出五百块钱,生怕梁奶奶拒收,她请村长梁茂明转交,梁茂明一个大男人,都感动得红了眼眶:"李医生,你给我留一个地址吧,待秋天苹果红了,我寄两箱给你尝尝。"

"不用不用,我家门口就有水果超市,随时吃,随时买,很方便的。"李婧拒绝。

梁茂明皱眉道:"那怎么能一样呢?我们县是世界最佳苹果优生区,海拔高,光照充足,昼夜温差大,所产苹果个大均匀、酸甜适口,绝对好吃!李医生,你要是不给我地址,我就让人寄到医院,对了,我们村还有很多土特产,你都尝尝看,顺便帮我们推广推广!"

"嗯,推广土特产倒是可以试试。"李婧盛情难却,只好迂回收下这份厚礼,心里也开始盘算该怎么推广才合适。

听说李婧要走了,梁奶奶出来送行,老人家不会说太多感激的话,攥着李婧的手,久久舍不得松开。

延市。

李婧太累了,客车到站后,她取消了去医院上班的计划,直接乘公交回了家。

李建平在单位开会,张澜用最快的速度做了碗肉丝面,看到李婧顶着熊猫眼，吃饭速度飞快的样子，张澜满眼都是心疼："出去义诊了一趟，怎么把人都熬废了？"

李婧眯着眼道："妈，我现在好困好困，等下洗个澡，我就要去补觉了。义诊的事儿，等我睡醒了再跟你说啊。"

"不着急，你好好睡，妈妈不打扰你。"张澜忙允诺道。

饭后，李婧拿着浴袍去浴室。

张澜收拾碗筷。

李婧洗到中途，突然记起一事，探出脑袋喊道："妈，咱小区有个阿姨说她侄子是警察，等你有空了，帮我联系一下啊！"

张澜先是一愣，旋即乐开了花，小婧终于想通相亲这件事了！

夜深人静。

李婧一觉醒来，恍恍惚惚地呆坐了会儿，给梁奶奶打电话询问了一番梁爷爷和杰杰的情况，然后便在书房里翻箱倒柜地找东西。

李建平夫妇听到动静，好奇地询问李婧："找什么呢？"

"爸，妈，我高考结束后，封存了一个箱子，你们看见了吗？"李婧一边说，一边用手比画，"约摸这么大。"

李建平一脸迷惑："有吗？"

"有啊，我亲手封的，我记得放在了书柜最顶层，可我找好几遍了都没有。"李婧情急道。

张澜点头附和："确实有这么个箱子，但是这么多年过去了，家里年年大扫除，扔了不少旧东西……"

"妈，你给我扔掉了？"李婧一听，急得直跺脚，"那个箱子里的东西，全是我的高中留念，有同学送我的毕业礼物，还有照片、同学录！"

张澜心虚地咽了咽唾沫："我……我忘了。"

见状，李建平赶忙安抚道："小婧，你别着急，现在十点多了，你明早还要上班，你先睡觉，明天爸爸和妈妈掘地三尺，一定帮你找回箱子，好不好?"

李婧耷拉下了脑袋,语气有些落寞:"丢了的东西,怕是很难再找回来了。"说完,便无精打采地出了书房,返回卧室,关上了门。

夫妇二人感到莫名其妙,他们的宝贝女儿从小开朗活泼,积极乐观,鲜少会有烦心事,怎么去了一趟宜县,变了好多?

李婧失眠了。

作为一个心身科医生,她居然也被外在情绪困扰,睁眼到了天亮。

洗漱时,看着镜子里蔫了吧唧的自己,李婧默默叹了口气,什么叫做悔不当初,说的就是她啊!

"小婧,洗好了吗?早餐上桌了!"

"马上!"

李婧回应了张澜一句,整理好情绪,快速化妆、梳头,去餐厅吃饭。

李建平盛了三碗小米粥,生怕烫着李婧,用勺子小心地来回搅动,人工晾了一会儿,才推到李婧面前,温柔地笑着说:"这是今年的新米,特别香,多吃点儿。"

"谢谢爸。"

"今天别挤公交了,我正好开车去医院附近办事,顺带捎你一程。"

"顺带?"李婧喝了一口粥,笑眯眯地看着李建平,"确定吗?"

"不确定!"张澜端着两盘蒸饺从厨房出来,抢着笑话李建平,"宠女儿就光明正大地宠呗,你这女儿奴都当了二十多年了,还要遮遮掩掩找借口?"

李建平气笑不得:"做人还能不能留一线了?"

"反正留不留,天天都相见!"张澜的口才,在辩论和吵架方面,从来就没输过。

李婧伸手搂住父亲,亮晶晶的瞳孔里闪烁着狡黠的光:"老爸,我是不是你的小棉袄?"

李建平不假思索地点头:"当然!"

"我想买车！"李婧将昨晚决定好的事，以及说服父母的措词一股脑儿地倒出，"买一辆结实的、宽敞的、耐用的越野车！"

闻言，张澜一脸惊讶："你不是不喜欢开车吗？"

"可是没有车，出行不方便啊，再说我驾照拿到手都几年了，浪费了也不好。"李婧回道。

李建平思忖道："你自己开车也不错，不过你一个女孩子，没必要开越野车啊，轿车更合适。"

"不行，我要走山路，而且路面不平整，轿车底盘低，不合适。"

"山路？去哪儿呀？"

"我想过了，梁奶奶一家子的情况太复杂了，恐怕我还要去几趟宜县，不然我放心不下。"

"行，你周末不上班的话，爸爸妈妈陪你去看车。"

"谢谢老爸、老妈！"

李婧一手搂一个，满意地笑弯了唇。

仁和医院。

上午的病人比较多，预约挂号二十个全部排满了，李婧忙得脚不沾地，为了减少上厕所，连水都不敢多喝。到了十二点下班的时候，嘴唇干得都起皮儿了。她伸了个懒腰，脱下白大褂挂在衣架上，拿着手机走出诊室。

经过分诊台的时候，护士小金热情地招呼道："李医生，中午有约吗？没有的话，一块儿吃麻辣烫呗！"

"我不饿，你们去吃吧，我想睡会儿。"李婧打着哈欠，一副恹恹的样子，昨晚睡不着，这会儿困意突然上头，只想立马去休息室躺下来。

谁知，一转身，竟看到了一个熟悉的身影！

"李医生！"

顾韫身穿休闲装，戴着金属框眼镜，步履从容地走来，干净儒雅，笑容温和。

李婧面上浮起几分诧异："顾医生，你怎么在这儿？你今天不上班吗？"

"我在对面酒店参加医学研讨会，结束后正好赶上午休时间，所以就来仁和医院碰碰运气，看看李医生有没有时间约个饭？"顾韫言语坦荡，直率相邀。

小金见状，八卦之火立刻熊熊燃烧："从天而降的约会呀！李医生，帅哥约饭，你还困吗？"

李婧气笑不得："这是中医院的顾医生，凑巧了。"

顾韫走到分诊台，朝小金伸出手，含笑道："自我介绍一下，中医院耳鼻喉科，顾韫！"

"顾医生好，我是金燕，大家都叫我小金。"小金忙伸手回握，脸庞微红。

"小金，你好，今天确实赶巧了，不如一起吃饭吧，人多热闹，我请客。"

顾韫不仅彬彬有礼，情商也颇高，小金虽然眼睛里冒了星星，可理智告诉她，当电灯泡不道德，所以她果断拒绝："不好意思顾医生，我跟同事约好了中午吃麻辣烫。"

"嗯，那下次有机会再约。"

"谢谢顾医生！"

李婧揉了揉太阳穴，心道，既然躲不过这顿午饭，那就打起精神吧！

顾韫回过头来，看着李婧的倦容，眉峰蹙了蹙，道："无论怎样，午饭是必须要吃的，不然你下午的工作难以支撑。不过，我们可以去职工餐厅吃顿便饭，节省下的时间，你好好休息。"

"顾医生真是个善解人意的大暖男啊！"李婧欣然笑道。

"谢谢夸奖。"

顾韫噙着笑，迈开了双腿。

正值饭口，餐厅里人来人往，好不热闹。

李婧买了两荤两素的小份菜、两人份的米饭和粥。

顾韫争抢着付账，李婧机灵地早一步扫了码，免密支付。

她拉着顾韫坐下，玩笑道："到了我的地盘，哪儿能不尽地主之谊？请你吃食堂，我已经很不好意思了，你怎么着也得给我留点面子啊！"

"呵呵。"顾韫笑，"吃什么不重要，重要的是吃饭的人。跟朋友在一起，就是坐在马路边上吃冰棍儿，也会觉得舒服自在。"

"说得人好了！"李婧舀了一勺粥，清亮的瞳孔里满是戏谑，"我以粥代酒，敬朋友！"

顾韫愣了愣，轻笑道："既然是朋友了，那我们……"他拿起自己的勺子，跟李婧的勺子碰了碰，"干一勺？"

"干！"

两人一连干了三勺粥，李婧笑得脸都抽筋了："我们俩好幼稚啊！"

"我可不觉得幼稚，应该算是解放天性。"顾韫目不转睛地看着对面的李婧，眉眼十分柔和。

"解放天性是演员的基本功，我们呀，还是抓紧时间干饭吧！"李婧拿起筷子，指着鱼香茄子煲，道："尝尝这个，我还挺喜欢吃的。"

"好。"

顾韫不挑食，跟着李婧的节奏，把每道菜都尝了一遍："嗯，不错不错，有机会我还要来仁和医院蹭李医生的饭。"

"呵呵。"李婧大方地应允，"来呗，食堂餐管够！"

顾韫顺势说道："礼尚往来，中医院的职工餐厅也欢迎李医生随时光顾噢！"

"没问题！"

"哎对了，听说那天你一个人去集子镇看望病人，怎么样，顺利吗？"

"小朋友骨折，老人急性胆囊炎，一家子兵荒马乱的，实在让人揪心。"

"送医院了吗？"

"嗯，做了手术，已经稳定了。"

聊到这儿，李婧突然又记起了石秀珍母子，她今天刚刚上班，还没

人间有微光

来得及翻看就诊记录，不知道尤乐的病情怎样了？

饭后，李婧送走顾韫，便立刻返回诊室，在电脑上查询，然而，一通陌生来电，惊得李婧直接从椅子上弹了起来！

电话里，一个男人惊慌失措地说："医生，我是尤乐的爸爸，求你救救乐乐吧！乐乐他……他拿着水果刀要割腕自杀！"

"尤爸爸，请您保持冷静。"李婧迅速整理工作思路，有条不紊地道，"告诉我，尤乐在哪里？他可以听电话吗？或者视频电话可以吗？报警了吗？"

尤父因为紧张，语序混乱："报，报了，但是乐乐把自己锁在卧室里，不让警察进门，消防员也来了，他们正在想办法，我，我……对，是乐乐说，你的巧克力好吃，想跟你说谢谢，警察就让我给你打电话了！"

"尤爸爸，听我说，你不要慌，你把免提打开，音量调到最大，让我跟乐乐通话！"

"好！"

尤父照做，将手机放在卧室门上，李婧温柔的话语，随即响起："尤乐，我是送你牛奶巧克力的李婧医生，听说你想感谢我，我非常高兴，你是个心地善良懂礼貌的好孩子。还记得我说过的话吗？我是专业的心身科医生，可以帮助你解决内心的所有烦恼。请你相信我，好吗？"

电话那端起先没有反应，李婧耐心地等待了十几秒钟，终于断断续续地传来了抽泣声及尤乐悲伤的话语："阿姨，我很难过，我……我不知道该怎么办，是不是只有我死了，我妈才不会失望，不会跟我爸离婚？"

李婧悬着的心，稍稍松了松，只要能突破自杀者的心理防线，使其愿意倾诉痛苦，自杀干预就有希望了，于是，她立刻说道："尤乐，阿姨明白你难过的根源是什么了，看得出来，你很爱你的爸爸和妈妈，你希望有一个完整的家，希望自己成为妈妈的骄傲，对吗？"

"嗯，可是我做不到，我是个笨蛋，学习差，考不了高分，他们都看不起我，嘲笑我，妈妈说我是她的累赘，爸爸整天不回家，不管我，他们要离婚了，要抛弃我，我活着还有什么意思呢？"

尤乐越说越伤心，哭声从卧室里传出来，尤父心痛地用额头贴着门，哭腔甚浓地说："乐乐，爸爸错了，是爸爸对不起你，爸爸保证不离婚，永远不离开你好不好？"

石秀珍也扑过来，扒着门，声泪俱下："儿子，妈妈也错了，妈妈不逼你学习了，只要你平平安安的，妈妈就知足了！"

听到这里，李婧乘势攻心为上："尤乐你看，这个世界并不是你想像的那么糟糕，爸爸妈妈都是爱你的，外面的警察叔叔、消防员叔叔都在担心你，阿姨也很关心你，不希望你伤害到自己。所以，我们先把水果刀扔掉好不好？"

尤乐不说话，啜泣不止。

李婧继续谆谆劝导："尤乐，我特别理解你的想法，也能感受到你的痛苦，但是，我想告诉你，当别人都在否定我们的时候，我们需要做的，是发现自己的优点，做自己擅长的事情，为自己增加自信心。学习是一条通向成功的路，但不是唯一的出路，人生还有千万种可能在等着你呢，你不想试一试吗？"

"我，我……我真的可以吗？"尤乐忐忑地询问。

李婧笑道："当然！我相信你，你一定可以的！"

"咣当！"

水果刀落地的清脆声响，沸腾了所有人的心，紧接着，关闭的门应声而开，尤父和石秀珍紧紧地抱住了儿子，喜极而泣……

电话那端，李婧深深地呼了口气，内心由衷的欢喜。

帮助患者从黑暗里窥见天光，就是她选择心身科医生这个职业，最深刻的意义吧！

3)

第三章　再赴梁湾村

中秋前夕，李婧随同公益医疗队赴其他县区又义诊了两次，收队回来的这天，李婧收到了梁茂明从宜县寄来的两大箱土特产，有苹果、红枣、核桃、花椒、酥梨、柿饼、宜壶稠酒、黑木耳、小米等等，种类繁多，看得李婧眼花缭乱！

小金咂着嘴巴，满眼艳羡："哇，梁村长也太有诚意了吧！"

李婧洗了一颗苹果，一口咬下去，大加赞赏："嗯，确实好吃，又大又脆又甜，我要向亲朋好友、同事同学大力宣传！"

"咦？那是什么？"小金的目光，突然被藏在箱子底部系着红丝带的木制盒子吸引了，她好奇地拿出来，兀自猜测，"这是什么好吃的？"

李婧见状，接过盒子端详，正反面都没有产品包装，也没有封口条码，看大小和形状，倒像是工艺品的外包装盒！

小金迫不及待："李医生，快打开看看呀！"

李婧解开红丝带，掀起木盒盖子，一只憨态可掬的熊猫根雕，猝不及防地映入眼帘，她大脑一瞬空白，连心脏都仿佛停止了跳动！

"天哪，好可爱噢！"

小金惊呼的同时，想也没多想地伸手去拿根雕，孰料，李婧陡地合上了盖子！

"李、李医生……？"

"小金，你帮我把这些土特产拿给同事们分了吧！"

"噢。"

小金不明白李婧为什么变了脸色，想关心几句，又觉时机不对，便拿了几包特产，轻悄悄地离开了。

李婧发了很久，直到太阳落山，暮色渐渐笼罩了医办室，才缓缓回过神来。

她把木盒攥在手上，背着包，恍恍惚惚地走出了医院。

李婧没有回家。

她开着车，在华灯初上的城市里，漫无目的地游荡。

梁茂明的电话打来时，李婧正好走到了延市高中校门口，她猛地一脚刹车踩下去，轮胎摩擦地面，发出了刺耳的噪声！

李婧稳了稳情绪，接通来电，笑语嫣然："梁村长，我收到快递了，整整两大箱啊，您可太实在了！"

"收到就好。"梁茂明笑呵呵地说道，"都是地里种的东西，不值几个钱，李医生你喜欢吃哪个，随时告诉我，现在村上有合作的快递公司，邮寄方便，而且费用便宜。"

"嗯，好，谢谢村长。"李婧没有心情客套，状似随口一问，"对了村长，那只熊猫根雕是怎么回事儿？是村长您雕刻的吗？"

电话那端，有十几秒钟的空白，随后才传来梁茂明的声音，听在李婧耳朵里，语气明显不自然："我一个大老粗，哪儿会雕刻的手艺啊？李医生，杰杰胳膊好得差不多了，爷爷的身体也恢复得不错，不过孩子时常念叨你，要是……嗯，要是哪天有空啊，欢迎李医生再来村里逛逛，到时你给我打电话，我提前去县上接你。"

闻言，李婧按了按太阳穴，道："村长，我最近工作很忙，恐怕没有时间去宜县了。我待会儿给梁奶奶发视频，跟杰杰聊聊天儿。还有，替我谢谢送根雕的人。再见！"

语毕，李婧迅速挂机。

她侧目望向熟悉的高中大门，青春时代的回忆，与熊猫有关的人和故事，须臾间，纷至沓来。

而梁茂明盯着黑屏的手机，愣了几秒钟，扭头望向坐在办公桌后面的人，一副探究的表情："肖书记，李医生的话，你都听到了吧？我按照你的指示回答，怎么感觉李医生不太高兴呢？"

肖禹正在电脑上写材料，闻言，神情顿了顿，没有说话。

梁茂明十分费解："肖书记，你为啥要在我的爱心特产大礼包里面夹带一个根雕啊？"

肖禹仍然不言不语。

见状，梁茂明按耐不住地放飞了思想："李医生是个善良有爱心的人，怎么会无情地拒绝我的邀请呢？我寻思啊，肯定跟根雕有关，那玩意儿又不能吃……"

"村长！"

肖禹冷不丁开口，面容平静地问道："杰杰什么时候去仁和医院复诊呢？"

"呃，不知道啊，李医生没有交代。"

"如果定下了复诊时间，及时告诉我，我陪杰杰去延市。"

"啥？"

梁茂明眼睛瞪得老大："你陪杰杰看病？你都忙得俩月没回家了，你腾得出时间吗？"

肖禹抿了抿唇，斟酌着说："尽量安排在周末吧，会议少。"

"这我做不了主，要看人家李医生怎么安排呢！"梁茂明说着说着，突然冒出一个大胆的想法，"肖书记，你不会是想把李医生挖到咱们村里当医生吧？"

肖禹几不可见地抽了抽嘴角，说道："村长，你该回家吃晚饭了。不然，巧婶又要拿着大喇叭来喊人了。"

梁茂明又气又笑："你又撵我？行，那你跟我一块儿吃饭，咱好好唠唠李医生的事儿，虽说你的想法是好的，但人家是延市三甲医院的医生，工资高，前途好，怎么可能……"

"村长!"

肖禹无奈，只得解释道："我没有这种想法，我只是想当面感谢李医生。但是，请村长切记，不要在李医生面前提起我，拜托了!"

"啧啧，你们这些年轻人，做事弯弯绕绕的，图啥?"梁茂明想不明白，干脆一把拉起肖禹，"不说了，回家吃饭!"

肖禹只好关了电脑，随同梁茂明走出村委会办公室。

中秋小长假，李婧陪父母周边游了一天，参加了两场饭局及一场相亲局。

约见地点在咖啡厅。

之所以相亲，是因为长辈们误会了李婧的意思，她想见小区阿姨的警察侄子，并非为了找对象，可是看到妈妈和阿姨费心安排，她也不好辜负了她们的好意，遂抱着交朋友的心态，准时赴约。

不过，对方迟了几分钟才赶到，身上还穿着来不及换下的警服，一见李婧，便满脸歉意地说道："您好，李医生，我是古垒，不好意思啊，最近案子多，总是加班，耽误你时间了。"

"没关系，我能理解的。"李婧微微一笑，"古警官，您请坐。我点了杯柳橙汁，帮您点了咖啡，可以吗?"

"可以，谢谢。"

古垒在对面坐下。

李婧为免误会加深，直言道："古警官，我实话跟您说吧，其实我不是来相亲的，我就是单纯的想认识您，跟您交个朋友，希望您别生气。"

古垒愣了愣，随即叹了口气："我就说嘛，我哪有这么好的福气跟美女医生处对象，果然，这命运啊，就喜欢跟我开玩笑!"

"对不起。"李婧真诚道歉。

"没事儿。"古垒大度地摆了摆手，盯着李婧若有所思，"想跟警察做

　　　　　　　　　　　　人间有微光

朋友，应该是遇上难事儿了吧？"

李婧欣喜："不愧是洞察力非凡的警察叔叔！"

"呵呵。"古垒笑，"咱俩相亲不成，好歹也是一个辈份儿的，叫声大哥就好了。"

古垒自带三分幽默气质，完全打破了初见的拘束感，李婧不知不觉活络了起来："叫声大哥，咱俩就能拜把子了！"

闻言，古垒一拍桌子，长吁短叹："完了，又把相亲对象处成兄弟了，我姑妈又该削我了！"

李婧笑疯了，要不是身处咖啡厅，她能又腰笑上半小时！

熟悉了以后，李婧便将梁奶奶的女儿梁秀芝失踪的情况告诉了古垒，央求古垒帮忙寻找线索。

古垒记录了梁秀芝的身份信息后，如实说道："李医生，虽然现在刑侦技术越来越先进了，但是也很难保证什么时候会有结果，我们警方会尽全力，也请你和失踪者家属耐心等待。"

李婧点头："嗯，我明白。谢谢！"

中秋过后，宜县突然掀起了一股离婚热潮。

因为李婧在持续关注梁湾村以及集子镇的情况，小金每天刷新闻，只要刷到和宜县有关的焦点新闻，都会在李婧面前提一嘴。

"丈夫在农村种苹果，妻子仕城里陪读，见识了新世界的农村妇女们开始嫌弃农民丈夫，纷纷提出离婚，丈夫们组队上访，求助妇联，希望政府出面制止离婚……"

小金读到这里，颇不以为然："这些记者的报道太片面了，谁说女人离婚，一定是被外面的花花世界诱惑了呢？万一男人家暴呢？出轨呢？吃喝嫖赌呢？"

"就算这些都不存在，也是有理由离婚的。夫妻双方原本处在同一个阶级层面，社会阅历、文化水平、社会地位、三观都差不多相近，可是其中一方的步伐突然加快，对精神需求、物质需求有了更深层次的渴望，而另一方无法满足的话，就会出现两种情况，要么为了家庭完整继续将就着过日子，要么成全自我，追求新的人生。"

李婧说话间，将一份药单放在护士台："这是17床今天下午的药，通知家属尽快取回来。"

"好。"

小金收下药单，眼珠一转，思忖着说道："我觉得不止，没有爱情的婚姻就是坟墓，遇见一段新的爱情，结束凑合的婚姻，也很正常呀！"

李婧笑了笑："所以说，人心莫要窥测，人性莫要探究，在法律和道德的约束之外，判断对与错，往往与立场有关。"

"啧啧，这一探讨，都上升到哲学的高度了！"小金咂了咂嘴，感慨道。

这一周，李婧上午在门诊坐班，下午在住院部值班，结束了闲聊，她正准备回医办室，手机突然响铃了！

是梁茂明发来的微信视频请求！

李婧接通，画面里却出现了哭得撕心裂肺的杰杰！

"李医生！"

梁茂明生怕李婧听不清楚，嗓门极大："杰杰的自闭症好像更严重了，这可怎么办呀？"

"去拿玩具或者杰杰喜欢的东西，转移杰杰的注意力！"李婧果断吩咐道。

视频里，有个人影一闪而过。

李婧没有太过注意，转头向小金借手机，以最快的速度播放了一首舒缓温柔的曲子！

很快便有人将一只玩具狗递到了杰杰手里，杰杰抱着玩具，在音乐的治愈下，精神状态慢慢缓和了下来。

李婧密切观察着杰杰的状态，适时地开口道："杰杰，我是李婧阿姨，我陪着你好不好？"

杰杰泪眼蒙眬地望向镜头里的李婧，小嘴张了几张，吐出一个不甚清晰的音："妈……"

"杰杰想妈妈了，是吗？"李婧心里一酸，柔声说，"阿姨唱首妈妈的歌给你听，好不好？"

杰杰瘪着小嘴巴，默默地点头。

李婧切换了《唱给妈妈的摇篮曲》的伴奏，轻轻吟唱起来："月儿当头照，夜深了妈妈屋里静悄悄，亲爱的妈妈呀，伏在桌上睡着了……"

杰杰听着听着犯起了困，在李婧的示意下，梁奶奶轻轻抱起杰杰，回屋里睡觉去了。

"李医生，又给你添麻烦了，多亏有你在，不然……哎，愁人啊！"梁茂明出现在镜头里，一脸心有余悸，"杰杰受了刺激，又是撞头又是砸东西，哭得都快背过气了，秋林叔和婶子吓坏了，我这一着急，就赶紧给你发视频，这个时间点，怕是又打扰你工作了。"

李婧耐心听完，说道："杰杰是我的病人，有任何问题，都可以随时联系我。不过，你刚说杰杰受了刺激，什么刺激？发生了什么事儿？杰杰的脑袋撞伤了吗？"

"脑袋没事儿，秋林叔给挡了一下，没撞上。这刺激嘛，就是这一阵子好多人闹离婚，村里的几个长嘴婆姨跟杰杰说，杰杰妈也要离婚了，等离了婚就去延市上班，彻底不要杰杰了，没想到杰杰听进去了，趁他奶奶做饭的时候，一个人偷跑出去找妈妈，结果走丢了。经过全村人的费力寻找，终于在出村的玉米地里找到了杰杰，然后杰杰就犯病了。"

"好，我知道了。"

"李医生，杰杰需不需要复诊啊？"

"自闭症治疗现在还是以特殊教育训练为主，需要去专业的康复训练中心，而且要长期坚持，如果杰杰有条件来延市治疗的话，那自然是好的。"

梁茂明陷入了沉思。

长期在外地治疗，耗费的不仅仅是人力，治疗费、吃、住、行，哪样不要钱呢？梁秋林的家底早被掏空了，做手术的钱，医保报销之后多余的部分还是村上垫付的，可村上顶多能解燃眉之急，没办法全包了啊！

挂机之后，李婧心里也不好受，她个人经济能力有限，且相隔两地，有心帮杰杰，也是鞭长莫及。

"小金，谢谢。"

李婧把手机还给小金，愁容满面地去了主任办公室。

王主任从电脑前抬起头，看着李婧，玩笑道："怎么像是霜打的茄子？遇上疑难病例了？"

李婧道："主任，我第一个患者梁杰杰，您还记得吧？"

"那个五岁的自闭症小男孩儿？"

"是。"

"怎么了？"

李婧把杰杰的情况讲了一下，王主任听后，直截了当地问她："那你现在有什么想法？"

"我想把周末的两天休假提前到明后天，再请假一天，利用三天时间往返一趟梁湾村，帮助杰杰进行康复训练。"

"行，去吧，出门在外，注意安全。"

"谢谢主任！"

看到李婧又像个斗士一样，充满了工作的激情，王主任唇角扬起了赞赏的笑意，这帮年轻孩子，难得敢想敢做，有担当有责任心哪！

翌日。

清早七点钟，李婧便自驾车前往宜县。

车子后备箱里塞满了东西，有李婧的换洗衣物、洗漱用品，还有张澜为杰杰采买的童装、零食、营养品及两位老人的御寒衣物。

李婧和父母商议之后，决定在生活上资助梁奶奶一家，同时找机会寻求公益组织或者康复训练中心的支持，解决杰杰治病难的问题。父母举双手赞成，而且陪李婧跑了几个商场和超市进行采购。

李婧没有通知梁茂明，甚至连梁奶奶也瞒着，她想给杰杰一个惊喜。

从延市直接到宜县集子镇，可以绕过县城，路程能缩短一个多小时，所以九点刚过，李婧的白色越野车便驶入了梁湾村。

上次来的时候，天已经黑了，李婧没有机会欣赏村子的风貌，此时阳光晴好，坐落在石门楼背后的村庄，祥和安然，一派岁月静好。

李婧摇下车窗，凭着记忆，驶向杰杰家。

村里的主干道是石子路，道路两旁是村居，有窑洞，有平房，还有简易的瓦房，一家一院，错落分布，贫富差距十分明显。而所谓的富，也只是个别人家在平房外墙贴了瓷砖而已，整个村子的落后贫穷，从基础硬件设施的缺乏，便可窥见一二。

这个时间，大部分村民都下地干农活去了，外出上学的孩子们也不在村里，沿途遇见几个妇女在串门，看到有陌生车辆进村，纷纷驻足打量，满眼好奇。

李婧记得，杰杰家在坡上，坡下是一条较窄的小路，车子没法开上去，而且她要在梁湾村待上两三天，不能临时停在大路上，所以稍加考虑后，李婧停下车，从车窗探出头，望着一个精气神儿不错的中年妇女，扬声询问道："大姐，您好！请问村委会怎么走？那边有空地停车吗？"

妇人一听，立刻走过来，热情地指路："从那棵老榆树拐过去就是村委会，院子大着呢，随便停几辆车都行！"

"谢谢您！"李婧报以笑容回应。

"姑娘，听口音是外乡人吧？"

"对，我在延市住。"

"那你来我们村，是找人还是办事呀？"

"我找梁杰杰，也就是梁秋林的孙子。"

"那你是……"妇人迟疑了一瞬,继而惊喜地叫道,"你是李医生?"

李婧惊讶:"您认识我?"

"哎呀,我早听茂明提起你了,说你是了不起的大医生!走走走,我带你去村委会,茂明这会儿正在村上呢!"妇人说完,便退开几步,指挥李婧把车往老榆树的方向开,还不忘自我介绍,"我是茂明屋里的,你叫我巧婶就行。"

"谢谢巧婶!"

李婧顿时明白了,原来是村长梁茂明的妻子!这也太巧了!

车子开进村委会大院,李婧还没熄火,巧婶就在院里喊人了:"茂明,你快看看谁来了?"

梁茂明和村干部正在商讨工作,闻听,掀了门帘出来:"谁呀?"

"村长!"

李婧扶着车门,笑盈盈地打着招呼:"早上好啊!"

梁茂明简直不敢相信,抬手用力揉了揉眼睛,待看清眼前的人没有变化,立马喜出望外:"李医生!"

其他村干部听到动静也陆续出来了,梁茂明迫不及待地跟人介绍:"这位就是我跟你们说过的李婧医生,不仅医术高明,还人美心善,帮了秋林叔家不少……"说得正起劲儿,突然记起了什么,梁茂明一巴掌拍在脑门上,"坏了!"

"嗯?啥坏了?"巧婶连忙问道。

在场的人,都是一头雾水!

可梁茂明顾不上解释,转身就往屋里走,关上门偷偷给肖禹打电话,压着嗓音报告:"肖书记,紧急情况,李医生来了!这保密工作做得好,提前没透半点儿风声,突然就把车开到咱村委会了,真是从天而降呀!"

电话那端,肖禹沉默了片刻,才道:"你问问李医生打算在村里待多久?嗯,尽量把人留下,等我回来。"

"万一……"梁茂明不忍心打击肖禹,但又不得不实话实说,"我是说万一啊，李医生工作太忙，看过杰杰就要回延市，我咋留？总不好耽误人家工作吧！"

肖禹斟酌着说道："应该不会耽误工作，明天是周日，她可能在休假。"

"行，只要有丁点儿机会，我就豁出老脸帮你留人！"梁茂明信誓旦旦。

"村长。"肖禹迟疑了几秒钟，语气略有些不自然，"如果李医生晚上住在村里的话，就把我的宿舍腾出来给李医生，夜里安排人看顾着些，不要发生任何安全事故。"

"好，我知道了。"

"记着，不要提我。"

"明白明白，那就这样，挂了啊。"

梁茂明嘴上说着明白，心里完全不明白肖禹在搞哪出戏？只能感慨阴差阳错，昨天视频的时候，肖禹就在现场帮忙，李婧完全没有提她要来梁湾村的事儿，然后今天一早，肖禹就带人外出考察鱼蟹水产养殖项目了，结果，肖禹前脚一走，李婧后脚就来了，这两人演绎了一场完美错过！

想到被自己晾在外面的李婧，梁茂明又赶紧出门，装作若无其事的样子，没想到短短几分钟，李婧就跟大家混熟了，村干部们正在帮李婧从车上搬东西，巧婶则拉着李婧口若悬河，将她肚子里仅有的关于梁湾村的微末历史全倒了出来。说话间看见梁茂明，巧婶立即招手："茂明，李医生是专程请假来给杰杰做治疗的，后天回延市，今明两晚就在咱家落脚了！我现在回家打扫屋子做饭，你陪李医生去杰杰家，忙完了就早点儿回家吃饭啊！"

梁茂明一听，嘴角狂抽，连忙尝试着转圜："村委会有宿舍呢，要不然……"

"哪儿有空置的宿舍？再说你们一帮大老爷们住过的屋子，又是脚臭又是汗臭的，能让人家城里来的小姑娘住吗？咱闺女的屋子我三天两头打扫，可干净呢，闺女不在，不正好给李医生住吗？"

巧婶讲话中气十足，一通炮珠般的数落，让梁茂明的计划直接胎死腹中，而当着李婧的面，他又没法讲明缘由，只能默认自己的老婆单方面地安排了李婧的食宿！

李婧倒也没多想，笑着说："那就谢谢村长和巧婶了。"

巧婶眉头一皱："谢什么呀？不就是添副筷子的事儿嘛？只不过农村条件有限，比不上城里的大楼房，有啥不周到的，你多担待啊！"

"不会不会，我可以适应。"

"那行，我先走了啊。"

巧婶兴高采烈地回家去了。

剩下梁茂明默默地叹了口气，李婧被老婆截胡的事儿，他要不要跟肖禹汇报呢?

"村长?"

李婧凑过来，看着若有所思的梁茂明，眯了眯眸："村长在琢磨什么呢？难不成……嗯，村长不欢迎我？"

"怎么可能？"梁茂明一个激灵，音量提高了好几倍。

李婧狡黠一笑："为什么我感觉村长好像有事瞒着我呢？是不是那个刻根雕的人……"

她故意顿下了话语。

梁茂明顿时紧张，结结巴巴地说："没，没有，李医生你，你别瞎想，就是附赠了个小玩意儿，你，你喜欢就留着呗。"

"我扔了。"

李婧随口一句，然后从车上拿下医疗箱和随身小包，悠哉悠哉地迈开了步子。

"哎，李医生，你，你真扔了啊？不会吧？"

梁茂明的追问没有得到回答，随即招呼村干部们拎起大包小包的物

　　　　　　　　　　　　　　人间有微光

资，陪同李婧去探望杰杰。

和煦的阳光，温暖着干净的小院。

梁爷爷坐在窗台下削土豆，梁奶奶和杰杰坐在院子正中的石桌前搭积木，难得杰杰今天情绪稳定，不哭不闹，老两口心情好，眼角眉梢都是笑容。

李婧隔着栅栏门，悄悄观察杰杰，只见小家伙左手拿着一个蓝色菱形积木，右手在积木堆里仔细寻找，进行配对，仿佛在思考般，眉头皱得紧紧的。

"杰杰不急啊，慢慢找，一定能找对的。"

听到奶奶的鼓励，杰杰点了点头，越发认真了。

"李医生?"梁奶奶无意一瞥，满脸惊讶，"你啥时候来的?"

说着，便连忙起身，结果梁爷爷抢先一步打开了门，笨拙而激动地招呼李婧："快，快进来!"

李婧笑着点头："梁爷爷，梁奶奶，你们好!"

杰杰反应迟钝，呆呆地看着李婧，连手里的积木掉了都没有发现。

李婧放下医疗箱，朝杰杰张开了双臂!

"姨……"

杰杰嘴巴张了几张，终于吐出一个音，然后扑进了李婧怀里!

"哎哟，小家伙长高了，重了不少啊!"李婧抱起杰杰，掂了掂，笑弯了眉眼。

"秋林叔，婶子!"

梁茂明和村干部一行人跟了上来，将大包小包的东西往屋里搬。

老两口懵了："村上又发慰问品啊? 这，这不过年不过节的……"

梁茂明笑着说道："今儿个呀，我们都是李医生的搬运工，这些衣服、吃的、用的、药、玩具，全是李医生从延市买来送给你们祖孙三人的!"

"这，这不行，不行啊！"梁奶奶瞬间红了眼眶，激动又无措地说，"李医生上回就买了很多东西，还给杰杰接骨，为老头子的病忙前忙后，临走还偷着留下五百块钱，我们哪儿能再要……"

"梁奶奶，我不是无条件帮你，我这么做，是有目的呀！我呢，需要跟进杰杰的病情，研究治疗儿童自闭症的医学新方法，取得医学领域的成绩，可我不能白白拿杰杰当实验对象吧？"

"怎么不能？你免费治疗杰杰，已经是帮了我们老两口最大的忙了，哪里还能让你倒贴钱呢？不行，绝对不行……"

"我这不是倒贴，是用在杰杰身上的研究经费！"

"李医生……"

"梁奶奶，你要是不同意，那我就回延市了哦，我再也不管杰杰，你忍心看着杰杰得不到救治，病情越来越重吗？"

梁奶奶语塞。

李婧莞尔一笑，抱着杰杰走向旁边，柔声说："杰杰，阿姨陪你玩儿，好不好？这几天呢，阿姨不用上班，可以带杰杰去镇子上的游乐场，我们坐旋转木马、碰碰车，还可以去……"

杰杰听着听着，突然把脑袋扭向屋门，磕磕绊绊地说："姨，有，有……有狗！"

"狗？"李婧随着杰杰的目光望过去，有些疑惑，"没听见狗叫啊！"

见状，梁爷爷返回屋里，拿出一只仿真电动玩具狗，笑说道："李医生，这是肖书记专门从城里买给杰杰的玩具，杰杰可喜欢了。"

梁茂明一听，立即扶额，这可不是他说的啊！

然，李婧并无反应，她把杰杰放在地上，引导杰杰："这只狗狗要怎么玩呀？杰杰，你演示给阿姨看看，好不好？"

梁爷爷把遥控器交给杰杰，杰杰小心翼翼地按下一个键，玩具狗立刻"汪汪"叫了起来，并且"哒哒哒"地朝前走。杰杰仰起小脑袋，看着李婧的眼睛里渐渐亮起了微光："妈……妈妈。"

众人当场破防！

杰杰不仅反应快了，话也多了，而且喊出了极少极少会喊的："妈妈"！

梁奶奶隐忍的泪水簌簌掉落，梁爷爷使劲儿揉搓眼睛，道不尽的感激和感动，溢满了他们的心。

生命的微尘，终于开出了怒放的花儿。人世间的苦难，也终将会云开见日，不是吗？

第四章　久别重逢

集子镇。

今天是遇集日，镇子上热闹非凡，南来北往的商贩，操着各种口音，卖力地吆喝，从十里八乡而来的赶集人，穿梭于琳琅满目的集市，走走停停、挑挑拣拣，遇上熟人，隔着老远，便扯着嗓子问好，一派繁荣安宁的景象。

李婧生平第一次赶集。

她昨晚便为杰杰拟定了户外训练计划，打算带孩子去超市购物，这是一种非常有效的培训方式，不仅可以增加孩子的户外活动，还可以真正将社会培训融入生活。

清早来的时候，还没开市，午休后，李婧开车带着祖孙三人去了镇上，突见这番盛况，李婧感到十分新奇！

"杰杰，阿姨没有来过这里，你带阿姨四处逛逛吧！"

李婧的请求，得到了杰杰的回应，小家伙牵起李婧的手，拉着李婧走入繁杂的人流。

卖泡泡机的摊主前，围了七八个孩子，摊主一边叫卖，一边演示，泡泡机吹出来五颜六色的泡泡漫天飞舞，惹得孩子们兴奋尖叫，纷纷求着自家大人买泡泡机。

李婧瞧见这一幕，立时心生想法，她低头询问杰杰："吹泡泡好不好玩儿啊?"

杰杰仰着小脑袋,看着盘旋的泡泡,虽然表情仍显呆木,但是眼神中有了一丝丝向往。

李婧随即拿出十块钱现金,告诉杰杰:"一个泡泡机卖十块钱,这张钱正好可以买一个泡泡机。如果杰杰想要泡泡机,就拿着钱,自己过去买,怎么样?"

杰杰缩起了肩膀,垂下了头。

李婧继续引导:"那这样,阿姨陪你过去,你把钱递给老板,好不好?阿姨想看到一个勇敢的杰杰。"

自闭症儿童的社交障碍,随着年龄和病情的严重程度不同而有所不同,会出现缺乏与人交往的兴趣,也缺乏正常的交往方式和技巧。

李婧与杰杰已经建立起了良好的信任关系,所以李婧的以退为进,适时地表达出对杰杰的期望,都能有效增强杰杰的自信心,缓解杰杰的不安和胆怯。

杰杰慢慢地点了点头。

李婧感受到她掌中的小手捏成了小拳头,她微微一笑:"不怕,杰杰拿钱买泡泡机,老板会很高兴的。"说罢,便带着杰杰走到小摊前,以眼神鼓励杰杰,杰杰犹犹豫豫地递出了十块钱。

老板立马接过钱,准备拿蓝色的泡泡机给杰杰,这时李婧说道:"老板,让我们孩子自己挑一个,好吗?"

"行,随便挑。"

"谢谢。"

李婧随即引导杰杰:"你喜欢哪一个,自己拿,好不好?"

泡泡机有六款颜色,杰杰的目光缓慢地来回移动,似乎无从下手,老板等不及,想劝说挑男生色,李婧赶忙摇头,示意老板不要打扰,她要帮助杰杰提高主观能动性,哪怕只是微小的进步,也是训练成果的巨大进展!

梁爷爷和梁奶奶早就习惯了反应迟钝的杰杰，他们耐心地陪在一旁，全权听从李婧的安排，并且默默地学习李婧的引导方法和沟通方式，毕竟李婧只有两天的时间，之后，他们就要代替李婧对杰杰进行家庭教育训练。

　　大概等了三分钟，杰杰终于伸出手，拿起了一个绿色的泡泡机，然后看向李婧："要……要这个。"

　　李婧立即鼓掌，欣喜道："杰杰好棒啊，这个泡泡机好漂亮！"

　　杰杰嘴角牵动，露出一个微小的笑痕。

　　李婧乘势问道："那杰杰知道这个泡泡机是什么颜色吗？"

　　杰杰眨着眼睛不说话。

　　"这是绿色。"

　　"嗯。"

　　"来，杰杰试着按键，看看有没有泡泡出来。"

　　李婧引导杰杰用手指按下出泡键，灯光、音乐随同大量的泡泡一起工作，杰杰兴奋地原地转圈，整个人都被泡泡包裹，第一次发出了银铃般的笑声！

　　老两口喜极而泣！

　　李婧欣慰地拿出手机，拍下了这一段视频。

　　集子镇有一家小型儿童游乐园，项目挺少的，只有旋转木马、小火车、自控飞机、滑梯、水池捞鱼之类，但胜在遇集，人多，小朋友多，适合杰杰融入。

　　李婧系统的训练，由简到难，一步步地引导杰杰建立自信心，表达内心想法，从挑选游乐项目到付费，都让杰杰参与和决定。

　　杰杰的变化，肉眼可见，情绪趋于稳定，不再有攻击性行为，不再哭闹和莫名其妙地尖叫，表情多了喜和乐，学会了笑和欢呼，还学会了买东西的步骤，以及简单的与人沟通。

　　"杰杰终于像个正常孩子的样儿了！"梁爷爷不止一次地擦拭湿润的

眼角，激动的心情难以言说。

梁奶奶亦是感慨："是啊，杰杰从来没有像今天这么快乐。"

李婧信心满满地说道："杰杰并不是先天遗传、基因突变或者宫内发育不良导致的自闭，只是由于后天家庭环境的变化及父母的缺失才造成了心理缺陷，其实杰杰很聪明，只要我们有耐心，我相信杰杰肯定能够恢复到非常理想的状态。"

"李医生，就算杰杰不能完全治愈，只要能生活自理，将来我俩死了也能闭眼了。"梁爷爷说着说着，便喉头哽咽，悲从中来，"我只盼死前秀芝能回家，杰杰能长大，不然我……我死不瞑目啊！"

梁奶奶红着眼，别过了脸，双肩不停地耸动。

闻言，李婧如鲠在喉："我来之前，托了一个延市的警察朋友寻找秀芝的线索，现在刑侦技术发达了，可能用不了多久，就会有好消息的。所以，你们老两口一定要好好保重身体，等待团圆！"

老两口一下子振奋了，连连点头，眼里泛着激动的水光。

太阳即将落山，集市开始收摊，杰杰也玩累了，躺在梁奶奶怀里睡着了。

李婧驾车，打道回府。

途中，梁茂明打来电话，邀请他们四人一块儿去家里吃晚饭。

回了村，杰杰还没醒，老两口不愿打扰村长，坚持要回自己家，李婧勉强不来，便应了他们。

梁茂明家在村口以北的戏园子附近，祖上自清朝中期从山东迁来梁湾村，世代居于此，传至梁茂明这一辈儿，已经是第五代了。

梁家所居之地，亦是祖产，青砖所建的四合院，古朴别致，典雅宜居，院中一棵百年银杏树，参天繁茂，古态盎然，此时正值金秋，金黄的银杏树叶落于青石桌、房檐、廊下，铺了厚厚一地，落日的余晖，斜映下来，橘红融入金黄，仿佛画中盛景，美轮美奂！

李婧拎着东西，立于院门处，一时之间，竟被迷惑其中，忘了前行！

"李医生！"

梁茂明从西屋出来，看见李婧杵在大门前发呆，连忙招呼道："赶紧进屋，饭菜全上桌了，就等你来呢。"

李婧回了神，满脸歉意："村长，实在不好意思啊，本来中午约好在你家吃饭，可杰杰太依赖我了，不让我走，梁爷爷和梁奶奶非要我在他家吃一顿饭，真的是盛情难却，我……"

"没事儿，在哪儿吃都一样，无非是添双筷子的事儿。"梁茂明笑呵呵地道，"再说婶子的性格我清楚，你不吃她的饭，她心里不安。"

李婧点头："对，我也是这样想的，只要能减少梁奶奶的亏欠感，我顺着她便是了。"

"行，先进屋。"梁茂明掀起西屋的门帘，顺嘴吐槽巧婶，"你今儿晚上要是再不来吃饭，我那婆姨指定会把我耳朵给叨叨出两斤茧子来！"

"呵呵。"

李婧失笑不已，她走上前，进了屋，将一盒牛奶和桃酥饼、茶叶递给梁茂明，顺着话茬儿接下去："所以，我得安慰安慰巧婶啊！"

梁茂明一下子皱了眉："哎，李医生，你客气什么呀？一回生二回熟，咱也不是外人了，何必……"

"就是就是，人来了就好，带东西可就太见外了啊！"

巧婶从厨房里出来，一手端一碗粥，脸上同样写着不高兴。

李婧俏皮一笑："我跟村长认识久了，可巧婶第一次见，我又爽约了，当然要赔礼道歉嘛！再说，我免费借宿两天，可以省不少钱呢，怎么算，都是我占了巧婶的便宜哦！"

李婧的高情商，很好地化解了梁茂明夫妇的心理负担，巧婶把粥放在餐桌上，拉着李婧坐下，说道："我不知道你吃不吃辣，爱吃酸还是爱吃甜，就各式各样都做了，你尝尝看，合不合口味。"

李婧在集市上吃了不少当地特色美食，本来不怎么饿，可是巧婶厨艺不俗，六菜一汤一甜粥，有荤有素，既兼顾了色与味，还采了几朵月季花插瓶放在饭桌中间，香气四溢之余，平添了几许浪漫，李婧的味蕾瞬间被打开。她拿起筷子，就近夹了一块蒜香猪蹄儿送进口中，惊喜随即爬上眼眸："好吃！"

巧婶肉眼可见地松了口气："好吃就多吃点儿，千万别拘着啊！咱村自己养的猪，没打激素，没喂饲料，吃得都是粗粮，现杀现做，绿色健康，越吃越香！"

萍水相逢，却被人如此礼遇和重视，李婧在这个陌生的乡村，真真切切地感受到了回家的温暖。

她情不自禁地红了眼眶，为免破坏气氛，又用力眨了眨眼，逼回眼底的湿意，用轻松戏谑的口吻说道："巧婶不仅厨艺高明，口才也超级棒哦！"

"那是，我李巧花可没有白瞎这名字，我是十里八乡出了名的手巧和嘴巧！"巧婶是个真性情的直爽女人，嬉笑怒骂都写在脸上。

梁茂明颇显无奈："李医生，我这个婆姨啊，是一根肠子通到底，从来不知道谦虚两个字怎么写！"

"不会啊，我觉得巧婶很可爱，我喜欢巧婶有一说一不绕弯的性格。"李婧笑说道。

巧婶佯装生气地拐了梁茂明一肘子："就是就是，人家肖书记也夸我性格好呢，就你整天嫌弃我不会说话。"

听到"肖书记"三个字，李婧手里的筷子顿了顿，心情突然复杂无比。

而梁茂明没拦住巧婶的快嘴，无奈地又暗暗叹了口气，然后试图转移话题："那个，嗯……咱们吃饭吧，菜凉了就不好吃了。"

"肖书记……"李婧迟疑着问道，"他不在村里吗？"

梁茂明没想到李婧会主动追问肖禹，他愣了愣，如实回道："肖书记去邻县考察项目，今儿一大早就走了。"

李婧"哦"了一声，便不再问了，语气又轻松起来："巧婶的菜，我每道都要尝尝。"说罢，便毫不客气地当起了一个快乐的吃货。

梁茂明总是感觉哪里不对，可李婧不说，他也不好多问。

饭后，李婧帮忙收拾了碗筷，梁茂明泡了壶茶，给李婧讲了梁家祖上的故事，两人边喝边聊，不觉已夜深，李婧道了晚安，起身去北屋休息。

梁湾村的夜，静谧且安宁。

李婧躺在炕上，纷繁的心事令她辗转反侧，难以入睡。

一别八年，第一次离肖禹这么近。

然而，命运般的错过，让她还是够不着他。

清晨。

七点半的闹钟，准时叫醒了李婧。这一觉睡得极不舒服，农村的炕太硬了，枕头也太高了，使得她不仅腰酸背痛，还落枕了，脖子痛得好半天转不回位置，她呲着牙按摩了许久，才慢慢缓过劲儿来。

李婧叠好被子下了炕。

屋里没有卫生间，也没有自来水和热水，洗澡更是奢侈，昨晚太累，她没有洗漱就躺下了，现在突然觉得，这样的生活条件，于城市里长大的她来说，实在太不方便了。

李婧在屋里转悠了一圈，努力调整心态，克服和适应当下的环境。

公共厕所在大门外面，让李婧欣慰的是，梁茂明家的厕所不是男女混用的，这让她一个外乡人多少有了点儿安全感。

回来时，屋里的洗漱架旁边，多了一个暖壶，脸盆里也盛好了温水，李婧惊讶之际，听到巧婶在西屋里喊："李医生，热水不够的话随时招呼，我烧了一大锅呢！"

李婧掀起门帘回应："够啦，谢谢巧婶！"

东屋是客厅，门没有关，白色的门帘，因风而微起波澜，李婧无意望了一眼，门帘里面似有人影绰绰，她以为是梁茂明，便没有多想，返身

　　　　　　　　　　　　　人间有微光

回了屋。

李婧刷牙洗脸后，热水还有剩余，就顺便洗了头，但是没有吹风机，头发只能擦至半干，然后换了一件白色连衣裙。

出门前，李婧照了照镜子，虽然是素颜朝天，不过精神状态还不错。

忽来的风，将东屋的门帘吹起了大半，李婧看到梁茂明侧着身体，坐在沙发上，便信步走过去，帘子一掀："村长早……"

未及出口的话，以及洋溢在脸上的笑容，仿佛突然间断了网，画面定格，喉头失声，连大脑也猝不及防地变成了空白！

沙发上，还坐着一个人。

身材修长，清隽俊朗，一如李婧记忆中的少年，干净而美好。

四目相望，男人沉稳如斯，李婧手足无措。

梁茂明感觉气氛不对，连忙招呼道："李医生，你来得正好，给你介绍一下，这位就是我们梁湾村第一书记……"

李婧却想逃！

然而，她刚一转身——

"李婧！"

肖禹从沙发上起身，盯着李婧的侧颜，语气淡淡："我是站在工作的角度，专程感谢你为了杰杰两次奔波梁湾村，你不需要紧张……"

"谁紧张了？"

李婧倏地回身，气鼓鼓地瞪着肖禹。

肖禹没理她，扭头对梁茂明说道："村长，我们是高中同班同学，许多年没见了。"

梁茂明瞠目结舌！

肖禹使了个眼色，梁茂明会意，忙道："既然是熟人，那你们聊，我去帮忙做早饭。"说完，片刻没有耽误地离开，并且好心地帮忙关上了门。

剩下两个人，李婧是越发局促，而肖禹则越发淡定，他从茶几上的托盘里拿起一个干净的水杯，倒了一杯白开水放在茶几一端，示意李婧坐下。

李婧负气地偏过脸，不动不说话。

肖禹垂了垂眸，轻声问："我们至少还是高中同学吧？"

李婧腮帮子鼓得老高，故意唱反调："你说是就是，说不是就不是，反正这里也没人知道。"

肖禹定定地看着她："我知道。"

李婧心里的委屈，一下子便散了，她走过去，在沙发上坐下。

肖禹道："这些年，过得怎么样？"

"我挺好的，读大学，读研究生，然后进入医院工作，按部就班，没惊没喜。"李婧三言两语总结了自己的过往，而后反问肖禹，"你呢？我听说你考上了农林科技大学？"

肖禹点头："对。我本科毕业后考入宜县农业局工作，去年服从上级安排，脱产驻村，成为梁湾村第一书记。"

李婧蓦地一笑："没想到十里八乡的姑娘都争着抢着要嫁给一表人才的肖书记，竟然是你呀！"

肖禹蹙眉，神情甚是严肃："村民的玩笑话，不用当真。"

李婧端起水杯，氤氲的热气萦绕在她眼角眉梢，她微微有些出神，许多疑问憋在心里，即使过了这么多年，即使在外人眼中，她是个率真的人，可是面对肖禹，她始终像个逃兵，哪怕把自己憋得窒息了也问不出口。

"小心烫。"

"嗯？"

李婧反应慢了一拍，表情有些呆木。

肖禹见状，直接伸手过去，拿起水杯，放回茶几上，认真叮嘱李婧："晾一晾再喝。还有，喝水的时候不要走神儿，容易呛着或烫着。"

"我哪有？"李婧下意识地否认，掩盖她的心虚，她便不信，她一个心身科医生，会被他看穿心事？

肖禹盯着李婧看了几秒钟，才轻声说道："没有就好。"

李婧感觉自己急需外出透透气，这种急迫的心情，令她连招呼都没打，便起身朝外走去！

肖禹坐着没动，他看着李婧开门出去，眼神里的光，渐渐暗淡了下去。

西屋。

梁茂明和巧婶在厨房忙碌，隔着窗户看到李婧出来，脸色似乎不太好的样子，未等梁茂明思考，巧婶张嘴唤道："李医生！"

李婧闻听，调整了下心情，走进厨房，语气轻快道："巧婶在做什么好吃的？我在外面都闻到香味儿了呢！"

"包子、小米粥、鸡蛋饼、洋葱拌木耳，还有馒头夹肉酱。"巧婶指着案板上备好的饭，一一介绍。

李婧惊呼："好丰盛的早饭！巧婶，包子、馒头都是现蒸的，那你几点起床的啊？"

"六点。"巧婶一边从蒸笼里盛包子，一边随口说道，"你别看我起得早，可有人比我更早呢，肖书记昨儿半夜两点多回来，我六点一开门，肖书记就站在我家门外了。"

梁茂明实在服了巧婶藏不住话的嘴，他"咳咳"了两声："巧花，时间不早了，我去喊肖书记吃饭。"

"行行，快去吧。肖书记连夜奔波，肯定饿了，我做了他爱吃的蒸水蛋。"

"你……你别太唠叨了，你让人家李医生清静清静。"

梁茂明说完便出去了，可巧婶哪里听得懂他的暗示，当即气恼道："我啥时候唠叨了？我就是喜欢李医生，才多说了几句，怎么就唠叨了？李医生，你嫌我烦吗？"

李婧连忙安抚："不烦不烦，我喜欢听巧婶说话。"

"就是嘛，肖书记和李医生是高中同学，多了这层关系，李医生应该很喜欢我们梁湾村吧？"

"嗯。"

李婧弯了弯唇，意外重逢，不论肖禹是基于什么原因赶回来的，哪怕只是为了工作，全然与她个人无关，可是这份喜悦，依然让李婧对梁湾村产生了更加浓厚的亲切感。

梁茂明和肖禹一前一后进门，巧婶在饭桌上布菜，李婧在厨房里盛粥，梁茂明招呼肖禹落座，肖禹扭头看向隔了一道帘了的厨房，说道："我去帮忙吧。"

说罢，便只身进了厨房。

李婧愣了愣，把舀好的粥递给肖禹，两人全程无交流，各自端着两碗粥去了饭桌。

这一餐饭，气氛出奇的安静。

李婧话少，肖禹更是寡言，梁茂明弄不清楚这两人的真实关系，也不好贸然调和，只有好客热情的巧婶，时不时地招呼几句，一个劲儿地劝他们多吃点儿。

饭后，李婧想收拾碗筷，巧婶直接赶人："我来洗，你们老同学难得见一面，好好叙叙旧。"

"不，不用……"

"李婧，我带你出去走走吧。"

肖禹的邀请很温和，可是看着李婧的眼神很强势，加上梁茂明夫妇在场，李婧也不好使性子，只能点了点头。

两人走出梁家，沿着乡村小路散步。

深秋的晨光，照在乡野田间，落在肖禹身上，李婧不由自主地频频侧目。

二十六岁的年纪，五官棱角分明，气质干净恬淡，虽然身材显瘦，但精干有型，丝毫没有羸弱之感。黑色西裤配白色衬衫，严谨却不显古板，如同年少时一般，肖禹总是有着超出年纪的沉稳内敛。

　　　　　　　　　　　　人间有微光

"看够了么?"肖禹突然定下了步子,眉眼柔和,"我是不是变化很大?"

李婧慌忙摇头,心跳悄悄加快。

"但是你变了。"

"嗯?"

"瘦了。"

"肖禹!"

李婧隐隐咬牙,脸上丝毫不见被人夸奖变瘦的喜悦,反而异常生气,"我想胖就胖,想瘦就瘦,关你什么事儿?我吃你家大米了吗?"

外人对李婧的评价,是活泼开朗、善解人意、知书达理、宽容大度,谁又能知道,一个优秀的心身科医生,竟会在肖禹面前表现出暴躁易怒、刻薄敏感,不符合她完美人设的一面呢?

然而,肖禹面容平静,并没有任何不悦,只是淡淡地说:"你以前暴饮暴食,增重快速,影响身体健康。现在,挺好。"

闻言,李婧懵了片刻,才找回自己的舌头:"你……上学那会儿,你不是嫌弃我又胖又丑吗?"

肖禹茫然:"我有说过这种话吗?"

"呃,没有。"李婧迟疑着道,"但有次体育课下了后,你跟我说,我需要减肥,需要运动,不要胡吃海塞。这,这难道不是嫌弃的意思吗?"

肖禹眼神无奈:"不是。"

李婧惊愕,难道是她误会了?

肖禹叹了一气:"你是医生,你现在明白我的用意了吗?"

李婧大囧:"怪你不早说,害我自尊心受挫,一直记恨你。"

肖禹忍不住笑道:"所以,这就是毕业典礼那天,你偷吃我准备送给女生的小熊猫饼干的理由?"

"也,也不全是。"李婧脸庞发热,想到自己耿耿于怀这么多年,结果是一场误会,简直追悔莫及。

"不全是?"肖禹愕然,随即追问,"还有什么原因?"

李婧揉了揉鼻子,一声不吭地迈出了步子。

她怎么可能告诉他,是因为她吃醋了呢?她可不想自取其辱。

肖禹大步跟上。

"李婧。"

肖禹唤了一声,而后沉默了片刻,才问出口:"那只熊猫根雕,你真的扔了吗?"

李婧没有回答,却反问道:"你怎么知道是我?同名同姓的人很多。"

"我知道你念了医学院,听同学说,你毕业后回了延市工作,然后我查了你们医院的官网信息,看到了你的照片。"

"所以,特产包裹里的熊猫根雕是你放的?你故意试探我?"

"是。"

"为什么?"

"我不知道你还记不记得我……"

"你……"李婧气白了脸,"你确定你不是在提醒我,不要忘了当年偷吃你送给女生的熊猫饼干?"

肖禹目瞪口呆!

李婧从斜挎的背包里,拿出根雕,粗鲁地塞给肖禹:"还给你,我才不稀罕要呢!"

肖禹有些失措,李婧的反应完全在他意料之外,他笨拙地解释道:"李婧,你误会了,我没有这样想,这只根雕是我手工刻出来的,我……"

"因为木头不能吃,对吗?"李婧性急,直接呛声道。

肖禹也急了:"根雕可以作为留念!"

李婧满腔的怨气,突然间荡然无存!

她怔怔地看了肖禹一会儿,又粗鲁地从肖禹手中夺回根雕,塞进了自己的包包里,说道:"熊猫很好,但是以后别送了。"

"你不是喜欢熊猫,经常去动物园看熊猫吗?"肖禹感到莫名其妙,实难理解李婧的脑回路。

李婧想说，他给其他女生送的毕业礼物也是熊猫，她并非唯一，可是这些话卡在了喉咙里，她根本不好意思说出口！

见她欲言又止，不肯坦言，肖禹想了想，朝她伸出手："把你手机借我用一下。"

李婧不疑有它，把手机解锁后递给了肖禹。

肖禹操作了片刻，便将李婧的手机还了回去，然后又从裤袋里拿出自己的手机按了几下，然后说道："微信加好了，手机号也存进你的通讯录了，如果你有话想跟我说，随时联系，短信、语音、视频、打电话都可以。"

李婧咂舌："这么霸道吗？"

"那你现在说。"

"谁想跟你说话？我才没有！"

李婧嘴硬，捏着手机，走得飞快："当心我把你拉黑！"

肖禹不禁莞尔，八年了，这人的脾气秉性真是丝毫未变！

经年相遇，原以为会存在的陌生感和距离感，竟然都没有，三言两语、吵吵几句，便又回到了当年。

只是，他还有机会吗？

随着日头升高，村民陆陆续续出来了不少，有下地干活的，有闲逛串门的，还有工程车进进出出，施工的嘈杂声，从几个方向传来，不绝于耳。

大部分村民都没有见过李婧，可她身后跟着的肖禹，无人不识，而肖禹显然备受村民尊敬，哪怕隔着老远的距离，也要热情地打声招呼："肖书记回来啦！"

"回来啦！"

肖禹招手回应，村民便顺势询问李婧是从哪儿来的领导，是不是来检查工作的，还有甚者，口无遮拦，竟张口便道："肖书记领着对象回来啦？这女娃漂亮啊，啥时候谈的？结婚的时候可别忘了请大家伙儿喝喜酒啊！"

李婧大囧，白皙的脸庞上立刻泛起了羞涩的红。

生怕村民胡乱传话，坏了李婧的名声，肖禹连忙澄清："这是秋林叔家小孙子的主治医生李婧，专程从延市来村里为杰杰治病的。"

肖禹为人正经严肃，鲜少玩笑，村民闹了乌龙，立马实诚地道歉："不好意思啊李医生，你看我这张破嘴……"

"没关系。"李婧脸上露出尴尬而不失礼貌的笑容。

村民们嬉嬉闹闹地散开。

肖禹和李婧各怀心事，沉默向前。

从前村到后村，一圈逛下来，李婧发现村里除了民居之外，只有一个戏台，一个老旧的祠堂，不过有很多牡丹，以及超过百年的老树，仿佛一个个饕餮老人，安静地守护着村庄。

"肖禹，这里生活条件简陋，方方面面都很落后，你……"李婧侧身面向肖禹，问出心里的疑惑，"你为什么不去城市发展？坚守在梁湾村，不觉得辛苦吗？"

"到 2014 年底，全国仍有 7000 多万农村贫困人口，打赢脱贫攻坚战是全面建成小康社会最艰巨的任务。集子镇有十八个行政村，贫富差距较大，梁湾村更是排名倒数第一的贫困村，而且贫困程度较深，自身发展能力较弱，多的是像梁秋林家这种丧失了年轻劳动力，只剩下老人和幼子的家庭，不仅生活极其困难，心理上的生存意志也比较薄弱，比如村东头的梁大奎，儿子是森林消防员，前年不幸因公殉职，老伴受不了打击，心源性猝死，只留下了梁大奎一个人，整日浑浑噩噩，不是醉在田里一整夜，就是坐在河边大半天，好几次都差点儿跟着老婆儿子一起去了。"

肖禹说到这儿，侧身望向远处正在施工的地方，目光悠长："李婧，你可能不知道，我并不是土生土长的延市人，我家以前是宜县农村的，我

人间有微光

是在乡镇念的小学，直到初中时，我们全家才搬迁到了城里。我吃过农村的苦，了解农民的不容易，填报高考志愿的时候，我回了一趟老家，好几年过去了，老家仍然是贫穷的代名词，我们村的村长快七十岁了，拉着我的手说'咱村终于有大学生了，等学成了，一定要回来啊，咱全村人的希望都在你身上了！'所以，我毫不犹豫的报考了农林科技大学。可惜的是，等我大学毕业回到宜县时，老村长已经去世了。"

李婧听得动容，她似乎有些明白了，又觉她与肖禹的距离很远，她并没有自己想象的那么了解他，懂他心中之所想。

肖禹顿了顿，目光又落回李婧身上，接着说道："全国有两百多万扶贫干部，扶贫工作确实很辛苦，要耐得住寂寞，守得住清贫，可这是我自己选择的路，梁湾村需要我，带领梁湾村的村民脱贫致富是我的责任。"

"对不起，我不该那么问你，是我思想狭隘了。"李婧垂了垂眼睑，真诚道歉。

肖禹唇角勾起了戏谑的笑："你怎么会狭隘呢？你参加公益医疗，为了病人数度奔波，还贴钱帮扶贫困户，我正想代表村委会给你送锦旗呢！"

"咳咳。"李婧佯装生气，想也没多想地捶了肖禹一拳，"送什么锦旗？我可不是为了这些虚名！"

"好，不送不送。"肖禹眼底的笑意不断加深，语气也在不觉间愈发温和，"那我现在邀请李医生去村里的卫生室指导工作，行吗？"

李婧眼睛又是一瞪："不许取笑我！"

"我哪儿敢取笑你？万一你再记恨我八年，我岂不是……"

"是什么？"

"没，没什么。走吧，我带你去卫生室。"

肖禹及时止住了话茬儿，朝着村委会的方向走去。

李婧悻悻地跟上。

"请问肖书记，那片在建的工地，准备做什么？"

听到李婧故作客气地询问，肖禹气笑不得地回答："是瓜菜大棚。我们在小梁子沟已经建成了十座菌菇大棚，现在正是出菇的时候，有兴趣的话，待会儿带你去看看。"

"晚点儿吧，我今天给杰杰安排了康复训练，等下看过卫生室就得去杰杰家了。"李婧回道。

肖禹迟疑了几秒，问道："你明天回延市吗？"

"嗯，调休两天，请假一天，才凑了三天出来。"

"几点走？"

"大概中午吧。"

肖禹点了点头，没再说什么。

村卫生室在村委会大院里，占了两间大平房。

肖禹掀起门帘，唤了声："宋大夫！"

正在忙碌的宋艳兰闻声回头，招呼道："肖书记来啦，等会儿啊，旺才额头磕破了，我先给他止血。"

"肖书记。"梁旺才坐在凳子上，仰着头，左边额头的血流了一脸，一副蔫蔫的样子。

闻言，李婧立即上前："是梁旺才吗？"

"李医生！"

梁旺才听出李婧的声音，立马满血复活，激动地叫道："我要李医生给我处理伤口！"

宋大夫戳了梁旺才一下，不满地数落道："哎！你个梁旺才，刚刚还要死要活的呢，咋的，嫌弃我？那你以后甭来了！"

肖禹和李婧进了门。

不待肖禹介绍，梁旺才抢先说道："人家李医生是延市仁和医院的专家，上回杰杰骨折，李医生'刷刷刷'几下就给接上了，真真是医术了得啊！你看，我这运气多好，正巧赶上李医生来了，你说我能错过请专家治疗的好机会吗？"

"啧啧，都衰成这样了，还运气好呢？你以后干活时多长点脑子，别再让镬头砸了，那才叫运气好！"

宋大夫是个四十多岁的女人，典型的刀子嘴豆腐心，嘴上如是说，目光却在李婧身上打量，然后用眼神请示肖禹。肖禹随即询问李婧："可以吗？"

只要宋大夫同意，李婧自然愿意，她点了点头，言语里充满自信："没问题。"

宋大夫让出位置，客气地说道："麻烦李医生了。"

"您客气了。"李婧调侃道，"就像梁旺才说的，也确实是机会赶上了。"

宋大夫笑了起来。

李婧拿起镊子，夹了医用棉球，检查梁旺才的伤口。梁旺才呲着牙，哼哼唧唧地道："李医生，应该不严重吧？涂点云南白药就行了吧？"

李婧道："你的伤口面积虽然不大，但伤口较深，出血明显，而且是颜面部创口，需要进行清创，消毒，缝针，包扎。另外，铁锈磕伤的伤口污染比较严重，还要打破伤风针。"

"啥？还要缝针、打针？"梁旺才吃了一惊。

李婧点头："缝合后创口瘢痕较小，不影响美观。"

宋大夫皱起了眉头："缝合的话，恐怕要去镇上了，我这儿没有麻醉药和缝合线，也没有破伤风针。"

"没事儿，我带了医疗箱，外科所需的基本器材、药品，我都有。"李婧从包里拿出车钥匙，"等我一下，我去取。"

肖禹跟了出去。

李婧指了指停在村委会院子里的越野车："在后备箱呢。"

"我来拿。"

肖禹快走几步，打开后备箱，拎出医疗箱，边走边道："你不是心身科医生吗？怎么……"

"我可是外科兼心身医学科双料高才生！"李婧傲娇地抬了抬下巴，清亮的眼瞳里溢满了光。

肖禹满目赞赏："看来梁湾村捡到宝贝了！"

"什么叫捡啊？我……"

"不不不，是从天而降！"

"这还差不多！"

两人说说笑笑地进了门，梁旺才眼睛左右瞧，满脸疑惑："李医生，你……你跟肖书记很熟吗？"

"半生不熟。"李婧玩笑道。

肖禹蹙眉："别听她胡说，我们是高中同学。"

梁旺才震惊了片刻，随即高兴道："太好了，那李医生可要常来啊，最好是一周一次，要是忙的话，一个月来两回也行，吃住我全包了，我媳妇儿的厨艺可不比村长家的差，保管叫李医生满意！"

闻言，李婧下意识地看向肖禹，以玩笑的口吻说道："总来打扰你们村上领导的工作，不太好吧？"

肖禹笑了一下，避而不答。

李婧猜不透他是什么意思，但眼下病人重要，便没再说什么，打开医疗箱，迅速投入到了工作当中。

肖禹和宋大夫全程观摩，李婧的专业沉稳，丝毫不像是刚刚工作不久的新手医生，宋大夫自是满心的叹服，而肖禹不禁想起了高中时期李婧参加中国化学奥林匹克竞赛的事情，她是老师口中最有理化天赋的学生，因为这句评价，她还敲诈了他两盒冰激凌，花光了他发表一篇文章的全部稿费。那时，肖禹便想着，将来要让李婧怎么偿还才好，现在……应该是有机会的吧！

"好了。"李婧完成后，叮嘱道，"如果伤口愈合良好，局部没有明显的红肿、疼痛、皮下积液等症状，五天后拆线。这期间呢，伤口不能碰水，每隔两天到门诊换药，忌食辣椒、生姜、大蒜等辛辣刺激的食物，以及高脂肪高糖类的食物，油炸及烧烤类的食物也不要吃，还要戒烟戒酒。"

梁旺才苦着脸问："那我能吃什么呀？"

李婧道："可以多吃富含维生素及蛋白质类的食品，有助于促进伤口愈合，如鸡蛋、木耳、香菇、瘦肉等。另外，保持充足的睡眠以及情绪的稳定对伤口愈合也有帮助。"

"哦。"梁旺才很是发愁，"李医生，你能不能在村里多留几天啊？我可以付医药费、治疗费。"

"付费也不行，我明天必须回去上班，不能请假太久。你要是头疼得厉害，就吃止疼片，不过也不能多吃。换药的话，要是这里药品不足，你就去镇上的卫生所或者宜县医院。你放心，我处理得很好，你牢记医嘱，不该吃的别吃，不要沾水，按时换药，正常情况下，不会有什么问题的。"

"好吧。"

梁旺才起身，从兜里拿钱，李婧直接摆了摆手："用不着，赶紧回家休息吧。"

"这……这怎么好意思呢？"

"没事儿，等我再来的时候，请我吃饭好喽！"

"没问题，只要李医生来，吃多少顿饭，我都高兴！"

见状，肖禹开口催促："行了，快回去吧。"

梁旺才只好结束聊天，道别离开。

李婧时间宝贵，容不得浪费，肖禹遂道："宋大夫，我带李医生过来了解咱们村卫生室的情况，麻烦你给介绍一下。"

"哦，行。"宋大夫应允。

李婧听了宋大夫的介绍，参观了卫生室，紧皱的眉头极难舒展，卫生室严重缺乏医药物品和医疗设备，医生的专业水平也远远不够，如何满足村民基本的医疗需求呢？

5

第五章　开展健康讲座

离开卫生室，前往杰杰家的路上，李婧一直愁眉不展。

"你是不是在想村民看病难的问题？"肖禹问道。

李婧点了点头。

肖禹道："宋大夫是二十多年前卫校护理专业毕业的，看病不在行，只能卖点药，有时候连个头疼脑热都看不明白。镇上卫生所的情况呢，比村里能好一点点，但真正有什么较大的病，还得去县医院，甚至是市医院。基层医疗水平太薄弱了，有能力的年轻人大部分都带着学龄孩子去了城里，村里剩下的人，基本上只有老人和幼童，而这两部分的人，又是最容易生病的群体，一旦有什么紧急病症，抢救时间都浪费在路上了。"

"肖书记……"

"你叫我名字不行吗？"

肖禹的抗议，换来李婧戏谑的笑："不行，要公事公办！"

肖禹无奈："现在只有我们两个人，是私下里，不是公众场合！"

"好吧，不气你了。"李婧言归正传，认真道，"其实老年病很多都是慢性病，预防很重要，幼童的常见病分为三类，呼吸系统疾病、消化系统疾病、皮肤疾病，而这些病，如果家长懂得如何预防和护理，也可以在一定程度上减少发病。"

"所以，你的建议是……"

"如果有条件的话，可以邀请专业医生不定期来村里开展健康讲座。"

李婧说完，便发觉肖禹望着她的眼睛里亮起了光，不待她思考，对方便问她："李婧，你现在还喜欢吃冰激凌吗？"

李婧一愣，随即点头："喜欢啊！"

肖禹笑道："那我请你吃，不限量，不限时间，但是每次只能吃一盒，不能贪心，要保护好肠胃。"

"你……"李婧眯了眯眼，"你说真的呀？你确定不是在跟我开玩笑？"

肖禹颔首："当然！只不过村里没有卖的，等我回了延市，第一时间买来送给你。"

"好，一言为定！"李婧打了个响指，"说吧，请我吃东西的条件是什么？"

"果然是冰雪聪明的李婧同学！"

肖禹唇角的笑意扩大，直言道："你刚刚的建议非常好，我想请你做第一期的健康讲座。你时间紧张的话，半个小时、一小时都可以，力求言简意赅、通俗易懂。"

闻言，李婧哭笑不得："我这算不算自己挖坑自己跳？"

"如果你觉得不合适……"

"哎，你想悔约啊？我跟你说，我要吃垮你，让你往后一辈子都后悔你今天做的决定！"

"呵呵。"

肖禹只是笑，眼里泛着柔光，眼神坚定且执着。

李婧计算了一下时间，与肖禹商量："下午三点怎么样？讲一个半小时，不耽误村民做晚饭。"

"可以，我通知村干部去安排。"

就在肖禹打电话布置工作的当口，几个年幼的孩子，拍着皮球，嬉嬉闹闹地从他们身边经过。

李婧翻了翻包包，发现备用的巧克力已经吃光了，本想拿出来分给孩子，现在只好作罢。

她随口问道：“肖禹，这些孩子将来在哪儿上学呀？我好像没看见村里有学校。”

肖禹道：“学校在镇上。”

“学生多吗？”

“很少。”

“全镇不是有十八个行政村吗？人口不多？”

“城镇化建设加快了乡镇农民进城的步伐，但凡有点能耐的，都不愿意把孩子留在乡镇学校读书。因为乡镇小学师资力量薄弱，即便学校在硬件上竭尽全力向城区学校看齐，对教师进行提升培训，引进现代化教学设施设备，可留下来的教师，都是临近退休和刚刚毕业的特岗教师，老的拉不开弓，小的射不了箭，缺乏骨干力量。”

“换言之，是不是说明农民富裕了？”

“近年来苹果产业有力地改变了农村的经济状况，大部分农民有房有车，在城里和村里两头跑。农忙的时候回去干活，农忙过去了就在城里住。有些离城近一点的，白天在村里干活，干完了就开车进城了。”

“所以说，乡镇小学缺乏生源，也是一个客观原因。”

“选择乡镇小学的基本上都是孤儿、单亲家庭的孩子、学困儿童、精准扶贫户子女和留守儿童。”

李婧的心，沉了下去：“这些孩子心理健康堪忧啊！”

肖禹睇了睇那几个玩耍的幼童，面色亦是凝重，“梁湾村是贫困村，因为各种各样的原因，留守村里的人要多一些，相对存在的问题也更多。你说的心理健康，我估计不少人都有问题，只是大家都习惯了，不认为那是一种心理疾病，也没有人重视，更不知道该如何解决或是治疗。”

闻言，李婧侧过身体，认真地看着肖禹：“你呢？有没有失眠、焦虑、情绪低落、抑郁等方面的，让你感觉到不舒服，与平常不一样的精神状态？”

人间有微光

肖禹与她四目相视，缓缓道出一个字："有！"

　　"什么情况？你具体给我讲讲，看在老同学的分儿上，我给你医疗费打八折。"李婧眼睛发亮，连语气都激动了几分。

　　肖禹冷不丁一记响指弹在李婧脑门上："我决定病死算了！"然后大步向前。

　　李婧又气又笑，追着肖禹问："你到底有没有情绪问题啊？要是真有，近水楼台，我可是专业的心身科医生，你千万别错过呀！"

　　"近水楼台？"肖禹回头看了一眼李婧，若有所思，"嗯，这个成语用得不错。你放心，我不会再错过了。"

　　李婧顾不上分辨他言语背后的深意，只是一味地开心："那好，咱们说定了啊，八折，一分不能少！"

　　肖禹笑容无奈："敢情从小到大，你讹我的心思从来没变过？"

　　"对呀！"李婧扑眨着眼睫毛，一派天真的模样。

　　"好，那就讹一辈……"

　　然而，肖禹话未完，李婧的手机突然响铃了，她看了一眼屏幕，接通来电，嗓音清脆道："顾医生！"

　　"李婧，你怎么还叫我顾医生呢？我们不是说好不见外吗？"顾韫不满，佯装生气。

　　"呵呵。"李婧不禁笑了起来，"行行行，顾韫，我错了。说吧，找我什么事儿？"

　　顾韫道："作为礼尚往来，我请你吃午饭，怎么样？给个面子呗！"

　　"吃午饭？"李婧惊讶，"我在宜县呢。"

　　"怎么又去宜县了？最近公益医疗队没有去宜县的安排吧？"

　　"是我个人请假过来的，给我的一个小病人做康复训练。"

　　"好吧，那你哪天回来？"

　　"明天。"

　　"行，你回来后好好休息，我们挑时间再约。"

"没问题。"

挂了电话，李婧一扭头，便看见肖禹定定地看着她，他波澜不惊地问了句："同事？"

李婧随口道："是延市中医院耳鼻喉科的医生，我们都是公益医疗队的成员。"

肖禹没再说什么，只道："走吧，杰杰该等急了。"

果不其然，两人才到坡底下，杰杰便站在院子里朝他们挥舞小手，显然已经等久了。

李婧道："肖禹，你工作忙，就不要花时间陪着我了，我自己上去就好。"

肖禹抬腕看了下表："今天的训练也要外出吗？"

"嗯，去镇上。"

"午饭怎么安排？要不，我十二点去找你，我们一起吃。"

"你要来镇上找我？不方便吧。"

"我开车，用不了多长时间。"

"好。"

李婧挥手告别。

肖禹目送李婧上了坡，才返身往村委会走去。

村委会会议室。

今天上午的工作会，临时增加了项目考察情况通报。

肖禹出现在会议室时，村支书、村长及驻村工作组的一众干部，脸上不约而同地露出了揶揄的笑容。

"不好意思，迟到了两分钟。"

肖禹假装没看见，一边致歉，一边落座，面上是一贯的正经严肃。

然而，村长梁茂明偏偏看热闹不嫌事大，笑着说："不算迟到，陪同李医生视察村上建设，也是工作嘛！"

"嘿嘿，我还纳闷儿肖书记为啥要将两天的考察工作硬生生压缩成了一天，而且一口气没歇，马不停蹄地连夜赶回，原来是村里来了女同学啊！"村委会副主任梁兵也跟着打趣道。

众人哄笑起来。

这时，脑筋活泛的王会计举手道："肖书记，我申请组织健康讲座，负责现场秩序！"

"我申请主持！"

"我申请旁听！"

"我也申请旁听……"

"……"

眼看众人越说越激动，肖禹眉头越拧越紧，他重咳了一声，开口道："下午要检查菌菇大棚出菇情况，还要跟进电商这一块儿；美丽乡村的安居工程招标会，也要再落实一下流程和细节。都去参加讲座的话，谁来工作？"

一席话，令众人成功地闭上了嘴巴。

默了几秒钟，梁茂明插话道："但也不能没有干部参加吧？一来，很多村民不认识李医生，万一有起哄的、闹事的，岂不丢份儿？二来，这是公事，我们村委会必须尊重李医生，表达村上对李医生公益讲座的欢迎和感谢，对吧？"

肖禹淡淡地说道："我去开个场，然后就去菌菇大棚。"

"这……这也太随意了吧？"梁茂明眉头皱得深。

梁兵附和道："对，至少要有一两个干部全程参与，这是最基本的接待标准！"

肖禹有些无奈："村长，李医生是未婚女青年，有些话，传着传着可能就变味儿了。"

"好好好，我知道了，是我没忍住嘴，对不住了。"梁茂明秒懂，立刻应允，并通知众人，"大家出了这个门，谁也别说出去，尤其是自家屋里的女人！"

肖禹虽然年轻，可在梁湾村以"老干部"著称，行事做派端正严谨，从不给村民一丝一毫说闲话的机会。

众人都了解肖禹的性格，便不再玩笑，认真商讨安排了下午的诸项工作。

随后，肖禹从公文包里拿出笔记本和一沓资料，说道："接下来，我谈谈这次调研鱼蟹水产养殖项目的情况。邻县采用的是'企业＋基地＋农户'的联合经营模式，将水产品养殖产前、产中、产后各个环节有机的联合起来，采用无公害水产养殖业生产方式，企业、农户、合作社形成了风险共担、利益共享的机制。建设目标明确，从引种到管理，从技术到经营，都以市场为导向，突出地区优势，坚持环境保护原则，有效推进了当地'三农'问题的解决。具体的资料，我已经带回来了，大家下去仔细研究，然后我们再进一步开会商讨，尽快出台水产养殖建设项目可行性研究报告。"

很快，时间临近中午，会议告一段落。

平常不急不缓的肖禹，今天破天荒地第一个冲出了会议室的门！

"哎，肖书记，你去哪儿呀？巧花给你备下午饭了！"梁茂明急忙喊人。

肖禹头也不回地说道："不吃了，替我谢谢巧婶！"

"那……那李医生呢？"

"她也不吃！"

肖禹钻进了一辆黑色轿车，迫不及待地驶离了村委会大院。

一众干部围过来，表情可谓精彩纷呈。

"怎么办？肖书记越是不让打听，我就越想知道他跟李医生的过往啊！"

"一定有故事，而且是耐人寻味的爱情故事！"

"啧啧，肖书记的反常，明显是和尚动了凡心，一发不可收拾啊！"

"难怪给肖书记介绍对象，不论哪家的，他都不为所动，原来是心里

　　　　　　　　　　　　　　　　　　人间有微光

有人了啊！"

眼看众人越说越起劲儿，梁茂明连忙打断，正色道："大家不要胡乱猜测，万一事情不是我们想象的，影响了肖书记和李医生的同学情分……"

"放心吧村长，大家伙儿心里有数，绝对不会当着两位正主的面儿调侃，让他们别扭的。"梁兵笑说道。

梁茂明把资料夹在腋下，大手一招呼："都别干站着了，上我家吃饭去，要不然剩了饭没人吃，巧花又要唠叨了。"

于是，众人说说笑笑，全部往梁茂明家而去。

集子镇。

李婧和杰杰在杜小琴打工的超市里待了近两个小时。

因为约了肖禹吃午饭，李婧没带老两口出门，她来此一趟不容易，遇见肖禹，是意外的惊喜和收获，她想和他私下里多待一会儿，哪怕多一顿饭的时间也好，下回见面，不知道又要等多久了。

杰杰进步很大，对部分物品的辨认和购买流程，已经初步掌握了，只需大人有效引导，反复告之所要购买的数量、名称、单价以及总价，杰杰就能正确地完成。

"李医生，你可真有耐心。"杜小琴趴在收银台上，咂着舌，发出感慨。

李婧微微一笑："医生必须有耐心啊。"

"李医生温柔漂亮性格好，你男朋友一定很幸福！"

杜小琴调侃的话语，一字不落地飘进了肖禹的耳朵，他脚下顿了顿，目光朝超市里面望去，李婧和杰杰在副食区域，货架挡住了视线，谁也看不见谁。

而李婧并未多想，随口玩笑道："不不不，我男朋友啊，没这待遇，他只能欣赏我的美貌，无法享受我的温柔。"

"咯咯咯……"

杜小琴笑得前仰后合,一扭头,看到肖禹,拼命克制,才止住了笑,问道:"想买什么,进来看!"

肖禹脸色不是很好,他默了一瞬,才开口道:"我找李医生。"

"李医生?"杜小琴一愣,随即亮了眼眸,"你是李医生的男朋友?"

肖禹没有回答。

李婧听闻动静,连忙牵着杰杰走了出来,看到杜小琴八卦的小表情,她笑着解释道:"他是我老同学,不是男朋友。"

杜小琴尴尬地缩了缩肩膀:"不好意思,认错人了。"

"没关系,我们走啦!"

李婧挥手告别,带着杰杰走出超市。

肖禹慢步跟上。

李婧扭头问道:"你请客吗?"

"想吃什么?"肖禹反问。

李婧皱眉:"你怎么了?看起来情绪不高的样子。是遇上难事了,还是……嗯,不想请我吃饭?"

"没有的事儿。"肖禹打起精神笑了笑,"大概昨晚睡得少,犯了秋困。"

李婧歪着头想了想:"那我们随便吃点儿,然后你早些回去补个觉。"

"不行,你难得来一趟,我得尽地主之谊,把你招待好了,免得你又要记恨我八年。"

肖禹似真似假的玩笑话,逗乐了李婧,她弯腰抱起杰杰,语气轻快:"走喽,我们去吃关中大碗面。"

"把杰杰给我吧。"

肖禹伸出手,冲杰杰笑了一下,杰杰认出他是送电子小狗的叔叔,便把小手放进了肖禹的大掌中,肖禹接走杰杰,举高高了几下,杰杰开心坏了,搂着肖禹的脖子不松手。

李婧见状,用手指刮了刮杰杰的鼻子,气笑道:"你这个小家伙,刚刚还黏我呢，这么快就喜欢别人啦？"

杰杰吃力地说："叔……叔叔……狗，狗狗……"

"好吧好吧，看在肖叔叔送杰杰礼物的分儿上，就让肖叔叔抱你吧。"

李婧的眼眸里泛着温柔的光，肖禹看着她，仿佛看见了她婚后生子的模样，他不禁有些失神。

"走吧！"

李婧拉了拉肖禹的袖子："我们来的时候经过了一个民俗风格的老关中面店，看起来挺不错的，试试？"

"只吃面的话，会不会觉得讹我讹少了？"肖禹收拢心思，又恢复了一贯的相处模式。

李婧并没察觉到什么，一脸狡黠地说道："当然少了，所以算你分期请客吧。今天吃面，下回再换别的，至少三顿，才能算你尽了地主之谊。"

肖禹莞尔："呵呵，你土匪呀？连敲竹杠都敲得这么理直气壮？"

"那你让不让我敲？"李婧反问道。

"让。"

"嗯，你对我这么仗义，我也不好总占你便宜，我会仔细想想，怎么回报你。"

闻言，肖禹猛地一顿，目光灼灼地盯着李婧："我能自己选择吗？"

"选择什么？"李婧有点懵。

"回报。"

"不能！"

李婧拒绝得相当果断，万一他的选择是拒绝她呢？李婧不允许有意外，时隔八年再相见，虽然相处不过短短半天，可是她确定，她的心意从来没变过，亦不会改变。

肖禹好一阵子没说话。

直到他们步行至对面的街口，穿过一条巷子，到达面店，点餐落座后，他才趁着等面的空隙问道："为什么不能？你知道我要什么回报吗？"

"不知道。"李婧摇头，倔强地说，"但是我保证，我回赠你的礼物，你一定会喜欢的！"

"好，什么时候送我？"

"等时机成熟吧。"

"如果我不喜欢，你就……"

肖禹突然卖起了关子，而且看着李婧的眼神有些奇怪，李婧不禁心里发毛，难道她会错了意？他心中所想，并非她所盼？

正在这时，杰杰拽住肖禹的手，说："叔，叔叔，尿……"

"走，叔叔带你去厕所。"

肖禹抱着杰杰去找卫生间，李婧趴在桌上，心情是说不上来的焦虑。

"怎么，饿了？"

肖禹回来，看到李婧萎靡的样子，把杰杰放在椅子上坐好，安抚道："饭马上就来了，先喝点汤，再吃面条会好消化些。"

李婧喝了几口汤。

很快，服务员端着木托盘，送上两碗杂酱面和一碗疙瘩汤，这是李婧请面店为杰杰单独做的，疙瘩都是小颗粒，煮得很软，杰杰吃了好消化。

李婧示意肖禹动筷子："我们先吃面，等拌汤晾温了再让杰杰吃。"

两人吃了几口，几乎不约而同地看向杰杰，只见杰杰用手指重复地抠着桌面，小眼睛在李婧和肖禹脸上来回移动，口齿不清地说："吃，杰杰想……想吃。"

肖禹道："杰杰能吃吗？"

"可以少吃点儿。"

李婧拿勺子把面条切碎，拌上肉酱，喂给杰杰，杰杰吃得很香，吃下一口，张开小嘴还要吃，李婧伸出五根手指头："杰杰，我们打个商量，只吃五勺，好不好？"

杰杰点了点小脑袋。

人间有微光

看到李婧把碗里的面分给了杰杰一小半，肖禹便把自己没碰过的炸酱面挑了两筷子放进李婧碗里，他动作自然，没有多余的话。

李婧愣了愣，这一幕，似曾相识。

高三下学期第一次模拟考结束，她讹了肖禹一碗炸酱面，可是那天她太饿了，一碗吃光还觉得没吃饱，而他只吃了半碗就放下了筷子，于是，她毫不客气地把他碗里剩余的面全部挑进了自己碗里，当时肖禹的眼睛瞪得像铜铃似的，好半天才恢复了正常。

后来，他问她，你不嫌弃吗？她笑着说，她又不是猪，跟谁都能同吃一碗饭，要分人的。

没想到，他还记着那件事。

"你……"李婧抿了抿唇，斟酌着说道，"你饭量还是这么小啊？"

肖禹语气颇显认真："所以，我是不是很好养活？"

李婧一下子被逗笑了："怎么，指望我养你啊？没门儿，我才刚工作几个月，养自己都费劲儿。"

"那我养你。"肖禹说道。

李婧越发失笑："你养我？怎么养？"

肖禹从钱夹里拿出一张银行卡，放在李婧面前："这是我的工资卡，密码是我们高中毕业典礼的日期。"

李婧目瞪口呆！

见状，肖禹进一步表明态度："我没有开玩笑，我是认真的。"

李婧愣了片刻，把银行卡推回去，皱眉道："我有手有脚有工作，干吗要你养啊？你的钱还是留着给自己媳妇儿吧。"说完，她搁下勺子，抽了张纸巾给杰杰擦嘴。

"也行，将来再给。"肖禹没有坚持，把银行卡收回了钱夹。

李婧心跳不止！

他……是什么意思？难不成……

"杰杰交给我，你快点儿吃，一会儿面坨了。"

肖禹的话打断了李婧的思绪，只见他快速吃光碗里剩余的炸酱面，然后开始喂杰杰吃疙瘩汤。

李婧不禁五味杂陈。

她喜欢和肖禹这般自然而然的相处，无需害羞扭捏，不必担心自己在对方眼中是丑是美，仿佛老夫老妻一样，又舒服又自在。

肖禹是个行事严谨、寡言少语、喜欢用实际行动来表达的男人，她第一次见到他对小孩子温柔耐心的模样，竟忍不住在想，将来他定会是个好爸爸和好丈夫吧!

午饭结束，三人出了面店，时间还早，李婧提议再逛一逛，肖禹欣然同意。

途经一个卖红糖月饼的门店，李婧买了两斤，抢在肖禹前面扫码付账，然后拿出一个月饼送到肖禹嘴边，反问："半碗面怎么能吃得饱呢?"

肖禹抓住李婧的手，低头咬了一口月饼，李婧饶是性格豪爽，也在瞬间红了耳根。然，他倒是端得一本正经，且一语双关道："唔，很甜。"

"姨，吃，杰杰吃。"

幸好，杰杰在关键时刻，仰着小脸，讨要月饼。

李婧连忙抽回手，把月饼塞给肖禹，然后又拿了一个月饼，掰了一小块儿放进杰杰嘴巴里。

肖禹笑了笑，专心吃起了月饼。

回村的时候，两人各自开车，李婧带着杰杰先行一步，把杰杰送回了家。

小家伙累了，很快就睡着了。

李婧跟老两口聊了今天的训练情况，听到杰杰学会了购买简单的东西，开始主动选择吃什么，而且能够大胆地表达出来，从语言思想到行为能力都有了明显的提高，老两口高兴极了。

梁爷爷从里屋拎出一个蛇皮口袋、两个大筐，里面是满满当当的农作物。

　　　　　　　　　　　　人间有微光

梁奶奶说道："李医生，趁着你带杰杰出门，我和老头子去地里收了些玉米、红薯、洋芋、南瓜、萝卜、梨、苹果，哦对了，还有土鸡蛋，上回老头子发病没顾上，这回你正好开车来，带回去给你爸妈，多多少少都是我们老两口的一点心意，你可不许拒绝！"

话说到这个分儿上，李婧要是再拒绝，就显得没有人情味了，于是她欣然点头："好，我收下。但是只收这一次，我家人少，多了吃不完的。"

"行行行，以后再说。"梁奶奶笑着敷衍道。

李婧看了下手机，已经快两点了，遂道："我下午三点要给村民办健康讲座，需要提前准备准备，我就先回村长家了，到时间杰杰醒了的话，你们也过来听听。"

"好。"梁奶奶应下。

梁爷爷扛起蛇皮口袋，交代梁奶奶："你在屋里看着杰杰，我给李医生搬到车上去，免得明天忘了。"说完，还冲梁奶奶挤了挤眼睛。

梁奶奶会意，立马帮腔道："对对对，明天不定有什么事儿耽搁呢，不如现在就装车。"

李婧哭笑不得，老两口分明是怕她明天不打招呼偷偷跑掉吧！

肖禹回到村委大院的宿舍午休了半个多小时。

两点四十分，梁茂明用村里的大喇叭进行多轮广播通知："请全体村民听到广播后自带凳子，马上到戏园子集合！请全体村民听到广播后自带凳子，马上到戏园子集合！"

梁兵带人布置会场，宋大夫听闻，也热心地赶来帮忙。

戏台正前方摆放了一张长桌，铺上了红绒布，安置了两把椅子、一支话筒、一个水杯。

"喂？喂？"

李婧到来时，梁兵正在试音，看到这阵仗，她不禁愕然，竟然这么正式！

"李医生!"

梁兵眉开眼笑，格外热情："您看，您这边还需要我们准备些什么？"

李婧忙道："够了够了，上午临时敲定的讲座，我也没来得及准备PPT和健康宣传册之类的，只能干讲了。"

"不怕，就算是干讲，我也绝对相信李医生的专业能力！"梁兵试好话筒，跳下戏台，仲山手，诚挚道谢，"感谢李医生在百忙之中，为我们梁湾村做奉献，辛苦您了！"

李婧与对方握手，笑说道："应该的，我在梁湾村免费吃住，总得做点儿贡献吧！"

梁兵被李婧的幽默逗笑了，正要回应，忽见肖禹和梁茂明走了过来，村民们也在陆续赶来，对上肖禹视线的一刹，梁兵没来由的一凛，条件反射似的后退了半步！

"肖书记!"

看到梁兵朝她身后招手，李婧跟着回头，露出招牌式的笑容，揶揄道："两位领导好！"

"肖书记你看看，这李医生越来越会笑话人了！"梁茂明反应极快，顺便调侃了肖禹一把。

肖禹无奈："我看没用，李医生的嘴巴从来不饶人，我是管不住的。"

"哈哈哈！"

在场之人无不捧腹大笑！

李婧闹了个脸红，瞅了肖禹一眼，嗔怪道："我哪里不饶人？你别破坏我的完美形象！"

肖禹垂眸轻笑，眼底浮上一丝不易察觉的宠溺。

很快，闲在家里的村民都带着凳子来了，加上小孩儿，差不多有五六十人，整整齐齐地坐在戏台下。

按照工作部署，梁茂明率先走上戏台，在边上落座，开启话筒，笑容满面地说道："乡亲们，今天喊大家来呢，是有个好消息要告诉大家！

一直以来呢，农村都存在着看病难的问题，乡镇医疗条件差，村上的卫生室更是缺药，缺医生，缺医疗器械，导致我们村民稍微有点病，都要跑去县医院或市医院，既耽误时间，又延误病情。这种现状，我们暂时还没有条件改善，但是，在肖书记的努力下，为我们请来了延市仁和医院的专家大夫，为我们广大村民做一场公益的健康讲座！下面，请大家以热烈的掌声，欢迎李婧医生！"

"啪啪啪——"

村民掌声雷动，一个个伸长脖子，望向戏台的入口处！

"放开讲，不用顾忌什么，结束后打电话给我。"肖禹轻声嘱咐道。

李婧微微一笑，从容上台！

梁茂明起身，邀请李婧入座，并且把话筒移在了李婧面前。

李婧落落大方，神采间飞扬着自信："梁湾村的乡亲们，大家好，我叫李婧，现就职于仁和医院心身医学科，擅长治疗失眠症、抑郁症、焦虑症、自闭症等心理健康疾病，同时，外科也是我的专业。这是我第二次来到梁湾村，能以自己的专业帮助到乡亲们，我很高兴！"

"啪啪啪！"

梁爷爷立刻拍手，并激动地告诉身边的村民："李医生就是我孙子的主治医生，医术特别厉害！"

身后一个老头儿不以为然，小声地嘀咕："是骡子是马，得拉出来溜溜！"

"梁大生，你说话客气点儿！"梁奶奶回头瞪着老头儿，有些生气。

见状，肖禹不禁眉心微蹙。

梁茂明拍了拍桌子，扬声喊道："大家安静！"

现场顿时鸦雀无声！

李婧含笑，道："今天我想跟大家分享的是中老年慢性病和幼童常见病的预防，以及日常生活中部分突发症的急救方法。比如，一个正常人，在吃东西的时候，突然不能说话，不能喘气，也不能咳嗽了，他就会不由自主地用手卡住脖子，表情非常痛苦，在医学上称为异物卡喉气道梗阻，几分钟之内就可能窒息死亡！在这种危急情况下，我们应该如何实施急救呢？"

说到这儿，李婧站起身，拿着话筒，走出桌子，邀请下面的村民："我想现场为大家做个示范，有没有人愿意上来配合我？"

"我，我来！"

第一个举手的人是个二十多岁的年轻男子，全身上下都是名牌，连头发都打了蜡，锃亮锃亮的，但一副吊儿郎当的样子，甚至举止轻浮地说："我最喜欢配合美女了！"说完，还朝着李婧吹了声口哨。

肖禹当即沉了脸！

李婧从没被人当众调戏过，一时间有些失措，抓着话筒的五指，不自觉地收紧。

梁茂明一掌拍在桌子上，怒声斥道："三蛋子，你要什么混？给我滚回去！"

三蛋子嘴上叼着笑，不慌不忙："村长，你不讲道理呀！难道李医生不是美女吗？我配合美女犯法吗？"

梁兵和几个村干部迅速过来撵人！

"凭什么赶我走？我就不走！"

三蛋子不服，拉拉扯扯，态度十分嚣张！

村民们也躁动了起来，看热闹的、多嘴的、劝说的、拉架的，啥人都有，一片嘈杂！

见状，肖禹大踏步上台，从李婧手中拿过话筒，严肃地说道："在公共场所起哄闹事，严重破坏社会秩序，根据《中华人民共和国治安管理处罚法》第二十六条，有以上寻衅滋事行为的，处五日以上十日以下拘留，并处五百元以下罚款；情节较重的，处十日以上十五日以下拘留，并处一千元以下罚款！梁副主任，马上打110，请派出所民警来一趟！"

现场顿时鸦雀无声！

包括三蛋子在内，全部闭上嘴巴，停下动作，各归各位！

肖禹不是本地人，却能在梁湾村立威，不仅仅是第一书记的身份加持，还因为他行事老练，说一不二，肚子里装的不止是文化，还有法律条文和讲不完的道理，对付混混村霸，他能软能硬，恩威并济，总有办法让他们心服口服！

其中，三蛋子就被肖禹收拾过，所以肖禹一说叫警察拘留，立马怂了："别，别麻烦警察！肖书记，我回家看电视行不？"

肖禹仍然沉着脸："道歉！"

"这，这……没必要吧，又不是啥大事。"三蛋子拉不下脸，不肯道歉。

肖禹道："李医生远道而来，既是专家，也是客人，而且对我们村的梁秋林、梁杰杰、梁旺才等人进行过免费医疗救治，理应受到我们全体村民的欢迎和尊重！大家说是不是这个道理？"

"是！"

底下齐声附和！

三蛋子慌了，抓耳挠腮磨叽了好半天，才红着脸憋出一句："李医生，对不起！"

说完，拔腿便跑，生怕迟上几秒，警察就会将他抓走似的！

"这小子，有了俩臭钱，就不知天高地厚，不知道要讲文明讲素质！"

梁茂明生气不减，交代肖禹道："我去看看三蛋子，批评教育要趁早，免得一天到晚尽丢我们梁湾村的脸！"言罢，下了戏台，追着三蛋子而去。

经过这个小插曲，李婧的情绪多多少少受到些影响，肖禹朝她露出安慰的笑容，轻声道："我配合你，行么？"

李婧点头。

肖禹随即呼吁道："让我们用热烈的掌声支持李医生！"

他把话筒递给李婧，带头鼓掌，村民们用力拍手，大喊着："支持李医生！"

李婧做了两次深呼吸，而后徐徐开口，"谢谢大家。我想示范的是海姆立克急救法，它适用于一岁以上的儿童和成人的气道梗阻，前提条件是，患者可以站立，意识清醒。下面，请大家一定仔细看，仔细听！首先，施救者站立在患者的后方，两脚分开，患者弯曲双腿……"

李婧请肖禹站在正前方，她在他身后站定，想要操作，但腾不出手拿话筒，梁兵见状，快速跑上戏台，道："李医生，我帮你举话筒。"

"谢谢。"

李婧把话筒递给梁兵，继续演示："接下来，我的一只脚要站在患者的双腿中间，让患者靠在我的腿上面，然后身体稍微向前倾一点点！"

肖禹按照要求摆好姿势，他后腰贴着李婧的肚腹，脸庞不禁微微发热，心道，难怪她换掉裙子，穿上了长裤，转念又一想，幸亏没让三蛋子上台，不然……

而他俩这般"亲密"的姿势，也自然引起了轰动，有许多人站了起来，眼里冒着星星，拉长了语调，"哦——"

肖禹尴尬地轻咳了一声！

梁兵空闲的手，做了个向下的动作，严肃令道："都坐好！"

李婧扬声道："大家不必惊讶，现今社会妇产科男医生、泌尿科女医生多得是，医生的职责是治病救人，无论患者多大年纪，是男是女，到了医生面前，就只有病人一个身份！"

闻言，肖禹大囧，看来是他思想狭隘了！

"固定好正确的姿势后，遵循三个步骤，也可以称为剪刀、石头、布！什么叫剪刀呢？首先摸到患者的肚脐……"

李婧说着，当众掀起肖禹白衬衫的底襟，一边讲解，一边操作演示："并拢左手食指和中指，在肚脐上方，剪刀两指，然后右手握拳，虎口朝里，按在剪刀上方的位置，接着左手张开，固定住拳头，对着患者肚子向后、向上进行冲击，使患者胸腔里面的压力升高，通过向上的气流把异物

　　　　　　　　　　　　　　人间有微光

排出来！但是大家一定要记住，凡是经过海姆立克急救的人，都需要到医院进行腹部脏器的检查，所以我们跟正常人只能摆姿势，进行步骤练习，不能真正实施冲击。"

讲到这儿，李婧松开肖禹，余光一瞥间，竟发现肖禹耳根泛红，害羞地垂着眼睑不敢看她。

李婧心生欢喜的同时，又特别想笑，可这种场合，她不能表现出一丁点儿异常，所以她拼命忍着，故作严肃地说："辛苦肖书记了。接下来，我再请两个人上台，做一组练习。"

肖禹点点头，没说什么，快步走下了戏台。

他去厕所整理好衣服，出来时，看到两个男村民上了台子，李婧在旁进行指导："摆好姿势后，记住三步骤，先剪刀，再石头，最后是布，位置一定要准确！"

村民们被调动起了求知欲，上面的人认真练习，下面的人认真学，气氛非常好。

肖禹观看了片刻，觉得应该不会再出什么岔子了，便留下梁兵，带着其他村干部去了菌菇大棚。

男村民结束练习后，一个抱着孩子的妇女提问道："李医生，如果是小孩子气管被卡住了怎么办？还有婴儿，容易呛奶，也不会站立，要怎么办呢？"

李婧微微笑道："有没有小朋友愿意上来做个小游戏呀？"

她话音刚落，三四个孩子便争抢着跑上了戏台。

另一边，梁茂明将三蛋子拦在了村路上。

三蛋子扯着嘴角，无语道："叔，不至于吧？就这么点儿事，还没骂够？"

梁茂明语重心长："三蛋子，你这话说得不对。你爹妈在城里买的房子拆迁了，有钱了，但生活越是富足，越要提高自身的素质，任何时候，尊重他人，才是尊重自己，明白吗？"

三蛋子翻了个白眼儿，敷衍道："行行行，我知道了。"

"你别不服气，人家李医生是研究生，是医学人才，但人家待人亲和……"

"叔，你有完没完啊？我素质低，我没礼貌，行了吧？"

三蛋子不耐烦地打断，双手插着裤兜，头也不回地走了。

梁茂明气得破口大骂："你这个混账东西，赶紧地滚，甭让我在村里看见你！"

在村民们的高度配合下，李婧顺利讲完了几种急救方法及幼童常见病的预防。

时间超出了预计，天色将黑。

李婧便只挑干货分享，她道："我们村里留守的老年人较多，接下来，我简单讲讲老年人慢性病的预防及日常生活中的注意事项，比如糖尿病、脑梗、高血压、高脂血症、冠心病之类。如何预防心脑血管疾病，可以从四个方面入手：第一，合理饮食，要避免高盐、高脂肪的食物，尽量选择清淡、容易消化、对保护心脑血管有益处的食物，如芹菜、黑木耳、绿叶蔬菜……"

"哎，李医生，你不是说，你是什么心身医生，还……还是外科啥专业的，是吧？"梁大生突然打断李婧，提出质疑，"你刚说的病，好像都属于内科吧？"

李婧耐心听完，点头道："没错，这些病症归属于心内科、心外科、内分泌科，还有神经内科，确实不是我的主攻专业，但……"

"那你算是个外行吧？"

"我……"

"一个外行来给我们讲内行的病，能信吗？何况你这么个年轻女娃，你能懂多少老年人的病啊？可别瞎说一通，把我们给害了！"

听到梁大生越说越离谱，梁兵赶紧过来规劝："大生叔，饭不能乱吃，话更不能乱说啊！"

梁大生不屑一顾，且言语忿恨："我哪儿乱说了？她们这些医生，嘴上说得好听，骗我们做检查买药的时候，可是一点儿都不手软！"

"大生叔，你过分了啊！"梁兵沉了脸，转头对梁大生的老伴说道，"婶子，你先送大生叔回家歇着吧。"

孙桂梅随即拉了拉梁大生的胳膊："你叨叨个什么劲儿啊？走了，回家！"

梁大生倔得很："那不行，我不能让这小女娃把乡亲们骗了！哎，先说一堆咋咋咋预防，然后就劝你去她们医院做检查，就是新闻上说的叫什么托来着……"

"医托！"孙桂梅给他提醒。

梁大生伸手一指台上的李婧，掷地有声："对，就是医托！"

李婧被整无语了，她无奈地辩解："我不是医托，我是正规医院的执照医生！"说着，她从上衣口袋里拿出证件，走下戏台，举在梁大生面前，好声好气地说："您看，这是我的仁和医院的工作证，姓名、照片、科室、职称都有，您可以打电话给医院进行身份查证！"

"就算你是真医生，可证件上没写你是内科专业啊！"梁大生瞅了一眼，振振有词，"说明你还是骗子啊！"

李婧叹了一口气："我们学医的，不是只学一门课，人体器官所涉及的每个学科都要学，只是……"

"反正说来说去，你就是假的！"梁大生认死理，根本不给李婧解释的机会，甚至还怂恿村民道，"这种骗子医生，大家伙儿就应该一起拆了她的场子！"

梁奶奶忍无可忍，破口大骂："梁大生你个老倔驴，你是耳聋了还是眼瞎了？李医生是我孙子的主治医生，是我和村长在延市仁和医院认识的医术高明的好医生！人家贴上路费、油钱，三番两次从延市跑来免费给杰杰治病，又是送药，又是买营养品、慰问品，倒贴了多少钱啊，人家有必要骗你吗？"

梁兵则厉声提醒道："梁大生，诸位乡亲们，肖书记说了什么，你们是忘了吗？寻衅滋事不仅要拘留，还要罚款！"

"小兵，你吓唬谁呢？谁滋事了？李医生前面讲的急救法和娃娃病预防，在她专业的范围，我可什么都没说，是她讲到我们老年人，我才要揭穿她，免得乡亲们上当受骗！"梁大生单手叉腰，手指头戳着梁兵，怒气冲冲。

"你懂个屁！"

梁秋林火冒三丈地推了一把梁大生："孩子的病要看儿科！你半吊子水平，还敢在人家医生面前班门弄斧？丢不丢人？"

孙桂梅顿急："你怎么打人呢？"

"谁敢欺负李医生，我就跟谁过不去！"

梁秋林是村里出了名的好脾气，几十年来，鲜少跟人争执，更甭提打架了，所以村民们都被吓了一跳！

而梁大生失了面子，脸上挂不住，当即扑上去，要跟梁秋林干架！

"大生叔、秋林叔，你们都冷静一下！"

梁兵和村民们极力制止，梁奶奶生怕伤着杰杰，把杰杰抱远了些，李婧不想连累梁秋林，更不想扩大事态，便也着急劝架！

谁知，场面混乱之下，李婧竟不小心被梁大生推搡倒地，手臂重重地砸在了某个木凳子的棱角上！

菌菇大棚。

此时，肖禹带领村干部正在检查出菇情况。

肖禹眉头皱得深："为什么两个棚的平菇都出现了斑点病？"

"平菇出菇阶段，子实体病害发生比较多，多由病原细菌引起。斑点病的病原菌是假单孢杆菌，喜欢高湿、高温、密闭的环境，工具、材料、

　　　　　　　　　　　　　　人间有微光

原料、土壤、水流以及各种虫类，都可能成为传播媒介。"

技术员刘勇解释了因由后，迅速拿出防治措施："眼下必须停止喷水，加强通风换气，充分降低温度和湿度，对于已经发病的子实体，要清除病菇，清理料面，轻微的可以喷施黄斑消、霉斑净、百菌清之类的药物，严重的要立即采摘下来，以防继续传染。"

肖禹道："这一茬平菇……"

"肖书记！"

这时，大棚外面突然传来急喊声："肖书记不好了，戏场出事了！"

肖禹一惊，一个箭步冲了出去！

来人是巧婶，一路跑过来，满头大汗："梁大生拆李医生的台，梁秋林生气，跟梁大生打架，没承想，李医生竟然被误伤了！"

肖禹顾不上询问详情，向戏场狂奔而去！

天色越来越暗，朦胧的月光照在空旷的戏台上，有几分清冷，亦多了几分孤独感。

肖禹赶到时，村民已经全部散了，只剩下李婧一个人，坐在冰冷的戏台子边上，双手撑着台面，垂着头，双腿没有节奏地轻轻晃荡。

"肖书记！"

梁兵从一堵墙背后走出来，悄声说："李医生让乡亲们都回家了，她说想一个人静静，不让人打扰。但我不放心，就在这儿悄悄盯着。那个，肖书记啊，真是对不住，我……我没看顾好梁大生，没有维持好秩序，害得李医生被梁大生失手推倒，胳膊肘儿撞到了凳子尖角上，似乎出血了，可李医生不让人看，也不去卫生室检查……"

"我知道了，你先回去吧。"

肖禹打断梁兵的话，目光定格在李婧身上，说不出的难过与心疼，令他心中升起强烈的后悔，他不该把李婧拉进他的工作中，试图在造福村民的同时，缩短他和她之间的距离！她是多么骄傲的一个人啊，她在城市里出生，在优越家庭里长大，是被父母捧在手心里呵护的姑娘，何曾一而再，再而三地受过这种欺辱？

梁兵满怀愧疚地离开了。

肖禹缓步走向李婧。

听到熟悉的脚步声，李婧强忍的泪水，忽而憋不住地湿了眼眸。

"地上凉，跟我回……"

肖禹话未完，胳膊竟被李婧一把抓过去，拿他的衬衫袖子擦眼泪！

肖禹没有拒绝，只是惊讶地看着李婧，纵容她孩子气的行为，待她发泄完了，才抬起大手，抚了抚她的头发，柔声说："对不起，都怪我不好……"

"不关你的事儿。"李婧吸了吸鼻子，情绪低迷地说道，"是我能力不够，也可能是我过得太顺了，从小到大，不论学习、比赛、考级、考学、工作，全都是顺风顺水，基本上没有受过什么挫折，人际关系方面，我性格开朗，与人为善，不论小区的大爷大妈，还是医院的同事、病人，都相处得很好，几乎从没发生过不愉快。认识了梁奶奶和村长后，我来到集子镇，遇到了超市的收银员杜小琴和老梁，之后又认识了梁旺才、巧婶、宋大夫，还有村上的干部们，大家都对我特别友好，我喜欢梁湾村，喜欢村民的真诚淳朴，喜欢这个像家一样温暖、教人留恋的陌生山村，可是……"

李婧如鲠在喉，脑袋不觉又耷拉下了几许，语气里满是惆怅："可并不是所有人都喜欢我，信任我。"

"我明白。"肖禹喉结滚动，沉声道，"我会查清楚这件事，要求梁大生、梁秋林向你公开道歉！"

李婧没说话。

肖禹扶上她胳臂："听话，先下来。"

李婧别过脸，喏嚅着说："下不来，腿麻了。"

闻言，肖禹直接背过身，弯下腰："我背你。"

李婧一愣，快速眨巴着睫毛："你……不怕人笑话？万一损害了你的名声，耽误了你处对象……"

"废话真多！"

肖禹不耐，一把抓起李婧的双手搭在他肩膀上，身子一抻，便将她背了起来，而后握住她的腿弯儿，大步迈出！

李婧心跳如擂鼓。

无边的夜色，渐渐笼盖了村庄。

月夜下的两个人，无惧黑暗，向着光的方向，阔步前行。

6

第六章　意外受伤

村委会大院。

肖禹把李婧背回了自己的宿舍。

医疗箱就在车子的后备箱里，肖禹出门去取，李婧趁机参观肖禹的住所。

二十多平米的小房子，没有隔间，一览无余。前面是办公桌和沙发，后面是单人床、布衣柜及洗漱架，床头搁着几本书，窗台上有两盆花，一盆是仙人掌，一盆是长寿花。

不过，房间很整洁，没有丝毫异味儿，跟肖禹的人一样，简单而干净。

肖禹提着医疗箱进门，看到李婧东张西望，以为她是口渴了，便放下医疗箱，取了纸杯，从暖壶里倒了杯开水端给她，看到她渗出血迹的胳膊肘儿，目中满是心疼：“要不要找宋大夫过来帮忙？”

“不用，小伤，我自己就能处理。”

李婧在沙发上坐下，打开医疗箱，拿出医用剪刀，剪破衣袖，止血，消毒，清理创面。

看她有条不紊、淡定无畏地工作，肖禹反而拧着眉头，神经绷得很紧。

李婧察觉到肖禹的情绪，不禁莞尔：“不疼，不用担心。”

　　　　　　　　　　　　　　　人间有微光

伤口确实不大，也不深，只是擦破了表皮，出了少许的血，创口周围有瘀青而已。

可是，肖禹的脸色依然沉得厉害，没有丝毫笑意。

李婧手法娴熟，不到十分钟便上好药，包好了纱布。随即，以玩笑的口吻安慰肖禹："呵呵，梁旺才的伤口可比我严重多了，也没见你这副模样啊！你不知道，我原来在急诊科实习的时候见过的血腥场面，那叫个惨不忍……"

"李婧。"

"嗯？"

"对不起。"肖禹蹲在李婧面前，不容置喙地说，"明天我开车送你回延市！"

李婧愕然："什么意思？"

肖禹道："我不希望你继续待在这里受委屈。"

"呃，事情刚发生的时候，确实感觉挺委屈的，但你不是来了嘛？跟你聊了会儿，我就想开了。"李婧实话实说。

"想开了？"

"对呀，我可不是普通人，我是专业的心身科医生，怎会不懂如何调控认知和情绪呢？再说，我没那么脆弱，这次的经历就当是给我上了一课，我要越挫越勇，弄清楚梁大生不信任我的根本原因是什么，我相信绝不是他所说的理由！"

肖禹听闻，沉默了片刻，道："农民的文化水平整体处在一个较低的层面上，对于自己认知以外的事，容易认死理，钻牛角尖，想要改变他们的想法，恐怕不是短时间之内能做到的。"

"怎么，你觉得我是个轻言放弃的人？"李婧笑道。

肖禹抿了抿唇，没有说话。

李婧端起水杯喝了几口，道："肖禹，你刚来梁湾村工作时，顺利吗？"

肖禹道："在农村开展工作，跟农民打交道，需要毅力、智慧和宽容。万事开头难，但只要迈出第一步，一路坚持走下去，再大的困难都能迎刃而解。"

"所以说嘛，你能做好的事情，我相信，我也可以！"李婧握了握拳，眼神坚定，"再说了，我就算要走，也要清清白白地走，不能背着骗子的黑锅离开梁湾村呀！"

肖禹紧绷的面容，终于缓缓松弛下来，他唇角勾起浅浅的笑痕："好，听你的。"

"好啦，我的坏心情已经烟消云散了。我现在饿……"

肖禹的手机忽然铃声大作，他示意她稍等，随即接通来电："村长？"

梁茂明急匆匆地问："肖书记，你是不是跟李医生在一块儿？"

"嗯。"肖禹应了一声。

"李医生现在怎么样？伤得严不严重？你们在哪儿呢？"

"在我宿舍。她刚刚上了药，没事儿了。"

"这样，你把李医生带到我家来吃饭，我们商量一下怎么处理这件事。"

"好。"

挂了电话，肖禹从布衣柜里拿出一件熨烫平整的白衬衫递给李婧："夜里凉，你先穿我的衣服。"

"不好吧？容易被人误会。"李婧俏脸一红，难得扭捏。

肖禹气定神闲地说："那正好，有你帮我挡枪，定能绝了媒人的心思，我也能清静不少。"

李婧把头扭向一边，忍不住笑个不停。

肖禹直接抻开衬衫，披在李婧肩上，见李婧还在笑，他拍了拍她后脑勺，语气里满是宠溺："走吧，去村长家吃晚饭。"

梁茂明把两委班子的干部全部请到了家里。

各家的婆姨都在厨房帮忙做饭，男人们则在客厅里开会。

人间有微光

肖禹进了屋，众人的视线便齐齐地往他身后瞧，他没作解释，直接在空椅子上坐了下来。

李婧迟了几分钟才出现，抱歉地笑了笑："不好意思，天儿有点冷，我去换了件衣服。"就算她性格大方，可这里是农村，相对来说，思想没那么开放，容易落人话柄。

"没事儿，没事儿，李医生快请坐！"

梁茂明立刻端茶倒水，把李婧安排在肖禹身边落座。

李婧道了谢，主动安抚众人的忧虑："只是擦破皮的小伤，意外而已，不用放在心上。"

梁茂明说道："李医生，不论怎么说，都是我们的责任，在肖书记没来之前，我们大概商量过了，等吃了晚饭，我和书记带人去找梁大生，梁副主任带人去梁秋林家，这个事情一定要论清楚对错，该是谁的责任，谁承担后果！"

肖禹望向梁兵："当时没处理吗？"

"当时场面太混乱了，我对梁大生及起哄的村民进行了批评教育，但梁大生性格固执不肯认错，负气而走，然后李医生把梁秋林也劝回家了。"梁兵回复道。

这时，李婧开口道："我个人觉得这件事没必要上纲上线，我不想跟乡亲们伤了和气，更不想梁大生和梁秋林两家结怨，毕竟我以后……"

说到这儿，李婧侧目看了肖禹一眼，两人眼神交会，她又迅速回头，接道："为了治疗杰杰的病，我以后还要来梁湾村的。"

梁茂明神情严肃："李医生，感谢你的宽容大度，但是此风不可长，村风村纪必须整顿，否则以后村里再请来专家，怎么开展工作？"

其他人纷纷颔首，表示认同。

李婧一下子不知道该怎么办了。

肖禹沉吟道："要不这样吧，我和李医生先去找梁大生谈谈，等弄清楚了来龙去脉，我们再做下一步的安排。梁秋林那边，也暂先别动，老爷子身体不好，刚做完手术没多久，今天已经动了气性儿，万一再诱发了什么急病，那可就麻烦了，所以我的建议是缓一缓再说。"

"肖书记顾虑的是。"

众人没有反对，这件事便算定下了。

晚饭后，肖禹打着手电筒，带着李婧前往梁大生家。

途中，李婧询问肖禹："梁大生是个怎样的人？家庭情况怎么样？"

"你问这些干吗？"肖禹不解。

李婧笑道："知己知彼，才能分析原因，对症下药啊！就像我们医治心理疾病的患者，要从社会、家庭、学校三方面去挖掘病因。"

"明白了。"肖禹点头，"梁大生一家是村里最先脱贫致富的一批人，经济条件很不错，儿女都在县城里带孩子陪读，老两口留在村里养老，每个月会不定时地进城几趟，看望儿女和孙子。梁大生这个人，种了一辈子的地，没多少文化，脾气犟，性格暴躁，大男子主义严重，还特别怕死，有些悲观主义，容易把人往坏处想，稍有头疼脑热，就觉得自己活不长了，因此，他对每个给他看病的医生都很谨慎，生怕医生医术不精害了他。"

闻言，李婧思忖道："听起来有点像被害妄想症？是不是梁大生有过被医生误诊或者发生过医疗事故的经历？"

肖禹摇头："这我就不知道了。"

"他敏感、多疑、自尊心强吗？"

"好像……嗯，是有一点。"

李婧低头思考，忘了看路，有好几次都险些崴了脚！

肖禹着急，干脆牵起李婧的手，顺便提醒她道："安全第一！上坡的小路不同于村路，有很多坑，还有石子儿。"

"哦。"李婧应承得心不在焉，她悄悄按了按心脏，想要阻止狂乱的心跳及耳根瞬间染上的羞涩的红。

人间有微光

夜路确实不好走，加上通往梁大生家的路上有一个猪圈、一个鸡笼，还有沿路各家养的狗，大晚上牲畜一通乱叫，李婧吓得脸都白了，她不由分说地抱住了肖禹的胳膊，反复吞咽唾沫。

肖禹见状，温声安抚道："别怕，它们出不来。"

李婧呼了几口气，勉强平静了下来。

爬上坡，又走了二十多米，便看见一个黑漆漆的大门，肖禹抬了抬下巴："那儿就是梁大生家。"

"你跟村里每家都很熟悉吗？"李婧好奇地问。

肖禹道："我驻村后做的第一项工作，就是挨家挨户走访，了解村民的家庭情况、身体状况及需求。所以，村里的人我都认识，或多或少都有些了解。"

说话间，两人来到了大门前。

肖禹一边叩动铁响环，一边喊人："大生叔，婶子，你们在家吗？"

很快，院子里响起重重的脚步声，紧接着，大门"嘎吱"一声开了！

看到二人，梁大生瞬间黑了脸，不待他们开口说话，又"咣当"一声摔上了大门！

"大生叔！"

肖禹情急拍门，喊道："有什么事情，我们坐下来谈好吗？"

"没什么好谈的！肖书记，你一个人来，我欢迎，其他人，滚！"梁大生气怒未消，言语十分粗暴。

肖禹沉目，语气严厉了几分："大生叔，我敬您是长辈，处处礼让您，但共产党是讲组织讲纪律的，没有人可以任性胡来！"

"肖书记，你说啥我没文化听不懂，你看我要是犯法了，你直接叫派出所把我抓走好了！"

眼看梁大生要起了无赖，没有正常沟通的可能性，李婧拉了拉肖禹的胳膊，示意他别再继续下去了。

肖禹只好更换工作策略，挨家挨户走访其他村民，从侧面了解情况。

　　他敲开了距离梁大生家最近的王彩凤家的门，王彩凤热情地招呼肖禹回家里坐坐，肖禹摆摆手，道："不进去了，我就问你几句话。"

　　"哦。"王彩凤扭头看了眼随行的李婧，心中已是了然："肖书记是不是想打听大生叔今天犯浑的事儿啊？"

　　肖禹颔首："对。我和李医生都想弄明白大生叔究竟是怎么了？他最近是不是遇上事儿了？"

　　"大生叔和大生婶去县城儿子家住了一阵子，前两天才刚回来，也没听说发生了什么事儿呀！"王彩凤皱了皱眉，"不过吧，大生叔自从回村，逢人就说他走了大运，他能长命百岁啥啥的。"

　　肖禹愕然："长命百岁？"

　　"具体怎么回事儿？"李婧连忙问道。

　　王彩凤咂着嘴，道："那谁能知道呢？大生叔一副神神秘秘的样子，一边说他遇到了贵人，买到了包治百病的神药，一边又不准人打听买神药的地方，生怕别人会抢了他的命似的！"

　　李婧皱眉："大生叔有什么旧疾吗？"

　　"有啊，好像是脑袋上的问题。"王彩凤回道。

　　肖禹仔细回忆了番，补充道："应该是脑供血不足，类似脑梗之类的。"

　　李婧暗自琢磨，包治百病的神药会是什么呢？正规医院不论开的是西药、中药还是中成药，都是对症的药物，不可能达到包治百病的效果，难不成是从哪个庙里求来的糊弄人的假药？抑或，是私人黑诊所骗了梁大生？

　　肖禹跟王彩凤道了别，继续走访附近的村民以及平素里跟梁大生家来往比较密切的村民。结果，忙活一圈下来，大家的说词基本上都跟王彩凤提供的消息差不多。

　　老榆树下有个石碾子，两人坐在碾子边上休息。

　　　　　　　　　　　　　　　　　人间有微光

夜里的风有些凉，李婧拢了拢外套，肖禹察觉到李婧畏冷，自然地将她的手包裹进他的大掌中，轻轻摩挲，为她取暖。

李婧会心一笑。

肖禹打电话给梁茂明，将情况大概说了一下，让梁茂明从村民通讯录里调出梁大生的大儿子梁小刚的手机号码。

接到肖禹的来电，梁小刚显得很紧张："肖书记，是不是我爸又闹幺蛾子了？"

肖禹开门见山，道："梁小刚，大生叔今天下午会场闹事，想必村长已经告诉你了。但我现在想问你的是，大生叔从哪儿买的神药？神药具体是什么？"

"咳咳，哪儿有什么神药啊？"梁小刚被呛了一下，随即吐槽道，"我爸妈老糊涂了，在我家住的时候，听信小区里几个老头儿老太太的话，跑去一家养生店里免费坐按摩椅，说什么能治腰腿疼痛、颈椎、腰椎，还能帮助代谢啥的，哦对了，两人还花了六千八百块钱买了一堆号称包治百病的保健品！把我给气得呀，怎么劝都没用，临了，我爸还跟我生气了，骂我不孝顺，气冲冲地回村了！"

闻言，肖禹面色愈发严肃："我记得大生叔脑供血不足，对吗？"

"对对对，三四年前查出了脑梗，常年药不离身。"

"那他吃了保健品后，还吃药吗？"

"我爸呀，听从骗子的话，舍弃了脑梗药，天天吃保健品，我劝一回，被骂一回，看他人没事儿，我也就没再管了。"

"糊涂！"

肖禹动怒："保健品怎么能代替药品呢？一旦停了药，随时有脑出血的可能性！"

"那……那怎么办呢？我爸那个脾气，我根本劝不动啊！"梁小刚一听，心里也着了慌。

肖禹盘算了一番，道："今天太晚了，大生叔也正在气头上，多说无益。这样吧，明天一早，我去镇上派出所报案，你赶到镇上跟我会合，尽可能多为民警提供那家养生店的信息，这种违法机构，必须严厉打击！到时，我请民警劝谏大生叔，他总不会认为警察也是骗子吧？"

"好！"梁小刚痛快地答应下来。

挂了电话，肖禹和李婧又往梁秋林家而去。

相较梁大生的偏执，梁秋林非常通情达理，他俩一进门，尚未表明来意，梁秋林便连连道歉："肖书记，全都是我的错，我不该冲动，不该打架，村上怎么处罚我，我都认！"说罢，又满脸愧疚地对李婧说："李医生，我给你惹麻烦了，还害你摔伤了手，我……我实在对不起你！"

李婧挽上梁秋林的胳膊，扶他在炕沿坐下，语重心长道："梁爷爷，我没有怪你，反而要谢谢你维护我！只不过，吵架伤肝，打架伤身，你年纪大了，要多为自己的身体着想啊！万一你再有个闪失，这个家可怎么办呢？杰杰的病情已经在朝好的方向发展了，警方也在加大力度寻找秀芝，你们一家团聚的好日子就快到来了，所以，你必须好好保重啊！"

梁秋林一时哽咽说不出话。

肖禹见状，便没有再说什么。

梁奶奶则担心李婧的伤势，频频瞅向李婧的胳膊肘儿，李婧会了意，遂笑说道："我就是擦破点儿皮，既没伤着骨头，也不用缝针，我敷了些云南白药，过上两三天就好了。"

梁奶奶又是欣慰又是心疼，整个人都有些凌乱："那就好，我，我……对了，你吃晚饭了吗？想吃什么，我给你做。"

"我在村长家吃过晚饭了，看到你们都好，我就放心了。梁爷爷，梁奶奶，我和肖书记先走了，你们晚上早点休息。"

安顿好老两口，李婧又摸了摸熟睡中的杰杰的小脑袋，然后就和肖禹离开了。

翌日。

天一亮，肖禹便开车去镇上派出所报警，梁茂明陪同李婧再次上门劝说梁大生，结果又吃了闭门羹。

　　梁茂明气青了老脸，指着紧闭的大门，跟李婧嚷嚷道："这个倔老头儿，真是好赖不分，是非不明！"

　　李婧无奈地调侃道："看来医学科普和文化宣传，很有必要在村里长期推广啊！"

　　"建议不错，以后确实得当成一项重点工作抓起来！"梁茂明却是深有感触。

　　李婧若有所思："村长，我在想一个问题。脱贫攻坚解决了贫困人口的物质生活，可人一旦有钱了，随之而来的必然是源源不断的精神需求，但是……"

　　"李医生，你说的这个我知道，就是上级提到的精神文明建设，对吧？"梁茂明略显激动，"但是我跟你说啊，这有些人，穷的时候还像个人，勤勤恳恳干活，老老实实待人，可一旦咸鱼翻身，兜里有了俩臭钱，就不知道自己有几斤几两了！你比如说三蛋子，成天招猫逗狗，游手好闲，我都不知道劝他多少回了，愣是一个字也没听进去！"

　　李婧频频颔首："这就是我在思考的问题！没钱的时候为了温饱不得不努力上进，解决了温饱之后，反而迷失在了金钱里，找不到方向了。所以说，任何时候，人都要有所求，而这个'求'，不仅仅是外在的物质需求，还得有内在的精神需求。"

　　"李医生，还是你有文化，一下子说到点子上了！"梁茂明竖起了大拇指，满眼都是赞许。

　　两人坐在梁大生家大门外的石条凳上，聊得正起劲儿时，两辆轿车和一辆警车驶进了梁湾村，停在了坡下的村路边上。

　　肖禹带着民警和梁小刚匆匆爬上半坡山路。

　　梁茂明连忙起身，长出了口气："你们可算来了！小刚，快叫门，你爸妈躲在家里不知道干什么呢！"

"村长，你怎么在外面？没进门呀？"梁小刚颇感意外。

梁茂明憋了一肚子的火瞬间冒了出来："我倒是想进去，你爸给我开门吗？"

"天哪，我爸这人哎……"

梁小刚无语了，快步走到大门前，用力拍门，扬声喊道："妈，我是小刚，我回来了！"

与此同时，肖禹把李婧介绍给民警，两人互相打了个招呼。

孙桂梅心软，一听儿子回家了，不顾梁大生的阻拦，立马出了屋子，打开大门。

"妈，我爸呢？"

梁小刚一边问，一边介绍说："镇派出所的刘警官专程来找你们，有话跟你们说。"

刘警官出示证件，说明来意，孙桂梅哪儿敢怠慢，赶忙将众人请进了门。

梁大生一见这阵仗，顿时慌不择乱地说道："肖书记，你，你还真带警察来抓我呀？我昨晚就是随便说说，你怎么当真了呢？"

肖禹道："大生叔，你又误会了，我请刘警官来村里，不是为了抓你，李医生的医术你不信，我、小刚、村长，我们说的话你全都不信！现在，我们什么都不说，请刘警官跟你谈，可以吗？"

梁大生是典型的窝里横，一见警察就跟老鼠见了猫似的，立马矮了八分，态度极其友好："刘警官，你，你坐，坐下说！"

刘警官摆摆手，郑重说道："梁大生、孙桂梅，根据梁小刚反映的养生店涉嫌诈骗的情况，我们集子镇派出所第一时间联系了宜县城关派出所，经证实，养生店利用按摩椅，诱骗老年人以高价购买三无保健品，事实成立，证据确凿，养生店负责人及其同伙已经全部落网！"

"啥？"梁大生双眼大瞪，简直难以置信，"养生店是骗子？三无保健品？"

人间有微光

刘警官颔首："对，三无保健品不仅不能包治百病，连养生保健的基本效果都达不到！梁大生，你要记住，保健品无法代替药品，看病必须去正规的医院，吃医生开的药！另外，我在来的路上，已经和延市仁和医院联系过了，确认了李婧医生的身份，以及李婧医生的专业、学科成绩、所做的医学讲座内容是否正确等，所以我现在可以负责任地告诉你，李婧医生不是骗子！"

　　梁大生如遭雷击般，目光呆滞，好半晌反应不过来！

　　见状，李婧悄悄离开了梁家。

　　肖禹察觉后，给梁茂明交代了几句，便追寻李婧而去。

　　李婧从梁家湾源上走了一圈。

　　一树树的苹果挂满枝头，果农们正在忙着摘苹果，农忙丰收的盛景，既热闹，又美好。

　　途中遇上梁旺才老婆，闲聊了几句，梁旺才老婆装了一篮苹果送给李婧，李婧坚决不收，只拿了一颗苹果，便飞快地跑开了。

　　"你跑慢点儿，山路不平，当心摔了！"

　　肖禹的提醒响起在身后不远处，李婧举起苹果挥了挥手，语气轻快："肖书记，我该回延市了，咱们后会有期！"

　　"李婧！"

　　肖禹加快步伐赶了上来，蹙眉道："梁大生还欠你一个道歉！"

　　"不重要了。"李婧笑了笑，"只要大生叔能够认清真正的骗子，就是很好的结局了。"

　　肖禹眼神殷切："这样吧，你多留一会儿，等我忙完，我送你回延市。"

　　"我开车来的，你把我送到延市后你怎么回来？"

　　"客车。"

　　"那多麻烦啊，你一来一回，要浪费好几个小时呢！"

　　李婧的拒绝令肖禹十分不快，他原地踱步，独自生闷气。李婧看他的样子，不禁纳闷儿，她说错了吗？没有吧，她说的都是实话啊！

肖禹忽然转过身，道："对我来说，不是浪费时间！"

李婧眼珠转了转，待明白过来，便抿着嘴笑个不停。

肖禹无奈："你笑什么呀？到底答不答应？"

李婧看了下手机，问道："大概几点出发？"

"有几个棚的平菇出了问题，我得再去看看，跟技术员交代一下，然后就可以出发了。"

"好。"

"你要不要跟我一起去，顺便参观一下村里的菌菇大棚。"

"可以呀，我正好没见过蘑菇是怎么生长的呢。"

两人达成一致，肖禹带路，从塬上下去，沿着过境公路直行，走了约摸二十分钟，公路右侧出现了竖排并列的十座单栋钢架大棚。

"看起来好壮观呀！"

李婧初次深入农村产业参观，不由惊叹道："这么多的大棚，全是平菇吗？"

"对。"肖禹介绍道，"根据不同的季节，会种植不同的菌菇。夏季高温期是各种菇类的产菇淡季，需要种植风险小的品种，比如草菇、高温平菇、鸡腿菇等，秋冬季可以种平菇、木耳、香菇、金针菇等。"

说着，他带李婧从路口下去，朝着三号棚走去。

"菌菇产业是梁湾村脱贫攻坚重点项目之一。小梁子沟一期只建了十座菌菇大棚，所以品种单一，二期的大棚下月开工建设，有五十座，一旦投产就能扩大种植规模和品种。"

"这么多？"

"对，全是钢架大棚，这种大棚使用寿命比较长，能够达到二十五年。我们计划用三年时间，把梁湾村菌菇产业发展成'一村一品'的支柱产业。"

"嗯。"

人间有微光

"还有啊，你昨天看到的那块工地，要建成瓜果蔬菜大棚，打造樱桃采摘园、草莓采摘园等，我们还想探索通过网络认养一棵树的新理念，以多种销售模式带动村里的经济发展。"

"听起来就很有前景啊！"

李婧听着肖禹的介绍，情不自禁地憧憬起了梁湾村的未来，不过她又转念一想："不是说要致富，先修路吗？村里的路坑坑洼洼的，这些农产品怎么运出去呀？"

肖禹笑道："你知道吗？梁湾村要建美丽新乡村了，等建成之后，所有村民都会搬迁入住新乡村，然后会对老村进行全面改造，建成有地方特色的民宿，所以公路肯定会修的。"

李婧听闻，满面惊喜："太棒了！"

肖禹站在三号棚入口处，阳光洒在他脸上，明媚灿烂，亦如年少时朝气蓬勃。他说："我不知道你喜不喜欢听这些，但我私心里想让你多了解些梁湾村的现状和未来，多了解一些我的工作。"

李婧点了点头，背着双手，从肖禹面前走过，一只脚迈入大棚后又忽然回头，朝他嫣然一笑："喜欢。"

"肖书记来啦！"

技术员刘勇正带人在棚里清除病菇，喷施百菌清，无意间一抬头，看见肖禹，立刻汇报："这个棚的防治工作进行一半了，今天下来就能完工，赶明儿两个棚都能搞定。"

肖禹低声道："李婧，我过去看看。"

"嗯，我自己参观参观。"

李婧第一次走进平菇大棚，看见什么都好奇，但又不好打扰肖禹工作，便一边观摩，一边用手机查询有关平菇种植的知识。

然而，没过多久，梁小刚火急火燎地打来求救电话："肖书记，我爸突然晕倒了！你，你你知道李医生在哪儿吗？我想拜托李医生救救我爸！"

"李婧！"

第六章　意外受伤　　　　　　　　　　　　　　　　　　—121

肖禹一凛，连忙唤道："大生叔晕倒了，我们快去看看！"

李婧二话不说，跟着肖禹快步走山大棚！

与此同时，梁大生家乱成了一锅粥！

梁小刚在大门口焦急地来回踱步，梁大生倒在饭桌旁的地上，面色煞白，一动不动。孙桂梅跪在老头子身边手足无措，哭天抢地："大生！大生你怎么了呀？你可不能撇下我啊！"

肖禹和李婧拎着医疗箱一路狂奔！

"肖书记，李医生！"

梁小刚一见到两人，便像抓住了救命稻草似的，险些要哭了出来，"我爸他……他刚才还好好的在跟我说话呢，还说我们爷俩儿要喝一杯，可是突然就从沙发上摔下去了，啥反应都没有了！"

李婧气喘吁吁地道："你……你别急，我已经叫了120救护车，我先进去看看老爷子！"说罢，急匆匆地冲进了屋子。

肖禹平复了一下急促的呼吸，跟梁小刚一块儿进门。

李婧检查了梁大生的体征症状后，对梁大生实施了急救！

梁小刚扶起崩溃的母亲，紧张地询问道："李医生，我爸怎么样了？"

"初步怀疑是脑出血！"李婧道，"大生叔有脑梗，必须长年服药，定期保养，可是大生叔停药时间过久，情绪上又大起大落，所以……"

"那我爸有没有危险？"

"现在还不好说。不过，梁湾村处在宜县和延市中间，两边距离相差无几，但仁和医院的医疗条件远胜宜县人民医院，所以我的建议是，让救护车将大生叔送往延市仁和医院治疗！"

"可以，我同意！"

"好，我现在联系仁和医院提前做准备！"

李婧给急诊科的刘主任打了个电话，将梁大生的病情详述了一遍，刘主任担心长途转运的风险，可是镇医院完全不具备抢救脑出血患者的条件，县级医院的医疗水平能否应对也是个未知数，而且路途同样远，万一治不了，还得转院至延市，所以，没得选择！

"李婧，我会联系神经内外科同时做好接诊准备，救护车上路后，告诉我车牌号和行径路线，我请交管部门开绿灯！"刘主任郑重地叮嘱，"还有，转运途中，有几个注意的点，你记一下！"

"好！"

李婧来不及拿纸笔记录，直接打开手机录音功能，通话结束后，又反复听了两遍，牢记在了心里。

肖禹代表梁湾村两委班子，随同梁小刚、李婧一起送梁大生前往延市仁和医院。

兵荒马乱的一天，在深夜时，终于画上了句号。

梁大生脑部的血块比较大，但万幸的是，经过手术，及时清除血肿，脱离了生命危险！

梁小刚留院陪护，李婧和肖禹拖着疲惫的身体走出医院大门。

李婧家在城市以北的大学城附近，肖禹父母则住在城南，一南一北，相距甚远。

两人就近在夜市吃了碗馄饨，饭后，肖禹坚持要送李婧回家。

李婧一上车就睡着了。

肖禹把车开进小区地下停车场，熄火后，等了几分钟，看到李婧睡得香，丝毫没有醒来的意思，他解开她的安全带，伸出手指在她鼻尖点了两下。

李婧一个激灵醒了过来，懵了几秒钟，才渐渐恢复了神志。

肖禹瞅着她，笑道："到家了，赶快上楼吧。明天早上七点半，我来接你上班。"

"太远了，你接我一趟花费的时间，还不如多睡会儿呢。"李婧想也没多想，直接拒绝。

肖禹颇觉无奈："你确定？"

"当然！"

"好吧，我把你的车留在这儿，我搭出租车回家。"

肖禹说罢，便开门下车。

李婧拔下车钥匙，倚在车门上，朝肖禹挥手："路上注意安全，明天见！"

肖禹点了点头，转身走向出口。

五天后。

仁和医院住院部，九楼神经外科。

梁大生的病情日渐稳定，人也恢复到了清醒状态。

然而，捡回一条命的梁大生，情绪却极其低迷，要么半天不说话，要么不吃不喝不配合护士的护理工作。

梁小刚在医院熬了几天，不仅面容憔悴还心累，他苦口婆心地劝说梁大生："爸，你心律不齐，血压也忽高忽低，你得配合医生护士好好治疗，按时吃药，还……还得有个好心情，身体才能变好啊！"

梁大生偏过脑袋，根本不搭理梁小刚。

见状，肖禹开口道："大生叔，村上工作多，今天下午我就要赶回村里了。可是您这样子，我不放心啊！要不然，您跟我说说，您心里是怎么想的，或者您想要什么，我来帮您实现，好不好？"

梁大生闻言，倒是抬眼瞅了瞅肖禹，可仍然不言不语，耷拉着脸。

梁小刚只好给肖禹使了个眼色，肖禹会意，跟着梁小刚出了病房门。

"肖书记，你说我爸是不是……"梁小刚指了指太阳穴，焦躁道，"是不是这儿出了问题呀？"

肖禹思忖道："我感觉吧，大生叔好像有心事。"

"心事？"梁小刚惊诧不已，"他能有什么心事？骗子被抓了，命也抢回来了，还有什么想不开的？"

"先别急，我现在去找李医生，我们听听专业医生的意见。"

"好，辛苦肖书记了。"

肖禹大步走向电梯，边走边给李婧打电话，得知李婧在门诊坐诊，他买了杯无糖奶茶去了心身医学科。

今天的患者如往常一样多，已经临近十二点，排队等叫号的人仍然不少。

肖禹环顾了一圈，心里很是惊讶，没想到现代社会被心理疾病困扰的人竟然这么多！之前虽然听李婧聊起过，可亲眼见到的，远比耳朵听到的来得更震撼，更令人感慨良多！

分诊台前，有一个护士正在工作。

肖禹走过去，礼貌询问："您好！请问李婧医生在哪里呀？"

这几天，他一直在神经外科帮忙照顾梁大生，李婧偶尔会过来，但是生怕梁大生又受刺激，她从来没进病房，只在外面跟他聊几句，然后就赶回科室上班了。而他，也是第一次走进她工作的心身医学科。

"上午没号了，下午的号要提前预约。"小金头也没抬，十指在键盘上飞快地敲击。

肖禹迟疑了一下，道："我不看病，我找李医生有事……"

小金刷地抬头，警惕地盯着肖禹："干什么？"

"算了，我在这儿等她吧。"肖禹不愿向外人多作解释，只把奶茶放在分诊台上，客气地说，"麻烦您帮我把奶茶送给李医生。谢谢！"说罢，便走到候诊区找了个空位坐下。

小金看了眼奶茶，又看向肖禹，内心不禁燃起了熊熊的八卦之火，又是一个大帅哥啊，如果不是医闹，那就是……嘿嘿，李大美女的行情就是好啊！

想到这儿，小金端起奶茶，走向三号诊室。

肖禹余光跟着小金，从小金推开的门缝里看见了李婧，她穿着白大褂认真工作的样子，仿佛整个人都在发着光。

李婧接诊完最后一个患者，已经十二点半了，她伸着懒腰走出诊室，肖禹刚要叫人，却不知道从哪儿突然冒出来一个年轻男子，抢在他前头迎向李婧！

"顾韫？"

李婧伸到一半的胳膊顿了顿，满脸惊讶："你怎么来了？"

"来约你吃饭呗！"顾韫西装笔挺，含笑晏晏，"听小金说你今天下班晚，我一想，这不正好给了我机会请你吃饭吗？所以，我就以风驰电掣的速度赶过来了！怎么样，一秒不差吧？"

李婧莞尔："至于么？吃个饭而已，哪儿用得着争分夺秒啊？"

"因为我不想跟你错过啊！"

顾韫脱口而出的话，令李婧一瞬发愣，顾韫伸出手，大大方方地邀请李婧："我订了西餐厅的位子，请美女医生赏个脸呗！"

李婧不自觉地捏了捏手里的奶茶杯，脑中忽然闪过了什么，赶忙四下张望，当目光落在候诊区肖禹的脸上时，她悄悄松了口气，旋即抱歉地笑了笑，说道："今天不行，我老同学还在等我呢，他可比你早来了一小时！"

"老同学？"顾韫诧异。

李婧点点头，直接绕过顾韫，快步走向肖禹。

顾韫回身，撞上肖禹的视线，两人的神情都不免复杂起来。

李婧扬了扬手中的奶茶杯，朝肖禹笑道："等久了吧？奶茶挺好喝的，但是下次别买了，容易发胖。"

肖禹一言不发。

顾韫调整好心态，迈着轻快的步伐走过来，主动向肖禹伸出手："你好，我是顾韫，很高兴认识你！"

"你好，肖禹。"相较对方的热情有礼，肖禹处事淡然，寡言少语。

顾韫笑了笑，思量着说道："相请不如偶遇，既然咱们赶一块儿了，不如一起用餐吧，人多热闹！"

"如果李婧同意，我没问题。"肖禹没有反对，但紧接着话锋一转，

"不过，我今天穿的是休闲服，不太适合去西餐厅。"

李婧听闻，逮着空隙立刻插了句嘴："我穿的是牛仔裤T恤衫，也不适合吃西餐啊！"

顾韫有些尴尬："那……那要不换成中餐，就吃李婧喜欢的湘菜。"

"要不然我们改天再……"

"李婧，我还有些事要跟你说呢。"

"好吧。"

李婧不好拒绝，结果就是二人世界变成了三人行。

南门里湘菜馆。

李婧选了靠窗的卡位，她和肖禹同排而坐，顾韫坐在了李婧对面。

等餐的间隙，顾韫拉着李婧聊起了医疗行业的话题，肖禹成了局外人，他一边喝水，一边静静地听。

"李婧，我想跟你说的事情是，基层12355青少年服务站正在招募心理咨询志愿者，如果你有时间、有兴趣的话，可以考虑加入。"顾韫说到这儿，拿出手机给李婧转发了一条链接，"我把招募公告发给你，你回头看看。"

李婧欣然点头："好啊，能够帮助到青少年，是很有意义的事。"

顾韫忽然又记起了一事，随口问道："对了，你宜县的小患者怎么样了？"

"目前恢复得还不错，康复训练很有效果。"提起杰杰，李婧满脸柔情。

"那你以后还会去宜县吗？"

"当然要去。"

李婧不假思索的回答令肖禹微微侧目，顾韫也表示惊讶："为什么？"

李婧抿唇一笑，坦诚道："我跟父母商量好了，我要一对一帮扶杰杰，从生活方面到康复治疗，我都会尽最大的努力。"

闻言，顾韫竖起了大拇指："给你一个大写的赞！"

"谢谢。"

"我可以申请加入吗？多一个人，多一份力量，而且我的专业，对自闭症患者在视听语言方面也能起到助力作用。"

"太好了，热烈欢迎！"

"那你下次去宜县的时候，提前通知我，我请假或者休假，咱们一起去。"

"好。"

看到他们志同道合，聊得忘乎所以，肖禹愈发沉默，眉头也锁得更深。

而李婧在忽略了肖禹许久后，仿佛终于记起了身边还有一个人，她忽然伸手拍了他肩膀一下，笑吟吟地说道："肖书记，顾医生可是个热衷公益、医术过硬、正直善良的好人，等顾医生去了梁湾村，还可以给村里上了年纪的老人检查听力及诊断耳鼻喉科的各种问题。"

"书记？"顾锟瞠目。

李婧眼里闪着光，语气也甚是骄傲："我重新正式介绍一下，肖禹，既是我的高中同学，也是宜县梁湾村的驻村第一书记！"

"我代表梁湾村全体村民，欢迎顾医生入村做公益！"肖禹脸上露出了淡淡的笑容。

顾锟懵了几秒钟，面色明显有些尴尬，但他情商超高，立马笑逐颜开地说道："太好了！既做了公益，又能看望老同学，李婧，你这是一举两得呀！"

"所以说，梁湾村有我必须去的理由呀！"李婧说完，扭头看着肖禹，玩笑的口吻道，"肖书记，我这个人不太好伺候的，要是去多了，你会不会嫌我烦啊？"

肖禹状似思考了一下，才回答道："没事儿，忍一忍也就过去了。"

李婧眼珠一瞪，捏起拳头就要揍人，谁知服务员恰好来上菜，她只好悻悻地罢了手，却也不忘"哼"了一声！

肖禹失笑不已。

尽管他表现得非常淡然，可是顾韫仍然在肖禹的眼眸里看出了他不经意间流露出来的宠溺。

顾韫心里不是滋味，甚至有了危机感。

这一顿饭，两个男人各怀心思，吃得都不多，只有李婧没心没肺，大快朵颐。

下午。

返回医院后，肖禹将梁大生的情况告诉了李婧。

李婧想起梁大生疑似被害妄想症的病症，心里便打起了主意。她去找了心身医学科主任王菱，请王主任对梁大生进行专业的心理疏导。王主任了解了梁大生和李婧之间的纠葛后，便应允了下来。

肖禹要回村了。

李婧把人送到医院门口，便被拦下了。

肖禹道："我自己去汽车站，你不要来回奔波了。"

李婧极力劝说："你确定不开我的车吗？我平时上下班可以坐公交车，而且医院有宿舍，我大多时间都住在宿舍里，用车的地方不多。"

"你在市里没问题，但你再去梁湾村的话，不就不方便了吗？我坐班车到了镇上，叫村长来接我就是了，你别操心了。"肖禹笑着拒绝。

闻言，李婧脱口便道："顾韫有车，我跟他一起……"

她话未完，垂落的右手，竟被肖禹握在了掌中。

在李婧诧异的目光下，肖禹严肃且认真地说道："你跟顾医生认识的时间不算长，知人知面难知心，凡事都要多长个心眼儿，注意安全。"

"哦。"李婧扑眨着眼睫毛，脑中满是问号，他这是什么意思？

肖禹顿了顿，又道："还有，能跟你重逢，我……我盼了很久，特别开心。"

"你这么说的话，等你回了村，我可能会想你的。"李婧脸庞燥热，满心羞涩。

肖禹舒展了眉眼，大手抚了抚李婧的秀发，柔声说："我也会想你的。照顾好自己，有事没事都可以给我打电话发视频。下次来村里，记得提前跟我说，方便我安排工作。"

"嗯。"

李婧鼻子有点儿发酸，她突然萌生了想拥抱肖禹的冲动，可是胆量不够，只能期盼肖禹主动。然而，他对她的亲昵举动，仅限于牵手、摸头，令她心中多少有点儿失望。

肖禹乘出租车走了。

李婧目送车子汇入滚滚车流，消失在视线里，方才怅然若失地返回科室。

王主任利用午休时间，专程去神经外科疏导梁大生忧郁的心理。

"梁大生不配合医治，抵触心理比较严重。不过，我猜测他的心结应该在你身上，他外表给出的情绪反应，并不是真实的。"

王主任反馈回来的结论，令李婧在惊讶之余，多了些思考。

夜幕降临。

李婧从九楼电梯出来，在护士站询问了梁大生的现状后，轻悄悄地推开了病房的门。

梁小刚正在给梁大生喂饭，梁大生吊着脸不吃，梁小刚头疼得要死："爸，你行行好，少折腾会儿你儿子行不？我买饭之前问过你，是你自己说想吃面，我买回来了，你又嫌这嫌那的，出门在外，肯定不如家里做的手工面条啊，你将就将就，可以吗？"

梁大生怒道："这是给人吃的吗？猪吃得都比这好！"

"爸，你讲不讲道理啊？咱村里的猪能吃上十三块钱一碗的岐山臊子面吗？"梁小刚气坏了，忍不住呛声道。

"不住了，回家！"

梁大生脾气越发高涨，伸手便去拔输液管！

李婧见状，匆忙露面，从背后一把按住了梁大生的胳膊，梁小刚趁机呼叫护士，检查漏针情况！

"干啥子？梁小刚你想干啥子？反了你了！"

梁大生眼珠子都瞪圆了，可只敢冲着梁小刚吼，余光瞟一眼李婧，就像触电似的，又迅速回头，表情特别不自然！

"爸，我哪儿敢反你呢？你脾气稳一稳，当心你的血压！"梁小刚无奈极了。

梁大生还想说什么，这时护士进来了，一边检查输液情况，一边苦口婆心地劝说："老爷子，您整天跟儿子赌气干什么？身体是您自个儿的，气出个好歹来，难受的还是您自己不是吗？再说，您儿子待您怎么样，我们这些护士都是看在眼里的，有他这样孝顺的儿子，您就偷着高兴吧！"

梁大生可不好意思跟护士呛嘴，乖乖地配合护士重新扎好针头。

"行了，好好吃饭，好好休息，别再胡闹了啊。"

护士又叮嘱了几句，便出去了。

李婧绕过病床，面对梁大生，扬起笑容，小心翼翼地说道："大生叔，您想吃手工面条是不是？要不要我帮您……"

梁大生像个孩子似的，负气地别开了脸，可是没过几秒钟，又忍不住回头看向李婧，嘴巴张了张，似乎想说点儿什么，却又一个字也没说出来。

李婧心思转了转，不动声色地说道："大生叔，我最近啊，跟我妈妈学了几道菜，还学了和面、擀面，我还会熬小米粥，做好吃的臊子汤呢！如果您不反对，我明天给您带饭，好不好？"

梁大生眼皮儿动了动，仍然一言不发。

李婧也不再纠缠，转身跟梁小刚告别："我先回家了。老爷子的脾气是有点儿急，不过，我觉得老爷子也是个讲道理的人，不会跟自己的肚子作对的。"

说罢，便转身朝外走去。

梁小刚挥手："李医生慢走啊！"

送走李婧，梁小刚重新端起面碗，再次尝试劝说梁大生："爸，您多少吃几口吧？"

出人意料的是，梁大生居然张开了嘴，乖乖吃饭了！

梁小刚又惊又喜，心道，看来李医生拿捏住父亲的心思了！

翌日清早。

李婧提前一个小时起床，在厨房里叮叮当当地忙活起来了。

她熬了小米粥，做了青椒肉丝汤面，然后带上保温桶，开车赶去了医院。

而梁大生今天也比平时早起了半小时，然后就频频往门口瞧，但凡有人进来，他都第一时间扭头去看，继而眼里落满了失望。

梁小刚发现了梁大生的反常，隐隐猜出了原因，但他没有拆穿，生怕老爷子脸面挂不住，又开始无理取闹。

八点十分，李婧终于走进了病房。

"李医生，你来啦！"梁小刚欣喜不已，暗暗松了口气。

李婧点了点头，笑容满面地走向梁大生："大生叔，我说话算数，给您带来了我亲手做的小米粥和肉丝汤面！但是呢，因为路上费了点时间，面条可能会有点儿坨，您别介意啊。"

梁大生没说话，却眼巴巴地瞅着李婧手里的保温桶。

李婧会意，立刻打开保温桶，逐一取出餐盒。

她先舀了小米粥准备喂给梁大生，梁小刚见状，忙道："李医生，我来吧，你坐旁边歇会儿。"

李婧道："没事儿，我带了两人份的饭，你趁热赶紧吃，我来照顾大生叔。"

"这怎么行呢？辛苦李医生给我们父子做饭，我已经过意不去了，不能再……"

人间有微光

"你再多说几句，面条就要坨成糨糊啦！"

这时，梁大生开口道："我自己吃！"说完，直接从李婧手里拿过粥碗和勺子，迫不及待地吃了起来。

梁小刚和李婧对视了一眼，不约而同地笑了。

梁大生吃了小半碗粥，便觊觎起了肉丝汤面，一筷子下去，哧溜全吸进了口中，吃得甭提有多香了！

看看时机差不多了，李婧诚恳地说道："大生叔，肖书记走之前专程来找过我，听说您这几天病情不太稳定，我们都很担心您。之前在村里开健康讲座时，我确实有做得不对的地方，我向您道歉，希望您原谅我，别跟我一个小辈计较。"

梁大生的老脸刷地红了，他放下筷子，终于正眼看着李婧，羞愧道歉："李医生，该说对不起的人是我，我老头子就是头瞎了眼的犟驴，一直转不过弯儿，把好人当坏人看，不仅砸了你的场子，还害你摔伤了胳膊，我……我晕倒就是个报应，可没想到，竟然是李医生不计前嫌，在关键时刻救了我老头子一命，我还听小刚说，医院和大夫也都是李医生帮我联系的，我，我真是个混蛋，不配你叫我一声叔……"

"大生叔！"

眼看梁大生越来越激动，李婧忙安抚道："我是医生，治病救人是我的天职，您别放在心上，您的病情，要保持情绪平和、心态乐观，千万不可大喜大悲啊！"

梁大生感动地湿润了双眼："好姑娘，真是个好姑娘啊！"

"大生叔，我们握手言和，以后互相理解，好好相处，怎么样？"

梁大生如鲠在喉，多日的心结，终于解开了。

李婧由衷地绽开了笑颜，委屈和误解，是每个医生在从业生涯中必经的荆棘之路，只要跨过去了，就是坦途大道。

第六章　意外受伤　　　　　　　　　　　　　　　　　　　　　－ 133

第七章　递交申请书

梁湾村。

这阵子，外地客商进村收购苹果，村里的果农格外忙碌，各家在城里打工的子女也都纷纷赶回来帮忙。村里人口空前的多，进出的轿车、货车、工具车及各种工程车络绎不绝。

美丽乡村的安居工程招标会结束后，村上同时启动的项目还有好几个，村长梁茂明和王会计负责苹果出售的诸项工作，村支书梁茂平和村委会副主任梁兵主抓农业大棚建设，肖禹带领驻村工作组筹备鱼蟹水产养殖项目，两委班子齐上阵，个个忙得团团转。

日头随着月亮升空渐渐落了下去，繁忙了一整天的果农陆陆续续地回家了。

梁秋林老两口仍在果园里干活，他家劳动力不足，又没有多余的钱雇佣工人，所以在两年前，就将原本的十亩果园转给别人承包了一半，可即便只剩下五亩果园，对老两口来说，也是劳心劳力。

梁秋林架着梯子爬上爬下进行采收，梁奶奶负责人工分拣苹果，利用人工判断苹果的直径、色泽、外观等，再将同一等级的苹果装入统一的包装箱内。

天色晚了，杰杰肚子饿了，在地里也待烦了，突然就哭闹了起来！

梁奶奶赶紧停下手里的活儿，把杰杰抱在怀里。"杰杰乖，不哭了不哭了啊，奶奶马上带你回家，做饭给你吃好不好？"说完，便喊梁秋林，"老头子，今天就干到这儿吧！"

"你带杰杰先走，我把这几棵树采收完就回家！"梁秋林抹了把汗，回道。

梁奶奶看了看还有一半没采收的果树，愁容爬满脸庞："那行吧，你收完就回家，不要贪多，得注意身体！"

"知道了。"

梁奶奶把杰杰带走了。

梁秋林歇了歇，继续采收。

忽然，有灯光照了过来，梁秋林抬手挡了一下，很快，一辆工程车停在了路边，然后从车上下来两个人。

"秋林叔！"

听到熟悉的女音，梁秋林眯着眼仔细望过去，来人是大学生村官姜小音，驻村工作组的一员，而另一个人，则是抽挤时间赶过来的肖禹！

梁秋林讶然："肖书记，姜同志，你们咋来了？"

"秋林叔，苹果采收得怎么样了？"肖禹一边询问，一边查看，"装箱的这些，都是90果吗？"

梁秋林道："对，都是90果，还有两亩果园没收呢。"

"秋林叔，客商今晚加班收购，我们先把采收下来的果子分拣完成，全部运到收购点，剩下的两亩果园，我已经组织了干部，今晚连夜帮您采收。"

"肖书记，这可使不得，我自家的事儿，怎么能麻烦村上的干部呢？这阵子大家都忙得脚不沾地，我可不能再给村上添乱了！"

听到梁秋林极力拒绝，姜小音笑着插话进来："秋林叔，全村一盘棋，是咱们梁湾村的优良作风，帮助劳动力不足的群众采收苹果，也是我们党员干部应尽的职责嘛！"

梁秋林还是觉得受之有愧："可，可是……"

肖禹素来不苟言笑，今天却罕见地开起了玩笑："秋林叔，我可是饿着肚子来的，您多说一句，我就得多饿一会儿，您忍心吗？"

"就是嘛，人多力量大，秋林叔，我们一块儿撸起袖子加油干吧！"姜小音活力满满，是个有志向的进步青年。

梁秋林心中溢满感动，他打开果园外接的白炽灯，明亮的光，瞬间驱散了夜的黑。

苦难的生活，一次次想将他击垮，可是，人世间的善意和温暖，又总是带给他生生不息的希望。所以人哪，不能只看到身后的黑暗，还是要朝着光亮的地方，无畏前行。

苹果只是梁湾村的产业之一，占比并不是很大，但今年的苹果迎来了丰收季，而且价格比去年有所上涨，七成以上果农收入超过了十万元。

为了庆祝增收，犒劳果农，村委会杀猪宰羊，邀请全村人吃席，村里自发组建的秧歌队、锣鼓队、陕北说书、广场舞队都跟着闹腾起来了！

村委会大院里摆了八张桌椅，一盆盆热气腾腾的荞面饸饹、白面饸饹接连不断地端上了桌，刚下锅炸的油糕老远就散发着香味儿，羊肉臊子汤、猪肉臊子汤、海带蘑菇素汤，再添上胡萝卜拌莲花白、猪头肉拌黄瓜等凉菜，配上香菜、葱花、油泼辣子等调料，陕北特色的喜事饸饹，便在唢呐鼓乐声中开席了！

梁大生今天出院。离家多日，归心似箭的老爷子，出院手续一办完，就迫不及待地往家赶。刚一进村，就听见了熟悉的唢呐名曲《纤夫的爱》。

"小刚，你开快点儿！"

梁大生人在车上，心已经飞去了村委会，原本明天才能出院，可是听孙桂梅说村上今天搞欢庆会，可以免费吃饸饹，他便软磨硬泡，求医生允许他今天出院。

梁小刚对自己的父亲，除了无语就是无奈："爸，你又忘记医嘱了吗？凡事保持平和的心态，不要着急，更不要激动！"

"我哪儿激动了？我……我这是高兴！"梁大生最擅长强词夺理，尤其在自家人面前，更是从来不认错。

梁小刚懒得再跟梁大生争辩，慢悠悠地把车停到了老榆树下。

梁大生戴了顶帽子，神清气爽地走向村委会。

村委会院门外的墙根下，正端着大碗哐面的刘细水，乍一看到梁大生，细长的饸饹面吊在嘴边，惊讶了一瞬，才"哧溜"一声把面条吸进口中，等不及咽下，便含糊不清地取笑道："哎哟，大生从鬼门关逛了一圈回来啦！这看起来又得劲儿了啊！"

"啊呸！"梁大生啐了一口，十分不悦，"好你个上门女婿刘细水，吃撑了的话就去茅坑吐一会儿！"

"我上门女婿咋了？我积极响应政府号召，学文化、素质高，可不像某些人，净给村上丢人现眼！"刘细水也不恼，笑嘻嘻地回呛道。

梁大生气白了脸，急吼吼地道："你少翻我后账，人家李医生都不计较了，关你屁事？"说罢，大步迈进了院子。

结果，迎面又碰上一人，是村里辈分最高的梁太爷，显然是听见了刘细水的话，将着胡子跟着打趣道："呵呵，大生是个有口福的人，就跟老狗嗅着肉骨头一样闻着味儿回来的！"

"哈哈哈！"

刘细水顿时笑得前仰后合，连带进进出出的人，都乐不可支。

梁大生敢骂别人，可梁太爷是长辈，挨了呲，也只能赔上笑脸，以谦卑的姿态说："叔，我知道错了，求您老儿高抬贵手，甭当着大伙儿的面让我下不来台啊！"

梁太爷微微颔首，语重心长道："行，明白道理就好，以后啊，你可要记住喽，想让别人给你面子，你先得学会尊重别人！"

"是是是。"梁大生连连点头。

"哎，人常说上梁不正下梁歪，你家是反过来了，小刚和小军没跟着你有样学样，真是万幸啊！"

"叔……"

梁大生脸红透顶，一时之间，真恨不得找个窟窿钻进去。

梁太爷拍了拍梁大生的肩膀，嗓音压低了几分："小军还没结婚呢，就算为了孩子的将来，你也得当个明事理的好爹，别让孩子出了门被人看不起！"

梁大生豁然开朗！

对呀，先前他只后悔自己不应该听了骗子的话不信任李婧，现在才明白，他的名声要是臭大街了，谁家还会愿意把姑娘嫁给儿子小军？

"大生叔！"

正在这时，肖禹从办公室里出来了，看见梁大生，即挥手打招呼，梁大生则脑中灵光一闪，一个想法跃上了心头，遂对梁太爷说道："叔，我跟肖书记说点事儿，您老儿放心，我要是再犯浑，您就抢拐杖抽我！"

语罢，梁大生激动地小跑几步，拉着肖禹又返回了办公室，而且神秘兮兮地关上了门，生怕被人听了墙角。

肖禹不明所以："大生叔，怎么了？发生什么事儿了吗？"

"肖书记，你坐，坐下听叔跟你说啊。"梁大生边说，边把肖禹推到办公桌后面的椅子上坐下。

肖禹则挂念着梁大生的身体，嘱咐道："大生叔，您也坐，有啥事咱慢慢说，不着急，我先给您倒杯热水。"

眼看肖禹又要起身，梁大生连连摆手："不用不用，我这事儿啊，比喝水重要！"

肖禹只好妥协："行，您说吧，我听着呢。"

"是这样啊肖书记，我听人说你和李医生是老同学，你俩都在延市念过书，是吧？"

"是。"

"那……那你晓得李医生家里的事吗？她父母是干啥的？家里姊妹几个？李医生处对象了吗？多大了？属啥的？"

　　　　　　　　　　　　　　人间有微光

梁大生机关枪似的抛出一连串的问题及眼中冒出的激动的光，直接把肖禹整懵了，他愣愣地望着梁大生，试探性地询问："大生叔，您……您怎么突然关心李医生的个人隐私啊？"

"这怎么是隐私呢？"梁大生不认同，"咱村上百户人，谁家的情况不清楚啊？"

肖禹微微蹙眉："这不一样……"

"怎么不一样？"

梁大生是个急性子，心里一有事，屁股上就长了钉子，根本坐不住，他干脆双手撑着办公桌，直直盯着肖禹，不容拒绝地道："肖书记，把你知道的情况告诉叔，叔保证不跟外人说，怎么样？"

肖禹摇头："大生叔，不好意思啊，虽然李医生是我的老同学，但是她家里的情况我并不了解，没法儿告诉您。"

"那李医生有没有对象，你总该知道吧？"梁大生愈发急了。

见状，肖禹隐隐猜出了什么，他不动声色地道："据我所知，李医生不喜欢别人插手她的个人情感问题。"

"我不是别人，我现在跟李医生的关系可好了。"梁大生完全没有理解到肖禹的言下之意，反而越说越兴奋，"我今天出院时，李医生专门来送我，还说有时间就来梁湾村探望我呢！"

肖禹有些无奈："既然如此，您更应该尊重李医生。"

"我哪儿不尊重了？我就是尊重李医生，才关心李医生的婚姻大事呀！"

"总之，我不能替李医生做任何决定。"

梁大生眼见肖禹油盐不进，恼火地脱口道："你这后生，咋恁地死心眼儿呢？又不是跟你借钱，你抠抠搜搜的，早年生产队的牛都比你大方！"

"大生叔，您误会了，不是我小气，这是原则问题，我没有征得李医生的同意，怎么能随意泄露她的个人信息呢？"

肖禹一个头两个大，未免梁大生再钻牛角尖闹事，他迅速起身，挽上梁大生的胳膊，连哄带骗地将梁大生送出门："刚出锅的羊肉饸饹，您趁热赶紧吃！"

"你，你你等着，我自己问李医生，就不信问不出来！"

梁大生没法子，只好撂下话，先去吃饸饹，同时满脑子都在想，应该是找个中间人，还是自己亲自说媒？中间人的话，明显肖禹是最合适的人选，可是……

而肖禹站在门口，拿着手机对着大院里热闹的场景拍了一段视频，然后便返回办公室，关上了门。

李婧加入了基层 12355 青少年服务站，成为青少年心理咨询师的志愿者，每个月开展一次线上和线下的心理讲座，也会不定时地根据现实需求，对心理问题严重的中小学生进行一对一的诊疗和心理辅导。

所以，李婧非常忙。

最近两周，她吃住都在医院，连回家看望父母的时间都腾不出来，张澜心疼女儿，做了黄焖鸡，拉着李建平，在科室候诊椅上坐等了两小时，才等到李婧下班。

李婧抻了抻酸痛的腰，安慰父母："爸，妈，医院有食堂，你们不用担心我。"

"食堂的饭，哪儿比得上家里？看看你，又瘦了一圈！"张澜嗔了一句，打开保温盒，把饭菜汤一一端出来，"赶紧吃，都是你爱吃的菜。"

李婧露出甜甜的笑容，张开双臂给了母亲一个爱的抱抱："嘿嘿，谢谢老妈！"

"快吃，待会儿老爸也有礼物送给你。"李建平背着双手，一脸神秘的样子。

为女儿准备惊喜，是宠女狂魔李建平最喜欢做的事，李婧已经习以为常，便没有多想什么。她以正常的速度吃完午饭，双手一摊："礼物呢?"

一个蓝色的笔记本，赫然出现在李婧面前，她先是一愣，继而一把

人间有微光

抢过，喜出望外。"找到啦！竟然找到啦！"说着，她快速翻动笔记本，可翻着翻着，竟又变了脸色，"照片呢？我夹在里面的照片呢？"

"啥照片？"李建平装傻，"我在地下室找到了装有你高中物品的纸箱子，但我仔细看过了，没有照片呀！"

李婧一听便急了："怎么可能呢？当初是我亲手夹进去的！"

"小婧，照片上有谁呀？是你的照片吗？"张澜连忙安抚李婧，"要不妈妈回家再帮你找找？"

李婧有些丧气："算了，要是我晚上抽开空的话，我回家自己找。"

见状，李建平若有所思："看来照片上的男孩子，对我们小婧很重要呀！"

"男孩子？什么男孩子？"张澜登时瞪大了眼睛。

而李婧又羞又气，直接上手去翻李建平的公文包，且嗔怪道："爸，你过分了啊，竟然骗我，还偷窥我的隐私！"翻出照片后，她只看了一眼，便迅速夹进了笔记本。

张澜一脸莫名："什么意思？"

李建平闷笑道："照片上的男孩子，我要是没记错的话，应该是小婧高三时的班长，叫肖什么来着，我记不清了。看拍摄角度啊，我估摸着是小婧偷拍的。"

"爸！"李婧脸红耳赤。

张澜琢磨了片刻，眼神满是不可思议："暗恋？"

李建平点头："有可能！"

眼看父母来劲儿了，李婧干脆破罐子破摔："怎么啦，不行吗？"

李建平立刻表态："行，当然行，只要这个男孩子品行端正，喜欢你，爱护你，爸爸和妈妈绝对支持！"

"既然如此，那我有一个想法，你们考虑一下呗！"李婧眼珠一转，趁机说道。

"什么？"

"我们医院要选派医生对口帮扶宜县医疗建设，为期一到两年，我想报名，可以吗？"

"你要去宜县医院工作？"张澜惊诧的同时，不解道，"这……这事儿跟那肖什么的男孩子有啥关系？"

李婧表情不自然地摸了摸鼻子，眉眼染上了羞涩："肖禹在宜县农业局工作，目前脱产驻村，是梁湾村第一书记。"

夫妻俩恍然大悟！

李婧很是难为情，生怕父母误会，又补充了一句："当然，我要下基层，并不是为了肖禹。我是从基层患者的心理健康和基层医院的现状出发，经过慎重考虑的。"

"宜县会不会太远了？还长达一两年？"张澜一旦反应过来，便皱起了眉头。

李婧立马挽上母亲的手，撒娇道："不远呀，两个多小时就到了，我一旦有空，就回家看你们好不好？"

张澜还是沉着脸，不松口。

见状，李建平开口道："下基层锻炼是好事儿，小婧有理想有爱心，我们做父母的，应该支持呀。而且宜县就在咱们市，不算太远，至于一两年的时间，小婧年轻，也不算什么。万一小婧工作忙回不了家，咱们也可以去宜县探望小婧嘛。"

"我爸说得对，就是这个理儿。"李婧朝父亲暗暗竖起了大拇指。

张澜仍然放心不下："可是小婧一个人在外工作生活，没人照顾，多辛苦呀！"

李婧道："妈，我在外地念大学，读研究生，不也是一个人吗？而且我现在长大了，比当年更勇敢、更坚强，你完全不用担心我！"

"哎，行吧，你这丫头，从小到大都是自个儿拿主意，妈妈再心疼也没用。"张澜叹了口气，感怀道。

李婧最明白怎么哄父母高兴了，她殷勤地说："爸，妈，你们放心，

　　　　　　　　　　　　人间有微光

我保证照顾好自己！"说着，从笔记本里抽出照片，神情一半害羞一半骄傲，"看看，你们的女儿眼光不错吧？"

果不其然，夫妻俩的注意力立时便被肖禹吸引了。照片上的肖禹行走在校园的林阴路上，他穿着校服，背着单肩书包，五官分明，清俊帅气，阳光穿透树叶，在他的侧脸投下金色的光芒，仿佛从漫画中走出来的少年，干净而美好。

"小婧啊，这学生时代……嗯，你确定隔了八年，这小伙子没长残吗？各方面都没变化吗？"张澜又开始担心和纠结了，女儿单身时，她着急请人介绍相亲，可女儿有了意中人，她心里头又像被人剜了一块肉似的，各种不舒服。

李婧哭笑不得："当然没有，我已经亲眼见过肖禹了，我们也相处一阵子了，我了解他是个什么样的人。"

"好了好了，我们家闺女向来心气儿高，她看中的人必然不会差的。"

李建平把照片还给了李婧，嘴上说着安慰张澜的话，可老父亲的心里更不是滋味儿，像是打翻了老醋坛子，酸气儿滋滋地往外冒，却还得忍着，不能让闺女看出来异样。

李婧送走父母后，美好的心情藏也藏不住，她一路哼着歌，去住院部病区找王主任。

途中，李婧收到了一条微信，是肖禹发来的一段小视频。

看到梁湾村村民庆丰收的热闹场景，李婧的一颗心跟着飞了出去，她愈发坚定了自己的选择。

通过梁大生事件，李婧积累了一些和农村群众打交道的经验，信心满满地向仁和医院党委递交了对口帮扶宜县医疗建设的申请。

就在李婧得到医院批准，拎着行李箱赴宜县医院上任的时候，梁湾村建设美丽乡村的安居工程启动开工了！

上午十点，开工典礼在主题音乐《今天是个好日子》中拉开了序幕！

施工设施提前一小时进场，镇、村两级相关领导出席，施工、监理、产权等单位代表、嘉宾及全体村民准时到场，分别在主席台、会场按位次就座。

典礼仪式有序进行。

各方代表轮流讲话之后，集子镇万镇长掷地有声地道："下面，我宣布，梁湾村美丽乡村安居工程正式开工！"

雷鸣般的掌声，顿时响彻一方！

主席台前就座的领导们全部起身，为工程奠基铲土，记者和宣传口的工作人员，架着摄像机，以全方位的角度记录了典礼全过程。

活动结束后，肖禹将好消息第一时间分享给了李婧。

彼时，李婧正在宜县人民医院办理人事手续。

接到肖禹的来电，李婧决定瞒着肖禹自己调来宜县工作的事情，在适当的时候给他一个惊喜。于是，李婧有意走到僻静处，控制着喜悦的心情，淡淡地说道："祝贺梁湾村，期待村民们乔迁新居的那一天！"

"谢谢。"肖禹感觉李婧似乎情绪不高的样子，关心的话随即出口，"你怎么了？是遇到棘手的病人了吗？"

李婧煞有介事地叹了一气："对呀，患者病情严重，但配合度不高，求生意志薄弱，让人很头疼。"

肖禹想了想，说道："嗯……昨天村长家的兔子，趁着两条狗打架时跳进了鸡笼……"

"然后呢？"

"然后……就没有然后了。"

"哈哈哈。"李婧笑不活了，"你是在考验我的智商吗？"

肖禹莞尔："不，我只是想逗你笑。"

"恭喜你，成功了。"李婧没想到寡言沉闷的肖禹，居然也会对她讲冷笑话！

肖禹微微一笑："以良好的心情去处理问题，再大的困难都能迎刃而解。加油啊，我对你有信心。"

李婧更开心了。

结束通话后，她返回人事科，许科长已经为她办完了相关手续，并热情地说道："李医生，宿舍早给您安排好了，是咱医院最好的公寓楼单间，一室一厅，有Wi-Fi、卫生间、淋浴间、厨房，还有24小时热水，唯一的缺点是临街，稍微有点吵，希望李医生别介意啊。不过入了冬，夜里上街的人少了，过了九点，店铺也差不多都关门了，就能安静不少了。"

李婧欣然道："许科长，院方已经给了我很多特殊照顾了，我感谢都来不及，又怎么会介意呢？"

"那行，我现在带你去看宿舍，你安顿一下，然后好好休息，下午两点，在行政三楼院办会议室开会，院领导和各科室主任都会参加，既是例行工作会，也是为李医生举办的欢迎会。"

"好。谢谢许科长，您费心了。"

"应该的，走吧。"

对于延市仁和医院选派心身医学科医生帮扶宜县人民医院医疗建设的事情，从宜县卫健局到医院，上上下下都很重视，因为心身医学在宜县医院是空白，随着现代社会各方面压力导致的精神、心理健康方面的疾病越来越多，宜县医院也急需成立心身医学科，以满足患者需求。虽然李婧从医的时间不长，也没有评定职称，但仁和医院心身医学科主任在推荐意见里给予了李婧很高的评价，所以院方对李婧的到来，充满了期待和信任。

职工宿舍在医院西侧，是几年前新盖的公寓楼，各方面设施都比较新。

许科长帮忙拎着行李箱，带着李婧乘电梯到达了402室，将钥匙交到李婧手里，周到且客气地嘱咐道："如果缺什么，或者哪些地方不适应的，李医生尽管开口，联系我或院办都可以，我们会尽可能的满足李医生在工作和生活方面的所有要求。"

李婧内心盈满感动："谢谢。"

许科长离开后，李婧开始整理这个陌生的小家。

未来一两年，她就要在宜县度过了，远离父母和舒适的城市环境，兴许会有些辛苦，可是她的理想、事业以及爱情都在这里，她期待着它们如同墙下的藤蔓，不断地向上攀爬，直至越过墙头，开出灿烂的花儿。

梁湾村。

姜小音发挥自己美术特长的优势，将村委会大院的外墙全部粉刷成了白色，用来绘制漫画政策长廊。

秋季日头短，午休的人不多，所以吃完午饭后，村民们三三两两地在村里闲逛，逛至村委会时，看到姜小音在墙上画画，不免心生好奇，不多会儿，便吸引了一圈人围观。

姜小音见状，趁机拿起喇叭进行宣讲："乡亲们，我想画一幅连环画送给大家欣赏，不过大概需要三天的时间，是关于民生政策、扶贫政策和'三农'政策的，之前我们做了宣传单和便民服务卡，村委大院里还有宣传栏，但是咱村里的大爷大妈识字不多，看不大明白，所以呢，我画成卡通漫画，方便大家更直观的了解党的政策方针。"

"哎，这个办法好啊！"

"小姜同志会说会写还会画，真真了不得！"

"梯子稳不稳啊？小姜同志要注意安全，当心摔下来！"

"就是就是，细皮嫩肉的小姑娘，爬上爬下的，看着怪叫人担心！"

"小姜同志，要不我们来帮你吧？反正闲着也是闲着，你说怎么干？"

村民们你一言我一语，争先表达对姜小音的关心，姜小音高兴道："不用不用，乡亲们各忙各家的，我一个人就可以完成。"

这时，三蛋子叼着烟，嬉皮笑脸地插话进来："小姜同志，你再能干，也总得有人帮你扶梯子吧？这活儿啊，我包了，谁也甭跟我抢！"

众人闻声看过去，纷纷皱起了眉头，只见三蛋子穿着拉风的破洞牛仔服，头上不仅扎了个小辫，还把头发染成了一撮绿一撮红的"鸡冠子"！

年纪大的长辈们，顿时气不打一处来，严厉呵斥道："三蛋子，你又作死是不是？看看你变成了什么鬼样子，整一脑袋花红柳绿的，是想学老公鸡打鸣吗？"

要是换成旁人，三蛋子多少敢呛几句，可训他的人偏偏是村里辈分最大、德高望重的梁太爷，连他爹妈都不敢忤逆的人，他自然也犯怵，遂缩了缩脖子，悻悻地小声说："太爷，这是潮流，城里的年轻人都这样，多炫酷啊！"

"恶心！"

梁太爷抄起拐杖，便要狠狠地教训三蛋子，哪知三蛋子滑头得很，竟"哧溜"一下，奔到姜小音跟前，两只手抓住梯子，急赤白脸地叫道："太爷，打人不打脸，你要是过来，我就……就晃梯子了啊！"

"不要！"

姜小音吓了一大跳，从梯子上慌忙往下爬，谁知三蛋子把她当成了保命符，挡在梯子前不许她下来！

梁太爷气得血压飙高，指使身旁的人，道："去，把这小兔崽子给我弄过来，我今儿就替他爹妈好好教教他怎么做人！"

"太爷，你消消气啊，当心身体！"

村民们生怕梁太爷气出个好歹来，紧着安抚梁太爷，梁旺才一边劝说二蛋了，一边给三蛋子使眼色："别胡闹了！要是真摔了小姜同志，村长能饶得了你？赶紧过来，跟太爷认错！"

三蛋子倒也不是个轴人，懂得借坡下驴，他松开梯子，走前半步，嘟嘟囔囔地说了一句："太爷，我错了。"然后拔腿便跑！

梁太爷将拐杖用力地戳在地上，痛心疾首："我们梁湾村往上数几代人都是本本分分的农民，怎么就出了这么个败家玩意儿？"

众人一阵唏嘘。

三蛋子的父亲早年进城务工时，不慎受了工伤，拿到了一笔不菲的赔偿金，便在县城买了一栋独院，去年赶上政府拆迁，一夜暴富，从此三蛋子就变成了好吃懒做、流里流气的小混混。

姜小音下了地，一时之间，心里乱糟糟的，有后怕，有无措，还有应对此种场面所欠缺的经验。她揪了揪手指头，朝村民们胡乱鞠了个躬，一句话没说，快步跑进了村委大院。

村民们随即各自散去。

晚些时候，肖禹从外面回来，随手敲了敲村委办公室的门。

可是，无人应答。

"姜小音？"

肖禹等了十几秒钟，姜小音才从里面打开了门，她略微低垂着脑袋，有些无精打采："肖书记。"

"你汇总一下鱼蟹水产养殖项目的全部资料，明天交给我。"

"哦，好的。"

肖禹转身欲走，忽然想起什么，问道："你不是要绘制漫画政策长廊吗？怎么绘画工具扔在外面，人却蔫儿在了办公室？是身体不舒服吗？"

"肖书记，你说我到底适合在农村工作吗？这大学生村官听起来体面，可是……"姜小音满脸纠结，不知道该怎么说，以及能不能说。

肖禹蹙眉："你来我办公室一趟。"

姜小音打心底里对肖禹是又敬又怕，虽然对方只大她几岁，但是，她鲜少见肖书记笑过，甚至连玩笑话都极少讲，而且对工作要求极高，讲效率，讲态度，精益求精，不允许有半点马虎。所以，她刚刚消极的想法一出口就有点儿后悔了，只怕要挨批评了。

进了办公室，肖禹没有关门，招呼姜小音在沙发上坐下，然后提起暖壶，倒了杯开水放在姜小音面前的茶几上。

"谢谢肖书记。"姜小音坐得端端正正，心中满是紧张。

肖禹在办公椅上落座，温和询问："出什么事儿了？"

人间有微光

姜小音把事情的经过叙述了一遍。

肖禹听完后，竟破天荒地笑了一下："村民之间的矛盾，跟你的工作有关系吗？"

姜小音怔怔地看着肖禹，一时忘了回神儿。

肖禹接着说道："三蛋子勉强念完了九年义务教育，文化水平不高，见识自然浅薄，行事不知分寸。但这个人呢，本性不坏，也没胆儿真的去做伤天害理的事儿，跟那些街头寻衅滋事的小混混还是有区别的。三蛋子需要历练，需要吃些别人没吃过的苦，经历些深刻的事情，可能就会成长了。再说回我们村干部的工作，我们要跟农民打交道，直面人民群众，为他们解决最实际的问题，甚至包括生活上的私事，那么碰壁、误解、委屈、辛苦，肯定是必不可少的，没有人天生就能游刃有余的驾驭村干部的角色，将村干部的工作做到完美，也没有适不适合，只有想不想干。"

"我，我想干，就是……"

"既然想干，那就要拥有强大的内心，经受得住考验，在每次的摩擦中总结工作经验，寻找到跟群众相契合的点，把磨合的时间尽可能的缩短，在群众当中树立起威望，赢得群众的信任。"

姜小音看着面容温和的肖禹，鼓起勇气问道："肖书记，你在梁湾村工作了这么些年，有没有哪个时刻，让你产生过想要放弃的念头？"

"呵呵，我说没有，你信吗？"肖禹不禁莞尔。

姜小音点头如捣蒜："我信！"

"哪个驻村干部能做出成绩不得蜕几层皮？"肖禹有些感慨道，"其实大家的经历都是类似的，都会有迷茫、痛苦、自暴自弃的时刻，但只要坚持下去，种种的负面情绪，就会像磨豆子一样被磨成碎渣子，自动用滤网滤出去。还有，任何时候，你只要相信没有解决不了的事儿，那就没有一个坎儿能绊倒你。"

肖禹的话极大地鼓舞了姜小音，她攥紧拳头，重新昂扬起了斗志："肖书记，我会努力做到最好！"

肖禹颔首："加油！"

姜小音端起晾温的水杯，豪气地一饮而尽，出门时却又忽然回头，俏皮地说了一句："肖书记，你温柔说话的样子，可比平常板着脸帅多了！"

"啊？"

"不过，你笑起来更帅！"

姜小音说完，逃也似的奔出了大院！

剩下一脸错愕的肖禹，愣了片刻后，淡然地关上房门，继续工作。

经过一周的时间，李婧对宜县人民医院各个科室、人事、行政以及病患情况，基本上熟悉了个七七八八。

院方在门诊部临时设立了一个心身医学科，并在全院挑选了具有心理学基础的护士林佳和李婧搭班子，而李婧的工作安排，则是每周一、三、五上午坐诊，对罹患心身疾病的患者进行初筛和医治；严重者，需要使用相关医疗器械或入院治疗，则推荐至延市仁和医院。而其余时间，李婧加入学科带教计划，助力宜县人民医院培养心身医学人才。

"通过观察、谈话、实验和心理测验等方法对病人的心理异常进行诊断后，我们一般会采用精神支持疗法、暗示疗法、催眠疗法、行为疗法、松弛疗法、音乐疗法和心理咨询等对病人进行心理治疗。因患者病情而异，可采用单一疗法，也可进行复合治疗。如果患者路远，不方便前往医院，还可以通过视频、语音的方式做心理疏导。"

在刚刚布置完毕的心理治疗室里，李婧为参加心身医学培训的医生们进行理论和实践教学。

看到墙脚放置了两排陈列架及一个长方形的沙箱，大家好奇不已。

"这是箱庭疗法，又称沙盘疗法或沙盘游戏，是目前广泛应用的一种心理临床疗法，基本上各种心理问题与心理障碍都可以通过此方法来治疗。"李婧细致地介绍道，"架子上的模型都是具有代表性的，人、动物、植物、景物、交通工具、建筑、物体、水罐……这些统称为沙具。患者在沙箱内自由摆放沙具，通过创造出的场景，就可以反映真实的内心世界。"

说到这儿，李婧把大家集中过来，着重强调："沙箱的大小、颜色、形状，包括沙子的质地，都是有规定的，具有特别的意义……"

装在白大褂口袋里的手机，忽然震动了起来，李婧顺手拿出来一看，随即说了句"抱歉"，便快步走到门外，接通来电："大生叔，是不是身体又不舒服了？"

"唉呦……"电话那端，梁大生半个身体倒在炕上，一边呻吟一边说，"李医生啊，你叔不行了，脑袋疼得呀，让人恨不得拿锤子敲开个窟窿算了，太难受了。"

李婧听到梁大生气若游丝，忙道："大生叔，我马上联系救护车，你……"

"别，千万别打 120 ！"

然而，梁大生不作任何考虑，直接拒绝了："叔的病时好时坏，说不准儿的，你要是真关心叔，就来村里看看叔吧。"

李婧默默叹了口气。

梁大生出院后，总是借口身体不舒服，三天两头给李婧打电话，李婧第一时间联系了仁和医院神经外科的主治医生，对梁大生所述的不适症状进行了探讨，鉴于当时梁大生各项身体检查结果都达到了出院的标准，所以医生很是不解，要求梁大生立即前往仁和医院复查。然而，梁大生说什么也不肯去医院，只是一个劲儿地央求李婧来家里走一趟。

李婧无法，只得松口答应，并且叮嘱道："大生叔，您等我把工作安排一下，好吗？医生给您开的药，您必须按时服用，如果确实不舒服，咱就去医院复查，在健康的问题上，您可不能使小性子！"

梁大生一听，当即乐开了花："好好好，只要你来，叔全听你的！"

8

第八章　赵根儿闹事

　　这阵子工作忙，李婧和肖禹偶尔会在夜里入睡前，互相道声晚安，除此之外，他们很少联系。

　　倒是顾韫，每天不是给李婧发微信消息，就是发视频或语音连线，关心李婧的工作进度，对新环境的适应情况，还时不时地分享搞笑解压的小视频博李婧一笑。

　　李婧没有太多闲暇时间，便有一搭没一搭地回复顾韫，完全将顾韫当成了志同道合的老朋友。

　　周五下午四点钟，李婧忙完手头的工作，买了营养品，带着给杰杰准备的礼物，开车前往梁湾村。

　　结果，出发没多久，顾韫打来电话，言语雀跃地道：“我准备上高速了，大概六点多到宜县，你别吃食堂，等我来了，我们共进晚餐。”

　　“你要来宜县？”李婧吃了一惊。

　　顾韫笑道：“是呀，惊不惊喜？意不意外？”

　　李婧却傻了眼儿：“顾韫，我不在宜县，我正在去集子镇的路上！”

　　“集子镇？”顾韫惊诧，“你去干吗？中午聊天的时候没听你说呀！”

　　李婧特别不好意思：“抱歉啊，我是下午临时决定的。大生叔身体不舒服，他的病情你是知道的，可大可小，我不放心，所以趁着周末上门探望一番。”

　　　　　　　　　　　　　　　　　　人间有微光

"这样啊。"顾韫的车速慢了下来，他斟酌着问，"你老同学是不是也在梁湾村呢？"

李婧随口应道："肖禹他……嗯，他不一定在村里吧，他工作繁杂，县上、镇上、村里几头跑，我们联系不多，我也不知道他目前身在何处。"

"看来你对老同学的关心不够嘛。"顾韫调侃李婧，"我还以为你喜欢他呢！"

状似无意的试探，实则令顾韫紧张不已。

电话那端的李婧，听到这话却是笑弯了唇："喜欢归喜欢，但是给彼此空间和自由也很重要啊！"

顾韫陡地失了声！

而李婧浑然不觉，又自顾道："不过你说得没错，我对肖禹的关心确实有点少哦，我应该先打听清楚他在哪儿，如果在村里的话，正好给他一个惊喜……"

"李婧。"

"嗯？"

"开车时少打电话，注意安全。"

"哦。"

"我先回家了，回头再联系。"

"哦好，再见。"

挂了电话，李婧立即兴冲冲地拨通了肖禹的手机，却又极力遏制着激动，假装随意闲聊："周末了，有什么打算吗？还在梁湾村吗？"

肖禹温声说："嗯，在村里呢，这周末轮我值班，没法儿回延市了。"

"啧啧，欠我的冰激凌几时兑现呀？"李婧戏谑道。

"呵呵。"

肖禹低沉的笑声，响起在空旷的车厢内，李婧的心，便跟着飞去了梁湾村！

忽有鸣笛声落入耳中，肖禹随即问道："你在开车？"

"哦对，我下班了。"李婧不动声色地回答。

"回家？"

"嗯……不回家，朋友约我吃饭。"

"是顾医生吗？"

"嗯，是。"

肖禹沉默了很久，久到李婧以为网络出问题了，"喂"了两声，准备挂断时，才忽然又听到了肖禹的声音，"下周末，我会尽量回延市。"

李婧听闻，心里颇不是滋味。

两个人的工作性质都比较特殊，大多数时候都是身不由己，所以现实的无奈，是横亘在他们之间的沟壑，想要跨过去并不容易。好在，她赢得了父母的支持，可以主动迈前一步。

五点多，天色渐渐黯淡。

李婧刚一进村，便被杰杰拦住了去路！

小家伙正跟梁奶奶闹别扭呢，乍一见到李婧的越野车，激动得手舞足蹈，李婧赶忙把车靠边停下。

"杰杰！"

李婧下车，意外且惊喜："你怎么在这儿？梁奶奶，这个时间点儿，不是应该在家吃晚饭吗？"

梁奶奶解释道："杰杰爷爷在家做饭，杰杰非要跟芳芳玩儿，哪晓得……"

"姨，芳芳疼，在哭，姨……姨看芳芳！"

杰杰不擅长用语言表达，干脆拉起李婧的手，直接往村西跑！

"哎，杰杰，你跑慢点儿！"梁奶奶着急地跟在后面。

李婧虽不明白芳芳发生了什么事，但是看到杰杰有了关心他人的言行，她感到很欣慰。

杰杰带着李婧来到了村西坡下的一户人家。

这家只有两间破旧的房屋，连大门都没有，院墙也塌了几处，院里杂物、垃圾堆积如山，看起来根本不像是人住的地方。

此刻，院里院外，聚集了些零零散散的村民，有老有少，要么抱着胳膊看热闹，要么蹲在塌土墙上一边抽烟，一边恨声咒骂，还有几个中年人，挽着袖子，摩拳擦掌，随时准备冲进去！

而其中，就包括李婧的熟人——梁振兴和梁旺才！

李婧震惊于眼前的景象，但她尚未来得及细究，村长梁茂明的怒骂声，竟从左边屋子里传了出来："赵根儿，你还要不要脸？成天就知道喝尿水子，一喝多就打孩子，你是脑子被门挤了，还是良心被狗吃了？"

"你……你把白红霞那个臭娘们儿找回来！没给老子生下儿子，还扔下个赔钱货，看老子不打死她！"

粗犷暴躁的男声，夹杂着酒气的谩骂，以及摔摔打打、桌椅碰撞的刺耳声，令李婧眉头不断加深，她把杰杰安顿给梁奶奶，示意祖孙二人躲远些。

梁旺才瞧见李婧，立马欣喜地迎了过来："李医生，你啥时候来的？"

李婧微微一笑："刚来。"

"哟，李医生来啦！"梁振兴也一下子亮了眼睛，但随即便皱紧了眉头，"这丢人现眼的赵根儿，又让客人看笑话了。杰杰，你带李医生回家歇着，省得污了李医生的耳朵。"

然而，杰杰一听，脑袋摇得像拨浪鼓似的，小手指着屋里，语无伦次："芳、芳芳疼，姨、姨救芳芳……"

李婧摸摸杰杰的小脑袋，安慰道："放心，有姨在，芳芳不会有事的。"

杰杰这才安静了下来。

屋里呵斥声不断，除了村长，李婧还听出了其他熟悉的声音，她穿过围观的人群奔进院子，只见屋门大开，赵芳芳躲在门口柜子旁边，穿着单薄的衣裳，满脸淤青红肿，瑟瑟发抖！

梁兵在为芳芳翻找厚衣服，肖禹和梁茂明则把赵根儿堵在后屋灶台前的地上，不许赵根儿继续行暴。赵根儿酒气冲天，像只暴怒的狮子，扯着嗓子叫嚣："女人就是贱，不打不听话！"

梁茂明气得险些撅过去："就你这张贱嘴，当心全村的女人合伙撕了你！"

"李医生！"

梁旺才好心提醒李婧："你别进去，赵根儿那狗东西已经疯了！"

然，李婧攥了攥拳，毅然迈进了屋子。

只要肖禹在场，她就有安全感，况且她答应了杰杰，要对芳芳实施救治。

"李婧！"

而肖禹万万没想到一个小时前尚在延市的李婧，竟会突然出现在他面前，但他只愣了几秒钟，便恢复了清晰的理智，果断吩咐道："李婧，你先把芳芳带出去，孩子伤得不轻，而且受到了严重惊吓！"

"等等，外面冷，把衣服穿上！"梁兵费了一番劲儿，终于从柜子底层找到一件童装棉衣。

芳芳仿佛木偶似的，神情呆滞，任由李婧为她穿衣。

梁兵看到芳芳脚上仍然穿着春夏的单鞋，又去另一个屋子到处翻找能够御寒的棉鞋。

"哪儿来的贱货，敢管老子家的闲事！"

谁承想，赵根儿的暴躁，陡然间加剧，他撞开肖禹和梁茂明，随手抓起插在灶炉里的火钳，用力砸向李婧！

所有人大吃一惊！

李婧吓傻了，双腿像灌了铅似的动不了，千钧一发之际，肖禹一下扑上来，抱住了李婧，那根火钳便重重地砸在了他的后背上！

"肖书记！"

众人惊呼，一拥往屋里跑！

而赵根儿没打中李婧，竟气急败坏地挥着拳头冲了过来，梁茂明出手阻拦，可他一个人根本控制不住发酒疯的赵根儿，肖禹护着李婧，不慎又挨了两拳，等梁振兴奔进来，他把李婧和芳芳一把推过去，吩咐道："快，快把她们带走！"

梁振兴二话不说，抱起芳芳就走！

谁知，李婧杵在原地不动，目光紧锁着肖禹，眼泪都快出来了。肖禹握了握她的手，出言安抚："我没事，你先……"然而，话未完，赵根儿又伸过来一条腿，试图踢打李婧，肖禹忍无可忍，抡起胳膊，甩了赵根儿一记响亮的耳光！

赵根儿一个踉跄，摔在了梁茂明身上！

屋子太小，梁旺才和两个村民费力地挤进来，将赵根儿死死地按在地上，再也动弹不得！

"这龟孙子，是吃了疯狗肉了吗？"

梁茂明从地上气喘吁吁地爬起来，一边咒骂，一边惊诧地望向肖禹，印象中，这是肖禹第一次打破了"暴力不能解决问题""干部要知法守法以身作则"的原则！

"村干部动手打人了！"

"大家快来看哪，党员干部肖禹打人了！"

赵根儿失了自由，竟像发了疯似的剧烈挣扎，大喊大叫！

"呸！不要脸！"

"肖书记打得好！"

"支持肖书记！"

"请村上严惩赵根儿！"

村民们愤怒之极，纷纷加入了讨伐队伍，若非梁茂明拦着，他们早就群起而攻之了！

肖禹完全没有了往日的隐忍和宽容，字字珠玑："赵根儿我告诉你，你要是还把自己当个人，就说人话、做人事！我是党员干部不假，但我是为了保护人民群众，而你家暴老婆，虐待孩子，故意殴打他人，做尽了失德犯法的事儿，你就等着被刑拘吧！"

"我打自己的老婆、自己的丫头，关你们屁事！"赵根儿不服气，仍然骂骂咧咧。

"王八蛋！"

梁茂明越听越火，抄起火钳，怒道："再嚷嚷一句，老子就是被撤职，也要打得你满地找牙，让你知道自己是个什么狗东西！"

正在这时，警笛声由远及近！

集子镇派出所刘警官带着辅警赶来，了解始末后，将赵根儿押上了警车！

因为赵根儿指控肖禹打人，肖禹需要协助调查，梁兵、梁茂明则代表村委会，陪同他们一块前往派出所做笔录。

看到梁振兴怀里抱着的赵芳芳，死死抓着梁振兴胳膊，仿佛犯了癫痫似的抽搐得厉害。刘警官脸都黑了："孩子需要马上送医院，村里还有孩子的亲属吗？"

"没有。"梁茂明摇头，"要不然，让梁振兴陪着？"

梁振兴义不容辞："可以。"

"我是医生，我也陪芳芳去医院吧。"这时，李婧站出来，将工作证递给刘警官查看，"另外，肖书记被火钳打到了，还挨了几拳，也需要检查一下。"

肖禹脱口便道："我没事儿，不用……"

"有没有事，医生说了算！"李婧语气格外严厉，心疼、委屈、感动、愤怒，种种情绪交织在一起，哪怕她是专业的心身科医生，此刻也难以保持冷静。

肖禹明白李婧的心情，为了让她安心，他没再坚持，很听话地答应她："好。"

集子镇卫生院。

赵根儿被带过来醒酒、做检查，肖禹下手不重，连轻微伤都构不成，可赵根儿鬼哭狼嚎，仿佛重伤不治的样子，扰得卫生院不得安宁！

刘警官跟医生确认赵根儿身体无碍后，采取强制措施，"咣当"一声给赵根儿戴上手铐，火速押往派出所去了。

赵芳芳头颈部和四肢表皮红肿，伴有少量出血，几处瘀青为旧伤发散，小孩儿皮肤嫩，所以看起来青红交错，严重异常。

上药的过程中，芳芳表情呆滞、双眼无神，似乎感受不到疼痛般，毫无反应。

梁振兴见状，心疼得眼圈都红了："芳芳不会被打傻了吧？"

外科男医生推了推鼻梁上的眼镜，回道："从表面看，头部并没有明显外伤，孩子也没有表现出头疼或者晕眩的不适症状。如果不放心，再去三甲医院做颅脑CT、核磁共振。"

"今儿天晚了，先观察观察吧，如果有异常，随时去医院。"李婧插话道。

梁振兴点头："行，你是专家，听你的准儿没错。"

闻言，男医生抬头看了眼李婧，语气惊讶："同行？"

"对。"李婧神情略有些凝重，"从芳芳的临床表现来看，我更担心芳芳的心理状态。"

她默默感慨自己不知撞了什么邪，每次来到梁湾村，都恰好有人受伤。可这一次，令她心中着实难受。原以为杰杰作为单亲留守儿童，又得了自闭症，已经很可怜了，没想到父母健在的芳芳，在如此幼小的年纪，竟沦为家暴的牺牲品！

"心理？啥心理？"梁振兴不太明白。

李婧道："简单点儿说，就是精神创伤……"

"医生！"

这时，梁茂明推开治疗室的门走了进来，直奔正题："医生，孩子怎么样了？"

男医生回道："还好，只是轻微的皮外伤，已经处理好了，观察一晚，如果没有其他症状，伤口几天就能好得差不多。"

"谢天谢地！"梁茂明松了口气，随即满面愧疚地向李婧道歉，"李医生，实在对不起，连累你挨打挨骂，我心里真的是过意不去啊！"

李婧苦笑不已："算啦，肖书记替我挨了打，我只是挨了几句骂，也掉不了二两肉，我撑得住。"

"不愧是人美心善的李医生！"梁茂明竖起了大拇指，内心满是钦佩。

梁振兴翻了个白眼儿，咬着后牙槽道："照我说，政府就应该取消赵根儿家的特困户补贴，什么玩意儿嘛，穷死饿死都是活该！对了，还要上报妇联，给他竖个家暴妇女儿童的典型，看全社会的唾沫星子淹不死他！"

"这回啊，公安、村两委会、妇联、民政都会介入，严肃处理，决不姑息！"梁茂明头疼死了，村里这几个反面典型，隔三岔五地搞事情，折腾得他一把老骨头都要散架了。

李婧惦记着肖禹，不知肖禹伤情如何，遂道："你们先在这儿照顾芳芳，我去看看肖书记。"

梁茂明指了指外面："肖书记在休息椅上坐着呢。"

李婧推门出去，竟见肖禹坐在最边儿上，靠着椅背歪着头睡着了。

她静静地看着他，鼻尖不断涌上酸意。待在这样一个村子里，面对一群这样的人，他就不觉委屈吗？

有急诊病人进来，嘈杂的声音，惊醒了浅眠的肖禹，他捏了捏眉心，待清醒了些，察觉到面前有人，一抬头，眼中便落入了熟悉的面容。

"感觉怎么样？"李婧眼角湿润，明显掉过眼泪。

肖禹拍了拍身边的空位，示意李婧坐下说。

李婧抿着嘴唇，哀怨地瞅了他几眼，才不情不愿地落座，肖禹伸出手，握住了李婧微凉的五指。

"干吗？"

李婧扭头瞪着他，嘴上如是问，却没有表现出任何拒绝的意思，肖禹闷头笑了一下，随即将她整只手都包裹进了他宽大的掌中。

肖禹低声说："我真的没事儿，你别担心了。"

"你觉得我会信你的鬼话吗？"李婧银牙轻咬。

肖禹笑，语气里带了几分揶揄："要不然，你亲自检查？"

"不行，我不能插手，需要卫生院的医生开具病历单，交给派出所备案的。"李婧说完，反手捏了下男人的掌心，"但是，我会在旁边查看的。"

肖禹埋头笑个不停。

李婧羞恼，抻了抻胳膊，想要挣脱他的手，他却抓得更紧了："怎么样，你现在心情好点儿了吗？"

"不好。"

"对不起。"

"谁要听你说对不起？我，我就是不明白你……"

"李婧，我知道你心里在想什么。"肖禹缓缓松手，神色认真道，"可我既然选择了这条路，就不会轻言放弃。你相信我，困难、矛盾、冲突都是暂时的，不论多大的坎儿，我都能蹚过去。"

李婧没有再说话。她心里乱糟糟的，许多情绪交织在一起，想说点儿什么，却又无从表达。

十多分钟后，轮到了肖禹看诊。

李婧全程陪护，亲眼看到肖禹背部光洁，没有红肿擦破的痕迹，悬着的心，才算是彻底放下了。

从卫生院出来后，几人跟着民警去了派出所。

赵根儿被拘留了。

肖禹一行人做完笔录，走出派出所的大门时，已近十点了。

深夜的集子镇，冷冷清清，已经没有了烟火气，沿街的门面店铺都关门了，只余几家小超市还亮着灯。

梁兵去超市买了些面包，一一分发给大家，将就着垫垫肚子。

赵芳芳趴在梁振兴背上睡着了。

梁茂明斟酌着说道:"这样吧,芳芳暂时安置在我家,李医生你也去,还住上回那屋,怎么样?"

"好。"李婧原本便打算借宿村长家,所以没有客气地一口答应了。

肖禹侧目,偷偷看了眼李婧,心里的不安和矛盾分毫未减。

他害怕李婧不能接受他驻村的工作,无法承受异地而处的恋情,毕竟她是在城市里长大的姑娘,从小娇生惯养,从未吃过苦,她理想中的爱情,与现实的,可能差距非常大。他不想让她失望,可是,梁湾村需要他,他也离不开梁湾村。

回村后,众人各回各家。

巧婶把芳芳安置在暖和的炕上,盖好被子,下了地,舀了两碗坐在灶火上还冒着热气的小米稀饭,端给李婧和梁茂明。

李婧边喝边道:"村长,给我讲讲赵根儿的过去吧。"

一声沉重的叹息,在清凉的秋夜里,平添了几分悲哀。

梁茂明沉默了片刻,方才娓娓道来:"其实赵根儿也是个可怜人,六岁死了爹,瞎了一只眼的老娘守寡十几年,靠着一亩三分地,省吃俭用地把赵根儿拉扯长大。赵根儿学习不好,但是很有做菜的天赋,于是初中毕业后,找了个酒店厨师当学徒,赵根儿争气,又能吃苦,五年下来,将师傅的手艺学了个精通,然后顶了师傅的班,升级成了酒店的掌勺大厨,工资高达五千块钱,加上各种奖金、福利,年收入在村里数一数二,人人称羡。当时的赵根儿意气风发,没有丁点儿不良嗜好,很招姑娘们喜欢,没过多久,赵根儿就和酒店里的服务员红霞处对象了,赵根儿他娘卖了几头猪,加上赵根儿攒的几万块钱,欢天喜地地把红霞娶进了门。婚后一年,红霞生下了女儿芳芳,一家人的小日子过得有滋有味,村里谁见了不夸两句?可惜……"

讲到这里,梁茂明心里烦躁,从衣服口袋里摸索出半盒烟,想抽一支，可是目光落在芳芳脸上，顿了顿，又把烟盒放了回去。

"发生了什么变故？"李婧等不及地追问。

梁茂明叹道："可惜好景不长，酒店老板遭人报复，故意纵火，赵根儿虽然侥幸捡了条命，却被高坠下来的重物砸到了下半身，失去了生育功能。这场变故，对于才二十多岁的赵根儿来说，算是灭顶的打击，而且赵家只有赵根儿一根独苗，还指望着赵根儿传宗接代呢！赵根儿他娘整日以泪洗面，神情恍惚，在一个雨夜里失足跌下硷畔，没抢救过来。从此，赵根儿一蹶不振，不工作，不种地，整日好吃懒做，酗酒赌博，把多年积攒的家底儿和事故赔偿款败了个精光。红霞眼看日子过不下去了，就请村上帮忙劝说赵根儿振作起来，重新干回厨师的老本行，没承想，我和老支书的苦口婆心，换来的竟是赵根儿对红霞的一顿暴打！"

李婧愕然！

"村里人开始还对赵根儿充满了同情，尽可能地帮他，生怕他的小家散了，红霞也舍不下芳芳，所以还能将就着过，谁知赵根儿变本加厉，稍有不顺心，就对红霞又打又骂，红霞一忍再忍，后来实在忍不了了，抛下赵根儿和芳芳跑去城里打工，再没回来。赵根儿父女穷得吃了上顿没下顿，村上只好给赵根儿申请了特困户，接受政府补贴，同时将赵根儿列为重点帮扶对象。"

梁茂明说着说着，又忍不住浑身冒火："这人哪，一旦堕落了，就跟扶不上墙的烂泥似的，完全不要脸了！扶贫干部前脚给赵根儿送来鸡崽鸭崽，教他科学养殖，他后脚就把崽子全部偷偷卖了买酒喝，一喝醉就骂东家吼西邻，虐待芳芳，折腾得乡亲们苦不堪言哪！"

李婧心下嗟叹不已。人常说，可怜之人必有可恨之处，这句话在赵根儿身上算是体现得淋漓尽致。这世上被困于逆境的人很多，有人选择站在光里，开辟出另一番精彩人生；有人却沉溺于泥潭，情愿折断翅膀，与黑暗同行。而赵根儿选择了后者，欠缺了破茧重生的勇气。

凌晨时分，突然下起了淅淅沥沥的秋雨。

老屋廊下雨打青砖，墙里墙外树枝沙沙作响，一阵风急，伴着雷声呼啸，闪电在窗前划下骤然一亮的瞬间。

李婧听见动静，一个激灵醒了过来。

她从枕边摸起手机，看了看时间，六点二十三分，时间尚早。

打开微信界面，有两条未读消息，一条来白顾辊，时间是凌晨一点二十分，他说：李婧，等你回来，我们见个面吧，我有话对你说。

李婧皱了皱眉，这顾辊大半夜不睡觉，想说什么呢？有什么重要的事吗？算了，回去再问吧。

另一条消息是肖禹发来的，竟是十分钟之前，只有三个字：对不起。李婧撇撇嘴，除了道歉，就没别的话可说了吗？真是惜字如金啊！

李婧趴在被窝里，暗暗琢磨，肖禹不会是内疚了一晚上吧？她并没有责怪他啊，只是心疼他而已。于是，为了打消他的心理负担，她给肖禹发了个"帅哥早安"的表情包，顿了两秒，又发了一个可爱小人举着"红包拿来"的牌子扭屁屁跳舞的表情包。

没想到，肖禹秒回，竟真的发了个红包过来，李婧欣喜，可当她看到转账金额为 666 元时，第一反应不是开心，而是气晕了！

她立马发语音质问肖禹："肖书记，我能采访一下你嘛？请问在你眼里，我是个贪财爱财的人吗？我需要你的金钱补偿吗？"

肖禹直接把电话打了过来，嗓音有些许沙哑："怎么生气了？我没有这样认为啊。"

李婧不悦："那你发 666 是什么意思？"

"六六大顺。"

"俗不可耐！"

李婧无语至极，既然要讲究寓意，干嘛不发 520？

肖禹不明白李婧生气的点在哪里，便想换个话题："对了，我一直忘了问你，你昨天怎么突然来了？不是说要跟顾医生吃饭吗？你这个骗子……"

"哼，不想理你了！"

李婧任性地切断了通话，心想，肖禹肯定会来村长家吃早饭的，等待会儿见了面，她再好好跟他掰扯掰扯！

不多会儿，院里有了动静，梁茂明穿着雨衣雨靴，急匆匆地出门了！

李婧不知道发生了什么，迅速起床下地，简单洗漱后，敲开了主屋的门。

巧婶是个勤快人，早在半小时前就起来生火了，屋里暖烘烘的，毫无深秋的寒意。

"李医生，昨晚睡得怎么样？冷不冷？"

巧婶对李婧很是热络，俨然将她当成了自家闺女。

"挺好的。"李婧笑着说道，"我以前从来没睡过炕，这几回睡下来，已经习惯了，感觉很不错呢。"

巧婶满面欢喜："那屋啊，婶子给你留着，以后不管啥时候来村里，都当成是自个儿家，直接住，甭客气！"

"谢谢巧婶。但我不能总是白吃白住的……"

"什么叫白吃白住？你每回来村里，都少不了救这个，医那个的，你带来的药不用钱哪？医生给人治病不用交诊费啊？而且你这丫头多心，从不空手来，这里里外外算下来，沾光的是我们梁湾村，吃亏的人反倒是你呢！"

"我……我是医生嘛，应该做的。"

"哪有什么应不应该？你别看巧婶是个没多少文化的农村妇女，但巧婶懂道理，这天底下的人和事儿啊，就像磁铁，你对我好，我对你好，两个人才能吸到一块儿，但凡有一个人自私自利，都不可能有好结果！"

"巧婶，您这个比喻，可是透着大智慧呢！"

"智慧啥的我不懂，我就知道啊，杰杰的爷奶，还有旺才，不知道有多羡慕你在我家住呢！"

"为啥？"

"你这么好的姑娘，谁不喜欢哪？可惜杰杰家没有多余的房子，旺才呢，不敢跟我抢人，所以啊，你就安安心心地住在这儿，巧婶出了门倍儿有面子的！"

"哈哈哈。"

两人越聊越欢快，李婧在炕沿坐下，看到芳芳怀里抱着一个破旧的布娃娃，小小的身子蜷缩在被子里，眉头皱巴巴的，睡容有些不安。

李婧伸手摸了摸芳芳的额头："小丫头昨晚没哭闹吧？"

"没，丫头很乖，这一觉睡得挺瓷实。"巧婶一边聊天，一边张罗着早饭。

李婧为芳芳测了体温，结果显示正常，随即检查身体各处伤口的愈合情况，效果也较为理想，便趁着芳芳熟睡，取来医疗箱，为芳芳换药。

完毕，她仔细交代道："巧婶，早饭后，记着让芳芳口服消炎药，一次半片，一天两次，其他外伤药的用法，我都写在纸上了，要是您弄不明白，就给我打电话。还有啊，告诉芳芳这几天千万不要碰水，防止感染。"

巧婶非常爽快地应道："行，我知道了。李医生你尽管去忙，我能照顾好芳芳，就算有点儿差错，赵根儿也不敢找我麻烦。"

李婧思绪深重，芳芳的悲剧，是赵根儿在情绪极端压抑下造成的，换言之，芳芳及村里所有身体正常的男人，都是赵根儿发泄痛苦的对象，他用暴力和攻击行为来掩饰内心的自卑，亦是潜意识里想要获得价值感、成就感的错误体现。这种幼稚的让心理得到快感的认知，若不加以纠正，从心理根源上解决，恐怕会带来更加严重的后果。

想到这儿，李婧凑过去，小声询问："巧婶，您知道芳芳妈妈在哪里打工吗？"

巧婶看了眼芳芳，确定芳芳没有醒，便拉着李婧走到门口，压着嗓音说道："好像在县城的四季什么大酒店来着，具体我也不清楚，这消息还是旺才媳妇儿从娘家老乡嘴里听说的，是真是假，没人敢去求证，万一

　　　　　　　　　　　　　　　人间有微光

被赵根儿知道了，红霞就没活路了。"

"哦，那您知道红霞全名叫什么？"

"白红霞。"

"嗯，我记下了。"

"李医生，这件事千万保密啊，村里只有我和旺才媳妇儿知道红霞的下落，连我家老梁都没告诉呢！"

"放心吧，我心里有数，我会想办法帮助赵根儿的。"

闻言，巧婶顿时亮了眼睛："太好了，要是赵根儿能洗心革面，重新做人，老梁的白头发也能少添几根了！"

"我尽力。"李婧说着，忽然记起一事，"对了，村长着急忙慌的去哪儿了？"

巧婶道："天气预报说，今儿个全天都有雨，所以咱村上的防汛领导小组全体出动，挨家挨户排查安全隐患去了。"

"肖禹呢？"李婧看了下手机，已经八点多了。

巧婶不假思索地说道："肖书记是小组成员，自然要去的。而且肖书记年轻，又是党员干部，遇上这种危险工作，肯定要第一个冲在前头的。"

"排查有危险？"李婧下意识地紧张起来。

巧婶皱了皱眉："一般情况下安全得很，但老天爷的事儿，谁能说得准呢？万一降雨量突然增大，万一谁家的院墙、碥畔突然塌了，还有山体滑坡、泥石流……"

未等听完，李婧便迫不及待地打开门往外冲！

巧婶一惊，赶忙截住李婧，失笑道："这么大的雨，你不穿雨衣不打伞，不怕感冒吗？"

此刻，李婧满脑子都是危险画面，完全失去了理智和判断力："我身体好，没事儿……"

"不行，肖书记把你托付给了我，要是你有个三长两短，我怎么跟肖书记交代？"

巧婶力气大，不由分说将李婧拽了回来，看到李婧脸上的焦急，忽而笑出了声："你咋这么关心肖书记呢？实话告诉婶儿，你是不是看上肖书记了？"

"我，我……我只是担心老同学而已。"李婧大囧，心虚地胡乱咳了两声。

"呵呵，不逗你了，防汛组只是例行检查，他们人多，经验足，不会有事儿的。"巧婶说完，忽然想到了什么，话锋一转，"倒是你，要小心梁大生啊，那老家伙憋着坏呢！"

"憋坏？"李婧瞠目结舌，她此行的初衷，就是为了探望梁大生啊！

巧婶一副看透他人奸计的表情："这些日子，梁大生窜上窜下地拉我家老梁当说客，想让肖书记出面帮忙，但是肖书记坚决不答应，梁大生气得都跟肖书记翻脸了！我偷偷问了老梁，老梁只知道跟你有关，还说肖书记不许任何人提这事儿！"

李婧听懵了："到底啥事儿？肖禹从来没跟我说过呀！"

"我琢磨啊，梁大生是看上你了！"

"啊？！"

"咳，是看上你给他当儿媳妇了！"

"……"

李婧彻底无语了，现在的人都这么喜欢催婚做媒吗？

防汛领导小组分成了两队，梁茂明带着王会计、梁兵及村里三个青壮年挨家挨户巡查，肖禹携驻村工作组人员，负责检查路况、墙面、老旧建筑是否存在安全隐患。

泥泞的村路，深一脚浅一脚的，姜小音体力跟不上，渐渐落在了队伍的后面。

肖禹发现少了人，停下步子，回头喊道："姜干事，你别去了，回办公室整理材料吧！"

"我可以的，肖书记你别赶我走，我要跟你们并肩战斗！"姜小音抹了把溅在脸上的雨水，倔强地奋力向前。

肖禹不禁皱眉："防汛巡查有我们几个男的就够了，你是女孩子家，还是回……"

"肖书记，您可是领导，不可以搞性别歧视哦！"

姜小音追上来，表情严肃，语气却是俏皮，说完便绕过肖禹，有意加快了步伐。

肖禹无奈，只得应允了。

不过，看到姜小音在快速成长，他内心也涌上了几分欣慰。

"坝梁的路面又被雨水冲出来两个大坑，怕是等不上整体规划，要提前整修了。"

工作组的林延喜是最早派驻到梁湾村的，扎下身子一干就是三年多，各方面经验都比较丰富。

听到林延喜的话，分散的众人都聚了过来，进行现场议事。

"肖书记！"

正在这时，梁兵的呼喊声由远及近："肖书记，你快去看看吧，葛大婶子家窑顶渗水了，村长让葛大婶子撤出来，搬到村委会暂住几天，但葛大婶子非说你答应过她，要给她断官司，官司一天没结果，她就在危窑里住一天！"

"这怎么还威胁上了？"林延喜眉头拧得深，"肖书记，安全无小事，不能由着葛大婶子胡闹！"

梁兵三两步奔过来，满脸都写着焦急："村长劝了半天不顶用，葛大婶子说，要是肖书记不给她一个说法，就算咱们把她强行拉出渗水窑，她爬也要再爬回去！"

"断什么官司啊？"姜小音不明所以。

林延喜摆了摆手："小姜，你来得晚，不清楚里面的事儿，回头再跟你细说。"

"老林，你们继续。"

肖禹顾不上多说，扶了扶雨衣的帽檐，抬脚便走。

梁兵随后。

姜小音愣了愣，拔腿就追："肖书记，我跟你一起去！"

人间有微光

9

第九章　梁大生的相亲局

葛大婶子的家在西川苹果塬上，五十多年前箍下的两孔土窑洞，住了祖孙三代人。

窑洞背后五十米处，有两座老坟，埋着葛大婶子的爹妈。

四十年前，貌美如花的葛大婶子，没要一分彩礼钱，带着瘫痪的父母嫁给了梁湾村有名的光棍汉梁勇军。

此事一出，轰动了十里八乡。

媒人曾经踏破了邓家庄葛家的门槛儿，但葛大婶子开出了硬性条件，绝不扔下父母独自嫁人，在那个穷困的、旧思想没有完全破除的年代，没有人家愿意答应。后来梁勇军找上了门，写下保证书，按了手指印，将葛大婶子及岳父岳母一起接回梁湾村，尽心尽力侍奉了二老十几年，在二老身故后，又担着破坏风水的名儿，将二老葬在了自家屋后。

几年前，梁勇军过世了，两孔旧窑也破烂得不行了，葛大婶子的儿女在镇上、县里买了房，相继都离开了，只剩下葛大婶子一人，独孤地守着老窑和老坟过日子。

论辈分，葛大婶子比梁茂明还要大上一辈儿，而且葛大婶子性格凌厉，梁茂明打小就怕她，哪怕当上了村长，也不敢跟葛大婶子大声说话。

因此，除了好言好语的规劝和恳求之外，梁茂明一点儿其他的招儿都没有了。

"婶子，坟地的事情，牵扯太多了，不是一天两天能解决的，你要给肖书记时间啊！"

"茂明，你跟我扯这些没用，我不听你的，我就住破窑里，哪儿也不去，看他肖书记管不管！"

"肖书记没说不管呀，婶子你先去村委会，我保证肖书记一忙完，就过来找你，怎么样？"

"不行！你们有时间等，我老了，没时间了！"

"婶子呦……"

匆匆赶来的肖禹，站在门外，伴着"哗哗"的雨声，听着屋里的谈话，不禁愁容满面。

葛家老坟所占的地方，并非全是梁湾村的土地，属于梁湾村和邓家庄的交界地。当年梁勇军请的风水师说，坟地跨两村，占上一半葛家父母的故乡土，也算是落叶归根，能减少对后人的影响。

为此，梁勇军苦求邓家庄的土地所有者邓义鹏，用一百斤粮食换来了使用半块坟地的权利。谁知，过了几十年了，世事发生了变化，省上著名的云升农业科技公司和邓家庄达成了合作，将对邓家庄五百多亩果园升级改造，规模化经营。

而葛家老坟所占的地块，也被邓义鹏的儿子邓宇流转给了云升农业科技公司。所以，问题和矛盾出现了，邓宇要求葛大婶子迁坟，方便地块整体改造，标准化生产，但葛大婶子疼惜父母一辈子，死活不愿意惊扰老人！

眼看此事迟迟无法解决，邓家和葛大婶子的儿女持续争吵纠缠，肖禹不得不出面，揽下了这桩官司。但是，说实话，除了走法律途径，目前他还没有想到两全其美的办法。

所以，他现在进去能说什么呢？落不到实处的许诺，都是空话大话，葛大婶子还会相信吗？

"肖书记，怎么不进……"

人间有微光

随后而来的姜小音，只顾关注肖禹，忘了看脚下的路，猛地一个趔趄，摔在了地上！

"哎哟！"

梁兵一惊，急忙上前搀扶，关切道："怎么样，摔哪儿了？能站起来吗？"

肖禹的思绪，也因这个意外而回笼，他几步过来，看到姜小音痛得五官都拧在了一起，当即吩咐道："梁兵，你把姜干事背到卫生室，让宋大夫检查一下。如果不行，就去村长家找李医生看看。"

"好。"梁兵应允。

可姜小音连连摆手："不用不用，我没事儿的。"说着，强忍着肌肉痛，装作正常人一样站了起来。

肖禹蹙眉："你确定？身体是自个儿的，别硬撑。"

"我确定！"

姜小音努力挤出微笑，并指了指屋门，示意肖禹进去。

肖禹当下不再多想，步伐坚定地走进了葛大婶子的家。

外面发生的事儿，屋里头自然全都听到了，梁茂明眼见姜小音没有明显的擦伤，便只叮嘱了一句："注意安全。"

"谢谢村长。"姜小音点头道谢，转而一脸笑意地望向坐在炕上的葛大婶子，"婶儿，咱们肖书记向来是言出必行，您多给肖书记几天时间，他一定能解决的。但是您今天不搬出去，万一窑塌了，葛家的老坟就没有人看顾了。"

闻言，葛大婶子面容柔和了几分："姜干事，你是小姑娘，说得也在理，婶子不为难你，婶子想听肖书记亲口说。"

肖禹郑重且诚恳地说道："婶儿，我不想骗您说，我肯定能劝服邓家，但我会尽全力的。如果最终的结果不理想，我愿意个人出资，从邓家手里把坟地买回来送给您，或者，我帮您迁坟，迁到我老家的地里。"

这一席话，令在场之人无不动容，梁茂明动了动嘴，想说点儿什么，又悄悄咽了回去。

葛大婶子别过脸，抹了把润湿的双眼，道："行，就冲你这话，走吧，咱去村委会！"

雨势渐渐减弱，临近中午时，从中雨变成了绵绵细雨。

李婧焦灼等待了一上午，终于接到肖禹电话，说他和村长准备回来吃中饭。

然而，就在李婧雀跃的时刻，梁大生竟然不请自来！

"李医生，你来村里怎么不告诉我一声呢？要不是今儿早上听人说起，我还蒙在鼓里呢！再说，你干嘛住在梁茂明家呀？我天天盼着你来呢，把屋子都给你拾掇好了，还专门给你添了张席梦思大床，连被褥枕头都换成了新的，你看看还缺啥，我叫小军开车去县城买！"

"大生叔！"

李婧咽了咽唾沫，斜睨着在沙发上看电视的芳芳，轻声解释道："原本应该是我去探望您的，但昨天特殊情况，实在腾不开时间，今儿上午又一直在下雨，不好出门，现在……"

"你现在跟我走，你桂梅婶子做了一大桌好菜，巴巴地等着你呢！"

梁大生的性格仍旧是风风火火，根本不给李婧拒绝的余地，拽起李婧的胳膊，便要朝外走去。

"哎，干什么呢？"巧婶原本在小厨房炒菜呢，听见动静不对，抓着锅铲跑出来拦人，"老梁和肖书记马上就回来了，李医生怎么能走呢？梁大生，你甭干上门抢客的事儿，李医生啥时候去你家，人家自有安排！"

梁大生振振有词："巧花妹子，李医生是你家的常客，多见一面，少见一面，无所谓的，对吧？但李医生没在我家吃过一顿饭，桂梅说了，我要是请不来李医生，我也甭回家了，就待在这儿等，一直等到你同意为止！"

"好你个老家伙，竟敢耍无赖，看我不抽你！"

人间有微光

巧婶气坏了，抡着手里的锅铲去揍梁大生，梁大生显然不是第一次挨揍，左躲右闪，经验十足！

李婧呆若木鸡！

怎么前一秒还在讲道理，后一秒就打起来了？

"巧婶，大生叔，你们别打了！"

李婧喊了一句，回屋拿了包包和雨伞，快步走向大门，边走边道："我这次确实是来探望大生叔的，结果耽误到了现在。我是晚辈，却要长辈上门来请，实在不应该。巧婶，对不住了，麻烦代我向村长赔个不是。"

梁大生高兴坏了，立马跟上李婧，临出大门时，还不忘回赠了巧婶一个得意的白眼儿。

"哎哟，菜糊了！"

厨房里传出的焦糊味儿，令巧婶脸色一变，连忙往回跑，哪里还顾得上收拾梁大生？

李婧拎着营养品，随同梁大生走进了家门。

飘香的饭菜，一进院子，就钻入了李婧的鼻子，梁大生像个老小孩儿似的，献宝道："你看，叔没骗你吧？今儿这饭，可是你桂梅婶子专门跟大儿媳妇学做的城里菜，有爆炒虾尾、鱼香肉丝、水煮肉片，还有小军从镇上买的老字号驴肉火烧，保管比梁茂明家的大锅菜对你胃口。"说完，便扬声喊道："桂梅，小军，李医生来了！"

梁大生住院期间，只有梁小刚陪护，所以李婧一直没有见过梁大生的小儿子，现在听到"小军"，她不禁想起了巧婶的猜测。

孙桂梅推开正屋的门迎了出来，看见李婧，脸上虽然挂着笑容，但因着旧事多多少少有些不自在。"李医生来了啊，快，快进屋吃饭！"

"桂梅婶子！"

李婧展颜一笑，丝毫不见拘谨："我应该早点儿来看你们的，实在是工作忙，走不开。我买了些适合老年人吃的营养品，给婶子和大生叔补补身体。"她说着，把礼物送到孙桂梅手里，以免孙桂梅谦让，又笑嘻嘻地补充了一句，"这样我吃婶子做的菜呀，就能心安理得了！"

"这，这……"

孙桂梅原本就是个事事以梁大生为主的老实人，没多少文化，脑子慢，嘴笨，遇上能言善辩、做事周到得体的李婧，简直是手足无措，不知该说什么才好。

"妈，李医生的心意，你就收下吧。"

这时，梁小军掀起门帘走了出来，一身黑白运动装，外面罩着围裙，又居家又阳光的样子，而且绅士有礼地朝李婧伸出手："李医生你好，我是梁小军，欢迎你来我家做客！"

"谢谢。"李婧礼貌地与对方握手，态度不远不近，话也少了些，只怕稍显热情，便会被梁大生误会。

梁小军笑了笑："还差一个汤，你们先上桌，我很快就好。"说罢，扭头又进了厨房。

饭菜果然丰盛，八菜一汤，荤多素少，足以见得梁大生一家人对于宴请李婧的重视程度。

李婧满心满眼的感动："叔，婶儿，你们费心了。"

"费什么心哪？快坐下，这秋冬的饭菜不比夏天，要趁热吃。"

梁大生也是个爽利人，没太多讲究，盛了一碗米饭放在李婧面前，指着其中的几道菜，语气里不无骄傲："李医生，我跟你说啊，这些城里人爱吃的菜，全是小军炒的！"

李婧闻言，抿唇笑道："叔，您不是说，是桂梅婶子跟大儿媳妇学做的嘛？"

"我那是骗梁茂明婆姨的话，要不然她又该叽叽歪歪了。"梁大生的表情甚是得意。

李婧不明白："为什么？"

梁大生忽然变了脸色，咬着牙道："那两口子跟肖书记一样，见不得

　　　　　　　　　　　　　　人间有微光

我家小军好，真是的，说起来我就一肚子气！"

李婧心里"咯噔"了一下，难不成真让巧婶猜对了？

"爸，你胡说什么呢？李医生第一次上门，别叫人家看了笑话。"

幸好，梁小军端着汤盆出来了，及时制止了梁大生的口无遮拦。

梁大生想到李婧和肖禹是同学关系，心里自然向着肖禹，而他当面说肖禹坏话，恐怕会惹李婧不高兴，便赶紧圆场："我开玩笑的，李医生你别介意啊。"

李婧不动声色地微笑："没事儿。"

梁小军解下围裙，坐在了李婧对面，然后盛了碗汤送给李婧，诚恳地说道："李医生，我是宜县中学的体育老师，前阵子带队去省里参加比赛，一直不在家。后来听说我爸闹出了事儿，害得李医生撞伤了手臂，还把自己害得险些搭上性命！我想代我们全家郑重地向李医生道歉！"

"不用了，都已经过去了。"李婧摇了摇头。

梁小军接道："不止是道歉，还要道谢！李医生不计前嫌救了我爸，还在方方面面照顾我爸，作为儿子，我真的是特别感激李医生，以后……"

"哎，打住！"李婧听着话音不对，连忙摆手，"你别跟我说什么回报之类的啊，我不图那些。咱好好吃顿饭，成吗？要不然，我就回村长家吃饭了。"

梁小军折服于李婧的人品，只好笑着点头："好吧，不说了，吃饭。"

"看看，多好的姑娘呀！"梁大生一边咂嘴，一边暗暗给梁小军使眼色。

梁小军却不搭理父亲。

吃到中途，梁大生实在忍不住，主动说破了他的意图："李医生，我听人说你现在单身，还没处对象是不是？"

"呃……"李婧不自然地咳了声，试图转移话题，"大生叔，您身体究竟怎么样啊？血压正不正常？"

梁大生着急了："我身体好着呢，每隔几天就找宋大夫测一回血压，都正常着呢。我……我就是想让你来看看我，看看我家小军，我跟你婶儿呢，特别喜欢你，我们希望你跟小军……"

"爸！"

梁小军无奈喊停："我们年轻人的事儿，你能不干涉吗？"

"我没干涉，我就是介绍你和李医生认识嘛！你们两个都是单身，可以互相交流交流嘛。"梁大生装糊涂，可言下之意实在太明显了。

李婧哭笑不得，眼看糊弄不过去了，只好撒谎道："大生叔，其实吧，在您出院后，我谈了一个男朋友，只是还没来得及告诉您。"

屋外，肖禹缓缓顿足。

而梁大生一听，登时急得火上房："你跟谁处对象了？那……那个跟你一起来病房看过我的顾医生？"

"嗯。"李婧含糊地应了一声，脸上露出尴尬的笑容。

她和肖禹还没确定关系呢，不好单方面发声，既然梁大生提起了顾韫，那就让顾韫背一段时间的黑锅吧！

孰料，微微闭合的屋门，突然"咯吱"一声开了！

李婧下意识地回头，竟见肖禹矗立在门口，面庞发白，神色冷厉！

"肖书记！"

梁小军惊诧之余，赶忙起身招呼："肖书记快进屋，我拿碗筷……"

"不必了。"肖禹语气平淡，目光越过李婧，落在梁大生夫妇身上，"大生叔，桂梅婶，不好意思，打扰你们吃饭了。关于赵根儿虐打芳芳的案子，派出所的刘警官来村委会了，要做进一步的调查取证，有些情况，还需要当面向李医生了解。"

闻言，李婧如蒙大赦，立即起身："叔，婶儿，案子急，不好耽误，要不我先走？"

"这，这吃了个半肚子……"梁大生心里极其不爽。

可梁小军抢着答应道："配合警察办案，是公民应尽的义务。李医

人间有微光

生，以后有机会再见！"

李婧粲然一笑。"谢谢，"说罢，拎起背包，朝梁大生夫妇挥手，"叔，婶儿，我走啦，感谢招待，我们回头见哦！"

"那……那好吧，小军你送送李医生。"梁大生不甘心，却也不好阻止。

肖禹清晰地感受到了梁大生对他的不满，他只装作没看见，浑然不理。

梁小军把他们送出大门外，回头看了一眼，确定梁大生没有跟出来，压低嗓音说道："李医生，我爸这人做事不分轻重，如果给你带来了困扰，我代他道歉，希望你别放在心上。"

李婧莞尔："我没事儿的，倒是大生叔受不得刺激，你要多看顾着些。还有，要提醒大生叔定期复查身体哦。"

"好的，谢谢。"

梁小军目送二人下了长坡，直至看不见了，才返身回家。

前往村委会的路上，肖禹沉默不语，神色略沉。

"咳咳。"

微妙的气氛，令李婧感觉不太对劲儿，她故意咳嗽了几声，试图引起肖禹的注意。

然而，肖禹不知道在想什么，毫无反应。

李婧只好没话找话："嗯……梁小军这人还不错哦，知礼数，懂进退，挺好相处的。"

"顾医生呢？"肖禹忽然开口问道。

李婧愣住，侧目看向肖禹："顾医生怎么了？"

见她一脸茫然，肖禹隐忍着情绪，问道："你对顾医生是什么想法？"

李婧没多想，照实回道："顾医生也挺好啊。"

"哪里好？"

"有修养，有颜值，有分寸感，幽默风趣，谈吐不凡……"

"别说了！"

李婧掰着手指头总结顾韫的优点，表情甚是认真，肖禹的瞳孔里迅速聚起风暴，仿佛受了天大的委屈似的！

"怎么啦？你不喜欢顾医生吗？"然而，李婧非但不明白，还火上浇油。

肖禹气得扭头就走。

李婧见状，翻了个大大的白眼儿："咱还能不能好好说话了？我又不是你肚子里的蛔虫，我哪儿知道你……"

"我也不明白你心里在想什么！"

肖禹冷不丁打断，然后大步折回，抓起李婧的手臂，像拽着不听话的小孩儿一样，怒气沉沉地质问道："李婧，我们之间是有共识的，对吗？从高中到现在，我对你从未变过，如果你有其他选择，请你坦诚告诉我，不要白白给我希望！"

"我……我能有什么选择？"李婧仰头望着肖禹，清亮的眼瞳里盛满了无辜。

突然间难以自抑的心动，令肖禹不觉缓缓低头。然而，村里人来人往，实在不宜做什么，那一道道从四面八方投射过来的目光，令他不得不半路罢手，俊脸染上羞涩的红。

"顾医生不适合你！"

肖禹抛下一句，疾步而走。

李婧忍俊不禁，原来是吃醋了呀！

她小跑几步追上来，贴着肖禹耳朵，故意逗他："不试试，怎么知道适不适合？"然后便俏皮地扮着鬼脸跑远了。

肖禹感觉自己不知是肝疼还是胃疼，似乎还有一口气憋在胸口那里，怎么也下不去。

村委会。

大院里，停着一辆警车。

刘警官带着辅警小王走访了村干部及部分村民，详细了解了赵根儿的情况。

事后，刘警官拿出了处理方案："关于赵根儿长期虐待妇女儿童的案子，我们调查取证后，会根据相关法律法规作出相应处理，至于赵根儿辱骂李医生，殴打肖书记，以及肖书记扇了赵根儿一个耳光的事，由于三方都没有造成严重后果，我们警方建议私下调解，你们互相道个歉，约定医疗费的赔偿金额，这事儿就算过去了。如果同意的话，就在调解书上签字。"

李婧本就不是个得理不饶人的性格，再加上顾念着肖禹的前程，她便不假思索道："行，我同意。"

肖禹颔首："我接受调解。"

刘警官离开后，村两委班子召开临时会议，研究处理赵根儿的问题。

李婧闲来无事，决定去探望杰杰。昨天芳芳被家暴，杰杰受了惊吓，再加上对芳芳的担心，恐怕会对病情产生不好的影响。

爬上坡，走进梁奶奶家大门，李婧一眼便看见杰杰坐在院子里，正闷闷不乐地用脚尖一下又一下地踢着地面，刻板地重复着相同的动作。

梁爷爷正在劈柴，梁奶奶端着碗，劝说杰杰吃饭，可杰杰毫不理睬。

"杰杰！"李婧见状，脸庞上扬起温暖的笑容。

小家伙闻声抬头，立马高兴地扑向李婧，嘴里喊着："姨，姨抱抱！"

老两口看见李婧，不约而同地舒了口气，太好了，救星来了！

"梁爷爷，梁奶奶！"

李婧跟二老打了个招呼，然后抱起杰杰原地转了两圈，从上衣口袋里拿出一个铃铛手串，笑着问："杰杰，喜欢吗？只要晃一晃，它就会发出特别好听的声音哦。"

杰杰点着小脑袋，满眼都是期待。

李婧把手串戴在杰杰纤细的手腕上，杰杰好奇地摇晃手串，听到"叮叮叮"的悦耳铃音，小家伙乐开了花儿："姨，我们找……找芳芳去。"

"姨还有一个手串，杰杰可以送给芳芳哦。"李婧说着，从梁奶奶手里接过碗，放在石桌上，"如果杰杰能够自己主动吃饭，不让奶奶追着喂饭，那么杰杰就长大了，就有力量保护芳芳喽。"

杰杰歪着小脑袋，思考了几秒钟，竟乖乖拿起勺子，认认真真地吃饭。

李婧非常满意杰杰的状态，这个孩子康复训练的成果，远远超出了她的预想，让她很有成就感。

"李医生，还是你厉害呀！"

"可不是吗，李医生一句话，比我们说十句都管用。"

"咱杰杰遇上李医生啊，真的是修来的福气。"

"别别别……"李婧打断老两口的感慨，忍俊不禁道，"我就是个普普通通的医生，你们再说下去啊，可就折煞我了。"

梁爷爷开怀大笑："好好好，不说了。锅里还温着煮熟的玉米和红薯呢，都是今年新收的，尝尝看。"

"好啊。"

李婧笑着应道，虽然她刚刚在梁大生家吃过饭，但是多多少少还得吃点儿，不然老两口又要多心了。

集子镇，派出所。

审讯室里，赵根儿憔悴萎靡，再也没有了剑拔弩张的戾气，他晦涩无光的瞳孔，直直盯着刘警官，问道："是不是我在调解书上签了字，你们就保证带白红霞来见我？"

刘警官沉吟道："你妻子见不见你，取决于她，我们警方不好勉强，只能尽力寻找，尽力劝说。"

"那我不签！"

赵根儿一把扔下手里的笔，开始要起了无赖："不就是刑事拘留吗？看守所里有吃有喝的，我怕什么？等我出去了，我和肖禹的事儿，没完！"

"赵根儿，注意你的态度！"刘警官厉声喝道，"威胁恐吓他人是犯

　　　　　　　　　　　　人间有微光

法的！"

赵根儿语气散漫："我是在维护我作为公民的合法权益！我向肖禹的上级党委投诉，算是威胁恐吓吗？"

刘警官气青了脸，一掌拍在桌上："这个案子事实清楚，证据确凿，是你先动手打人，而且不止一人，你先打了赵芳芳，后又对李婧施暴，肖禹在保护李婧的过程中，被你用火钳打到了背部，你接着二次动手，肖禹为了阻止你的暴行，才打了你一个耳光！赵根儿，派出所不是你要横的地方，你给我好好反省，想清楚了再来告诉我，你跟肖禹是和解呢，还是走法律程序，数罪并罚！"

梁湾村。

下午的天气不错，虽然没有出太阳，好歹雨停了，憋在屋里的孩子们都出来撒欢了。

李婧带着杰杰、芳芳和一群半大不小的孩子们满村子疯玩儿，你教我，我教你，或是互相合作，抓蚂蚁、摘酸枣、跳方块、打沙包、编草帽，甚至还去了玉米地里捉迷藏，不小心把主人家的玉米弄倒了七八根。

天快黑的时候，李婧率领童子军兴高采烈地回来了。

各家孩子的爹妈等在村委会大院里，看到他们灰头土脸，衣服上沾着草屑、树叶，头上戴着各式各样的草帽，个别人脸上还糊着泥巴，不禁面面相觑！

"李，李医生？"巧婶瞠目结舌。

李婧粲然一笑："巧婶，我们应该没有错过晚饭吧？"她目光越过一众男女老少，跟倚在宿舍门上的肖禹遥遥相望，肖禹嘴角勾起淡淡的弧度，笑得十分隐忍。

巧婶皱着眉头，满眼儿的心疼："你啥时候回来都有饭，可是这……这白白净净的城里姑娘，怎么弄成这样了？"

"指定是这群熊娃娃不听话，胡折腾，才把李医生弄成了这副模样！"

"就是，李医生是咱村儿的客人，你们这群怂娃，怎么一点儿礼貌都没有？"

"该打！"

"一个个皮得要死，打一顿就老实了！"

"……"

眼看大人们生气了，孩子们吓得缩起了小脑袋，李婧赶忙澄清道："不不不，是我的主意，我想跟孩子们玩儿，脏点儿没关系呀，我洗洗就好喽，重要的是，我们玩儿得很开心！"说罢，她弯下腰，笑容满面地询问孩子们："你们还记得跟李婧阿姨的约定吗？回家以后，洗澡、吃饭、读书、睡觉，不玩手机、不打游戏、不吃零食，自己的袜子自己洗，自己的被子自己叠，做个懂事听话有礼貌的好孩子！"

孩子们大声回答："记得！"

李婧满意地点头："好，我们是拉过勾勾的，谁也不能说话不算数哦！"

"骗人是小狗！"

"骗人会变长鼻子！"

"咯咯咯……"

孩子们稚嫩的脸庞上，溢满天真笑容，村民们不约而同地笑了，这副向上的、美好的画面，谁不喜欢呢？

李婧"啪啪"拍了两下，孩子们安静了下来，她扬声说道："好啦，现在跟着自己的爸爸妈妈回家吧！阿姨保证，谁也不会挨打挨骂，因为你们的父母，是讲道理的大人，不会批评懂事的好孩子的！"

一席话，听得孩子们欢呼不已，而大人们既觉尴尬，又钦佩李婧的行事。

旺才媳妇儿忍不住出口赞道："这读过书的人就是不一样，不仅教育了孩子，还把咱们大人也教育了，多好啊，孩子们听话了，懂事了，咱们省不少心呢！"

"就是就是，李医生这么好，难怪大生叔做梦都想要李医生当他儿媳妇呢！"

"可惜喽，人家李医生已经有男朋友了，还是同行呢，医生配医生，天作之合！"

"咦，你咋知道？李医生就在这儿呢，可甭胡说八道啊！"

"这话可不是我胡说，是大生叔说的，你们都没看见大生叔说起这事儿时，那副惋惜的样子唉！"

听到村民们你一言，我一语，李婧听了都要晕了，梁大生居然把她的私事传出去了？

"李医生，你是不是找了个医生男朋友啊？是哪儿人啊？延市的吗？"

看到八卦又热心的村民们，一个个地关心着她的终身大事，李婧欲哭无泪，这下子跳进黄河也洗不清了，不承认吧，没法过梁大生那一关，承认吧，肖禹正在看着她，万一加深了误会……

然而，她的内心活动没人知道，她不说话，落在别人眼中就是默认，村民们陆续笑了开来，有调侃的，有羡慕的，有恭喜的，各种声音，把李婧彻底淹没了！

姜小音不知何时走了过来，抱着一摞宣传资料，盯着被村民包围了的李婧，满眼都是好奇："肖书记，这就是您的老同学李医生啊！"

肖禹缓缓回神儿，一言未发地推门进了宿舍。

最终，巧婶看不下去了，出面打发了村民们，帮李婧解了围。

梁奶奶把杰杰带走了。

巧婶邀请李婧和芳芳回家，李婧心里惦记着肖禹，犹豫了片刻，道："巧婶，您先带芳芳去吧。我……我迟些时候再去，您把饭菜给我留一碗就好。"

巧婶面上浮起些许惊讶，但也没有多嘴询问原因，只叮嘱了几句，便带着芳芳走了。

大院里，只剩下了姜小音和李婧。姜小音站在肖禹宿舍门外，脸上虽然挂着笑，却带着些许探究和防备的眼神，令李婧心中不太舒服。

李婧暗自猜测着对方的来历，从容上前，微微一笑："你好，我找肖书记。"

"李医生好，我叫姜小音，我听说过你。"姜小音报以友好笑容，"我是新来的大学生村官，目前跟着肖书记，负责组织宣传方面的工作。"

李婧闻言，欣然道："很高兴认识你，我们年龄相仿，应该有很多共同话题。只不过，我现在……呵呵，弄得有点脏，需要清洗一下。"

"我宿舍有淋浴，要是不嫌弃的话，你去我那儿洗洗？"姜小音侧身一指，"不远，倒数第三间平房。"

李婧思忖着说："谢谢，但我的换洗衣服都在巧婶家呢，我……"

正在这时，门突然从里面打开了。

肖禹长身立在门口，言语淡淡，道："姜小音，你不用管李医生，干好你自己的工作。"

"哦。"姜小音努了努嘴，"那今晚七点的党建活动，肖书记还参加吗？"

肖禹面容一瞬严肃："为什么不参加？"

姜小音再不敢废话，连忙抱着资料走人了。

肖禹不怒而威的样子，令李婧也不免咋舌，她想着应该说点儿什么缓和一下气氛，可肖禹抢先开口道："就在我这儿洗澡，柜子里有新衣服新鞋，尺码应该合适你，记得把门关好，窗帘拉严实。"说罢，头也不回地离开了。

女装？

李婧瞠目，什么意思？肖禹哪儿来的女装？

10

第十章　发生山体坍塌

邓家庄。

肖禹顾不上吃晚饭，马不停蹄地赶到了邓家。此前他和邓宇见过一面，但是邓宇完全没有商榷的意思，态度极其强硬。

今晚，肖禹单枪匹马再度找上门，邓家人的脸色愈发难看，邓宇的老婆抡起擀面杖，张口就骂："没完没了是吧？你转告姓葛的，三天之内迁坟，否则别怪我们自己动手！"

"肖书记，多说无益，你赶紧走吧！"邓宇也颇显不耐，粗暴地下了逐客令。

肖禹隐忍着，把手里拎的东西放在邓家茶几上，语气温和道："这两瓶酒，是葛大婶子托我送过来的。冤家宜解不宜结，你们两家关系好了这么多年，从邓家庄到梁家湾，两村的人谁不夸赞？现今赶上了土地流转创收的好机会，你们想收回土地，完全是可以理解的，葛大婶子也并非糊涂之人，她心里明白，也念着你家的好，只是……"

"别只是，她要真念我家的好，就赶紧把地还给我家！"邓宇大手一抬，打断了肖禹，且道，"还有，把酒拿回去，我只要地，多余的啥也不要！"

肖禹不是个气馁的人，见状，干脆挑明了说道："邓宇，你流转土地是为了提高收入，云升农业科技公司开出的价格，我们也可以照价给你，卖，或者租，都可以商量。"

邓宇老婆把擀面杖一扔，双手叉腰，一脸冷笑："肖书记，你当我们傻呀？你能在梁湾村当多久的官？一年两年？还是三年五载？你迟早都要走的……"

"就算肖书记调走了，我梁湾村还有村委会呢！"

一道威严之语，自门外突然响起，肖禹回头，竟见村支书梁茂平推门走了进来！

"平叔！"邓宇一惊，连忙从沙发上起身，丝毫不敢怠慢，"平叔你咋来啦？快坐快坐！"说着，又忙催促老婆，"俊英，甭废话了，平叔爱吃拉条子面，你给下一碗！"

"我马上做，暖壶里有开水，你给平叔泡茶！"邓宇老婆一改方才的强势，脸上堆满殷勤的笑容。

这一幕，倒是把肖禹看懵了。

"不用忙活，我说几句就走。"

然而，梁茂平既不落座，也不吃饭，他淡淡地瞅了夫妻二人一眼，道："肖禹是驻村第一书记，是为梁湾村的发展下乡驻村的，你们邓家和葛家的事儿，原本属于民事纠纷，该法院管的，可肖书记不想你们对簿公堂，结成世仇，这才出面协调，你们倒好，可着人家年轻小伙子欺负是吧？说不到三两句话就赶人，你爹邓义鹏活着的时候，你们邓家也是这种待客之道吗？"

说到这儿，梁茂平轻拍了拍肖禹的肩膀，眼里满是愧色："肖书记，这事儿最不济也该是村委会、是我这个老支书承担的，要不是我这把老骨头在炕上躺了这些天，这委屈，也不该你受着了。"

"哪儿有什么委屈呀？"肖禹微微一笑，关切道："您怎么样，身体好些了吗？"

梁茂平点头："放心吧，撑得住！"

"平叔，您别生气，是我们两口子态度不好，我们跟肖书记道个歉，

　　　　　　　　　　　　　　　　　人间有微光

好吧？"邓宇是个机灵人，当下就朝肖禹作揖，"对不住了肖书记，我是个没多少文化的大老粗，您甭跟我计较，行不？"

肖禹笑着摇头："没事儿没事儿，只要咱们能坐下聊聊，把这事儿解决了就行。"

"不坐了，咱去邓家庄村委会走一趟。"梁茂平说完，便转身出了门。

邓宇连忙追了出去："哎，平叔，饭马上就好了呀，您多少吃点儿再走啊！"

梁茂平头也不回地道："今儿有事，留着下回再吃。"

肖禹不明情况，犹豫了一下，才跟上了梁茂平。

前往村委会的途中，肖禹忍不住问出心中的疑惑："老支书，您怎么会赶巧过来啊？"

梁茂平道："葛大婶子为难你，你不说，自然有别人跟我讲。我寻思了半天，两个村子相邻，也算是一个锅里吃饭的，像这种坟地扯皮的事儿，以后肯定还会有，与其靠私人协商解决，不如公对公地拿出个解决办法，一劳永逸。"

"还是老支书您想得周全。谁家办丧事都要看风水选墓地，可风水不一定能落到自家村子里，随着各村的规划发展，土地问题迟早会积成矛盾，就像今天的葛邓两家。"

"是呀，所以我约了邓家庄村委会的干部，咱们坐下来商榷商榷。"

"老支书，您跟邓家有什么关系吗？看起来邓宇挺怕您的。"

"我跟邓宇他爹邓义鹏打小就认识，两家沾亲带故的，来往比较多。邓宇那混小子怕我，是因为他十几岁时，跟人打架，结果被人踹进了河里，差点儿淹死。"

"您救了邓宇？"

"我不会水，是我婆姨救的。当时我婆姨怀孕两个多月，为了救邓宇，搭上了未出生的孩子。"

肖禹缓缓慢下了步子。

"呵呵，都是过去的事儿了，不说了。"梁茂平生怕肖禹心里不舒服，岔开了话题，"那两瓶酒，又是你自个儿掏腰包买的吧？"

肖禹笑了笑，没说话。

梁茂平叹了一气，语重心长地规劝道："你这个小伙子啊，太实诚了，农村里的人和事儿，又杂又多，你挣点儿工资不容易，别贴了东家贴西家的，攒起来给自个儿娶房媳妇儿是正事！"

"我……"肖禹俊脸微微泛红，轻咳了一声，"我不急。"

梁茂平扭头看向肖禹，调侃道："你那个高中同学李医生急不急？好瓜容易遭人惦记啊！"

肖禹的危机感，立时被放大，想到梁大生，想到顾愠，他心里便焦躁难安。

李婧洗澡换衣后，前往梁茂明家吃晚饭，梁茂明去参加党建活动了，家里只有巧婶和芳芳。

李婧穿着新裤子、新毛衣，连脚上的小白鞋都是崭新的，可是皱着眉头，无精打采，一副心事重重的样子。

"出啥事儿了？"

巧婶惊讶："是不是饿了？"说着，赶紧起身，从灶上的大锅里端出冒着热气的饭菜，招呼道："快吃饭，吃饱了心情就好了，什么烦恼也没了。"

李婧"噗哧"一笑："巧婶，我越来越发现你是个有大智慧的人呢，嗯，像个哲学家。"

"你啊，别光哄巧婶高兴，把你自己哄高兴了才是要紧的。"

巧婶说话间，把米饭和排骨烩菜端在茶几上，又舀了一碗绿豆稀饭，开着玩笑说："绿豆降火，巧婶保证你喝完后，豆到气消！"

李婧险些笑岔了气。

芳芳见她扶着腰，把小手贴上来，悄悄为她揉腰。

"芳芳好贴心哟，谢谢芳芳。"李婧郁闷的心情一扫而空，她抱起芳芳坐在沙发上，"饿不饿？要不要陪阿姨再吃点儿？"

芳芳摇头，怯怯地说："我不饿。"

"行，芳芳先看电视，等阿姨吃过饭，给你讲睡前故事，好不好？"

"嗯。"

芳芳很乖，很懂事，但不论大人说什么，她都显得很紧张，甚至躲避眼神，不敢与人对视，更不敢与人有肢体接触，这令李婧非常担忧。

饭后，巧婶搬了张凳子坐在李婧对面，表情认真道："李医生，婶子有几句话想问你，要是有说得不对的地方，婶子文化不高，你甭跟婶子计较，行不？"

"怎么突然这么严肃啊？"李婧连忙端正坐姿，"巧婶，您尽管说。"

巧婶是个爽利人，直言不讳道："梁大生在村里传的话，是真的吗？你在城里真有男朋友了？"

"没有。"李婧立马否认，她可以欺骗梁大生，隐瞒村里人，但是，她不能对真心待她的巧婶说假话，"大生叔想让我和梁小军处对象，我……我就找了个借口拒绝，谁承想，大生叔竟然告诉了别人。"

巧婶皱眉："这种事情不好撒谎的！"

"我明白，是我做事欠考虑，等大生叔病情稳定了，我一定登门道歉。"李婧羞愧不已。

谁知，巧婶一听，连连摆手："道什么歉呀？梁大生那个老家伙，嘴巴又臭又长，该好好骂一顿才是！"

"呃……"李婧愕然，"骂人不合适吧，我是晚辈，而且是我说谎在先。"

巧婶一脸愤愤："我不是叫你骂梁大生，我是看不惯那老家伙跟个长舌妇似的，到处传人家女孩子的闲话。"

李婧倒了杯水端给巧婶，笑着安抚道："没事儿，过两天大家就忘记了。"

"傻姑娘，村里人嚼几天舌头不重要，重要的是肖书记！"

"肖禹？"

李婧迷糊的反应，使得巧婶越发着急："我告诉你啊，肖书记自打进驻梁湾村，眼里只有工作，从来没对哪个姑娘上过心！可你不一样，肖书记看着你的眼睛里啊，有亮亮的光！而且，肖书记整个人都变了，变得比以前爱笑了，爱唠叨了。前阵子梁大生出院回村后，大概知道你快来了，肖书记专门跟我安顿，李医生爱吃什么菜、什么水果，屋子要打扫干净，要注意炕旮旯里有没有虫子，多烧几壶开水，多备些新毛巾新牙刷，床单被罩都要换成新的……总之啊，肖书记对你的用心、细心，让婶子这个一把年纪的人看了都感动得不得了。"

闻言，李婧不觉如鲠在喉。

这些琐碎的日常生活中的小事，肖禹从来没在她面前提过半个字，她便理所当然地认为是巧婶对她的关爱，却不承想，他为她做的，永远比说得多。

李婧从随身包里翻了翻，发现没有带多少现金，便拿起手机，想要转账给巧婶，又发现她还没有添加巧婶的微信。巧婶见她忙活半天，猛地反应过来："李医生，你不会是想给婶子付钱吧？"

李婧笑："应该的嘛，我……"

巧婶道："不用不用，肖书记当时就塞给了我五百块钱，我不收，他就不让你在我家住了，我没法子，只好收了钱，他还叮嘱我不要跟你说，我……我这不是怕你不知道肖书记的心意，跟别人处了对象，才着急地说漏了嘴嘛！"

李婧的心里越发五味杂陈，这个真相，是情理之外，又是意料之中。于她而言，除了惊喜和感动，另有一根线，在拉扯着她的心，令她无法坦然。

"哦对了，我还听茂明说，肖书记最近上网买了几本书，全是研究人的心……心啥来着，心脏？"

人间有微光

"心理学？"

"对对对，就说是研究人心里在想什么的书！"

"他想干吗呢？"

"向你看齐呗！"

巧婶促狭的眼神，令李婧羞臊，同时也勾起了她对肖禹的担心，她扭头看了眼芳芳，压低嗓音道："巧婶，肖禹不会有事吧？上级党组织不会处分肖禹吧？"

巧婶一身正气："怕什么？党和政府是讲理的，咱有公安机关的调查结果为证，身正不怕影子斜！"

"嗯，希望如此。"李婧心下稍感宽慰，"如果赵根儿非要闹，我可以出面作证的。"

聊起这些事，李婧脑海中不禁浮现出肖禹救她、抱她，为了她怒甩赵根儿耳光的那一幕。原本应该出现在影视剧或小说里的剧情，竟然真实地在生活中上演了，多么戏剧化，又是多么令人刻骨铭心。

爱情没有既定的模样。平凡的人，在烟火气里滋养爱情，或许不够轰轰烈烈，但更能历久弥坚吧。

与此同时。

两个村子的领导干部，在邓家庄村委会办公室里进行座谈。

"据云升农业科技公司测算，一座坟占一分地，一分地里能栽种11棵矮化苹果树，一棵苹果树年净利润按200元算，一座坟占用的土地，每年能给村民带来2000元的损失！邓家庄目前有175座坟墓，一年损失高达35万元，而村里65岁以上的有近200人，30年后，将又有20亩土地变成坟头。"

邓家庄村长邓学兵说到这儿，拿出几份数据材料递给对面的肖禹和梁茂平："我估计梁湾村的情况跟我们邓家庄差不多。"

梁茂平和肖禹一下子被点醒了，两人仔细翻阅材料，对照梁湾村的人口、土地、坟墓，计算了收入与损失的数额之后，面容皆是严肃。

肖禹沉吟道："邓村长，全国各省都在倡导殡葬改革，结合现实情况，你们是不是也有这个想法？"

"肖书记是个聪明人，说到点子上了！"邓学兵竖起了大拇指，"我们想在村集体的荒坡地上修建公墓，把村里所有的坟地迁入公墓。"

村支书邓有为脸上布满愁容："可在咱们陕北农村呀，旧观念严重，迁坟之难，难过房屋征迁哪！"

闻言，肖禹倒是信心十足："难度肯定会有的，但只要公墓规划合理，向村民们讲清楚迁坟的好处，我想，村民们是能够理解的，毕竟事关全村人的饭碗，而且是农业经济发展的长远大计，思想工作应该可以做得通，只是时间早晚的问题。"

"任何时候，任何改革都是要付出代价的，鼓励党员、干部、公职人员带头响应，发挥表率作用。"梁茂平也说着打气的话，"你们邓家庄把这事儿干成了，就是咱集子镇各村学习的榜样！"

邓学兵哈哈笑道："既然梁支书、肖书记都认为此事可成，那我明天就去找镇长汇报。"

"说到这儿了，我想问问，葛大婶子父母的户籍是不是还在邓家庄？"肖禹问道。

"在呢。"

"葛家有土地吗？"

"有，但是很少，不到二亩。"

"那……那如果公墓建成了，葛大婶子父母的坟，是不是也符合政策，可以迁入邓家庄公墓？"

邓学兵颔首："当然可以。"

肖禹和梁茂平相视一笑，总算是找到一个折中的办法了！

繁忙的工作，日复一日，充实且快乐。

延市仁和医院心身科医生李婧在宜县医院长期坐诊的消息，经过医院电子大屏滚动宣传、宜县电视台新闻报道及宜县患者之间的口口相传，影响力直线上升，患者越来越多，李婧也越来越忙。

而在众多的患者当中，李婧尤为高兴的是又见到了尤乐，那个曾患重度抑郁症，几番自残，并企图自杀的少年，经过定期的药物治疗和心理辅导，病情已经大有好转，端看外表，面色红润，阳光积极，精气神儿特别好，而石秀珍也走出了焦虑症的困扰，整个人都放松了下来。

母子两人专程来感谢李婧，晚些时候，尤乐爸爸也来了，还带来了一面锦旗，当众赠与李婧，发自肺腑的感激之情，令不善言辞的尤乐爸爸紧紧握住李婧的手，双眼红透，声带哽咽："李医生，要不是你，我们一家人都没法儿活了！你就是我们的救命恩人哪！"

李婧语重心长道："尤乐爸爸，其实我们医生只能治标，想要治本，还要靠你们自己，要打心底里做到互相包容、理解、尊重、沟通，孩子才能有健全的人格、健康的心理。"

"是，李医生说得对，我记下了。"

眼看围观的人越来越多，李婧生怕影响了正常的就医秩序，便道："锦旗我收下，今天患者多，你们先回家，以后有需要可以随时来找我，或者电话联系我。"

尤乐一家三口离开后，张副院长闻讯而来，对李婧大加赞赏，并安排宣传部门编发通讯稿，将锦旗挂在李婧办公室的墙上。

李婧不是个喜欢高调的人，但转念一想，在这个相对落后的小县城里，普通人对心身医学的认知是比较浅薄的，通过真实案例的宣传，让更多的人关注到心理健康，正视自己的心理疾病，科学就医，对他人及亲人多一分关爱，也是件很有意义的事。

于是，李婧松口道："我同意配合宣传，但是患者的身份信息必须保密，否则对患者的心理容易造成二次伤害。"

张副院长颔首："当然，保护患者是我们的责任和义务。"

这一周，李婧白天上班，晚上寻找白红霞。然而，她费心找到巧婶所提供的酒店后，酒店经理说，白红霞一周前已经辞职了！

"经理，您有白红霞的手机号吗？或者您给我一个地址也行。"

"不好意思，离职员工的信息，我们实在不方便透露。"

对方婉言相拒，李婧不好继续纠缠下去，只能用原始的笨办法，挨个店面打听，一条街一道巷地寻找。她在芳芳家见过白红霞和赵根儿的结婚照，那是一个圆脸微胖、面相良善的女人，算不上特别漂亮，但是很耐看，笑起来很温暖。

可是，几天下来，一无所获。

李婧有些灰心，打开微信界面，看着肖禹的头像，犹豫了两分钟，才拨出了语音通话。

自从那晚肖禹把宿舍借给她洗澡后，她就再也没有见过肖禹。原本听了巧婶的话，她决定第二天约见肖禹，当面把误会解释清楚，捋明白他们的感情，把两人的关系定下来。

谁承想，肖禹不仅没有来村长家吃早饭，还带着姜小音和王会计走了，跟李婧连声招呼都没打！

尽管梁茂明解释说，是村上和企业的农产品合作出了问题，属于突发状况，可李婧心里很不舒服，就算再忙，微信语音十几秒就能说清楚的事儿，总不会耽误太久吧？

而今，李婧回到宜县人民医院上班五天了，眼看又到周末了，肖禹还是静悄悄的，没有只言片语的联络。

在等待接通的时间里，李婧负气地想，明天干脆回延市算了，与其承受肖禹的冷淡疏离，还不如回家陪陪父母呢！

"喂？"

熟悉的男音，突然传入耳中，不知是寒夜的风太冷，还是李婧太激动，竟冷不丁咬到了舌头，不经意发出"咝"的一声！

　　　　　　　　　　　　　　　人间有微光

"怎么了？"肖禹语气紧了几分。

李婧吸着冷气，自我调侃："饿了，想吃肉了。"

肖禹顿了顿，道："是不是咬着舌头了？"

"嗯。"李婧瘪了瘪嘴巴，甚是委屈。

肖禹叹了一气："下班了？"

"嗯。"

"一个人？"

"嗯。"

"想吃什么，我订餐。"

"外卖吗？还是我一个人去堂食，吃完后打电话叫你买单？"

李婧脱口而出的话，既是玩笑，又是现实，几乎在第一时间戳痛了肖禹。彼时，他正在开夜会，办公室里坐满了两委干部和企业代表，就成立梁湾村农产品合作社展开深度研讨。李婧的来电，被眼尖的梁茂明看到后，抢先找了个理由，中场休息五分钟。而他的工作性质，至少在几年之内，都令他无法回到延市，伴她左右。

肖禹不禁在想，异地恋于李婧而言，公平吗？她身边明明有了一个优秀的顾医生，他应该横插一脚吗？

而那端，李婧听不到回应，便想到可能是自己的无心之言带给了肖禹心理负担，遂解释说："我吃过饭了，刚才是故意跟你撒气呢。对了，我打电话给你，是想问问你，赵根儿的案子怎么样了？"

闻言，肖禹打起精神，暂将感情之事埋在心底，回道："刘警官找到了赵根儿的妻子白红霞，但是白红霞不愿意出面指证赵根儿家暴。鉴于赵根儿殴打未满十四周岁的赵芳芳，警方依据《治安管理处罚法》第四十三条规定，对赵根儿处十五日拘留，并处一千元罚款。另外，白红霞决定起诉离婚，争夺赵芳芳的抚养权。"

这个结果，似乎出人意料，细细想来，又不难理解。

李婧略作思考，道出自己的想法："肖禹，我想和白红霞当面谈谈。

有些事情，我不能现在下结论，但是我想为赵根儿争取一次，若结果是好的，就算他们离婚了，对于赵根儿来说，后半生也有了重新生活的希望。"

"我没有听明白，你具体想做什么？"肖禹听得一知半解。

李婧刚想细说，听筒里传来姜小音的呼唤："肖书记，开会了！"

"我马上来。"肖禹应了一句。

李婧转了转眼珠，语速飞快道："肖禹，你最近有没有看电视？你们宜县本地的新闻，你有关注吗？"

"最近太忙了，没顾上看。"肖禹没时间多想，只道，"等我忙完这两天，便联系刘警官，看看能否安排你和白红霞见面。"

"好吧。"

"那行，我去开会了，你早点儿回家，注意安全。"

李婧连再见都没来得及说，肖禹便切断了语音通话。

她拢了拢大衣，招手拦了辆出租车，往县医院驶去。看来，指望肖禹主动发现她调来宜县工作是不可能的了，还是等待时机，给他一个惊喜吧！

翌日。

宜县突降大雨。

李婧大早起床，打算回延市。

每个周五晚上，母亲张澜都会发视频，一边劝李婧以工作为重，一边又暗戳戳地表示想女儿了，李婧自从来了宜县，还没回过家呢，再加上她跟肖禹的关系进入了瓶颈，便决定这周末不去梁湾村了，回家陪陪父母散散心。

哪晓得，天公不作美，瓢泼的大雨，直接浇灭了李婧的希望，她可不敢在这种极端天气下开车。

"爸，妈，对不起了。"

"说什么呢？安全第一！"

　　　　　　　　　　　人间有微光

"嗯，那我下周末再回家吧。"

"照顾好自己，有什么需要，就给爸妈打电话。"

"知道啦！爸，妈，再见！"

结束了和父母的通话，李婧打开医院工作群，看到气象局发出了地质灾害黄色预警3级，局地强降水将达到每小时20～40毫米，请各乡镇、街道办和有关部门高度重视，对有可能引发的滑坡、崩塌、泥石流等地质灾害做好防范撤离工作。

已经暮秋时节了，怎么还会下大暴雨？

李婧皱着眉头刷朋友圈，密切关注宜县各方的消息，刷着刷着，突然记起一事，赶忙打电话给梁茂明，问道："村里怎么样？今天雨下这么大，靠山而居的村民安不安全？"

"放心吧，镇政府昨晚就下达了转移安置命令，凡是有安全隐患的人家，都连夜搬出去了。现下防汛工作组都在呢，不会有事儿的。"

梁茂明说话的时候，听筒里混杂着各种人声和雨声，李婧隐约听见了肖禹的声音，似乎在安排工作，听起来很忙碌，她便没有过多打扰。

下午两点多钟，降雨量渐渐减少，变成了蒙蒙细雨。

结束了第五轮全范围的排查后，梁湾村防汛工作组的全体干部齐聚村委会议室，进行汇报、总结和复盘。

"截至目前，无人员损伤，共塌了三处，分别是葛大婶子家的窑、梁秋林家的猪圈，还有赵根儿家的院墙、半面房顶，所有在建的工程、菌菇大棚都安全……"

"肖书记！"

姜小音突然推门进来，满面焦灼地打断肖禹，说道："刚刚接到紧急通知，我们村通往集子镇的石卯路段发生山体垮塌，过往车辆、村民被落石砸伤，目前受伤人数不明，伤情不明，消防和救护车正在赶来的路上！"

集子镇政府第一时间组织了专业救援力量赶赴灾害现场，全力营救伤者，抢通道路。梁湾村的干部和村民也自发组成抢险队，加入了救援。

坍塌的路段，长达六十米，被落石压埋的车辆，都是往返梁湾村的，被困人员有美丽新乡村工程的建筑工人、项目部监理，还有两个村民。

李婧跟随救护车抵达现场时，救援人员正在清理压着三轮车的石头，三轮车侧翻，驾驶员被石头和三轮车双重压塌，人已陷入昏迷！

"老梁！老梁！"

梁茂明一边搬石头，一边红着眼睛唤人："老梁你坚持一下啊，一定要坚持住！"

急救中心派来了五辆救护车，停在距离事发地段四十米之外的安全地带，十几名医护人员分成五组，抬着担架，快速奔向伤者。

"李医生！"

不知是谁喊了一声，正在奋力作业的肖禹，先是一愣，随即望向身穿墨绿色雨衣的医护们，而李婧听到有人唤她，扭头回看了一眼，顾不上招呼，又一头扎进雨中。

被困人员多达十人，已经救出了六人，轻伤的直接抬上救护车，重伤血流不止的需要立即止血，还有昏迷的人，需要进行初步检查，视情况施以心肺复苏等急救措施。

肖禹看着李婧跪在地上为伤者固定头颈部，满肚子的疑问压在他心里，却只能继续压着。

"大家准备，喊三二一，同时抬人、抬三轮！"

听到老梁要出来了，肖禹立刻扔下铁铲过去搭手！

"三、二、一，起！"

在号子声中，众人合力把梁振兴从车底抬了出来！

幸亏梁振兴戴了头盔，有效地保护了头部安全，但右腿和肩胛骨折，剧痛之下当场昏死！

"老梁！"梁茂明着急，一把抓住接应的男医生的胳膊，语无伦次地问，"他、他、他不会有事儿吧？"

　　　　　　　　　　　　　　人间有微光

医生没时间多说，拽回胳膊，马上检查梁振兴的身体。

这边，李婧把伤者送上救护车，便快步折回，而梁茂明看见李婧，险些老泪纵横："李医生，你要救救老梁啊，老梁千万不能……不能有事啊！"

"别担心。"李婧安慰了一句，便询问男医生，"怎样？"

"骨折严重，其他要拍片做检查才能知道。"

"行，马上回医院！"

救护车开走了三辆，李婧留守，等到剩余三人全被救出来，她挨个儿检查，分别做了急救处理，才跟着最后一辆救护车走了。

没想到，三蛋子也被砸晕了，连同他拉风的奥迪车，一块儿破了相！

梁茂明平日里对三蛋子不是训就是骂，死活看不顺眼，可看到三蛋子满脸血污，不知死活的样子，急得直跺脚。肖禹百般安慰，才慢慢冷静了下来。

阴雨渐停。

天黑前，石卯路段全部抢通，恢复了行车。

李婧一直守在宜县医院，等到梁振兴和三蛋子做完手术，生命体征平稳，方才拖着一身疲惫返回宿舍休息。

这一觉，李婧睡得很沉，总感觉头重头晕，昏昏沉沉醒不过来。直到翌日的晨光穿透窗户，照在脸上，她才缓缓睁开了双眼。

"阿嚏！"

静悄悄的房间里，李婧接连的喷嚏声，异常响亮。

"咚咚！"

有敲门声响起，伴随着人声："李医生在吗？我是急诊科的护士小曲，廖主任托我来看看你。"

李婧连忙下床，扒拉了几下乱糟糟的头发，趿着拖鞋打开门："小曲，我在呢。"

"李医生，你怎么样啊？是不是感冒了？昨晚廖主任看你脸色不太好，叫人去给你拿药，结果药拿回来了，你却走了，后来打电话给你，打不通，廖主任不放心，就打发我来宿舍找你。"

"快进来。"

李婧把人请进门，拿起床头上的手机看了看，不知道什么时候没电关机了。她把手机充上电，不好意思地说："我确实有点儿感冒，还有点儿发烧。替我谢谢廖主任，也谢谢你专门跑一趟。"

小曲举起手里的食品袋，眼里含着笑意："呶，我把药带来了，还顺便买了早餐。"

"好，你先坐，我洗漱一下。"

在宜县医院急诊科，李婧和小曲是最熟的，两人年纪差不多，都是刚刚走出校门没多久，性格也挺合得来。

李婧刷牙的时候，小曲突然想起什么，凑过来说："李医生，你在宜县有熟人啊？"

"唔。"李婧含着牙膏应了一声。

小曲接道："早上交接班的时候，急诊科来了两个人，跟护士台打听你呢。"

李婧吐掉嘴巴里的牙膏沫子，诧异道："什么人？"

"不知道叫什么。"小曲一副戏谑的口吻，"不过有个男的挺帅的，说是你同学。"

闻言，李婧不禁笑弯了唇："那护士台是怎么说的？"

"同事们不认识对方，不确定跟你什么关系，当然不能随便说喽！"

"行，我知道了。"

"真的是你同学吗？"

"呵呵，估计是吧。"

李婧漱了口，洗了脸，感觉精神了许多。

小曲是下了夜班过来的，没待多久，便连连犯困，告辞回家了。

李婧慢慢悠悠地吃了早餐，喝了药，虽然鼻子发堵，仍旧喷嚏不断，

人间有微光

但是她不能再睡了，她得去看看梁振兴和三蛋子，跟肖禹碰个面。

宜县人民医院。

梁振兴和三蛋子被安排在了同一间外科病房，此刻两人都醒了，两家的亲属围满了病房，争相嘘寒问暖，充斥着劫后余生的欢乐气氛。

李婧踮着脚尖，透过门上的观察窗看了一圈，没有发现肖禹的影子，正打算悄然离开，却被眼尖的梁振兴瞧了个正着！

"李医生！"

"哎，李医生快进来！"

梁振兴打着石膏吊着胳膊腿儿，还不忘热情地招呼李婧，围在床边的亲友们纷纷让开路，欣喜地表示欢迎，"李医生！"

李婧盛情难却，遂推门进来，笑容洋溢道："大家伙儿都在呢！我来医院办点事儿，顺便看看老梁和三蛋子。怎么样，感觉好些了吗？"

"还行。"梁振兴乐观豁达，"咱命好，大难不死，必有后福！"

李婧笑："那必须的！"

老梁媳妇儿动容道："这一老一少能死里逃生，都是托了李医生的福呢！"

说着，便让出凳子，请李婧坐下，李婧正要推辞，三蛋妈掰了根香蕉递过来，又转身拿了盒牛奶塞进李婧手中，生怕李婧拒绝似的，紧紧抓住李婧的手，眼里泛着泪花。"李医生，昨儿多亏你了，我……我没教养好三蛋子，他以前那么对你，你还尽心尽力地救他，我这个做妈的对不起你，等他出院了，我和他爸一定押着他上门道歉，他要是再敢混账，我让他爸打断他的腿！"说罢，扭头便严厉叱骂三蛋子，"狗东西，你给我记住了，李医生是你的救命恩人，你……"

"咳咳！"

哪知，三蛋子突然重咳两声，"哎哟哎哟"地呻吟起来，很痛苦的样子！

"蛋娃，你咋啦？"

三蛋妈一下子慌了，赶紧凑过来，想要触碰三蛋子，又不敢胡乱下手，一副不知所措的模样。

三蛋子瞘着一只眼睛偷看李婧，嘴里却是说道："妈，你别管我，让我死了算了！"

"哎哟，我的蛋娃，你这傻孩子，说什么胡话呢？"

三蛋妈到底是爱子心切，眼泪止不住啪啪地往下掉。

"三蛋子，你好不容易捡了条命回来，咋的，后悔了？"

"可不是么？多大的人了，咋还让爹妈操心呢？"

见状，一众同村的亲友纷纷出言指责，三蛋子一把扯起被子盖在脸上，越发负气地呛声道："要你们管？出去，都出去，我不想见到你们！"

"兔崽子，你说什么浑话呢？看老娘不打死你！"

眼见儿子当众犯浑，三蛋妈脸面全无，气得抡起胳膊就要揍人，却被一只手及时拦下！

三蛋妈不解："李医生？"

"阿姨，医院不能喧哗，会影响病人休息的。要不，您先带大家伙儿出去散散心，好吗？"李婧面色从容，不着痕迹地寻了个借口，"我呢，想跟老梁单独说几句话。三蛋子这儿，您放心好了，有什么情况，我会请医生过来的。"

三蛋妈有些犹豫，生怕不争气的儿子再闹腾，老梁媳妇儿接收到老梁的暗示，便拉着三蛋妈往外走，且安慰道："没事儿，那小子断了肋骨，连床都下不了，作不出花样儿了！"

三蛋妈只好招呼众亲友出门。

病房里只剩下了李婧。她把凳子挪在两张病床中间，跷起二郎腿，悠闲地吃着香蕉喝着牛奶，既不说话，也没有走的打算。

梁振兴明白李婧的用意，忍着笑，静等着看好戏。

而三蛋子在被子里憋久了，呼吸不畅，渐渐发出了痛苦的酣声，李

人间有微光

婧狡黠一笑，开口道："老梁，我十分钟后走人。"

"这么快就要走啊？"梁振兴拉长了语调，显得十分不舍，"留下吃顿饭吧！"

三蛋子一听，窒息感顿时加重，刷地掀开被子，愤愤道："老梁，你故意的，是吧？"

"兔崽子，老梁是你叫的吗？叫叔！"梁振兴不悦。

三蛋子咂吧了几下嘴，不情不愿地小声叫了声"叔"，而后立马扭过了头，像是闹别扭的小孩子，神色明显不自然。

"哎呀，村里人都说你坏透了，我看不尽然，起码你还懂得一点点敬老哦！"

听到李婧的调侃，三蛋子脸红耳赤："你胡说！"

"呵呵。"李婧忍俊不禁，"明明不是个坏人，却偏偏要假装成人人讨厌的坏蛋，你当自己是演员吗？你见过真正的坏人吗？对了，我有个朋友在市局，要不要我带你去学习学习？"

"你，你……"三蛋子被戳中心事，越发的恼羞成怒，"你胡说！"

见状，李婧收敛了笑意，认真道："我有没有胡说，你心里最清楚。刚刚你故意闹事，支开所有人，不就是有话对我说吗？但是，我留下来不是想听你道歉或是道谢的，我想帮你，而且我有信心可以帮到你。三蛋子，你愿意接受我的善意吗？"

三蛋子没想到李婧会说出这番话，他愣了好半天，却仍是沉默以对。

李婧侧目看了眼老梁，心下了然，她微微一笑，从包里拿出一张名片，放在床头柜上，叮嘱道："不着急，等你身体养好了，我们慢慢聊。你可以加我微信，也可以给我打电话，我会等你的。"

说罢，她起身向老梁挥手："我走了，你们两人好好休息。"

"李医生慢走啊！"

老梁目送李婧离开后，转头一瞧，竟发现三蛋子瘪着嘴，好似快哭了的样子……

第十一章 芳芳患上心理疾病

梁湾村。

雨后的村庄，又恢复了日常的忙碌。

听说家里的窑塌了，葛大婶子的儿女陆续回村，劝说母亲随他们去城镇居住。

然而，葛大婶子脾气倔犟、行事古怪，表面上不动声色地答应了，却趁着儿女们收拾行囊的空当，一个人偷偷跑了！

肖禹刚从县医院回来，连口水都没顾上喝，办公室便闯进来一个人，大喊："肖书记，我妈不见了！"

梁勇军有三个孩子，都很孝顺，来人是大姐梁凤，急得眼泪都出来了。

"啥时候不见的？"肖禹吃了一惊。

梁凤道："二十几分钟之前。本来说好了，妈去我家住几个月，如果实在住不惯，我们把塌了的窑修好，再把她送回村，哪晓得等我们搬完行李回来，她人就不见了！"

"大姐，附近的厕所、邻居家都找过了，没人！"

"村长家也问过了，巧婶说咱妈没有去过！"

二弟梁宁和三妹梁静前后脚找过来，急得跟热锅上的蚂蚁似的。

"大家冷静，千万别自乱阵脚。刚下过雨，路面还没干，葛大婶子没有车，走不远的。"

肖禹安抚了几句，走进广播室，打开扩音器，向全村播报寻人："乡亲们，我是肖禹。如果有人看见葛大婶子，请立即联系我！"

效果不错，没几分钟，肖禹便接到了梁秋林的电话，说是看见葛大婶子往老窑方向去了！

"老窑不是塌了吗？"梁家姐弟一脸懵，"难不成我妈还要在塌窑里继续住下去？"

肖禹思索片刻，道："会不会去坟地了？"

三姊妹面面相觑："不会吧？不过年不过节的，而且从老窑到坟地只有一条小路，又陡峭又泥泞的……"

"找找看！"

多思无益，肖禹陪同三姊妹快步奔出村委大院。

早年的人箍窑，为了院子大、采光好，不被牲畜骚扰，都尽可能地在山坡高处选址，依山而建，梁勇军家便是如此，是北坡最高的一户人家。

四人一口气爬上老窑，塌了的半个窑腿子，把门窗都砸坏了，屋门也被堵住了，从外面看，没有被清理的痕迹，只是院里多了几串脚印。

"妈——"

"妈，你在家里吗？"

三姊妹试着喊了几声，毫无回应，便不再浪费时间，直接往坟地赶去。

果不其然，陡滑的坡路上，脚印直通坟地，尽头之处，葛大婶子跪在坟前，正在烧纸，还依稀伴着细碎的哭咽声。

三姊妹悬着的心落了地，立马跪在葛大婶子身后，向外公外婆磕了三个头。

"妈，你要来看外公外婆，倒是跟我们说一声儿啊，让人多担心哪！"

"就是呀，路不好，万一摔了怎么办？"

"妈，肖书记全村广播寻你呢，咱别任性了好不好？行李都装上车了，咱们该走了。"

三姊妹一人一句，葛大婶子却是无动于衷。

梁凤从兜里拿出纸巾，替母亲拭去眼角的泪珠，然后抱住母亲的肩膀，哽咽道："妈，我知道你舍不下外公外婆，我保证，只要一有空闲，就带你回村看看，好不好？"

葛大婶子摸了摸闺女的脸庞，而后回头，面容柔和地唤道："肖书记。"

肖禹报以微微一笑，迎上前，朝着坟头拜了拜，温声说："婶儿，有什么盼咐，您尽管提。"

葛大婶子道："我老婆子谢谢你了，还有茂明、小姜干事，要不是你们前阵子苦口婆心规劝我搬迁到了村委会，恐怕昨儿个暴雨，我这把老骨头已经埋进老窑里了！"

"婶儿，窑塌了就塌了，咱人没事儿就好，等咱们的美丽新乡村建好了，直接入住新房，往后的日子哪，会越过越好的。"肖禹笑着应道。

葛大婶子点点头："说得是呀。"

肖禹想了想，直言道："婶儿，邓家庄要建公墓，整村迁坟的事儿，您应该听说了，往长远看，这是利国利民的重大举措。您葛家在邓家庄也有地，您家的地里也埋着别家的坟，到时坟墓迁走，回归农耕用地，经过云升农业科技公司整体改造，规模化经营管理，您家的收入，会比现今翻上几番。咱们祖祖辈辈艰苦奋斗，不都是为了儿孙后代能过上更好的日子吗？所以，邓宇想收回地，是无可厚非的，他不愿卖，也不愿租，我们也不好强迫人家，对吧？"

葛大婶子垂着眼眸，没有言语。

"肖书记，邓家庄的人都愿意迁坟吗？邓宇家的祖坟，埋了四五代人呢，他也愿意吗？"梁宁觉得不可思议。

肖禹道："思想工作肯定要做很长时间的。但是我想，为了发展致富，假以时日，大家都会想通的。就拿我们梁湾村来说，如果不加以殡葬改革，土地流失也会越来越严重，直到有一天，漫山只见坟头，再无良田。"

这一席话，引发了姊妹三人的思考。

　　　　　　　　　　　　　　　人间有微光

其实，逝者已矣，只要活着的人心中永远记得，葬在何处，迁往何地，又有什么关系呢？

葛大婶子伸手抚上墓碑，温柔得仿佛在抚摸父母的脸庞，喃喃诉说，泪洒衣襟："这些天啊，我总是梦见我爹妈，梦见我小时候，爹妈还没有瘫痪，每天在这田间地头里，他们种地，我玩耍，他们生怕我被人拐走了，就跟我讲毛野人的故事，讲狼来了，我每回都吓得往爹妈怀里钻，然后他们就看着我笑啊笑……一直笑到他们病逝前，才从笑变成了哭，他们说，我是他们在玉米地里捡来的孩子，他们养我长大，也连累了我半辈子，我说啊，我早都知道了，有一回，我被驴车给撞了，乡卫生院要爹妈给我输血，验了血型，才知道他们不是我亲生的爹妈，我假装没听见，我在心里说，这辈子啊，我死也不离开他们……"

肖禹动容，眼中泛起湿意。

他从未想到，葛大婶子拼命守护爹娘的背后，竟然藏有如此深厚的亲情故事。

三姊妹方知母亲身世，震惊之余，抱住母亲泣诉："妈，我们也不离开你，死也不离开……"

旷野的风，吹动田间的玉米，刷刷的声音，仿佛是故去的人，给予的爱的回应……

梁凤三姊妹带着葛大婶子走了，肖禹惆怅许久，直到梁茂平召集村干部来家里座谈，肖禹方才缓过了神儿。

梁茂明从镇政府开会回来，传达了镇长和镇党委书记的指示，要求梁湾村以邓家庄为改革目标，在充分尊重农民意愿的基础上，修建公墓，逐步引导农民迁坟。

考虑到资金问题，以及在建的项目进度，几人讨论后，决定将公墓列入三年计划，分阶段实施。

随后，梁茂平传达了第二件事："刘警官稍话说，赵根儿那小子在看守所里不老实，不是装病，就是吵着要见白红霞，还成天放话说，等他出来后，就要去县委告发肖书记，要让肖书记滚出梁湾村！"

"不要脸！"梁茂明登时气疯了，"叫他去告，不管他告到哪里，我们村两委班子坚决支持肖书记！"

梁兵攥紧了拳头，激动道："没错，我们的党和政府岂会被一个无赖吓倒？这种不正之风，必须坚决遏制，严厉打击！"

梁茂平的视线落在肖禹脸上，语气里满含愧疚："肖书记，这个事儿，是我们村上对不住你，让你受委屈了！你放心，白就是白，黑就是黑，群众的眼睛是雪亮的，我决不允许好人受冤枉！"

梁茂明道："对，如果赵根儿好话赖话死活不听，非要闹事儿的话，村有村规，可以取消他的低保，收回他的地，扣发各种福利！"

"老书记、村长、梁副主任，你们对我的爱护，村民们对我的关心，我都明白，谢谢大家了。"肖禹眉目温和，倒是没有太多愤慨，他沉吟道，"我的意见是，尽量和解，降低影响，毕竟处置赵根儿不是目的，而是通过惩罚让赵根儿知错改错。我想，这件事情或许还有其他解决办法。"

梁茂明眉头拧出了深深的褶痕："啥办法？那头犟驴现在谁的话也不听，除非白红霞回来，可白红霞坚决要离婚，还要带走芳芳呢！"

"白红霞想离婚，也在情理之中，咱们没有立场规劝人家。人家受了那么多伤害，心里的苦楚，谁能替人家分担？难道继续忍气吞声地过日子，每天活在赵根儿的拳脚之下吗？"提起这茬儿，梁兵便义愤填膺，"照我说，像赵根儿那种烂人，就该一辈子光棍儿打到底！"

梁茂平按了按梁兵的臂膀："生气归生气，事儿还是要想办法解决的。咱们是村干部，要学会控制个人情绪。"

梁兵深呼吸，缓了缓，望向肖禹："其他解决办法是什么？"

肖禹思忖着道："具体要怎么做，我也不明白，我是听李婧说，她想见一见白红霞，还说，她想为赵根儿的后半辈子试一试。"

"李医生？"

梁兵一瞬惊讶，随即欣喜道："兴许李医生真的会有办法呢，她可是最懂人心里的弯弯绕绕了，没准儿一通劝说下来，赵根儿能认识到错误，痛改前非呢！"

梁茂平点头："要是这样，最好不过了。"

"那么……"梁茂明毫不客气地调侃肖禹，"肖书记可要加把劲儿了，多打电话，多发视频，多请李医生来村里做客，多抽点儿时间陪陪李医生。"

肖禹大窘，肉眼可见地红了脸。

梁茂平突然想起了什么，郑重地叮嘱道："我听说李医生有对象了，乡下不比城里，碎嘴子的婆姨可多了。肖书记，你要注意影响啊！"

肖禹一瞬间失语，竟不知该说些什么。

这根刺，在他心头萦绕了这么多天，尚未有机会向李婧确认答案。

而梁茂明眼见肖禹神色不对，脱口道："假的！李医生亲口告诉巧花，她没有对象，她是骗梁大生的。肖书记，你大胆地追，人家李医生心里想的啊，跟你一样！"

闻言，肖禹不由地十指交握，心中泛起了激动和欢喜。

从梁茂平家回到村委会，肖禹正琢磨着是给李婧打电话还是发视频，房门突然被人叩响了。

"肖书记？"

姜小音进门，语气难掩兴奋："我可以报名参加县政府举办的电商培训班吗？"

肖禹讶然："你有兴趣？"

姜小音自信满满，理由充沛："我想过了，与其聘请外面的主播驻村直播，额外增加成本，不如我自己上手呢。我对咱村的农产品更熟悉，而且我是大学生村官，社会认可度比较高，带货效果应该不差。更重要的是，我认为，我们要开发梁湾村自己的直播帐号，创建自己的品牌，不过度的依赖别人，才能把收益最大化。"

肖禹听得频频点头，眼中满是赞赏："想法不错。去报名吧，待培训结束后，你拿出详细的执行方案，我们上会讨论。"

姜小音欣喜若狂："好嘞，谢谢肖书记！"

"嘀——"

这时，外面突然响起了汽笛声，姜小音走到门口查看，但见一辆白色越野车驶入了村委大院！

"李医生！"

姜小音面上浮起惊讶，她认识李婧的车，每次来村里，李婧都会把车停在大院东头的老槐树下。身后有脚步声仓促而来，姜小音未及回身，肖禹已经从她身边蹿了出去，且小跑着直奔越野车而去。

李婧的倒车技术比较渣，尝试了三次，才将车子停在预定的位置上。打开车门时，冷风猛地灌进鼻腔，令她忍不住又打了个喷嚏！

"感冒了？"

肖禹一边问，一边快速从裤兜里拿出纸巾递给李婧。

"谢谢。"李婧擦完鼻涕，缓了缓，才扶着车门慢慢地下车，有气无力地道，"后座有药，帮我拿一下。"

肖禹打开后车门，拿起座位上的塑料袋，看到里面的药有退烧的、消炎的，还有清热利咽的，眉头不禁皱了起来。

"好了没？我想喝水。"李婧感觉喉咙有些发痒。

肖禹关上车门，扶上李婧的胳膊，慢步走向宿舍。

姜小音迎面走过来，关切询问："李医生是不是生病了？需要我帮忙吗？"

"谢谢关心，我挺好的！"李婧扬起一抹笑。

肖禹道："我会照顾她的，你去忙吧。"

"好的，肖书记。"姜小音点了点头，便往办公室走去。

肖禹搀着李婧进了宿舍，把李婧安顿在沙发上，然后关门关窗，烧开水，拆药，一通忙碌。

见状，李婧宽慰道："低烧，有点反复，来之前我已经吃了药，休息一阵就没事儿了。"

"是因为昨天淋了雨吗？"肖禹伸手摸了摸李婧的额头，眼中满是不加掩饰的心疼。

李婧"嗯"了一声，歪了脑袋，枕在沙发靠背上，懒洋洋地说道："是呀，昨天太忙了，淋雨后没顾得上换衣服，挨到半夜就发烧了。"

"你昨晚在哪儿？我打你电话关机，今儿一大早就去宜县医院找你，但急诊科的人不肯告诉我，我……"

"呵呵。"

"笑什么？"

李婧眉眼狡黠："找我干吗？担心我，还是……想我啦？"

"想知道？先回答我一个问题。"肖禹定定地看着李婧，神色格外认真，"你是不是有事情瞒着我？前天晚上通电话时，你说你在延市，昨天竟然成了宜县急救中心的一员，今天又跑来了梁湾村，而且这段时间，你总是拒绝我的视频请求，是不是怕我知道你在哪里？"

李婧既然存了心思要给肖禹惊喜，就不会轻易招供，于是，她转了转眼珠，打着马虎眼儿："怎么可能？我在工作，不方便视频嘛。"

"好好说话！"肖禹又皱起了眉头。

"嗯……我这几天在宜县人民医院进行工作交流，暂住医院职工宿舍。昨天暴雨，全县受灾受困的伤患不少，急救中心人手不够，我就去帮忙了。"

"那你干吗骗我？"

"就算告诉了你实情，又能怎么样呀？"

"我……"

肖禹一时语塞，李婧隔三岔五地出差来宜县，却又瞒着不告诉他，究竟是怎么想的？

李婧踢掉脚上的小白鞋，整个人窝在了沙发上，略带沙哑的嗓音染上了几分撒娇："别生气嘛，你去急诊科找我的事儿，护士跟我说了，然后我就来找你喽，而且是拖着病体来的呢。"

"我没生气。"肖禹端起晾温的水递给李婧，神情分外严肃，"知道自己生着病，还敢开车？你干嘛不给我打电话？我可以去接你，或者在宜县照顾你。"

李婧眨巴着眼睫毛，一边垂头喝水，一边说："我突然出现在你面前，你不觉得惊喜吗？"

"比起惊喜，我更关心你的安全和健康。"肖禹说话间，又摸了摸李婧的额头，"还是有点儿热。李婧，你确定不用去医院打针或者输液吗？扁桃体呢？要不要查一下？"

李婧笑："我是医生，我说没事儿就肯定没事儿，你别太担心了。不过，我现在有点儿困，想睡一觉，可巧婶不在家，我不好意思去找村长……"

"别去村长家了，就在我这儿歇着。"

肖禹拿下李婧手中的水杯，将她安置在办公桌后面的单人床上。

李婧俏脸红透，一向利索的嘴皮子，也变得结结巴巴了："呃，肖、肖禹，这样不太好吧？万一被人看见……"

"顾医生是不是你的男朋友？"肖禹一边抻开被子盖在李婧身上，一边开门见山问道。

李婧摇头："不是。"

"还有其他男朋友吗？"

"没有！"

"那就好。你安心睡，我不会让人来打扰你的。"

肖禹拉上帘子，走出一步，又回头问道："晚饭想吃什么？村委会有灶房，食材挺全的，面条、炒菜都可以做。"

李婧随口一问："谁下厨？你吗？"

人间有微光

"嗯。"肖禹难得开起了玩笑，"我的厨艺还能凑合，你敢不敢尝尝？"

李婧莞尔："可以啊，只要是你做的，我都敢吃！"

"好。"肖禹没有急着走人，目光有意无意地落在布衣柜上，俊脸微红，"嗯，还有啊，入秋的时候，我买了两套女装放在柜子里，方便你换洗，如果有需要，你就自己拿。"说罢，不等李婧回话，便逃也似的出门了。

羞涩而欢喜的笑容，慢慢爬上脸庞，李婧拉起被子盖住眼睑，属于肖禹的气息浸入鼻尖，她不禁傻笑个不停，双向奔赴的爱情，可真是教人眷恋啊。

月上中天。

归于宁静的村庄，少了人声喧哗，但时不时从四野传来的鸡鸣狗叫声惊扰着睡梦中的李婧。可饶是如此，仍然不见李婧有彻底醒来的迹象。

肖禹看了下手机，已经晚上九点多钟了。

他从办公桌前起身，按下墙灯开关，明亮的光，立时充满了整间屋子，李婧被突来的光源刺激，眼皮动了动，本能地把脸埋进了枕头里。

肖禹在脸盆里兑好温水，拿出新毛巾、洗手液，还有木梳，然后轻声唤道："李婧？"

床上的姑娘毫无反应。

肖禹只好走过去，近距离地实施叫醒服务："李婧，不能再睡了，起来洗脸吃饭了。"

"嗯……"李婧嘤咛了一声，却翻了个身继续睡。

肖禹俯下身，摸了摸李婧的额头，似乎还有些烫，便找来体温计，轻手轻脚地夹在李婧的腋下。五分钟后，肖禹拿回体温计，显示 37.3℃，属于低热。

"李婧，醒一醒！"

"嗯……肖禹，别吵，我好困。"

肖禹耐心轻哄："李婧，我把饭做好了，你要不要尝尝？"

"好吃吗？不好吃的话，我就……就投诉你。"李婧一边回应着，一边迷迷糊糊地睁开了眼睛。

肖禹莞尔："要是好吃，你会不会奖励我？"

"可以考虑。"李婧咧唇一笑，看着有些憨傻，显然还没清醒。

肖禹内心越发柔软，他扶上李婧的肩膀，撑着她坐起来，交代道："我去灶房端饭，洗脸盆里有热水，厕所在外面。你现在还有点儿发烧，出门的时候穿好外衣，不能再着凉了。"

"嗯，好。"李婧点了点头。

肖禹一个小时之前便炖好了老母鸡，切好了面条，还熬了小米粥。

李婧洗漱之后，感觉沉重的脑袋轻快了不少。肖禹招呼她坐在沙发上，看到端来的晚饭，她意外之余，"扑哧"一声笑了："你真把我当成重病号啦？"

"菌菇炖鸡补身体，晚上吃汤面容易消化。"肖禹把筷子和勺子递给李婧，煞有介事地说，"这是我们家祖传的炖鸡秘方，一般人可是吃不到的。"

李婧忍俊不禁，十几岁的时候，她觉得肖禹是少年老成，现在则像个老干部，说话做事总是一板一眼，特别正经，没多少趣味，但是，他给予她的安全感，却让人心里特别踏实。

在肖禹的注目礼下，李婧先喝了口汤，然后挑起一筷子面条送入口中，随即大赞："唔，好吃！"

肖禹的厨艺着实惊艳到了李婧，原本她没有抱太大希望，只想着能吃就好，没想到一口下去，就抓住了她的味蕾！

"李婧。"肖禹顿了顿，面上多了几分歉意，"我可能近几年内都要驻村工作，没有太多的时间回家，也没有太多的机会陪你吃饭。但是，我会尽可能照顾好你，让你少受委屈……"

"你干吗呢？"李婧好笑地看着肖禹，"大晚上的，不要把气氛搞得太沉重好不好？趁现在有时间，赶紧陪我吃饭，其他事情以后再说。"

　　　　　　　　　　　　　　　人间有微光

感情的事情，两人是心照不宣的，无需太多直白的语言，便能明白对方的心意。虽然他们聚少离多，她有过失落，有过不解，也有过彷徨，但是，她会将不好的情绪进行分解、转移，而后更加坚定地朝前走。她相信，眼前的这个人，值得她去守候。

夜深人静。

吃了药刚刚睡下的李婧，突然被急促的敲门声吵醒！

"李医生！"

"李医生，你睡了没？芳芳不好了，能不能麻烦你过去看看啊！"

在梁茂明的呼喊下，房门快速开了，可出现的人，竟然是肖禹！但见他一边穿外套，一边匆忙问道："芳芳啥情况啊？是磕了碰了，还是肚子疼？"

"肖书记？"梁茂明满面震惊，眼神随即意味深长，连嗓音也压低了几分，生怕隔墙有耳，"李医生也在这屋吗？"

肖禹俊脸一热，慌忙解释道："不是你想的那样，李婧病了，需要人照顾，她……她睡床，我睡沙发。"

"村长！"

在这当口，李婧穿戴整齐，提着医疗箱从里屋走了出来，竟是面容坦荡，毫无尴尬之色，她道："肖禹，你继续睡吧，我跟村长去一趟。"

肖禹忧心道："你自己也是个病人呢，行不行啊？"

李婧报以宽慰的笑容："没事儿，我基本上退烧了。"

"等下！"

肖禹喊住人，返身回了屋，再出来时，手里多了顶毛呢帽子，还有口罩和围巾，他当着梁茂明的面儿，一一给李婧戴好，且叮嘱她道："要顾好自己，绝对不能着凉了。"说罢，从李婧手中拿过医疗箱，并牵起她的手，道："我陪你一块儿去。"

见状，梁茂明不禁暗暗感慨，不愧是年轻人，动作就是快啊！

此时此刻，梁家主屋灯火通明。

赵芳芳躲在门后，小小的身子蜷缩在一起，双手抱着脑袋，双目盯着地上的影子，时不时地打个冷战，表现出来的全是恐惧！

"芳芳，你别怕啊，你看奶奶手里有什么好吃的？"巧婶蹲在几步开外，左手举着棒棒糖，右手举着薯片，不遗余力地哄着小姑娘。

"棒棒糖是草莓味儿的，可甜啦，芳芳想不想吃呀？"

"芳芳，你过来，到奶奶这里来，奶奶把棒棒糖和薯片都给你，好不好？"

可是，不论巧婶说什么，赵芳芳都无动于衷，只一味沉浸在自己的世界里，冷不丁地发出几声尖叫或哭号！

"这丫头指定是中邪了！不行，不能听梁茂明胡扯，我得给丫头驱驱邪！"

巧婶打定主意，即从米缸里舀了一碗黄小米，又从柜子里翻出麻纸和剪刀，然后手法熟练地剪起了小人儿。

正在这时，院子里响起了脚步声！

"巧花，李医生和肖书记来了！"

梁茂明喊了一声，便伸手推门，谁知，门后的赵芳芳"啊——"地惊叫不止！

"芳芳！"

巧婶连忙扔下剪刀，不顾芳芳的挣扎，强行抱起了芳芳！

三人进了门，看见芳芳像是落水之人为了活着，双脚本能地扑腾，双手胡乱飞舞，嘴巴张得老大，满眼都是害怕、无助和恐惧！

巧婶仰着头，费力地说道："李医生，你……你看看这孩子，是不是得病了？我怎么越看越像染上脏东西了呢？我剪了白纸人儿，要不……"

"甭整迷信那一套！"梁茂明否定了巧婶的想法，把希望寄托在了李婧身上，"李医生，你有办法让孩子安静下来吗？"

李婧不慌不忙地拿下帽子、口罩，示意众人安静，然后从手机里找出贝多芬的奏鸣曲，把音量调到合适的分贝进行播放。舒缓的音乐轻轻流淌，世界仿佛在这一刻静止，而芳芳躁动不安的情绪，竟奇迹般地渐渐缓和。

"芳芳，我是李婧阿姨，你还记得我吗？我是医生，哪里不舒服，你告诉我，好不好？"李婧慢慢靠近芳芳，用温柔的言语，与芳芳建立关系，引导芳芳暴露创伤。

芳芳捏紧小拳头，一下一下地敲打着自己的小脑袋，瞳孔中没有焦距，似乎陷入了回忆："疼，很疼；有……有棍子、铁钳子，打在身上好疼，还有黑色的大怪物……"

闻言，巧婶情急脱口道："没有呀，我一直照看着呢，家里除了我和梁茂明，没有别人来过呀！"

李婧轻轻摇头，示意巧婶不要说话，然后伸出双手，柔声说："芳芳，不要怕，大怪物已经被阿姨赶跑了，你现在是安全的。乖，到阿姨怀里来，阿姨的这双手啊，是专门惩罚怪物的，只要阿姨揉一揉芳芳的小脑袋，怪物就再也不敢来了！"

"阿姨。"芳芳瘪了瘪嘴巴，扑在了李婧身上。

李婧悄声说道："巧婶，我需要一杯温牛奶。"

"好，我去弄。"巧婶答应着，快速取了一盒纯牛奶倒入奶锅，放在电磁炉上加热。

见状，梁茂明压低声音道："李医生，还需要干什么，你尽管说！"

"牛奶能够帮助睡眠，我哄孩子先睡，其他事儿待会儿再说。"

"好。"

李婧抱着芳芳，走到沙发上坐下，待芳芳喝完牛奶后，让小丫头躺在她腿上，她一边给芳芳按捏头部穴位，一边引导芳芳入眠。"闭上小眼睛，想像你面前有一片绿油油的大草原，草原上有许多羊儿在吃草，天空很蓝，云朵很美，你站在山坡上数羊，一只羊、两只羊、三只羊、四只羊……"

当李婧数到十六只羊的时候，芳芳终于睡着了。

巧婶把孩子安置在炕上，随后招呼众人轻悄悄地退出主屋，去隔壁屋子里聊天。

梁茂明心里烦躁，想抽根烟，手伸进兜里摸烟盒时，又想起肖禹说李婧生病着呢，遂悻悻作罢，提着暖壶给每人倒了杯热水。

巧婶几番看向李婧，想说什么，又忌讳梁茂明，没敢出口。谁知，梁茂明却生气了："李巧花，你还寻思什么鬼上身的屁话呢？我跟你说过多少遍了，我们共产党不搞封建迷信，要相信科学，科学你懂不懂？我是党员，我要带头破除旧社会的毒瘤！"

巧婶一听，立马急吼吼地呛道："你嚷嚷什么？我……我不也是急得没办法了吗？难道你让我看着孩子发疯似的又哭又叫，什么也不做吗？"

眼看场面要失控，李婧赶忙劝架："别吵别吵，万一芳芳没睡实，再被吵醒，可就麻烦了！"

肖禹拽了拽梁茂明的袖子，故意严肃说道："村长，今晚芳芳的情况啊，搁谁身上都会关心则乱，要是换成我，还不如巧婶有办法呢！"

"就是，我心脏病、脑溢血都快被吓出来了呢！"巧婶有了人撑腰，腰杆不觉挺直，还朝梁茂明重重地"哼"了一声。

梁茂明被气笑了："我不跟你说，我听李医生怎么讲！"

"对对对，李医生你说说，芳芳咋胡言乱语呢？"巧婶想不通，"这几天看的动画片是《小猪佩奇》《大头儿子小头爸爸》，里面好像没有大怪物啊！"

李婧道："不是动画片，应该是芳芳的梦境。"

"梦？"巧婶愕然，"你是说，芳芳做噩梦了？"

李婧不答反问："我不在村里的这段日子，芳芳的情绪状态怎么样？入睡困难吗？睡着以后，突然被惊醒的情况多不多？白天除了看动画片，有没有跟小朋友们玩耍？"

人间有微光

巧婶回道："我不知道啥是情绪状态，不过芳芳特别乖，不乱跑、乱跳，我干活的时候，她就一个人坐在沙发上看电视，不吵不闹，给啥吃啥，或者蹲在院里的树下戳蚂蚁……"

"这个季节，室外哪儿来的蚂蚁？蚂蚁都去越冬了。"肖禹微微皱眉，提出疑问。

巧婶一拍大腿，激动起来："就是说啊，明明没有蚂蚁，地上啥虫子都没有，可芳芳拿着小木棍非要在那儿戳呀戳的，说她在戳蚂蚁，我都给整糊涂了，还当我是老眼昏花了呢！"

李婧追问道："其他情况呢？"

"还有，前两天我带芳芳去串门，支书家的孙子强强要跟芳芳踢皮球，可一脚都没踢呢，芳芳看见皮球，突然就跟炸了似的，抱住脑袋浑身直打哆嗦！啧啧，当时的情景啊，可把我们大人吓坏了！"

"后来呢？"

"我心想，可能芳芳不喜欢强强，故意闹腾呢，所以我把芳芳抱走了。但是这几天下来，我发现芳芳总是呆呆愣愣的，跟谁都不玩儿，就连杰杰来找她，她都躲起来不见人。"

"睡眠呢？"

"这孩子忒能熬夜呢！我一般是晚上十点前睡觉，可我十二点多醒来上厕所，芳芳还睁着两个眼珠，清明得很呢！"

"所以，今晚出状况的时候，芳芳还没有入睡，对吗？"

"不不不，今天破天荒地早睡了，可睡了没半个小时，突然惊醒了，然后就……就变成了你们看见的那个样子！"

李婧端起面前的杯子，喝了几口水，缓了缓情绪，才继续询问道："村长，巧婶，你们在芳芳面前提起过赵根儿吗？哪怕是聊天时无意兜了一嘴？再或者，村里人的闲话，有没有被芳芳听到？"

梁茂明直觉不太对，面部表情有些紧张："李医生，我实话实说，赵根儿被拘留，村里的闲话就没消停过，走哪儿都有人议论，再加上赵根儿快回来了，我跟你婶子总得商量商量芳芳的去处吧，这孩子毕竟不是我孙女，人家有爹有妈的，总不好一直在我家养着。"

"啥意思？我咋听不懂呢？"巧婶不禁急了。

李婧沉吟道："其实，芳芳的病症，在我预料之中。创伤后应激障碍，在医学上也被称作PTSD，对于女性而言，家暴是造成PTSD最常见的创伤性事件之一。儿童表现为梦魇、反复扮演受伤性事件、玩与创伤有关的游戏、过度警觉、过激的惊跳反应、攻击性行为、入睡困难、做噩梦、易惊醒、孤僻、情绪不稳定等种种异常症状。根据芳芳现在的临床表现来看，初步考虑为创伤后应激障碍。当然，还需要进行血常规、尿常规、脑脊液常规检验、神经系统检查，才能进一步确诊。"

这一席话，听得梁茂明夫妇似懂非懂，两人看看李婧，又看看肖禹，目光最后又落回李婧脸上，不敢置信地确认："你的意思是，芳芳得了大病？"

李婧微微一叹："创伤后应激障碍是一种慢性的精神障碍，算不上大病，但是治疗起来需要时间，而且不一定能够完全治愈。"

素来淡定的肖禹也沉不住气了，面上现出焦虑之色："芳芳这么小，怎么会……"

"有的人经历了非常恐怖的创伤事件，却心理健康、乐观，而有的人经历了非常轻微的压力事件，却患上PTSD。所以，创伤是否会引起PTSD，一部分取决于个人的认知和生活态度，以及心理承受力。"

李婧说到这儿，有意放轻松了语调："我的建议是，尽快带芳芳去医院做检查，如果确诊，通过心理疏导与药物治疗相结合，我相信芳芳很快就会好起来的。"

肖禹立刻附声："没错，你是专业的心身科医生，芳芳信任你，有你主治，一定能痊愈的。"

见状，梁茂明夫妇担忧紧张的心情，顿时松了松。梁茂明说道："李医生，我虽然听不大懂你说的什么创伤障碍，但是我相信你的本事！你

人间有微光

看，刚刚你拿手机放了首曲子，芳芳就安静了，你又说了几句话，芳芳就睡着了，简直神了！"

"是啊，你怎么办到的？"肖禹亦是好奇。

李婧莞尔："这是心身医学科常用的音乐治疗法。曲子是特定选用的，可以平抚患者躁动的情绪，睡前喝温牛奶，有助眠的效用，再以引导性的语言让患者精神放松，就能达到快速入眠的效果。"

李婧的专业，让梁茂明更加深信自己坚持科学的原则是对的，随即又朝巧婶得意地叨叨："看吧，我就说求助李医生保管有用，你还非不听！"

"我……我没有不相信李医生啊！"巧婶不服气，反而嗔怪梁茂明，"我想的是，李医生和肖书记见一面不容易，人家小两口难得在一块儿，尽量不要打扰嘛……"

"巧婶！"

一句"小两口"，令肖禹臊红了脸庞，结结巴巴道："没，没关系，我们不、不着急，孩子重要嘛。"

李婧闷笑不止。

"小伙害羞，姑娘大方，这俩人儿真是太配了！"

"可不是吗？怎么瞧都是最登对儿的！"

梁茂明和巧婶一人一句地打趣，饶是李婧性格外向，也禁不住俏脸微红，她咳咳两声："好啦，咱们继续聊正事吧。眼下芳芳的病，不仅需要尽快就医，还需要芳芳妈妈的帮助。所以，我必须和白红霞见一面。"

肖禹颔首："没问题，我明天跟刘警官联系。"

梁茂明琢磨了片刻，道："李医生，芳芳去延市治病的话，你婶子要不要去帮忙啊？芳芳妈一个人肯定忙不过来，再说人生地不熟的……"

"哦，不用，芳芳可以在宜县人民医院治疗。"李婧回道。

"宜县？"

肖禹插话进来，满面狐疑："全市不是只有仁和医院才有心身医学科吗?"

"呃，我最近在宜县医学交流，宜县人民医院设立了心身医学科。"

"交流多久?"

"不好说，看情况吧。"

李婧没有完全坦白，她要像剥洋葱一样，把惊喜层层送到肖禹面前。

肖禹难掩开心的嘴角浮上了笑容："就这么决定了。"

"行，时间不早了，你俩赶紧回去歇着吧。"见状，梁茂明识趣地下了"逐客令"，且有意叮嘱道，"肖书记，我给你拿个电暖炉，沙发冷，可甭着凉了。"

肖禹大囧!

李婧哭笑不得："村长，我替肖禹谢谢您嘞!"

"哈哈哈!"

梁茂明笑开了怀，芳芳生病带给大家的阴霾，仿佛一下子全散了。

巧婶取来电暖炉交给肖禹，又调侃了两句，便把他们二人送出了门。

人间有微光

12

第十二章　疗愈心理创伤

路上受了寒，回了宿舍，李婧又开始喷嚏不断。

肖禹关心则乱，把所有取暖设备都一股脑儿地安置在了床边，且将床上的电热毯也调到了高温状态，待李婧躺上去后，把被子拉高至她颈部，胳膊也掖进了被窝里，生怕她着一点点凉。

尽管李婧心头溢满感动，可也不得不提醒道："室温最好均衡，不然更容易感冒。你把电暖炉放在茶几旁边，我用不着；电热毯待我睡着后直接关掉，开着太危险了。村长说得对，你别光顾着我，把自个儿落下了。不然，两个病号瘫在一块，谁照顾谁呀？"

"哦。"

肖禹在床边坐下，欲言又止。

李婧笑："你是不是想问，我在宜县到底待多久？"

肖禹讶然："你们心身科医生真能看穿他人心里的想法？"

李婧只笑不答。

肖禹煞有介事地发出一声哀叹："完了，我的秘密和心事，以后别想藏了。"

"呵呵，你想得美，我才懒得窥视你的内心。"李婧忍俊不禁，直起身子凑近肖禹，"听说你买了心理学方面的书籍？"

"嗯，普通心理学，希望跟你之间能多一些共同语言。"

"觉悟不错嘛，给你点一个赞！"

肖禹从书柜里拿出几本书，李婧一边翻阅，一边说道："心理学研究涉及知觉、认知、情绪、人格、行为、人际关系、社会关系等许多领域，它可以解释个人基本的行为与心理机能，但窥视人心……哎，人心难测呀！"

肖禹认同李婧的看法，出此想到了因为一场事故而心性大变的赵根儿，再联想到赵芳芳，心思不禁越发沉重："李婧，芳芳被治愈的可能性，大吗？一个几岁的孩子，如果背负痛苦创伤几十年，该有多么绝望。"

"我认为有希望。"李婧坦言，"安全感是决定心理健康的最重要的因素，是一种从恐惧和焦虑中脱离出来的信心、安全和自由的感觉；不安全感是个体面对风险、压力以及各种威胁性的内外部环境时，通过情绪体验、生理反应及行为意向等表现出来的一种情感体验。显而易见，芳芳具有情绪不安全感，而它不止来源于赵根儿的家暴行径，还有失去母亲庇护的无助所带来的心理上的恐惧。所以，从根源入手，首先补足芳芳缺失的母爱，对于芳芳的病就会起到很好的疗效作用。当然，从白红霞想要争取芳芳抚养权的行为来看，她是爱芳芳的，应该可以达成这项目标。"

"那赵根儿呢？"

"赵根儿既是施暴者，又是芳芳无法剥离和回避的生父，爱和恨同时在芳芳心里拉扯，产生的痛苦指数非常高！还记得出现在芳芳梦境中的黑色大怪物吗？从心理学的角度分析，梦见大怪物表示梦者内心正处于不安的状态，把害怕的事情或人，拟人化转化为了生物。芳芳还说'有棍子、铁钳子，打在身上好疼'，这说明闯入性的创伤情景再现，而且再现的内容非常清晰、具体，即梦境重演性发作。"

说到这儿，李婧忽然想起一件事："肖禹，你能找到赵根儿的病历吗？赵根儿是造成芳芳心理创伤的源头，但他本身也有心理创伤，亦是他施暴的主因。所以，我的想法，你明白吗？"

"我大概听懂了。"肖禹点了点头，随即微微皱眉，"不过赵根儿出事

人间有微光

是几年前发生的，有没有把病历留到现在很难说。"

"没事儿，先找病历，找不到的话，等赵根儿回来，我直接跟他谈。"

"好。"

正事聊得差不多了，李婧也犯困了："睡吧，明大还要早起呢。"

肖禹会心一笑："晚安。"

房灯熄灭，共处一室的两个人，隔着不远的距离，彼此惦念着沉沉入梦。

翌日。

为免村民误会，造成不好的影响，李婧和肖禹六点钟就起床了。

两人洗漱后，相携去了梁茂明家。

得知芳芳熟睡整晚，没有再被噩梦惊醒，几人十分欣慰。

"良好的睡眠有利于心理健康。"李婧嘱咐巧婶，"不要叫醒芳芳，让孩子睡到自然醒。"

巧婶应道："好，我知道了。芳芳喜欢吃肉丸子和鸡腿，我去备着，等她醒来就能吃了。"

闻言，李婧迟疑着说道："巧婶，我明白您疼爱芳芳的心，但是芳芳现在的病情啊，最好不要吃生冷油腻难消化的食物。"

"那我包点儿馄饨，行吗？"

"行。"

"对了，家里有芹菜，猪肉芹菜馅儿的饺子，你俩吃吗？吃的话，我多包两盘。"

巧婶看看李婧，又看看肖禹，目光里兴味十足。

"不用麻烦了婶子，我……"肖禹想说他给李婧做饭，谁知李婧抢先道，"我不吃了，我得去上班，今天上午有患者预约做心理疏导。"

肖禹皱眉，有不舍也有担忧："你身体能行吗？"

李婧笑道："我完全好啦，放心吧。"

"上班也要吃早饭啊，不吃饭咋能行？"巧婶不依了，说着便往厨房走去，"我昨天蒸的馍馍还有六七个，我麻利点儿，再炒盘酸辣土豆丝，凑合凑合。"

李婧是真不想给巧婶添累，正要喊住巧婶，梁茂明冲她直摆手，"你呀，安安心心的吃饱饭再去上班，不然你婶子非得叨叨个几天！"

"好吧。"李婧只好答应下来，满心的感动，都化作了一句"谢谢"。

梁茂明佯装生气。"谢什么呢？太见外了啊！芳芳的病还要靠你多费心呢，虽然赵根儿不成器，可孩子毕竟是无辜的。"说罢，扭头看向肖禹，"昨晚你俩走后，我和你婶子商量了一下，赵根儿一穷二白，白红霞在外打工也是个可怜人，要是以后能留着养活芳芳，这回芳芳看病的钱，就从我家出吧。"

肖禹不假思索道："村长，长期治疗不是一笔小数目，我可以分担一部分……"

"哎，你打住！你工作没几年，工资也不高，你献什么爱心呀？你得把钱攒起来娶媳妇儿！"梁茂明说完，还故意瞟了眼李婧，调侃道，"能娶到这么好的姑娘，可是你小子的福气哟！"

"咳咳。"

饶是李婧性格大方，也免不了羞赧和尴尬："说什么呢？我治病救人反倒把自个儿搭进去啦？想得美！"说完，她快步走向厨房，嘴里喊着："巧婶，我帮你削土豆！"

"哈哈哈！"梁茂明开怀大笑。

肖禹俊脸红透，压低嗓音央求道："村长，玩笑不好多开的，我心里有数，等咱们村脱贫摘帽了，我和李婧再考虑个人的事儿。"

"磨磨叽叽的，当心喜欢的姑娘被别人给追走喽！"

"不会！"

肖禹的回复不带丝毫犹豫，笃定又自信，惹得梁茂明竖起了两根大拇指："好样的！"

几经辗转，肖禹终于和白红霞取得了联络，得知芳芳的情况后，白红霞当天中午便赶回了梁湾村。

芳芳三岁时，白红霞不堪家暴，狠心抛下芳芳而去，如今再见面，芳芳已近六岁，因无人照管，至今未入幼儿园。看着瘦小羸弱的女儿，躲在巧婶怀里，满眼都是陌生和害怕，白红霞不由悲从中来，号啕大哭！

四邻闻讯，纷纷跑来梁茂明家围观，见此一幕，无人不同情白红霞母女的遭遇，免不了对赵根儿又是一通咒骂！

"赵根儿那个天杀的，造孽呀！"

"可不是么？想当初芳芳被打得浑身上下没一块儿是好的，眼看快六岁的娃儿了，个头小的跟我家四岁的孙子差不多！"

"一年到头营养不良，哪能长得好？村上拨下来的扶贫款，都被赵根儿换成尿水子灌进黑肠子里了，孩子想吃斤肉都难！这阵子啊，多亏巧婶精心照料，还给买了新衣裳，这才看起来瓷实了不少！"

"……"

生怕芳芳再受刺激，导致病情发作，梁茂明赶紧勒令众人闭嘴莫提"赵根儿"三个字："行了行了，为着孩子，不该提的人，都给咽回去！"

巧婶捂着芳芳的耳朵，尽量不让芳芳听见大人说话，待白红霞哭声稍减，软言软语地劝慰道："红霞，哭多了伤身子，还会吓着孩子。现如今呢，我们大人一定要坚强，只有大人撑下来了，孩子才能过得好啊！"

"婶子，村长，我真不知道该怎么感谢村里，感谢你们！"

白红霞双腿一软，便要跪下去，却被梁茂明扯住胳膊，斥责道："既知道谢，就把泪水子抹干了，收拾收拾，带孩子去县医院找李医生看病。"

"嗯。"白红霞虽然尽力止哭，仍是抽噎不停，"我，我先回家，拿芳芳的合疗本。"

闻言，肖禹插了一句话："芳芳妈妈，你回家的话，顺便找找赵根儿的病历。"

白红霞一听，便抗拒道："肖书记，我是铁了心要离婚的，这趟回来，我只为芳芳，跟那个烂人有关的，我一概不管。"

"芳芳妈妈，你别误会。赵根儿的病历，是李医生要呢，应该是为了治疗芳芳所需。所以，就当为了芳芳，麻烦你仔细找一找吧。"

"好吧，我尽量找，毕竟几年过去了，有可能丢掉了。"

白红霞回家取东西，街坊四邻们便陆续散了。

肖禹打电话给李婧，约了下午三点钟就诊。

趁着等人的空隙，巧婶抱着芳芳坐在炕上，慢慢沟通："芳芳，你怎么不叫妈妈呀？刚刚哭鼻子的阿姨，真的是你妈妈，奶奶不骗你的。"

"不，不叫妈妈，不能叫，爸爸要打死妈妈，妈妈快跑、快跑！"芳芳瘪着小嘴，眼泪珠子颗颗往下掉，她已经不太记得母亲的模样了，可"白红霞""你妈"却是赵根儿天天挂在嘴上的名词，只要赵根儿心情不好，不论随手抄起什么东西，都往芳芳身上招呼，还不准芳芳叫"妈妈"，所以慢慢地，芳芳口中再也没有了妈妈。

巧婶上了年纪，儿女、孙辈常年不回村，照顾芳芳的时日里，芳芳也慰藉了他们老两口的空巢孤独，便丝毫见不得芳芳可怜，心疼得湿了眼眶。"好孩子，不怕啊，妈妈安全了，不会再有人打骂妈妈了。"

"妈妈……"芳芳喃喃自语，"妈妈又走了，不要芳芳了。"

"不可能！妈妈回家取东西，很快就会回来的，我们耐心等一等，好不好？"

"好。"

得了保证，芳芳总算放心了，她溜下炕，跑到肖禹面前，扬着小脑袋，开心地说道："肖叔叔，我是不是可以上学啦？李婧阿姨说过，等妈妈回来，我就能上学了。"

孩子的话，听得几个大人心酸。村里没有学校，镇上有一所公办的幼儿园，经过财政补贴后，每学期仅收保教费三四百元，但是，赵根儿把家里挥霍一空，整天像块烂泥似的，对芳芳的教育问题漠不关心，甚至拒绝村委会出资扶持芳芳上学，将芳芳扣在身边，作为威胁白红霞回家的筹码。

九年义务教育不包含幼儿园，所以，面对赵根儿的不负责任，村干部们跟赵根儿拉扯了几年，也没扯出个结果，最终只能放弃，等芳芳达到小学法定入学年龄时，以法律手段，强制赵根儿执行。

芳芳对上学的渴盼希冀，深深触动了肖禹。生活上的贫困，通过努力劳作、政府扶持，终会有脱贫的一天，可精神上的贫困呢？它犹如一个看不见底的黑洞，能活生生地毁灭一个人，继而使得整个家庭蒙上阴影。

下午。

宜县人民医院，综合大楼。

心身医学科设在二楼东南角，只有一间诊室，不过是个大套间，外间是就诊室，里间为心理疏导室，外带了一个半圆形阳台，落地窗，采光、通风都很好，室内温度适宜，布置以浅色调为主，给人明朗、愉快的感觉。

李婧提前十分钟从科教科回来，没想到肖禹一行人已经到了，护士林佳正在电脑前为芳芳录入病历。

"李婧阿姨！"

芳芳一见李婧，便开心地扑过来抱住了李婧的双腿，急于分享她的喜悦："妈妈回来了，肖叔叔说，等过了年，春天的时候，我就能上幼儿园了！"

"哇，太棒啦！"李婧抱起芳芳，亲了亲芳芳的小脸蛋儿，笑逐颜开："为了庆祝芳芳上学，阿姨送给芳芳一个漂亮的书包好不好？"

"谢谢阿姨。"

"那接下来，芳芳要仔细想一想，喜欢什么颜色的书包？是粉色、紫色还是红色？还有书包上的图案，芳芳是喜欢小兔子还是小鸭子呀？"

李婧把芳芳安置在诊台前的凳子上，又从口袋里拿出一块巧克力，叮嘱道："要小口小口地吃，当心噎着哦。"

见状，白红霞等不及地询问道："李医生，芳芳她……她究竟是什么情况啊?"

"你是芳芳妈妈?"李婧不着痕迹地观察白红霞，女人看起来三十出头的年纪，黑眼圈严重，明显长期睡眠不足或处失眠状态，皮肤粗糙，素面朝天，只涂了一层橘色的口红，勉强显得有些气色。

白红霞神色十分紧张："对，我就是芳芳的妈妈，我叫白红霞。肖书记跟我说，芳芳受了惊，有创伤什么的，我听不太明白。"

"别急。"

李婧绕过众人，走到诊台后面，林佳敲下空格键，随后起身，把电脑让给李婧，说道："李医生，患者信息都录好了，您看一下。"

"好，辛苦了。"

李婧开出四张检查单，签上字，交给白红霞，道："芳芳妈妈，我们抓紧时间先把检查做了，等各项检验结果出来后，我再具体跟你细说。"

"哦，好。"白红霞连连点头。

李婧扭头看向肖禹："肖书记，你陪巧婵在这儿歇着，我带她们母女去检验科。"

"好。"肖禹应下。

有了李婧相陪，芳芳对白红霞的惧怕和疏远减轻了许多，情绪也稳定不少，除了抽血的时候哭闹了片刻，其他几项检查都很配合。

回来后，李婧有意留下白红霞单独谈话，便让肖禹和巧婵带着芳芳外出吃点儿东西。

"我们去里间谈。"

李婧带着白红霞走进心理疏导室。

两张单人沙发椅、一个茶几、一台摄像机、几盆绿植及一束插花，简单的布置，却给人温馨、安静、舒适和放松的感觉。

白红霞局促不安的心，稍稍有所缓和。

李婧在靠窗的沙发上坐下，指着另一张沙发，微笑道："请坐。"

"谢谢。"

白红霞坐下后，身体仍然紧绷在一起，并把肩上背着的水桶包放在身前，双臂交叉环抱，下意识地做出了自我保护姿势。

林佳送来一杯茶。

"这是玫瑰花茶。"李婧言语温和，不急不缓的语速，像是聊家常似的，"玫瑰花可以理气活血，具有镇定安神、抗抑郁的功效，还可以调经止痛，美容养颜，促进血液循环，改善肤色。芳芳妈妈，你要不要试试？"

白红霞沉默了片刻，慢慢伸出手，端起花茶，轻轻抿了一口。

李婧笑问："味道怎么样？"

"嗯，好喝。谢谢李医生。"白红霞脸上露出了欣然笑意。

"其实，我找你有一段时间了。"

"找我？"

李婧颔首："对，我了解过你和赵根儿的故事，也知道你和芳芳承受的暴力及痛苦。可是这些，都是我从外人口中得知的，不一定对，也不一定全面，如果你想倾诉，我愿意做你的倾听者。"

闻言，白红霞脸色发白，呼吸急促："不，不用，我没什么可说的，我唯一的心愿就是离婚，然后带芳芳离开宜县！"

"芳芳妈妈……"

"李医生，我谢谢你对芳芳的好，但是我不需要别人可怜，哪怕我活成了一个笑话，连娘家都容不下我，我也不想让任何人同情我，把我当成他们茶余饭后的谈资！"

白红霞反应愈发激烈，将手中的茶杯往下一搁，便要起身离去！

李婧微微一笑："你爱芳芳吗？"

"芳芳是我亲生女儿，是我怀胎十月，阵痛两天一夜，辛辛苦苦生下来的孩子，我怎么可能不爱她？"白红霞没想到李婧会问出这样伤人的问题，不禁心生愤怒。

李婧丝毫不恼："那么，你愿意帮我治愈芳芳的心理创伤吗？"

"我？"白红霞愣住。

"对呀，就是你。"

"为什么？"

"芳芳的病因，主要在赵根儿身上，所以我需要赵根儿的病历，你可以给我吗？"

从白红霞的情绪反应来看，不适合把着力点继续放在她身上，李婧便及时调整话术，换个角度来转移她的情绪。

既然对芳芳有益，白红霞也不是赌气的人，随即从包里拿出一份病历递给李婧，说道："我只找到这个，当初拍的片子，不晓得哪儿去了。"

李婧看着显旧的病历，面露欣喜："没关系，片子可以重拍。"

白红霞好奇不已："李医生，您要病历到底有什么用啊？赵根儿的病，是事故导致的，不可能遗传给芳芳吧？"

"呵呵，怎么可能遗传呢？我有其他用处，等有了结果，我会告诉你的。"李婧说着，拿出名片送给白红霞，言语诚恳道，"我是医生，为患者治疗、疏导心理疾病，是我的职责。我的专业素养要求我尊重每一位患者，不会因个人情感对患者产生同情、喜欢或憎恶。我所做的，是帮助患者走出心理困境，疗愈心理创伤，重新拥有健全的人格。"

白红霞心中惭愧，眼眶渐红："李医生，对不起，我刚刚态度不好，误会你了。"

"没关系。今天时间不早了，你们先带芳芳回家吧，趁着这段时间赵根儿不在，你多陪陪芳芳，需要我的时候，名片上有电话，随时联系。"

"好。"

白红霞走后，李婧潜心研究了赵根儿的病历，然后将病历的扫描件，发给了她的硕士生导师周教授。

亲爱的周教授：

  近来可好呀？您的三好学生小李子给您问安啦！我有一个

患者，自卑、躁郁、偏执、暴力倾向严重，病因为男性生育障
碍，因几年前事故导致。患者所属地区贫困偏远，医疗条件不
发达，病情可能被耽误，想请教授帮忙看看，此患者是否有治
愈的可能性？小李子跪谢啦！

邮件发送成功，李婧舒展了下四肢，拿出工作笔记本，写下一段话：
白红霞是家暴的受害者，尽管她逃出去这么久了，可是，仍有应激反应，
敏感、自卑、要强、情绪管理失控，因家暴造成的心理创伤，并没有因为
时间而淡化，反而积重成疾。

延市。
突来的寒潮，使这个城市一夜之间降了温。
李婧迎着冷风，拎着两个纸袋，快步走进仁和医院。
芳芳的检查结果出来后，为了确保诊断无误，确定最佳治疗方案，
李婧专程回来请科室主任会诊。
"叮——"
电梯门开了，李婧随着人群步履轻快地走向护士台。
"李医生！"
护士小金哧溜一下，毫不稳重地冲出护士台，嚷嚷道："你怎么回来
啦？怎么没提前告诉我？"
见状，同事高雅琴一边朝李婧招手，一边笑着调侃："啧啧，这个
金猴子，一点儿不像我们心身医学科的护士，不知道'淡定'两个字怎
么写！"
"雅琴姐，人家高兴嘛！"小金俏皮地吐了吐舌头，随即把目光落在
了李婧手中的纸袋上，双眼放光，"我好像闻到了一股熟悉的瑞幸咖啡的
味道……"
"呵呵。"李婧笑弯了唇，将两个纸袋都交给小金，"请嗅觉冠军小金

同志，帮我把咖啡分给同事们。"

小金给了李婧一个大大的拥抱："不愧是我们念念不忘的李医生，太喜欢你啦！"

"好油腻哦！"李婧故作嫌弃，"你还没到中年呢，稳住啊！"

"不管，反正我被咖啡收买喽！"

小金接过纸袋，给护士台人手一杯，然后就去医办室送咖啡去了。

高雅琴不禁感慨："单身真好啊，整天没心没肺地乐呵，不像我们，娘家婆家、老公孩子尽让人心烦，这头疏导病人，那头疏导自个儿！"

"这就是专业的人，干专业的事儿！"李婧跟着打趣道。

高雅琴被逗笑了："好了，不说我了。你怎么样，下基层行医是什么感觉？顺利吗？"

"感觉挺好，收获了很多不一样的工作体验。"

"嗯，看你气色不错哟！"

两人正聊着，听到小金喊道："李医生，王主任忙完了，叫你过去呢！"

主任办公室。

李婧敲门进去后，发现除了主任王菱，副主任医师秦飞也在，还有两名医学生。

简单寒暄了几句，王主任便切入正题："李婧，患者赵芳芳的病情，我和秦飞一块儿讨论过了，鉴于这个患者特殊，就让新来的实习生一道听听。"

"嗯。"李婧点头。

秦飞说道："患者确诊为应激性创伤综合症。但是考虑到患者年龄太小，身体弱，不建议药物治疗。单一的心理疏导，疗效有限，再加上患者发病的主因，不仅来源于原生家庭，而且患者父母也有心理问题，父亲尤为严重。所以，最佳的治疗方案，就是三个人一起治疗，亲人之间可以互相伤害，也可以互相治愈。具体细节，你看看，有什么意见，我们再讨论。"

人间有微光

李婧看完方案，欣然一笑："我完全同意。"

"患者父亲的生理疾病，有什么进展吗？"

"我收到导师周教授的邮件了。周教授找了国内知名的泌尿外科专家帮忙看了病历，单从病历描述来看，是有治疗希望的，但是还需要本人去复诊，做进一步的检查，才能下结论。当然，考虑到患者的经济情况，周教授建议患者就近在我们仁和医院做相关的检查，等结果出来后再说。"

"很好，就这样安排。"

"嗯。谢谢王主任，谢谢秦副主任！"

闻言，王主任佯装不悦："谢什么呀？你去宜县是短期帮扶，人事关系还在咱们医院呢，还是我的人！"

"对对对，仁和才是我的家，我现在就是出去串门的孩子，玩几天就回家了。"李婧笑眯眯地回道。

王主任哭笑不得："秦飞你看看，这是不是咱们科室里最会哄人的？"

"人美、嘴甜、心善，这良好品质啊，都搁李婧一人身上了！"秦飞戏谑的当口，突然想到一件事儿，"对了，李婧还没对象吧？前天我碰到消化科的孙主任，非拉着我给他们科室的单身男医生介绍对象呢！要不然……"

"不用！"

李婧从座椅上弹跳而起，堆着一脸笑，往门口退去："谢谢秦副主任的好意，我……我有男朋友了，最近刚谈的。我先回家啦，拜拜！"

剩下一屋子的人，啼笑皆非。

李婧买了父母喜欢吃的烤鸭和羊蹄，悄悄回了趟家。

李建平夫妇正在看电视，听到门铃响，还以为是送水工呢，没想到门一开，竟见李婧张开双臂，欢喜大叫："Surprise（惊喜）！"

"小婧！"

李建平喜出望外，一把抱住闺女，叫道："老婆，小婧回来了，快、快过来！"

"老李你是不是傻呀？外面多冷啊，赶紧让小婧进门！"张澜说话间，往厨房走去，"我先熬碗姜汤，给小婧祛祛寒。"

父女俩进了门，李婧换鞋，李建平把东西送进厨房，脸上挂着老父亲的得意笑容："瞧瞧，咱们的小棉袄多贴心哪！"

"我生的闺女，当然最贴心啦！"

"好好好，都是你的功劳，我平白享福就行喽！"

"爸，妈。"李婧跟过来，一手挽上一个，夹在中间晃着脑袋，笑嘻嘻地说，"我呢，是爹疼娘爱的福宝宝，我最幸福了！"

"有你这个乖女儿，爸爸妈妈更幸福。"张澜停下切姜的动作，跟女儿脸贴脸，内心一团柔软。

李建平揉了揉李婧的头发，宠溺地笑说道："得嘞，你们娘俩儿出去聊天儿，今天老李下厨，咱一家三口好好吃一顿，再喝上两杯，庆祝闺女回家！"

"哟，是谁许诺再也不喝酒了？咋的，想拿小婧当挡箭牌破戒呀？"张澜毫不客气地揭短，满脸笑话。

李建平双手合十，赔笑道："好老婆，留点面子呗。再说我喝酒也不光是为了满足我的口腹之欲，你想想看，将来女婿上门，我不得招待呀？"

"爸！"

李婧又羞又恼："你跟我妈的约定，关我……我男朋友什么事儿呀？你可别往他身上赖账！"

"哎哟，我听着怎么不对呀？"

"可不是么？女生外向，胳膊肘儿啊，拐出去喽！"

父母的调侃，直接吓跑了李婧："不跟你们说了，我洗脸去了。"

看着害羞的女儿，张澜扯住李建平的胳膊，喜不自胜："看来小婧在宜县的收获不错嘛，这么快就确立关系了？"

"应该错不了，你看小婧气色多好，明显心情不错嘛。"李建平说着，摸了摸下巴，内心突然多了几分惆怅，"我老李家的'大白菜'，怎么突然就被'猪'拱了呢？也不知'那头猪'究竟是个什么样儿，会不会对小婧好一辈子啊！"

张澜忍俊不禁："你不是说相信女儿的眼光吗？不放心的话，就擦亮眼睛，多考察考察未来女婿的人品，帮女儿把好婚姻关！"

听到父母的谈话内容，李婧把洗脸扑按在眼睛上面，自顾白地偷笑个不停。

晚餐桌上，李婧跟父母聊了近期的工作，以及梁湾村的各种人和事。

不可避免的，肖禹被多次提及，李婧所受的委屈，也零零散散地进入了父母的耳朵里。

李婧不同于别家的孩子报喜不报忧，无论好的、坏的，她都愿意和父母分享，而父母的认知、见识、格局、人生经验，总能给予她正确的指导意见。

听完李婧的讲述，李建平感慨道："小婧，你成长了，爸爸为你高兴！"

"谢谢爸。"李婧笑容灿烂。

张澜若有所思："小婧，妈妈以前下乡的时候，也碰到过刁钻蛮横的农民，他完全不讲道理，而且他奉行光脚的不怕穿鞋的，所以他敢闹，你要是跟他动了手，正好，他更加有理由要无赖了。你说报警吧，他也没犯太大的错，顶多拘留一阵子，等他出来后，继续闹腾，像个狗皮膏药越难甩掉了。"

"后来呢？怎么解决的？"李婧听得来劲儿，这完全跟赵根儿一个类型嘛。

"我先说说你的患者，在你不能保证治愈他旧疾的情况下，他同意花钱做检查的几率多大？因为这不是一笔小数目，一旦结果不如人意，平白增加的失望，甚至是绝望感，可能会彻底的击溃他，他跟你、跟肖禹、跟村委会的矛盾就会加倍。这个风险，你必须提前做个预案。"

"不愧是我妈，言之有理！"

"我呢，闲着没事儿，把你放在家里的心理专业书看了不少，虽然我只能分析个皮毛，但我觉得这种人最容易走极端了，你一定要注意安全！"

"嗯，我知道了。"

"再说回我的经历。当时啊，那人反反复复地折腾，让人又生气又无奈，最后我们单位领导想出了一个妙招儿！那人家里穷，一直想给孩子买台电脑，可是为人懒惰，吃不了苦，所以老婆孩子都看不起他，连带村里人也嘲笑他，索性他就自暴自弃了。了解到这个情况后，我们单位出资和电脑城老板联合搞了一个活动，只要每天完成店里规定的任务，坚持一个月不间断，就可以免费领一台电脑。得知消息后，那人在老板的怂恿下果然动了心。第一天的任务很简单，去镇上的老人院，给老人们挑两担水；第二天除了两担水，还要扫院子；第三天要在前两天的基础上，给老人们做一顿饭……就这样，像游戏升级似的，难度一天天增加，从老人院到福利院，再到村里，他免费干了很多活儿，受到了很多人的夸赞和尊重，老婆孩子也以他为荣，他的心态呀，自然而然地发生了变化，开始懂礼、知义、孝敬老人、善待妻儿，甚至还主动向我们道歉。"

"果然高明！"

李婧豁然开朗："这是社会认同和社会价值带来的效应。心理学上，在自我的概念中，自我评价的部分是自尊，自尊得到满足，就会建立自信，个体就会觉得自己有价值、有力量、有地位。而人的从众心理以及渴望认同、渴望实现自我价值，是构成幸福感的重要因素。所以，改变一个人，只要找准方向，就有成功的极大可能性。"

"你妈妈这块老姜啊，就是辣！"

李建平戏谑的话音刚落，便被张澜捶了一拳："你才是老姜！"

"呵呵，我夸你厉害呢。"

"你明明嫌我老！"

"不敢不敢，你要是老了，我不得跟着老吗？"

看着父母互相打趣，李婧笑不拢嘴："我妈用她的工作经验和人生智慧，帮我开启了新思路，实属大功一件！为了表达感谢，我决定……"

正在这时，李婧接到了一通电话，看到备注的名字"古垒"，她愣了几秒钟，才猛地反应过来，迅速接通来电："您好，古警官，我是李婧！"

"李医生，方便说话吗？"古垒开门见山，"之前你请我查梁秀芝的下落，现在有眉目了，我先简单跟你说一下情况。"

"方便！"李婧眼里倏地聚起了亮光。

古垒道："通过群众举报，警方在西南省的一个镇子上找到了梁秀芝，经过 DNA 比对，已经确认身份。但是，梁秀芝在当地结婚生子了，不愿意回家，也不愿意跟父母相见，鉴于情况特殊，我们还没有通知梁秀芝的父母，以免老人家再受打击。目前呢，警方正在做梁秀芝的思想工作，调查梁秀芝失踪前后的事情。"

"是……"李婧迟疑着问出心底的猜测，"是拐卖吗？"

"梁秀芝的现任丈夫经过初步调查，没有发现收买妇女的嫌疑。"

"除了现任丈夫，梁秀芝还有其他婚姻经历吗？"

"正在调查中。"

"那梁秀芝的精神状态正常吗？她有没有被现任丈夫或婆家人 PUA 精神控制？"

"这一点，我暂时回答不了你。如果发现梁秀芝有精神疾病的倾向，警方会请专业医生介入的。"

"好的，我明白了。无论如何，知道梁秀芝还活着，就是一件幸事。"

"行，先这样，有消息我再联系你。"

"谢谢！"

巨大的喜悦，使得李婧激动得久久不能自已，李建平夫妇也是做父母的人，自是明白父母盼子归的心情，一家人畅聊了好久，直到夜深，才各自回房休息。

第十三章　赵根儿上访

翌日。

李婧临走之前，邀请顾韫吃饭，并且把约饭地点定在了中医院附近，以免顾韫来回奔波。

餐桌临窗。

李婧提前点好了锅底，顾韫赶到时，汤汁已经热辣沸腾。李婧笑意盈盈："怎么样，火锅局，爽不爽？"

顾韫拿下蒙了雾气的眼镜，模糊的视线里，李婧依然是明眸善睐，爽朗又俏皮。他不禁笑了笑，在她对面落座，说道："大中午吃火锅，爽是爽了点儿，但下午要上班，不能喝酒，多少有些遗憾。"

李婧耸了耸肩："没办法，吃完火锅我就得去宜县了，喝酒局只能留着下次再跟你约喽。"

"你把送医下乡的地点选为宜县，是随便选的呢，还是……"顾韫顿了顿，终是忍不住问出了口，"还是有什么深意呢？"

李婧拿起公筷，一边煮菜，一边笑着回道："当然不是随便选的，宜县有我认识的人嘛，我自然是优先选宜县了。"

"认识患者？"

"对啊，我就是因为梁杰杰，才去了解宜县，了解梁湾村的。"

"那你的老同学肖禹呢？他是你去宜县工作的理由之一吗？"

闻言，李婧不假思索地点头："是啊，当我见过肖禹之后，就萌生了借调工作的想法。说真的，我实在没想到肖禹和杰杰竟然在同一个村子里，是巧合，也是惊喜。"

服务员送来一壶柠檬水，顾韫给自己倒了一杯，喝了两口，不觉蹙眉："有点儿酸。"

"那你别喝了，要杯酸奶吧，或者杏仁露。"

李婧说完，拿起手机便要扫码加餐。顾韫摆了摆手："不用，适应一下就好了。你先吃，我去调个油碗。"

顾韫借口离开了一会儿，在调料区惆怅了许久，才端着油碟回来了。

见状，李婧好奇道："你这是川渝的吃法吧？"

"嗯，我爸是重庆人。"顾韫夹了一片生毛肚放进辣锅里，随口说道，"七上八下，鲜香爽脆。"

李婧笑："你挺懂吃嘛。"

顾韫将涮好的毛肚放在李婧面前的空碟里："你尝尝。"

"谢谢。"李婧倒也没客气，心安理得地把毛肚吃进了嘴里，随即不忘夸赞顾韫，"果然好吃。这顾医生的优点啊，不知不觉又多了一个！"

顾韫自嘲一笑："我优点再多，也比不上你的老同学好啊！"

李婧莞尔："虽然我和肖禹认识的时间更长，但咱俩也是一见如故的好朋友嘛！"

顾韫定定地看着她："好朋友？"

"不然呢？"李婧故作凶狠，"难不成你觉得我不配做你朋友？"

顾韫暗叹一气："你喜欢肖禹，是吧？"

"嗯。"李婧应了一声，眉眼在火锅热气的熏蒸下泛起了红，"高中的时候，我就喜欢上肖禹了，只不过学生嘛，不能早恋，又忙着备考，只能将好感埋在心里，想着等毕业时再告诉他。谁知，高考结束后，我们两人发生了一些误会，然后各自报考了心仪的大学，从此分道扬镳，失去了联系。这次能够重逢，证明我们的缘分未断，我们彼此都很珍惜。"

顾韫端起柠檬水，不知滋味地喝着，原本心存的幻想，到了这一刻，完全破灭。他不禁心灰意冷：顾韫啊顾韫，还没正式入局呢，就被人踢出局了，连挣扎努力的机会都没有了，可真是不死心都不成啊！

然而，李婧无意多讲他们的恋爱过程，而是话锋一转："其实吧，我想跟你说的是，我去宜县帮扶医疗建设，并不全是为了小情小爱的私心。因为肖禹和杰杰，我深入梁湾村，所见、所闻、所感，都颠覆了我的认知，我在那里见识到了真正的贫困，这种贫困不只是物质上的潦倒困苦，还有精神上的贫瘠及心理缺失。从宜县到梁湾村，我接诊的患者有留守儿童、空巢老人，还有在家暴、出轨、重男轻女、丧偶式等畸形婚姻状态下挣扎的农村妇女，她们被抑郁症、失眠症、焦虑症、应激性创伤综合症折磨，身心痛苦，但是缺乏医疗资源，缺乏对心理疾病的科学性认知。所以，我愿意尽我所能的去帮助他们，我希望脱贫攻坚取得胜利时，富裕的不仅是农民的口袋，还有农民的内心。"

顾韫听得入了神，对于李婧的认知，又深了一个层次，亦不免惭愧："是我狭隘了，比不上你格局远大啊。"

"哪有？你热心公益，深入各个县区义诊，你为这个社会做得贡献可比我大太多了！"李婧表情认真，丝毫没有玩笑的意思，"顾韫，我真心敬佩你。"

顾韫冷不丁被夸，竟不好意思地红了脸，连说话都不利索了："你，你……你夸大了啊，我就是一凡人，你可别敬佩我，我受不住！"

李婧头一次见到顾韫不知所措的样子，禁不住笑道："顾医生，你谦虚啦！"说完，她忽然又记起一事："对了，你之前在电话里说，等我回来，我们见个面，你有话对我说，是什么……"

"没事，已经没事了。"顾韫匆忙打断，笑得十分勉强。

闻言，李婧没多想，接着说道："你之前还说，你的专业，对自闭症患者在视听语言方面能起到助力作用，对吧？"

顾韫点头："对。"

"那……"李婧拉长了语调，眸子里多了抹狡黠，"不知道顾医生哪天休假啊？有没有兴趣跟我去梁湾村旅游散心呢？"

顾韫失笑不已："你这点儿心思，明说就好了嘛，干吗绕来绕去的？"

"总归是不好意思给顾医生添麻烦嘛。但是，杰杰的病情，我有一点点着急，我希望能在短时间之内，有更好的进展，让他的家人不要觉得他是个累赘，从而……"

李婧不便透露梁秀芝的事情，及时刹了车，但她眯着眼笑得欢，看着又精明又狗腿，实在让顾韫哭笑不得："这个麻烦，是我自个儿许下的诺，我保证负责到底！"

"仗义！"李婧大掌一拍，兴奋道，"我保证车接车送，一日三餐，招待周到！"

顾韫险些笑岔了气："行吧，看在你下血本的分儿上，择日不如撞日，吃完火锅，我跟你一起走吧！"

"你下午不上班吗？"

"我今天不坐门诊，也没有手术安排，可以豁出老脸，申请换班！"

"顾医生，你简直是我的偶像！"

"行啦行啦，想捧杀我，也得让我吃饱了再说。"

沸腾的火锅滋滋冒着香气，顾韫食指大动，胃口好了不少。

梁湾村。

下午两点半，南沟坪新建的瓜菜大棚顺利竣工，省果业集团挂职副县长许知勇及乡镇村干部齐聚梁湾村，举行盛大的揭牌仪式。

在欢天喜地的锣鼓声中，仪式拉开了序幕。

梁茂明主持，肖禹以第一书记的身份上台介绍大棚项目的基本情况："在县委、县政府的正确领导下，在镇党委、镇政府的大力支持下，梁湾村积极优化农业产业结构，合理利用闲置土地资源，以"支部 + 企业 + 农户"的模式，和省里的重点国资企业果业集团达成了合作。而果业集团积极响应国家脱贫攻坚的号召，助力梁湾村大力发展农业、果业、菌菇养殖业，是责任，也是担当，更是我们梁湾村发展的希望。第一期工程，果业集团投资了350万元，建成了十个现代农业大棚，有高密度复合材料阴阳大棚、全钢架大拱棚、温室大棚，以种植樱桃、葡萄、草莓、时令蔬菜为主，集种植、采摘、销售为一体，并且完善了水肥一体化和水、电、路工程。菌菇产业是梁湾村脱贫攻坚重点项目之一，小梁子沟二期的菌菇大棚已经开工建设，预计明年上半年竣工，目标为五十座钢架大棚，我们计划用三年时间，把梁湾村菌菇产业发展成'一村一品'的支柱产业。在这里，我代表梁湾村委会承诺，一定合理有效地利用各种资源，实现梁湾村产业发展，推动周边村民就业，大力发展村集体经济，拓宽群众的致富增收路，不辜负党和政府对梁湾村的高度支持，不辜负省果业集团精准扶贫的期望，不辜负梁湾村的全体村民……"

人群外围，听着锣鼓声，寻着热闹而来的李婧和顾韫，看到台上自信从容、滔滔不绝的肖禹，李婧眼角眉梢都是笑意，顾韫则有些拈酸地低语道："审美不错嘛，初看不觉得这个男人哪里优秀，也没比我帅多少，再看嘛，沉稳大气、干练有余，挺有领导范儿的，关键还不油腻。"

"我说顾医生，你的关注点是不是跑偏了？"李婧失笑之余，难掩欢喜，"你看，梁湾村的发展越来越好了，相信用不了几年，就能实现全面脱贫了。"

顾韫左右环顾，看着一字排开的大棚，内心不禁也生出了几分澎湃："听起来确实很有前景，梁湾村摘掉贫困的帽子指日可待啊。"

李婧语气笃定："这是肖禹的理想，一定会实现的。"

"你顾着他的理想，他有没有想过要成全你的理想？"顾韫忍不住提醒李婧，"作为你的朋友，我好心告诉你啊，不要当恋爱脑，要重视自己的事业，知道吗？"

李婧哭笑不得："我谢谢你啊，你放心，我的理想正在实现中。"

顾韫悻悻地回了一句："不用客气。"

而肖禹介绍完毕大棚项目，正要下台，却无意间瞥见了李婧，以及她身旁的顾韫。他顿了顿，把话筒交给梁茂明，然后绕过人群，走了过来。

"肖书记，又见面了，恭喜呀！"顾韫率先打招呼，笑容正好，绅士十足。

肖禹微笑："欢迎顾医生入村指导工作！"

顾韫有意气一气肖禹，即道："哪里哪里，我是陪李婧出来游山玩水的。"

然而，肖禹只是淡淡地看了眼李婧，依旧客气有礼："梁湾村风景不错，还有几处清末民初时期的老房子，可以让李婧带你四处逛逛。"

"呃，好，谢谢。"顾韫顿时笑得有些尴尬。

肖禹没再说什么，而是叮嘱李婧："我的工作还没结束，你们先逛，我忙完了联系你。"

"好。"李婧点头，顺便解释了一句，"顾医生是我请来为杰杰训练视听语言功能的，我们去杰杰家等你。"

闻言，肖禹惊讶一瞬，目中多了分敬意："顾医生医者仁心，这一趟奔波，辛苦了。我让灶房师傅安排晚饭，晚上一起坐坐。"

"没问题。"顾韫一口应下。

李婧不禁暗叹，男人之间的友谊很奇怪啊，前一秒还暗戳戳地较劲儿呢，后一秒竟然惺惺相惜，俨然一副好兄弟的样子！

仪式持续了四十分钟，集子镇书记和副县长许知勇分别作了重要讲话。结束后，乡亲们各自散去。

梁秋林和梁奶奶牵着杰杰的手，慢悠悠地落在最后，杰杰边走边踢着地上的小石子和土疙瘩，闷闷不乐。

"Hello（嗨）！这是谁家的小宝贝不开心了呀？"

熟悉又可亲的话语，从身后忽然响起，杰杰反应迟钝，老两口乍见李婧，正要欢喜唤人，李婧却示意二老不要出声，静等杰杰慢慢反应，也让顾韫趁此机会观察杰杰。

大约十几秒钟后，杰杰慢慢转身，仰着小脑袋专注地望着李婧，眼中的惊喜也慢慢绽放："姨……李婧姨。"

"对喽！"

李婧刮了刮杰杰的鼻子，笑容越发亲切："阿姨来找杰杰玩儿，杰杰高不高兴呀？"

杰杰兴奋地点头："高兴！"

"还有更高兴的呢！阿姨今天带来了一个好朋友，他是顾叔叔，我们两个人一起陪杰杰做游戏，好不好？"

"好！"

顾韫随即凑过来，展现出极具亲和力的一面："杰杰小宝贝，你好啊，我叫顾韫，你可以叫我顾叔叔哦。我走了好久的路，现在口渴了，杰杰能帮帮我吗？"

"顾……顾叔叔。"杰杰说话语速慢，但口齿较以前清晰了很多，而且思考能力也有了明显的提高，只见他伸出小手，指着家的方向，说道，"我家有水，给顾……顾叔叔喝水。"

顾韫欣然一笑："谢谢杰杰。那顾叔叔就去杰杰家做客喽！"

杰杰开心地露出了一个小虎牙，主动抓住顾韫的手，带着顾韫往家走。

李婧和老两口走在后面，向二老悄声解释道："这是我请来的顾医生，延市中医院耳鼻喉科的专家大夫，待会儿会给杰杰做相应的基础检查，对杰杰进行语言训练。"

"太好了！"老两口高兴坏了，一把握住李婧的手，激动道，"李医生，谢谢你呀，你为杰杰做得实在是太多了！"

李婧笑道："值得高兴的事儿还多着呢，你们二老只管顾好身体，我保证你们家的日子会越来越好的。"

梁秋林听得直点头："对对对，自从遇到李医生啊，不止咱家杰杰的病好了很多，生活条件也好了，吃的喝的，都比从前强太多了！"

"李医生是咱家的大恩人，还有顾医生、肖书记、村长……凡是帮过咱家的人哪，都是好人、恩人！"梁奶奶说着说着，又暗自神伤起来，"要是我家秀芝能回来，该多好啊，我就是进了土，也能瞑目了！"

闻言，李婧心下一动，何不让老两口录个视频劝说梁秀芝回家呢？梁秀芝不愿认亲，一定是遇到了某些阻力，除了外部因素，也不排除心理原因，而亲情是治愈创伤的最佳灵药！

"梁爷爷，梁奶奶，等会儿回到家，我给你们拍几张照片，录制一个小视频吧！嗯……你们不用紧张，也不要担心说错话，就像拉家常似的，跟杰杰说几句，再跟秀芝说几句，把你们对秀芝的想念，盼望秀芝回家团聚的心情都表达出来。这样一来呢，你们心里不压着事情，就不会伤肝伤肺的。我呢，把视频发给我全国各地的朋友、同学，让更多的人帮忙寻找秀芝，兴许用不了多长时间，就会有秀芝的消息了。"

李婧一番话，在老两口的心上瞬间点燃了一把火："只要能找回秀芝，让我们干啥都行！"

"好，咱们回家录视频！"

李婧心情分外明媚。为困境里的人，拨云见日，撕开黑暗，循着光的方向，获取继续走下去的人生力量，又何尝不是为自己修筑心灵坦途呢？

月上中天。

肖禹尽地主之谊，在村委会的小食堂里邀请顾韫吃饭。李婧是梁湾村的老熟人了，且是她把顾韫请来的，便自然而然地允当起主人的角色，热情地招呼顾韫吃喝，力求最大限度地让顾韫有宾至如归的感觉。

顾韫眼看自己面前的盘子堆成了小山，连忙阻止李婧："够了够了，我自己来，你再给我夹菜，我就要扶墙出去了。"

"不至于。"李婧嘴上说着，手上却不闲，又将半块软玉米送到了顾韫面前。

顾韫无奈："肖书记，你不打算管管吗？"

肖禹扭头看着李婧，满眼都是温柔笑意："管不了，也不敢管。"

"好吧，我不用担心李婧的家庭地位了。"

顾韫的调侃，让肖禹多少有些不好意思，但是也从侧面说明他可以对顾韫完全放下心了，因此心情甚好："顾医生，找这儿有村民自己酿造的高粱酒，要是不嫌弃的话，我们喝两杯？"

顾韫立刻应承："好啊，入乡随俗，喝点儿小酒，也能多几分乐趣。"

"行，我去拿酒，你们继续吃菜。"

肖禹刚出门，李婧便朝顾韫皱眉："你瞎说什么呢？当心把他吓着了。"

顾韫拿起软玉米啃了一口，边吃边道："男人的心思你不懂，你这个男朋友呀，不仅吓不着，还暗地里高兴着呢！要不然，他怎么会请我喝酒？"

"想多了吧，他是怕你瞧不上乡下的酒，但是不请你喝两盅，又不是我们延市人的待客之道，所以熟悉到这会儿，认定你是个平易近人接地气的好医生后，才决定陪你一醉方休！"

"啧啧，不愧是学心理的，分析解读太厉害了！"

"反正你别误会，肖禹不是小气的人，他的格局、胸襟大着呢！"

"哦，所以你无所顾忌地给我夹菜添汤，丝毫不怕他误会？"

"是呀，他肯定能明白我的心思。我呢，对你盛情款待，兴许你一高兴，下回还来呢，那就不止是杰杰的福气，梁湾村上了年纪、耳朵不好使的大爷大妈们都有福了，对不对？"

顾韫吃到嘴里的玉米，顿觉不香了，他故作忧郁地哀叹："人哪，一旦交友不慎，从哪个坑里跌倒，就会从哪个坑里继续跌……"

李婧笑得前俯后仰。

肖禹推门进来，拿着一瓶酒，三个酒杯，见此情况，不觉笑道："怎

人间有微光

么了？当心笑岔了气。"

"肖书记，摊上一个心身医学高才生的女朋友，你可真是有福气啊！"顾辊咂巴着嘴说道，心里多多少少因为羡慕嫉妒而有些不平。

肖禹不明就里，但绝对承认顾辊的话："当然，我可是盼了好多年，才有了今天的福气。"说罢，他看向李婧，目中透着绵绵情意。

李婧难得害羞了，她不自在地咳了两声，催促肖禹："快上酒吧，顾医生等不及了。"

肖禹倒了三杯酒，但是叮嘱李婧："你意思意思就好了，不要多喝。"

"嗯。"李婧点头，脑中忽然想起了李建平要跟未来女婿喝酒的事儿，不由脸庞微红，她倒要看看肖禹的酒量如何，是不是她爸的对手！

很快，两个青年男子推杯换盏起来，李婧只跟他们碰了一杯酒，便把酒杯反扣在桌上了。

在这个暮秋的夜里，在这个宁静的乡村里，朴素的农家宴，烧得通红的红泥小火炉，以及架在火炉上弥漫着香气的烤红薯、烤玉米、南瓜饭、煮花生，还有知心的朋友、亲密的恋人，一切的一切，于李婧而言，温馨美好，令人满足。

赵根儿刑拘期满，被释放回家的这一天，民政和妇联的同志进村，慰问白红霞和赵芳芳，同时要对赵根儿进行普法教育、家庭教育。

白红霞不愿意见赵根儿，除非赵根儿同意签署离婚协议书，消息传到赵根儿耳朵后，赵根儿一气之下，竟然跑到宜县信访局上访，状告肖禹殴打平民百姓，拆散他人婚姻，要求县政府开除肖禹的公职，禁止白红霞起诉离婚！

信访局接待人员以婚姻法规定的婚姻自由包括结婚自由和离婚自由，对禁止离婚的问题不予受理，其他来访事项，将依照程序在 15 日内上报处理。

但赵根儿态度激烈，偏执且错误地认为是肖禹在给白红霞撑腰，所以白红霞才敢提出离婚！

因此，内心阴暗的赵根儿，在返回梁湾村的路上，越想越气，途经集子镇时，干脆一不做二不休，爬上镇政府的楼顶，要跳楼自杀！

彼时，肖禹和省果业集团下派的负责瓜果大棚的技术人员正在对接工作，而梁茂明送走民政和妇联的同志，前脚刚刚进门，后脚就接到了副镇长的电话，得知赵根儿不仅把肖禹告了，还要从镇政府楼上跳下去，梁茂明一口气险些没上来！

"这个天杀的混账东西哟，脑子当真被驴踢了！"

梁茂明气得心肝肺都要炸了，可还得忍下脾气，央求白红霞："不管怎么说，人命关天哪！红霞，离婚的事儿放一放，你先去见见赵根儿，把他从楼顶劝下来，行不行？只要人没事儿，思想工作慢慢做，总能做得通的。"

白红霞纠结了片刻，把芳芳带到巧婶面前，哽咽道："婶子，辛苦你帮我照顾芳芳，我会尽快回来的。"

巧婶满眼心疼："放心吧，芳芳就像我孙女，我肯定照顾得妥妥帖帖的。倒是你，见了赵根儿好好说话，哪怕哄哄他也行，千万不要激动啊，毕竟赵根儿是芳芳的亲生爸爸，万一话赶话……婶子的意思，你明白吗？"

白红霞的眼泪一下子涌了出来："我明白，谢谢婶子。"

梁茂明向村委会紧急通报了赵根儿的情况，然后带着白红霞、村支书梁茂平、副主任梁兵迅速赶往集子镇！

集子镇的政府办公楼是由三层平房组成的，楼层不高，危险程度相对来说也较低，但形势依然不容乐观。

公安、消防悉数出动，在楼下铺上了充气垫，派出所的教导员负责劝导，消防员不遗余力地寻找时机进行解救，可是赵根儿不仅站在楼顶边缘，手里还拿着水果刀，只要发现有人靠近，就大喊大叫，挥舞着刀子往自己身上扎，情绪属于完全不可控的状态！

　　　　　　　　　　　　　　　　人间有微光

在僵持了二十多分钟后，教导员好不容易从赵根儿嘴里套出了他的需求，于是马上汇报给当天在岗的副镇长，副镇长联系梁茂明，获取了白红霞同意相见的承诺，赵根儿总算答应把水果刀扔掉了！

然而，白红霞赶来后，看见赵根儿颓废又疯狂的样子，心里的失望愈发强烈，她站在楼下，恨恨地喊道："赵根儿，我来见你，是不想给政府添麻烦！你说，你究竟想怎么闹腾？你不要脸，我还要呢，我女儿还小，她还要做人呢！"

赵根儿因为长期酗酒、不规律饮食、饥一顿饱一顿的，整个人瘦得像猴儿似的，风一吹，摇摇晃晃，仿佛随时都可能摔下来，下面围观的人，不禁胆战心惊！

因此，白红霞的话一出，众人更加紧张！

刘警官刚要劝说白红霞不要刺激赵根儿，竟见赵根儿突然跪倒在地，放声大哭："红霞，红霞……我求求你不要走，我不同意离婚，死也不同意！"

"赵根儿，你家暴我的时候，为了女儿我忍了，可我越是委曲求全，你越不把我当人看，然后我就在想，女儿总是你亲生的吧？她身上流着你的血，虎毒还不食子呢，你总不会虐待女儿吧？于是，我跑了，我见人就躲，有家不敢回！谁晓得，你的心肝肺全烂透了，你对自己唯一的女儿都能下此毒手！她才几岁呀，她这辈子还没开始呢，就被你给毁了！赵根儿，你摸着良心问问你自己，你还是人吗？像你这种禽兽不如的东西，你有什么脸面求我不要离婚？我只恨自己太懦弱，没有早点儿跟你离婚，没有保护好我的女儿！赵根儿，我不追究你家暴的法律责任，已经是仁至义尽了，如今，芳芳得了严重的心理疾病，可能一辈子都会活在你的阴影当中，如果你还是个男人，还有一丁点儿为人父的责任感，就立马下来，把离婚协议书签了，让我带芳芳去治病、去上学，让芳芳过上正常人的生活！"

痛斥到这儿，白红霞已是泪流满面，积压在她心里多年的痛，终于像泄洪的水，一发不可收拾！她恨赵根儿的同时，也恨自己当年抛下女儿一走了之的绝情！人常说，为母则刚。可她为芳芳做过什么？她又何尝不是在芳芳心上扎刀的人？

众人听闻，唏嘘不已。

人命关天，职责所在，出警的公安和消防顾不上感慨，时刻关注着赵根儿的举动，伺机救人！

许是白红霞发自肺腑的委屈触动了赵根儿偏执的内心，他把头用力地往地上磕，哭声撕心裂肺，完全陷入了绝望的情绪中，忘记了周遭一切！

身上绑着安全绳的消防员见状，当机立断，猛地一扑，将赵根儿扑回了安全地带！

楼上楼下，掌声四起！

白红霞却瘫软在地上，仿佛被人抽走了灵魂一般，没有了生气。

李婧得到消息的时候，已经是第二天了。

根据诊疗方案，每周四下午，李婧会对芳芳进行心理干预治疗，但是预约时间已过，白红霞母女却不见踪影，李婧打电话给白红霞，提示无法接通，接下来半个小时之内，她反复拨打电话、发短信、微信，都没有任何回复，无奈之下，李婧只好联系巧婶打听情况。

意外的是，巧婶不知身在何处，电话里人声嘈杂，似乎在聚众讨论着什么，听起来气氛极其紧张！

李婧刚刚唤了一声"巧婶"，便被一个愤怒的女音淹没了："凭啥？我们也是老百姓，凭啥姓赵的能去上访，我们不能去？他敢告肖书记，我们凭啥不能告他？"

"说得对！咱们不能看着好人被欺负！"

"老百姓的眼睛是雪亮的，不是谁先告状谁就占理，对吧？"

"要不然，咱们也去镇政府跳楼，让领导们看看谁对谁错！"

"我同意！"

"算我一个！我就不信老天不长眼，恶人没有恶报！"

"我们全村人都去给肖书记作证，绝对不能让肖书记被撤职！"

"……"

听着电话那端七嘴八舌的愤愤之语，李婧手脚发凉，不好的预感直冲大脑！

巧婵有意找个安静的地方跟李婧说话，可她被人挤在屋里根本出不去，坐在炕沿抽着烟的梁茂明，眼看村里各家的婆姨越说越来劲儿，"啪啪啪"几巴掌甩在炕上，眉头拧出了深深的折痕："去去去，去什么去？跳楼很好玩儿吗？赵根儿不要脸，你们也不要吗？昨天的事情闹大了，影响不好，组织上肯定要成立调查组，把赵根儿反映的问题查清楚嘛！现在呢，组织上对肖书记作停职处理，是为了配合调查，不是撤职，我们要相信组织，一定会还肖书记清白的！"

"村长，话虽这么说，但咱们不能坐等调查结果，什么也不干吧？就算政府查清楚不是肖书记的错，可白白受了场委屈，肖书记能不寒心吗？咱们得让政府知道，肖书记是受我们全村拥戴的好书记！"

"可不是吗？一个扑下身子干工作、把村民当亲人、一心只想着带领村民脱贫致富的好干部，反而被人倒打一耙，别说肖书记会寒心，我们自个儿的良心也过不去呀！"

"对，村长你拿个主意，我们到底该怎么做，才能帮到肖书记？"

第一批瓜果苗开始种植了，村里有劳动能力的男人们都去上工了，为肖禹打抱不平的事情，就交给了各家各户的女人们。梁茂明被堵在家里两个小时了，在这群婆姨的催促下，他脑袋灵光一闪，突然有了主意："我们请老支书亲笔写一份情况说明，然后每家每户签字按指印，上交调查组！另外呢，大家把对肖书记的看法，可以各自写成一封信，或者简单的一段话，一起交上去！我们不闹事，不惹麻烦，用符合程序的方式，合理地表达我们对肖书记的支持！"

"好，就这么办！"

"同意！"

"我也同意！"

"……"

李婧百感交集。

善与恶的距离，原本隔着山海，但是为了一己私欲，有人会一步坠入深渊，成为恶人。而怀有善心的人，终将会被这个世界温柔以待。

冬日的陕北，昼短夜长，从村口到村委会不过几分钟的车程，暮色却如一张大网，提早一步，飞速地淹没了村庄。

漆黑的大院里，杳无人声。

李婧把车停在往常的位置，熄了车灯，趴在方向盘上，静静地望着肖禹的宿舍。不似往日灯火明亮，但窗户上透了一缕微光。她知道，肖禹在屋里，他想独处，可能在排解压抑的心情，可能在思考对策，也可能在伤心难过。

她不想打扰他，可也不放心就此离开。所以，她选择隔着一道门，悄悄地陪伴他。

不知过了多久，屋门突然从里面打开了，肖禹走出来，略低着头走向灶房。许是心有灵犀，走出几步，肖禹又突然站定，然后缓缓扭头，望向夜幕下那辆既显眼又熟悉的白色越野车。

肖禹连忙快步走近，看清车里有人后，一把拉开驾驶室的车门，恼火地问道："你什么时候来的？不敲门，不打电话，你是想在外面待一晚上吗？已经入冬了，气温已经零下了，你……"

"车里有暖气。"李婧不慌不忙，眼里含着笑意，"要是冷得受不了，我自然会找你取暖的，我又不是傻子。"

肖禹不好哄，仍然黑着俊脸："只有傻子才会狡辩说自己不傻！"说罢，解开李婧的安全带，拉着她迅速回屋。

　　　　　　　　　　　　　　人间有微光

灯光驱散了一室黑暗。

李婧发现屋里多了一个火炉，此时烧得正旺，炉子上坐着烧水壶，正"咕咚咕咚"地冒着水泡。炉子旁边有两个凳子，其中一个凳子上放着一个茶杯，还有两颗用来盘的山核桃。

肖禹把李婧按在凳子上坐下："先烤烤火，散一散寒气。"

李婧拿起山核桃在手里把玩，戏谑道："怎么，提前进入老年养生啦？明明是个年轻人，不打游戏，不刷视频，一派老干部作风啊！"

肖禹从储物柜里拿出姜糖红茶及一个可爱的卡通陶瓷杯，拎起开水壶，一边冲泡，一边说："那你会不会觉得我很无趣？"

"嗯……"李婧状似思考了几秒钟，才俏皮地回道，"无趣嘛，多少有一点点，但是比无趣更有意思的是，我喜欢无趣的人。"

肖禹端着滚烫的红茶，正要递给李婧，不知是突然被表白而害羞，还是热气熏蒸的原因，他愣在原地，俊脸迅速泛红。

见状，李婧不好意思地咳了两声，缓解尴尬："那个我……我喝不了太烫的东西，等晾温再喝。"

肖禹把茶杯放在桌上，神色缓缓归于平淡。"你工作忙，不用总往我这儿跑。"顿了顿，又道，"我去灶房做饭。你想吃什么？炒菜，还是面条？"

"炒菜。"李婧说着，搁下山核桃，起身道，"我帮你打下手。"

"我一个人可以，你在这儿休息就好。"

"我不！"

李婧脾气上来，一把扯住肖禹，生气道："刚刚还挺热情呢，怎么突然变冷淡了？我在外面待了近一个小时，给你留了足够的时间，让你消化不好的情绪，结果你给我来这一出？干嘛，后悔了，不想养我了？"

"我……我是怕耽误你。"

"是怕我连累你吧？"

李婧越说越伤心："我今天刚查出癌症，你就抢着跟我划清界限？

行，我们一刀两断！"说罢，她身子一扭，作势要走。

"癌症？"

肖禹震惊须臾，不及多想地将李婧拥入怀中，脸上再无平淡之色："别吓我，这个玩笑一点儿都不好笑！"

"我不想连累你。"李婧瘪了瘪嘴巴，故作委屈状。

肖禹满眼都是害怕："什么叫连累？我……"

"什么叫耽误？"李婧直接怼了回去。

肖禹语塞。

李婧抬起双手，搭上肖禹的肩膀，笑得不怀好意："你只有一次机会哦，要是选择分开，就没有权利知道我的事情了。"

闻言，肖禹微微一叹，认真说道："李婧，我从来没想过要和你分开，只是最近，我的情况有些复杂，不知道会落个什么样的处理结果。你一趟趟地来找我，既耽误你的工作，也影响你的心情。"

李婧大囧："呃，那你干吗不说清楚，害得我还以为你事业受挫，然后自诩伟大地想要推开我呢！"

"所以……"

"骗你呢，我没有癌症。"

肖禹气懵了，想训她几句，话到嘴边，却又没舍得说出口，最终只是轻轻拍了拍她的头顶，叮嘱道："以后不论发生什么，都不许再拿健康问题开玩笑了。"

"好。"李婧鼓了鼓腮帮子，难得撒娇，"那我也拜托你，以后讲话讲清楚，省得我着急上火。"

肖禹心念一动，低下头，在李婧唇上轻轻一吻。

分开时，两人默契地各自红了脸庞。

"我……我去做饭。"

"我陪你。"

肖禹没有再拒绝，牵起李婧的手出了门。

尝过肖禹的菌菇炖鸡、汤面和小米粥之后，李婧有幸又吃到了孜然蘑菇和鱼香肉丝两道菜，原本说好让李婧打下手，可肖禹身怀二级厨师的水平，不仅切菜、炒菜行云流水，就连择菜的速度，都比李婧快了几倍。

李婧夹了一片蘑菇送到肖禹碗里，状似十分苦恼的样子："你这么能干，会不会显得我不太贤惠啊？"

明知李婧在故意逗弄他，肖禹还是露出了宠溺的笑容："我认为'贤惠'这个词，不应该只放在女人身上。在我们家啊，通常情况下都是我和我爸做饭，我妈和妹妹负责吃饭，一家人其乐融融，很少争吵。"

李婧了然："所以说，男人下厨是你们家的优良传统？"

"差不多吧。"肖禹吃掉李婧夹给他的蘑菇片，眼底的笑意不断加深，"所以，你不需要贤惠，也不需要担心任何人、任何事。"

聪明如李婧，怎会听不懂他的言下之意，她俏脸一红，娇嗔道："我有什么好担心的？你别想套路我啊，我可是个矜持的人，诚意不足，休想成功。"

"好。"肖禹郑重点头，"我会努力的。"

李婧把头差点儿埋进了饭碗里。怎么吃顿饭的工夫，顺便就把求婚的事儿搞定了？而且还是她先提出来的？

见状，肖禹伸出大手，揉了揉李婧头顶的发丝，眼角眉梢无限温柔："快吃吧，冬天的饭菜容易凉，小心伤胃。"

"肖禹。"

李婧忽然抬头，神色认真道："你能不能答应我一件事？人这一辈子挺长的，生活、工作、感情、人际关系，都不可能一帆风顺，未来还会有婚姻里的一地鸡毛，压力会给到每个人，也促使人会生出很多个想要放弃的瞬间，没有人能够始终保持理智，作出正确的判断，也没有人能内心强大到独自扛下所有的事情。肖禹，既然我们认定了彼此，决心一起走过往后余生，那么我希望，我们可以一起分担情绪、分享压力，谁也不要假装坚强，默默承受。"

"我答应你。"

在这个凄冷的冬夜里，所有的孤独、委屈以及不忿，都在无声中消失殆尽。此刻，肖禹内心是安定的，他不再慌张，不再迷茫，他在李婧身上汲取到了爱的力量，从而无畏无惧、义无反顾。

"好啦，心理疏导结束，请肖书记付费吧！"

刚刚还一本正经的李婧，突然又换上了俏皮的笑脸，摊在肖禹面前的右手，有节奏地晃来晃去，晃得肖禹心念一动。"普通的诊疗费，怎能配得上李医生的医者仁心？我觉得，应该……"他慢慢握住李婧的无名指，面上浮起羞赧之色，"应该配一枚戒指。"

李婧的脑袋瞬间又埋在了桌上，无法抑制的开心，令她笑得双肩耸动，但也十分好奇："你说，你这么闷的人，是怎么学会浪漫的？"

"不需要学，只要有心，就能做出浪漫的事。"

"天哪，连情商也提高了！"

"李婧。"肖禹松了手，正色道，"你在宜县的交流工作，还有多久结束？"

"不确定啊，要看进展情况。但是，年前肯定结束不了。"李婧模棱两可地回道，她想，还是等调查结束，组织上对肖禹有了明确的处理结果再说吧，以免给肖禹平添心理负担。

"调查组已经进驻集子镇了，我明天要去镇政府配合调查。你呢，有什么安排？"

"今天下午，白红霞没有带芳芳去医院做心理疏导，而且失去了联系。我想知道，赵根儿和白红霞现在是什么情况？芳芳被他们带走了吗？"

"白红霞带着芳芳回娘家了，赵根儿在镇上的吉利宾馆，派出所的民警在看着他，以免他再有什么过激的行为。"

"嗯……我有决定了，我明天跟你一起接受调查，在你和赵根儿的纠纷里，我也是当事人之一，有义务把事实真相告知调查组。另外呢，我还要找赵根儿好好谈谈，他的心理问题很严重，必须接受专业治疗。否则，

人间有微光

他深受情绪问题的困扰，不可能过上正常人的生活，由此也会影响白红霞和芳芳的诊疗进度。"

"好，我支持你的决定。"

"肖禹，你后悔吗？如果时光可以倒流，你还会打赵根儿耳光吗？"

"说实话，我没有想过这个问题。不过，我现在可以回答你，我不后悔，无论当日的事件重演多少次，我都会尽全力保护你和芳芳。至于结果，顺其自然吧。"

出于职业素养，李婧控制情绪的能力自是不一般，可人总归有七情六欲，感动、心疼、敬佩，一时之间，各种情绪交织在心头，她从背后拥抱肖禹，感受着他心脏跳动的频率，渐渐湿了眼眸。

14

第十四章　肖禹接受调查

翌日。

集子镇。

肖禹准时报到，在镇政府的会议室接受调查组的询问。

李婧则趁着空档，去了吉利宾馆，打算跟赵根儿面谈。

负责看守的民警恰是当日出警的刘警官，听闻李婧来意，不甚放心地道："李医生，赵根儿情绪不稳定，你现在见他，会不会再刺激到他？毕竟他对你有仇视心理。"

李婧道："我分析过赵根儿的心理状态，对于赵根儿的身体情况、成长经历也有所了解。我来之前，针对可能会出现的意外情况，做了几套预案，我有信心能够控制好局面。"

"好吧，我们在门口、窗户外面都安排了人，对房间里的安全隐患也进行了排查，应该不会有状况发生。但是为防万一，每隔五分钟，我会敲一次门，请李医生及时给出回应。"

"没问题，谢谢刘警官。"

刘警官打开 102 房间的红漆木门，李婧信步走入。

这是一间普通大床房，大约 12 平米，只配备了基础设施，除了床、电视以外，窗前有一个海绵凳，而窗户被锁死了，窗帘拉了多半，遮住了采光，房里暗沉沉的，空气里还弥漫着汗臭、脚臭以及呛人的烟味儿。

此刻，赵根儿正靠坐在床头，暴躁地按着手里的遥控器，电视画面来回切换，音量达到了最高分贝，加上赵根儿骂骂咧咧个不停，嘈杂得实在教人的耳膜难以承受。

而李婧的突然出现，几乎在第一时间给了赵根儿发泄的机会，他一跳下地，指着李婧的鼻子破口大骂："臭女人，你把我老婆弄到哪里去了？是不是你撺掇红霞跟我离婚的？"

刘警官听到不对，立刻打开门，呵斥赵根儿，"你给我老实点儿！李医生是来帮你的，注意你的态度！"

"帮我？"赵根儿仿佛听到了天方夜谭般的笑话，越发激动，"她明明是来害我的！"

刘警官无语至极，转头对李婧说道："李医生，这个人太危险，随时可能会伤到你，要不算了……"

"谢谢你刘警官，你放心，我能应付的。"李婧拒绝了，在她看来，赵根儿肯对她发脾气是好事，说明他们有沟通的可能性。

刘警官见李婧自信又从容，便放下心出去了。

"臭女人你说，你到底给红霞灌了什么迷魂汤？只要你把她劝回来，我……我就饶了你！"

赵根儿的气势，明显由强转弱，李婧不动声色地将他的表情变化尽收眼底，但她并没有搭理他，而是走到窗前，拉开窗帘，打开窗户，对房间进行通风换气！

初冬的暖阳照进来，房里瞬间明亮了许多，通过空气对流，难闻的气味渐渐消散，李婧总算感觉舒服了不少。

赵根儿不清楚李婧葫芦里卖的什么药，等不及又开始骂人了："喂？你什么意思？你别以为有警察罩着，我就不敢打你……"

"你今天没有喝酒吧？"李婧气定神闲，唇角扬起淡淡笑容，"酒精容易使人脑子发昏，失去判断力，做出愚蠢以及让人后悔的事情。"

赵根儿气结："你，你……"

李婧在海绵凳坐下，平静地望着暴躁的赵根儿，徐徐问道："为什么你会认定我是来害你的？你家暴芳芳的那天，我们是第一次见面，今天是第二次。我们无仇无怨，连熟人都算不上，我为什么要害你？"

"我早就听说村里来了个外地女医生，喜欢多管闲事，而且嘴皮子很厉害，随便跟人说几句话，就能让人听她的，关键还是肖禹的老熟人！肖禹害我坐牢，你跟他一伙儿的，当然也会害我了！现在红霞铁了心要跟我离婚，我想都不用想，肯定是你从中作梗，迷惑了红霞！"

赵根儿说着说着，情绪再次失控，完全陷入自己想当然的世界里，眼神迷离，神情呆滞，时而喃喃自语，不知道在嘟囔什么，时而又突然暴吼："你不会帮我的！你这个害人精，你跟肖禹一样，想把我送进监狱，拆散我和红霞！"

李婧立刻拿了一瓶矿泉水，拧开盖子，递给赵根儿，说道："想让我帮你，就按我说的做。你现在喝点水，调整呼吸，把目光投向窗外，看看风景，感受阳光，尽量不要想任何人，先让自己冷静下来！"

她的眼神、语言，莫名有种令人信服的魔力，赵根儿不自觉地接过矿泉水，一一照做。

在赵根儿面朝窗户、静默缓和的时间里，李婧拿出工作笔记本，将赵根儿的临床症状详细纪录。

大约三分钟后，赵根儿跟跄后退，重重地坐在了床边，颓废地问道："你真的会帮我吗？红霞说，她对我很失望，她要带走芳芳，去过正常的生活。"

"看得出来，你对白红霞的感情很深，你很爱她。"李婧没有回答，找了一个切入点，开始引导赵根儿倾诉内心。

赵根儿不假思索："红霞是我的初恋，我很爱她，我死也不会离婚的！"

李婧微微一笑："我想，你们的爱情故事一定很美好。"

"是啊，我对红霞一见钟情，我见到她的第一眼，就喜欢上她了！"

赵根儿提起过往,灰暗的瞳孔渐渐变得清亮:"我和红霞在饭店认识的。那时,我已经出师了,是饭店的掌勺大厨,老板很信任我,把整个后厨都交给我管理。红霞去饭店应聘服务员的时候,正赶上老板外出进货,我就代替老板面试红霞。那天,她穿着红色连衣裙,头上戴着发卡,脸上有个小酒窝,笑起来特别漂亮……"

赵根儿陷入了甜蜜的回忆里,沉浸在初见白红霞的悸动里。那年那日的那一幕,在他眼前一遍遍地回放,他清楚地记得每一个细节,记得他和白红霞的每句对白。刻骨铭心的爱情,让他思想出现偏差,走进了极端认知的死胡同,也让他安静下来,遵循内心,把他最难忘、最珍惜的情感,毫无保留地分享、释放。

"你知不知道,红霞特别能干,做事特别细心,顾客经常表扬她,而且她拾金不昧,不论顾客落下了什么东西,她都会用心保管,原封不动地还给顾客,季度总结的时候,红霞被评为优秀员工,还获得了五百块钱奖金呢。我呢,暗恋她好久,借着为她庆祝的理由,终于鼓足勇气,送给她一块蛋糕,跟她表白,可是,她啥话也没说,拿着蛋糕直接走人了。我灰心丧气,难受了好一阵子,但我还是喜欢她,只要瞅着机会就偷偷去看她,每天的员工餐,我都夹着私心,专门做她喜欢吃的菜。后来有一天,顾客醉酒闹事,欺负红霞,我知道后,从厨房里提着锅铲冲出来保护她,她很感动,亲手织了一条围巾送给我,夸我勇敢、正义,是个可以托付的人……"

一个在黑暗和淤泥里颓废了太久的人,眼睛里突然有了光,有了活着的精气神儿,有了向阳生长的希望。

李婧颇感欣慰。

她扮演着合格的倾听者,飞速记录初诊的全过程。

故事很长,赵根儿讲了很久,讲到他们结婚,讲到芳芳出生,讲到那场摧毁了他的幸福家庭,将他的人生彻底拉入地狱的火灾事故……

刚刚燃亮的光,突然熄灭了!

赵根儿号啕大哭！

刘警官慌忙进来查看情况，看到赵根儿像个孩子似的，哭尽了伤心和绝望，完全没有了之前可恨可憎的面目，反而让人觉得可怜，生出了同情心。

李婧示意刘警官不要担心，赵根儿能够将积压多年的痛苦情绪发泄出来，反而有利于心理疏导。

哭了许久，赵根儿哭得嗓子都哑了，浑身无力地倒头栽在了床上。

李婧收起工作笔记本，拿出化妆镜放在赵根儿面前，语气温和道："今天我们聊了好多，你累了，先好好休息，我会再来看你的。"

赵根儿伸手抓住李婧的胳膊，满眼都是泪："你……你到底什么时候才能把红霞给我找回来？"

"那你什么时候才能做回红霞心目当中勇敢、正义、值得托付的人呢？赵根儿，我是心理医生，我可以作为外力辅助你，但是真正能够帮到你的人，一定是你自己！如果你信任我，就从现在开始，多照镜子，多晒太阳，多锻炼身体。"

李婧说到这儿，又从包里拿出一盒巧克力递给赵根儿："巧克力可以补充多巴胺，而多巴胺能够使人心情愉悦，更好地应付紧张，起到缓解压力的作用。心情不好，想抽烟、想喝酒、感觉情绪无法控制的时候，可以吃块儿巧克力，尝试着让自己平静下来。"

"是不是我……我照你说的做了，红霞就会回到我身边？"赵根儿一手攥住化妆镜，一手攥住巧克力，激动紧张地望着李婧，迫切地想要听到肯定的答案。

然而，李婧笑了笑，说道："这个问题的答案，不在我这里。其实，它在你心里。"

"什，什么意思？"

"不急，总有一天你会想明白的。"

李婧背上包，走出一步，忽然又记起什么，补充道："对了，我是医生，我眼里只有患者，没有熟人，我帮的也不是肖禹，而是你。"

赵根儿脸上现出了迷茫之色，直到李婧离开，仍然半天回不了神儿。

刘警官把李婧送到宾馆门口，感慨道："李医生，我觉得你们心理医生面对患者，就像我们警察审讯嫌疑人一样，谈话节奏、谈话内容，包括情绪引导，都尽在掌控之中。"

李婧笑道："呵呵，听起来确实有共通之处啊。"

"我在乡镇工作，很少有机会接触到心理医生，对心理方面的认知，也只是跟我们职业有关的犯罪心理学。今天见识了李医生出诊，发觉心理学真的很神奇啊，三言两语，就改变了一个暴躁不讲理的人！"

"心身医学是帮助患者解决心理问题的，根据病症不同、患者的意志力不同，医治的时间短则几周，长则几年，而且不一定能完全治愈。赵根儿当年经历了严重物理性伤害后，没有及时进行危机干预、心理疏导，导致心理状态产生失调，才会一步步走到今天。根据赵根儿对白红霞的执念，我尝试采用想象回忆治疗，还挺有效果的。"

"李医生，你真的是个心地善良、专业厉害的好医生。换作一般人，肯定恨死赵根儿了，毕竟他伤害的人是你老同学。"

"因为我知道赵根儿暴躁易怒、三观颠覆的背后是有深层原因的。恨，解决不了问题，以科学的心理医疗手段治愈赵根儿的心理疾病，才会让事情良性循环。"

李婧看了下时间，约莫肖禹差不多结束了，便挥手道别刘警官，往镇政府而去。

在调查组临时设立的谈话室里，面对县委、纪委、镇政府人员的讯问，肖禹如实讲述了当日事件发生的全过程，包括每个细节，以及在场其他人的所有言行表现。

之后，便是基于事件所涉问题的答疑。

调查员："冲突事件当中的另一位当事人李婧，跟你是什么关系？"

肖禹："我们既是高中同学，也是恋人关系。"

调查员："你和赵根儿以前有过矛盾吗？是否发生过口角之类？"

肖禹："没有。"

调查员："你跟白红霞是什么关系？有没有劝说过白红霞离婚？"

肖禹："在冲突发生之前，我从来没有见过白红霞，也未曾有过任何联系，更没有撺掇白红霞离婚。"

调查员："对于赵根儿的指控，你有什么想说的吗？"

肖禹："我认为保护人民财产安全，是党员干部取信于民的基本。赵芳芳和李婧是没有自保能力的妇女儿童，在她们遭遇危险的时刻，我没有其他选择，必须挺身而出。"

他的不慌不忙，不卑不亢，赢得了调查组人员的欣赏。

当肖禹走出谈话室的时候，李婧刚好迈入镇政府的大门。

两人隔空挥了挥手。

李婧快步奔过来："调查组的人还在吧？"

肖禹颔首。

李婧笑了笑，走进谈话室，从容地做着自我介绍："各位领导，打扰了。我叫李婧，这是我的身份证和工作证。"

她递上证件。

调查组人员一一查阅。

刚刚负责询问肖禹的调查员，不动声色地问道："你来此处，是想替肖禹求情吗？你们是什么关系？"

"肖禹是我男朋友，但我不是为了求情而来。"李婧言语温和有力，"我是当事人之一，有义务配合组织调查，说明真实情况，同时我也是主攻心理健康的专业医生，有责任向组织汇报赵根儿、赵芳芳的心身状况。"

她清晰的思维逻辑和良好的思想素质，令几位调查员立时刮目相看："好，请讲！"

"我是从吉利宾馆过来的，在刘警官的帮助下，我和赵根儿进行了

人间有微光

面谈，并对赵根儿的心理状况，作了初步的诊断，过几天我会带赵根儿做进一步的检查、确诊。"说着，李婧又从包里拿出笔记本递过去，"这是赵根儿的临床症状详细纪录，他已经答应我，愿意接受心理干预治疗。"

"心理……治疗？赵根儿心理有病？"众人都听懵了。

李婧耐心解释道："赵根儿原本是厨师，收入不菲、家庭幸福，几年前一场意外的火灾，令赵根儿下半身受伤，造成了男性功能障碍，相依为命的老母亲因此郁郁，跌下硷畔身故。赵根儿心理受到重创，未曾及时医治，病情越积越深，情绪越来越不可控，才造成了今天的局面。"

言及此处，李婧又拿出一份诊断证明："赵芳芳已经确诊为应激性创伤综合症，白红霞遭受家暴留下的心理阴影，也需要介入治疗，而始作俑者，就是赵根儿。目前我已取得三位患者的同意，对接了延市仁和医院心身医学科为他们展开专业性治疗。"

随后，李婧从她的视角出发，将那日的事情细致讲述了一遍。末了，她诚恳地表达了自己的想法："我无意为任何人说情或开脱，只希望组织了解事件背后的隐情，公平公正但不失柔性地处理此事。"

"感谢李医生，你的建议，我们会酌情考虑，赵根儿一家三口的问题，也会安排有关部门跟进的。"

结束了交谈，李婧和肖禹携手走出镇政府大院。

"接下来，去哪儿？"

"工作突然停下来了，这一时间……嗯，我也不知道能干些什么。"

肖禹迷茫的模样，看得李婧有些心疼，她心念一转，挽上他的手臂，眼神中透着期待："要不，我们去约会？"

"约会？"

这个词，第一次出现在他们之间，肖禹的脸庞，以肉眼可见的速度泛起了红，心中的失落感，也立刻被恋爱的美好而取代，"怎么约，去哪儿呀？"

李婧笑着说："我们回延市，看电影、吃冰激凌，晚饭后再回母校散散步，如何？"

"那你在宜县人民医院的工作……"

"今天周五，休假一天，加上明后两天周末，有三天空闲呢。"

"好，我们去约会。"

一个半小时的车程，两人说说笑笑的，只觉时间飞快，很快便抵达了延市。

秀丽坊是近两年开发的休闲美食街，在这个缺水的城市里，因为秀丽坊建了人工湖，养了许多白鸽，一下子便火出了圈。

两人停好车，牵着手走进了人潮汹涌的仿古街巷。

"中午了，先吃饭吧。"肖禹朝四下张望，"你想吃什么？"

李婧贼嘻嘻地笑道："吃什么都好呀，关键是你欠我的冰激凌，一定要兑现哦！"

"这么冷的天……"

"不冷呀，有太阳呢。"

"那你只能吃几口。"

"行，答应你。"

肖禹排了十分钟的队，为李婧买了一盒香草冰激凌，在对方死死盯着她的情况下，李婧只吃了三勺，便乖乖地放下了勺子。

"按今天的气温，应该不会很快化，过会儿再吃。"肖禹一边安抚李婧，一边将剩余的冰激凌打包。

李婧哭笑不得："明明我才是医生好不好？"

"我记得有句话叫作'医者不自医'，还有个成语叫'明知故犯'。"肖禹嘴角噙着笑，语气十分温和，语速也慢悠悠的，可自带的老干部气质，令人的压力莫名倍增。

不过，李婧对他太熟悉了，不仅丝毫不怵，反而越发想要调侃几句：

"肖书记啊，你对待女同志，都是这么严厉吗？我瞧着，姜小音似乎挺怕你的。"

"有吗？"肖禹略略蹙眉，回忆了片刻，仍是摇头否认，"没有吧，我没看出来。"

李婧闷头轻笑："你笨死了，女孩子的心思……呵呵，算了，不逗你了。"

她不打算就这个问题继续深挖下去了，姜小音对她的"敌意"，若她猜测没错的话，应该跟肖禹有关。既然肖禹啥也不知道，她就没有挑明的必要了。

两人逛了一圈，决定去吃韩式烧烤。

肖禹负责烤，李婧负责吃，外加爱心投喂，在人来人往的饭店里，肖禹脸上的红，不知是热气熏蒸的，还是害羞所致，从开始到结束就没有消散过。

饭店楼上就是电影院，两人在悬疑片和动作片之间纠结许久，最后应景地选择了爱情片。

同世俗的小情侣一样，肖禹买了大桶爆米花和插着两根吸管的大杯热果汁，这番操作，着实把李婧逗笑了。

肖禹不明所以，偷偷问道："怎么了？你不喜欢吃爆米花？"

"喜欢呀。"李婧挽上肖禹的胳膊，眼角眉梢荡漾着笑意，"一个闷葫芦似的人，越来越浪漫，怎能不叫人惊喜呢？"

肖禹道："这是我们第一次正式的约会，我只怕做得不够好，让你不开心。"

"怎么会呢？你可别有压力哦，咱们两人呢，都是初次谈恋爱，都没有经验，所以，互相担待喽！"

李婧的话，既显格局又不失俏皮，听得肖禹格外舒心，直接伸展长臂，将李婧揽在了怀里。

电影上座率不高，稀稀拉拉的只有十来个观众，昏暗的氛围，加上爱情故事的烘托，两颗悸动的心，时不时地隔空碰撞，终是在同饮一杯果汁的时候，悄悄吻在了一起。

走出电影院时，已是夕阳西下，橘色的霞光晕染了半边天际。

成群的白鸽在人工湖上空飞来飞去，喂鸽子、逗鸽子的大人小孩儿，乐此不疲。

李婧和肖禹欣赏了片刻，以鸽群为背景，请人帮忙拍了几张合影，随后便往延市高中而去。

时隔八年，学校门口的炸酱面馆仍在营业，生意火爆一如既往。两人再次踏入，循着曾经的位置落座，一时间，竟觉恍若隔世。

肖禹点了两碗面，又如当年一般，只吃了半碗便搁下了筷子。李婧见状，笑着摇头："我今天减肥，不抢你的面了。"

"不行，已经习惯了被你讹诈，你要是不吃，我会觉得亏了。"

说话间，肖禹夹起面条，体贴地送到了李婧的嘴边。

李婧没工夫说话，只余眼中笑意浓浓。

夜幕渐渐降临，在校外徘徊的高中生们陆续回校，开始了晚自习。

李婧跟门卫说明情况，又给当年的班主任老师打了电话，履行了入校手续，方才圆了重回母校的心愿。

昔日的校园，几乎没怎么变化。教学楼依旧灯火通明，映照在玻璃窗上的学生，依旧在埋头做题，似乎时光从未远走，他们也从未分开过。

李婧不由嗟叹："学生时代，可真好啊。"

"你研究生毕业还不到一年，这么快就开始怀念了？"肖禹微笑着调侃。

李婧语气幽幽："不一样，大学里没有你，总觉得缺了什么，不完整。"

"其实，在大四实习的时候，我去找过你。我请了三天假，坐了一天的火车，找到了你的学校，但我不知道你是哪个系哪个专业，问了一圈高中同学，好不容易打听到了你的消息，结果系里说，你去医院实习了，我又去医院找你，不巧的是，你进手术室了，于是，我就坐在手术室外面的椅子上等，从下午等到晚上，等到你终于出来了，却连看都没有看我一眼，搀扶着一个年轻的男医生离开了。"

时隔多年，终于讲出了埋藏在心底的秘密，肖禹原本以为自己早就释然了，可话音落下，心头仍是漫上了委屈。

李婧震惊之余，又气又急，"那你干吗不叫我呀？我……我想想，那回应该是……对了，我想起来了，主刀医生是我的师兄，因为手术长达五个小时，师兄过度疲劳，还犯了低血糖，我就搀扶他去休息，我……"

"你们只是师兄妹关系？"肖禹眯了眯眼，攒了几年的醋劲儿还没下去。

"不然呢？"李婧哭笑不得，"师兄大我六岁，人家不仅结婚了，孩子都生了两个了。"

肖禹如释重负。转而，却又一脸迷惑："这些年，我一直想不明白，我们明明彼此喜欢，为什么高考结束后，突然就形同陌路了呢？李婧，是我做错什么了吗？"

李婧缓缓顿下了步子，漫天的回忆，夹杂着无尽的后悔，一帧帧地涌入脑海……

九年前。

延市高中是省级示范性重点中学，依照惯例，升入高三，全年级重新分班，以考试成绩划分。

李婧从小到大都是学霸，没有任何悬念的，以全年级总分第 58 名的排位，进入了理科重点班。

班上 55 个学生，分别来自 28 个原生班级，李婧同班考进来的同学，仅有两人，她和齐妙。

处在冲刺高考的关键时期，同学们对于年级名次愈发看重，都争着抢着想跟比自己成绩好的同学坐同桌。

李婧也不例外。

排在她前面的同学，共有九人，她挑来挑去，相中了谢思伟，他的语文成绩比她高出五分，应该可以帮到她。谁知，齐妙抢先找上了谢思伟，不知齐妙用了什么办法，谢思伟二话没说，就跟齐妙成了同桌。

郁闷的李婧，暗暗发誓，她要跟班级排名第一的肖禹坐同桌，气死齐妙！

于是，她拎起书包，勇猛地走上讲台，大声说道："请问肖禹同学是哪位？"

喧闹的教室，突然安静下来。

所有同学都用奇怪的眼神盯着李婧，尴尬的氛围，令李婧手心出了汗，但她没有退缩，继续喊人："请问肖禹同学是哪位？"

"有事吗？"

一个清澈的男音，从教室门口传来，李婧循声望去，但见男生背着双肩书包，穿着整整齐齐的校服，干净帅气的面容上，寡淡得没有一丝表情。

李婧有些失措。

男生看她傻气的样子，微微皱了皱眉，大步走进教室，寻了张没有人的位子坐了下来。

李婧回了神，连忙跟过去，不做任何商量地霸占了肖禹旁边的空位。

肖禹淡定地拿出书本，自顾自地复习，仿佛身边的女孩儿不存在似的。

李婧气恼，暗暗瞪了肖禹几眼，想着要怎么跟肖禹快速熟络起来，以便正大光明地偷师学习。

晚自习课上，班主任老师白素琴请同学们推荐班委会成员，李婧率先举手："老师，我支持肖禹同学担任班长！"

"哦？为什么呢？"白老师饶有兴致地问道。

李婧侧目，看了一眼肖禹黑沉沉的脸，憋着坏笑，一本正经地说："肖禹同学成绩优异、善良正直、乐于助人，其不怒而威的气质，自带震慑捣蛋分子之作用。我相信，在肖禹同学的带领下，我们全班同学定能众志成城，团结奋进，征服高考的大山！"

"啪啪啪——"

教室里爆发出了雷鸣般的掌声！

肖禹大囧！

白老师笑道："李婧同学的口才相当不错啊！这将来要是考了公务员，进了体制单位，公文写作手到擒来啊！"

齐妙立马带头起哄："白老师，就冲李婧同学举贤不避亲的态度，我们支持肖禹当班长！"

这下子，轮到李婧害臊了："什么亲不亲的，我……"

"其他同学有意见吗？"

"没有！"

于是，白老师一锤定音："我宣布，高三（6）班的班长，由肖禹同学担任！"

教室里再度沸腾起来！

唯独肖禹，满脸都写着"无语"二字，就没人问问当事人的意见吗？

而始作俑者的李婧，居然笑得人畜无害："祝贺肖班长！以后请肖班长多多指教哦！"

肖禹眉头拧出深深的褶痕，语气颇为无奈："李婧，你有什么目的，可以直说！"

"嘿嘿，明人不说暗话，我就是想在班长的帮助下，学习更上一层楼！"

"知道了。"

李婧的坦诚，只换来了三个字的回答，但她欣喜异常，没有拒绝，就表示答应喽！

高三生活正式起航。

重点班的老师和学生，都在快节奏的日子里，行色匆匆地奔忙。

原本乐天派的李婧，在一次次竞争激烈的模拟考中，也迎来了前所未有的压力。好在，肖禹言而有信，但凡李婧开口，他都会及时为她解答难题，且耐心细致，从不嫌烦。

然而，齐妙总跟李婧作对，见缝插针地跑来找肖禹讲题，身为班长，肖禹自是有责任帮助每个同学，可是落在李婧眼里，就像自己喜欢的玩具被人抢了似的，气得直咬后槽牙！

临近期中考试，李婧因为心情抑郁，开始暴饮暴食。

看到她抽屉里总是堆满零食饮料，肖禹起先没说什么，但是她变本加厉，明明大姨妈来了，痛得趴在桌上死气沉沉的，却还叫同学帮买冰激凌。

肖禹见状，直接抢过冰激凌扔进了垃圾桶。

"你干吗？"李婧生气不已。

肖禹没有解释，下午的体育课，他直接替李婧请了假，让她在教室休息。下课后，肖禹回来，认真且严肃的说道："李婧，你需要减肥，需要运动，不要胡吃海塞！"

李婧倏地红了眼眶，肖禹是嫌弃她又胖又丑吧？

从那天以后，李婧下定决心改善饮食结构，除了正常的三餐之外，再也没有买过零食，与此同时，傲娇的她，单方面宣布跟肖禹冷战，一连多日，两人形同陌路。

然，有人腾位，就有人抢位，不仅齐妙盯上了肖禹，越来越多的女同学来找肖禹请教，几乎霸占了肖禹全部的休息时间。

李婧忍无可忍，终于在某个课间，一把抓起肖禹的胳膊，全然不顾同学们的眼光，将肖禹生硬地拽到了楼梯角，恼火地质问他："你是中央空调啊？不懂得拒绝吗？"

相较李婧的急躁，肖禹显得平静又淡然，他道："你不是跟我恼了吗？不是把我当空气，懒得跟我说话吗？"

"我……"李婧语塞。

肖禹微微叹了一气："进教室吧，快上课了。"

李婧鼓了鼓腮帮子，小声嘟哝："你扔我冰激凌，我能不跟你恼吗？"

"等天气暖和了，我赔你冰激凌。"

"一言为定！"

两人不约而同地笑了。

齐妙和一众女生仍然喜欢围着肖禹讨论习题，但肖禹不再一味地来者不拒，而是腾出时间，约上李婧去操场跑步，陪她锻炼身体。

寒假里，李婧和父母去了动物园，她喜欢熊猫，拍了好多熊猫的照片，趁着父母不注意，挑了两张憨态可掬的，偷偷发给肖禹欣赏。

短暂的春节假期结束后，迎来了高考倒计时。

第一次模拟考，李婧发挥得很不错，考完最后一场，她拉着肖禹去校门口吃炸酱面。

等饭的时候，李婧摸了摸裤兜，随即垮下了小脸："完蛋了，我钱没带够！"

肖禹挑了挑眉头："那你看着我吃。"

"不好吧？你可是班长，不能见死不救的！而且你想想，是我力荐你当班长的，这份恩情，你得还我吧？"李婧表面上作出一副可怜状，说出的话却是振振有词。

肖禹好气又好笑："我谢谢你推我进火坑啊。"

李婧顿时把头埋进了双肩，笑得直不起腰。

等到炸酱面上了桌，饿极了的李婧拿起筷子就开吃，如风卷残叶般，几分钟便见了底，而肖禹的碗里，足足剩了一半。

"还饿吗？要不要再来一……"

肖禹的话尚未说完，竟见李婧端起他的面碗，全部倒进了自己碗中，在他目瞪口呆的注视下，她旁若无人地吃得干干净净！

肖禹付了饭钱，两人在回校的途中，他几番看向李婧，却欲言又止。

"干吗？"李婧不悦，"欠你一顿而已，下回我请客。"

肖禹少见地结巴："不是的，我……我是想说，我吃过的面条，你……你不嫌弃吗？"

李婧莞尔："我又不是猪，跟谁都能同吃一碗饭，要分人的。"

肖禹心跳加快，明媚而羞涩的笑容，偷偷爬上了脸庞。

高考前的最后一次模拟考，李婧化学单科满分。在高三之前，李婧参加过两届中国化学奥林匹克竞赛，分别拿到了省级和全国奖项，化学老师对李婧赞不绝口，李婧以庆祝的理由，诓骗肖禹请她吃冰激凌，加上欠她的，一口气买了两盒冰激凌。

肖禹没有反对，只是略带伤心地告诉李婧："我的文章发表在《延市日报》了，稿费收入30块钱，全都贡献给你了。"

李婧愕然："这么惨？"

肖禹点头。

李婧随即一笑，把自己吃了几口的冰激凌递给肖禹："大不了，我们有福同享呗！"

肖禹不得不承认，李婧这个女生，实在是古灵精怪，他拿她一点儿办法都没有！

拍毕业照那天，李婧特地从家里带了相机，借着跟女生合影留念的名目，偷拍了好几张肖禹的照片。

万众瞩目的高考，终于到来。

李婧和肖禹都是尖子生，轻松上阵，顺利过关。

毕业典礼是高中时代的最后一站，李婧没有太多伤感，反而满怀激动，期盼已久。

她买了两支相同的钢笔，亲手刻上了她和肖禹的名字，打算以笔定情，勇敢表白。为此，她提早半小时返校，想要第一时间告诉肖禹，她喜

　　　　　　　　　　　　　人间有微光

欢他，而且喜欢很久很久了。

但是，肖禹身为班长，需要统筹安排各种事情，根本顾不上跟李婧多说，李婧只好压抑着激动，先回教室。

肖禹的抽屉里有个纸袋，李婧出于好奇，悄悄拿了出来，发现里面装着两盒小熊猫饼干，从包装和品质上看，应该是人工烘焙的。

熊猫是李婧最喜欢的动物，她不由心下欢喜，难不成是肖禹给她准备的礼物？

一念至此，她把纸袋放回原地，安心地坐等肖禹回来。

随着典礼时间临近，校园广播响了起来："请毕业班的同学尽快前往礼堂就座！"

李婧看了眼小熊猫饼干，心里想着，要不要帮肖禹带去礼堂，以免典礼结束后，他还得回教室取一趟……

"李婧！"

正在这时，齐妙从外面走了进来，催促道："你怎么还在磨叽呀？典礼马上开始了！"

李婧见对方直奔自己的位置而来，随口一问："你不是走了嘛？怎么又回来了？"

"我回教室拿礼物呀！"齐妙过来，直接伸手去拿肖禹抽屉里的纸袋，且道，"肖大班长为全班女生亲手制作了小饼干，可谓是情真意切啊！"

李婧一下子僵住了。

齐妙见她神色不对，反而一脸春光得意："对喽，我跟你说啊，咱俩同学三年，见天儿地攀比，比成绩，比身高，比同桌，比漂亮，比谁脸上多了一颗青春痘，但是鹿死谁手，得看最后一哆嗦！我呢，刚刚跟肖禹表白了，我们约好要报同一所大学，从此以后，你的同桌就是我的男朋友喽！"

"你，你喜欢肖禹？他……他答应了？"李婧白皙的面庞，渐渐失了血色，连嗓音都在发颤。

齐妙耸了耸肩："你觉得呢？像我这样的大美女……"

李婧猛地夺过纸袋，粗暴地扯开包装盒，抓起饼干胡乱地塞进口中，一块接一块，直到噎着了，再也吃不下，才扔下饼干，仓皇而逃。

齐妙被李婧的反应吓着了，好半天才缓过神儿来，嘟哝道："就不能让我假装赢一局嘛？真是小气鬼！"

李婧缺席了毕业典礼。

她去动物园熊猫馆门口呆坐了半天，离开的时候，将两支钢笔送给了饲养员。

后来，填报志愿的时候，肖禹打来电话询问："你想报哪所大学？我们要不要选择同一……"

李婧一言未发，决然挂机，斩断了她和肖禹的一切联系。

她志向学医，父母不希望她离家太远，希望她留在省城，她却坚决报考了距离省城千里之外的医科大学。

后来，她从其他同学口中得知，齐妙一上大学就谈恋爱了，并没有和肖禹在一起。

然而，时过境迁，李婧已然失去了当初奋不顾身的勇气……

时隔八年，尘封的少年往事，落了灰的青春爱恋，终于拨云见日，真相昭然。

"齐妙欺骗了你！"

肖禹泪湿眼睑，深拥李婧入怀。错过的遗恨，令他一时之间情绪翻滚，如鲠在喉："我和齐妙没有任何关系，我喜欢的人是你，我想跟你报考同一个城市、同一所大学，想着我们熬过了高考，终于能够敞开心扉在一起了。谁承想，你突然不理我，把我拉黑了，我连询问原因的机会都没有……"

李婧心中仍有酸楚："那小熊猫饼干呢？"

"饼干确实是送给全班女生的，她们起哄，说我是你的私人班长，对

人间有微光

别人不公平，我只好答应给她们做饼干。我给你单独准备了礼物，是我亲手雕刻的熊猫，一直贴身带着，我想等毕业典礼结束之后送给你作为留念，熊猫的背后，我还刻了字：情不知所起，一往而深。"

"就是你偷摸放进特产大礼包里的熊猫木雕？"

"是。"

"可我仔细看过了，没有刻字呀。"

"我……我怕你生疑，又把字划掉了。"

李婧破涕为笑："从今往后，我们不要再有任何误会了，不管是谁，有何疑问，必须当面说清楚！"

失而复得的美好，淡化了李婧的郁结难过，原以为她是受伤最重的一个，却不知，肖禹比她更可悲，他莫名其妙地承受了两个女生较劲的结果，连自己为何出局都不明白，以至于独自纠结伤心了许多年。

幸运的是，他们始终在彼此的生命里占据了唯一，兜兜转转，终得圆满。

15

第十五章　调查结果公布

　　调查组用了五天时间，不仅和当事人肖禹、李婧、梁茂明、梁兵、白红霞等人分别谈话，复核了集子镇派出所的出警记录、镇卫生院的就诊记录等，还走访了梁湾村上百村民，进行了深入了解。

　　结果，越是往下查，越发现在肖禹违规打人的背后，是无法用单纯的"是非黑白"四个字可以定义的真相！

　　除了肖禹打人是事实，赵根儿的其他指控全是诬告，但鉴于赵根儿袭击肖禹在前，而且手持利器，严重危害到了他人生命安全，所以警方认定肖禹的反击属于正当防卫，不承担法律责任；村党委认定肖禹的处置避免了更大的伤害，属于无过错行为；村民们则一致认为，肖禹不但无过，反而有功，他是勇斗暴戾之徒的大英雄，是不顾安危保护老百姓的人民公仆，是好心没好报的大冤种！

　　另外，调查组收到了梁湾村一百六十八户人家的集体请愿书，请求政府尊重广大民意，为梁湾村留下爱民亲民的第一书记肖禹，同时，出自八十五人的手写信，一并呈递到了调查组的桌案上！

　　"我叫梁秋林，今年五十六岁。肖禹自从进驻我村工作，贴人贴钱照顾我一家老小，从来没有半句怨言，不是儿子，胜似儿子！如果组织上处分肖禹，我愿意代替肖禹，接受处分！"

　　"我叫梁振兴，肖禹是人民的好干部，是我们梁湾村的好书记！肖禹刚来的时候，我们村一贫如洗，穷了几十年，谁敢相信这么一个毛头小子能带领我们脱贫致富？当初肖禹动员大伙儿把闲置土地流转给果业集团建菌菇大棚的时候，大伙儿的唾沫星子差点儿把他淹死，混乱中还把他推倒在地扭伤了脚，可肖禹没有埋怨，拄着拐杖挨家挨户给我们讲政策，鼓励我们解放思想，学习农业新技术。事实证明，肖禹是对的，他的到来，给我们村带来了活力，把我们的心凝聚在了一起，是我们全村人爱戴的好书记！"

"我叫梁旺才，肖禹是名校大学生，有思想，有见识，工作能力强，对村民又善良又有耐心，谁家有困难，不论清早还是半夜，肖禹都会第一时间赶过去帮忙，他把村民当亲人，长年累月地驻扎在村里，顾不上孝顺自己的父母，顾不上考虑个人问题，把自己奉献给了梁湾村，这样的好人，怎么能被欺负？"

"我叫梁大生，我是个驴脾气的人，拆过肖书记的台，骂过肖书记，还泼过肖书记一身泔水，但是当我病倒在家里后，肖书记立马赶来，把我送到延市医院抢救，还在病床前没日没夜的照顾我，是我的大恩人，谁也不能欺负他！"

…………

大多数村民文化水平不高，写出来的信缺乏文笔，像拉家常的流水账似的，甚至错字、别字连篇，但越是这样朴实无华，越代表了底层老百姓的心声，他们真实的情感表达，列举的零碎小事，拼接在一起，恰恰是肖禹扎根第一书记岗位以来，全方位的人生写照！

"经上报县委研究决定，给予肖禹同志通报批评，即日起恢复肖禹同志全部职务工作，要求全县各级党组织和党员领导干部严守党规党纪，筑牢思想防线，深刻汲取教训，引以为戒！"

村两委会上，当村支书梁茂平宣读了上级下发的红头文件后，会议室里响起了雷鸣般的掌声！

肖禹违规受处分，是党纪要求，但人民有力量，执法有温度，组织上没有记过撤职，只给了批评教育的处理结果，乃皆大欢喜！

"太好了，终于让人安心了！"梁茂明激动之余，提议道，"老支书，把这个好消息通报全村，大喇叭连播三遍，今儿晚上，放开手脚大肆庆祝，就当提前过年了，好好热闹热闹！"

肖禹微微垂眸，鼻尖涌上淡淡的涩感。他说不清这是苦尽甘来的欣喜，还是劫后余生的感慨，此刻，如鲠在喉。

"我赞成！"

"我也赞成！"

村干部们争相同意，前所未有的喜悦，绽放在了每个人脸上，经过这一场风波，梁湾村的领导班子和村民们愈发团结，心与心拧成了一股绳！

这时，梁茂平插话道："肖书记，上级还有建议传达，针对赵根儿捏造虚假事实，给你的人格、名誉造成了严重损害及恶劣影响，你有权追究赵根儿的诽谤罪。"

此话一出，众人相继安静下来，目光皆落在了肖禹脸上。

人性本善，赵根儿是梁湾村的人，即使犯下再大的错，也是同吃一口井的手足友邻，他们痛恨赵根儿不成器，可是让赵根儿被判刑坐牢，又多少有些于心不忍。但刀子没有捅在自己身上，谁也无法和肖禹感同身受，所以，是否拿起法律武器维护合法权益，为曾经所受的委屈讨回公道，决定权只在肖禹手中，旁人没有资格说话。

肖禹沉默了片刻，面容沉静地说道："不告了，保留追究吧。如果赵根儿通过这场闹剧，能够幡然醒悟，重新站起来活出个人样儿，岂不更有意义？另外呢，通过赵根儿、芳芳、梁大生等人因为心理问题，导致行为偏差的事件，我在考虑，要不要请李婧帮我们调研村民的心理状况？以前呢，我们缺乏对心理健康问题的正确认知，身在偏远的山村，也没有机会接触到心理学专家，看到哪个人不按常理说话、做事，就说这个人脑子有病，或者是个神经病，从来不会想到这样的人，其实是可以医治的，他们是有机会恢复正常的。自从杰杰被诊断为自闭症，李医生跟我们产生了交集后，我们看到了梁大生的改变，原来他总觉得全世界的人都想害他，整天处于焦虑状态，脾气极其差劲儿，后来经过李医生的心理疏导，思想包袱放下了，不骄不躁了，不跟人吵架了，睡眠、胃口全都好了，可想而知，幸福感上了好几个台阶！"

"哎，说到这个，我赞同肖书记的想法，现在村里人人都在说，梁大生就像脱胎换骨了似的，说话处事一团和气，比以前可顺眼多了！"梁兵立刻附和道。

"我也赞成！"王会计听得频频点头，但也皱起了眉头，"不过说句良心话，这半年里，李医生为咱村做得贡献太大了，一趟趟地往返，咱没给人家挣一毛钱，人家不仅要搭上时间、精力，还倒贴了车钱、油钱、药品、营养品，实在让人心里有愧啊！肖书记，调研全村是个大工程，要不然咱们商量商量，想办法挪出一笔钱……"

"不用！"

肖禹拒绝了，唇角勾起淡淡笑容："如果没人反对的话，我去跟李医生聊一聊，她热心公益，只要时间允许，肯定会答应的。至于费用，她定然是分文不取。"

梁兵恍悟，"哦，我明白了，有肖书记在嘛，李医生自然爱屋及乌喽！"

"哈哈哈……"

欢快的笑声，持续不断地响起在会议室，就连老支书都捂着嘴笑，满眼促狭。

肖禹大囧："我……我去广播。"

"自己通报自己啊？"

"嗯。"

肖禹走进广播室，定了定心神，打开话筒，说道："全体村民请注意，我是肖禹。我想占用一点儿时间，跟大家说几句心里话。关于我打赵根儿耳光事件，上级的处理决定下来了，通报批评，恢复原职！我很高兴，能够有机会继续留在梁湾村和你们共同奋斗。我知道，乡亲们为了我，承受了许多煎熬，付出了许多辛苦，你们的请愿书我看到了，你们写给组织的每封信，我都一字一句地读过了，谢谢你们赠予我的最珍贵的情意，是你们给了我坚守梁湾村的勇气和信心，让我明白，我不是一个人在战斗……"

老支书带头走了出去，其他人一一跟上，村民们从各家各屋赶来，偌大的村委大院，人山人海，却静寂无声。感动的泪水，夹杂着喜悦，丝毫未加掩饰地展现在每个人脸上。

当肖禹哽咽着嗓音落下最后一个音，热烈的掌声，久久回荡在山村上空……

肖禹走出广播室，随即愣在了原地！

"肖书记，梁湾村需要你，你永远是我们的好书记！"

"肖书记！"

"肖书记！"

不知是谁喊了一句，村民们欢呼声四起，肖禹很努力地想笑一笑，可是陡生的泪液，在眼眶里流转，模糊了他的视线。

当呼声渐渐低迷时，梁大生却突然惊叫道："赵根儿！"

所有人，立刻循声望去，竟见李婧和赵根儿不知何时出现在了大门口！

但令人惊诧的是，赵根儿新剪了寸头，刮掉了胡子，穿着干净的羽绒服、牛仔裤和运动鞋，整个人清爽了不少，完全没有了之前的邋里邋遢！甚至，赵根儿满身的戾气也消失了，低着头，手足无措，紧张得不敢面对大家！

见状，李婧没有给村民们猜疑议论的机会，扬起明媚的笑容，朗声说道："乡亲们，赵根儿是我新收的病人，可是他没有钱付我诊疗费，该怎么办呢？我仔细想了想，那就用劳动抵偿呗！我肚子饿，想要吃饭，赵根儿是厨师出身，正好，今天的晚饭呀，期待赵大厨露一手喽！"

人间有微光

此言一出，无人不瞠目结舌！

赵根儿自从事故之后，一蹶不振，再也没有工作过，而今，竟然……竟然被李婧收服了？还要为李婧下厨做饭抵诊金？

肖禹快步走过去。

赵根儿看了眼肖禹，立刻把头埋得更深。

李婧将众人的反应收入眼底，不动声色地笑说道："肖书记，我的病人现在遇上难题了，可以帮忙解决吗？"

肖禹微微一笑："什么难题？"

"赵根儿说，他家里只有粮油米面，少了配菜，所以，我为赵根儿想了个办法，从村委会灶房赊欠蔬菜和肉，然后请肖书记在村上为赵根儿找份活计，等他赚了钱再还给灶房。不知，肖书记能不能行个方便呀？"

李婧说完，斜目看了眼赵根儿。

肖禹会意，即道："村上的活儿很多，瓜果大棚正需要人手，但是，我不认为你的病人能吃得了苦。"

"怎么办？"李婧作出苦恼状，"赵根儿，肖书记不太相信你呢！"

赵根儿用力咽了咽唾沫，结结巴巴地说："我、我……我想尽力试一试。"

肖禹思考了几秒钟，扬声道："请各位乡亲们帮忙见证，我代表村委会雇佣赵根儿为瓜果大棚的工人做饭，每天的工资是 130 元，先试用三天，如果表现不合格，立即解雇！"

"好，我们支持肖书记！"

村民们对肖禹是绝对信任的，再加上李婧的专业能力，大家多多少少没有像以前那么担心了。

老支书带着一众村委干部走过来，语重心长道："赵根儿，肖书记大度，愿意给你机会，你可一定要珍惜啊！"

"嗯，我，我知道了。"

赵根儿说完，像个做错事的孩子似的，快步往灶房走去。

第十五章　调查结果公布

— 287

剩下众人面面相觑！

"李医生，赵根儿他……他怎么突然变得又乖又怂了？从里到外，全都重新投了一回娘胎啊！"

"就是，这到底怎么回事儿啊？"

"李医生，你对赵根儿做了什么，他竟然会听你的话？"

"赵根儿是李医生的病人，说明赵根儿得了心理病，现在变得像个人了，是不是说明他的病治好了？"

"……"

村民们到底是架不住好奇心，围住李婧，七嘴八舌地讨论开来！

李婧莞尔："心理疾病不是急性的生理病，短时间之内就能治愈。不过，要是患者能够获得亲朋好友以及身边更多人的支持和帮助，治疗效果就会事半功倍。"

"什，什么意思啊？"梁大生听得糊涂。

肖禹抿唇轻笑："李医生的意思是，我们梁湾村是个大家庭，村里的每个人，都互为亲朋，应该互相帮助。如今，赵根儿回来了，不管他以前做过什么，我们能原谅的就原谅，想支持的就支持，全凭大家自己的心意。我们不做道德绑架，但是也不提倡以暴制暴，或者以冷暴力对待赵根儿！"

"没错，肖书记说得对！"老支书接下话茬，亦是感慨万端，"人这一辈子，就活'气性'两个字。遇到不顺心的事，不钻牛角尖，多想想怎么做，能让自己开心，让家里人开心，那么好运自然就会光顾了。"

听到这儿，梁茂明又感动又欣慰，他揉了揉酸涩的眼睛，振臂高呼道："乡亲们，我提议，我们给赵根儿一个重拾自信、改过自新的机会，好不好？"

梁旺才挪腾了半天，终于挤到了前面，笑呵呵地说道："连肖书记都原谅赵根儿了，我们还有什么可计较的？"

"书记和村长怎么说，我们就怎么做！"

"对，我们梁湾村上下一心，团结友爱，兴许还能评上'五好村'呢！"

"就是说，从明天起，我们在瓜果大棚干活的人，就能吃到酒店掌勺大厨赵根儿做的饭菜了？"

"哎呀，这么一说，我也想吃了，要不我也去上工吧？"

"哈哈哈……"

村民们你一言，我一语，气氛轻松又温馨。

躲在灶房里择菜的赵根儿，不时地抡起胳膊，用衣袖擦眼泪。如果不是李婧再三保证，他是不敢踏足梁湾村的，村民们以前只是讨厌他，在他上访后，便升级成了痛恨，原以为，他会被村民暴打一顿，赶出村子的，谁知道，他完全想错了！而村民们的包容、仁爱，令他羞愧难当，只觉自己以前所做的混账事，天理难容，不配为人！

而这边，梁茂明动容地双手合十，朝李婧拜了又拜，哽咽道："李医生，我真不知道要怎么感谢你才好！赵根儿是我看着长大的，他妈临死前还托我看顾呢，谁知赵根儿后来变成了那个样子，我嘴上骂他，可是心里疼啊，我将来到了地底下，怎么有脸见赵家嫂子？幸好……幸好李医生你肯帮他，我总算能睡个安稳觉了！"

然而，李婧却笑眯眯地回道："呵呵，村长你弄错啦，我不是免费给赵根儿治疗的，我要收取诊疗费哦。所以呀，我不在村里的时候，劳烦村长做监工，监督赵根儿好好工作赚钱，我的诊费不低，至少一万块！"

"一万块钱？"梁茂明瞪目，随即算起账来，"一个月工资四千块，加上日常开销，起码得连续干三个月！"

李婧点头："对。"

"行，这个监工我当了，瓜果大棚的活干完，我再给赵根儿找其他活儿，一定满满凑够三个月。"梁茂明也没多想，痛快地答应了。

倒是梁兵等一众干部，听到李婧的诊疗费如此高昂，心里不禁凉了半截，看来邀请李婧公益调研村民心理状况的计划行不通了，村上几百口人呢，算下来可是一笔巨款！

外面气温低，大家待久了都开始打哆嗦了，老支书便打发村民们各自回家了。

赵根儿挑了半筐蔬菜、一只鸡、一条鱼，请梁茂明折算价钱，梁茂明想了想："要不算了吧，看你今天表现不错，当是村上奖励你的。"

闻言，赵根儿立马看向李婧："行吗？"

"不行！"李婧断然拒绝，"村上可以算个友情价，但不能免费！"

梁茂明惊讶不已，他实在不明白李婧的意图，可肖禹投递过来的赞同的眼神，令他选择了相信李婧："好吧，那就折算成五十块钱，从明天的工资里扣除。"

赵根儿拎着食材回家做饭去了。

李婧有意留下来，为村干部们答疑解惑。

"我给赵根儿做过心理评估，他的心理创伤挺严重的，想要完全治愈，几乎不太可能，因为他的身体创伤，随时随地都可能诱发他产生应激障碍。所以，有两种方案，要么长期进行心理干预，就像慢性病，治不好，但是尽量控制不要恶化；要么，从根源上解决，想办法治好他的生理问题，但这是个未知数，一旦失败，他会彻底绝望，导致病情加重。"

李婧言及此，深呼吸，道："我请仁和医院心身医学科主任、副主任会诊过了，我们制订了医疗方案，决定采用第二种。三个月后，我会把赵根儿带到仁和医院做全面身体检查，请权威的泌尿专家为他会诊。而在这之前，我要先帮助赵根儿建立生活信心。自食其力，获得他人的尊重和社会认同，便是极其重要的一步。"

梁茂明恍然大悟："噢，难怪你要让赵根儿连续工作三个月，原来是用心良苦啊！"

李婧道："磨一磨赵根儿的耐心、决心和意志力，以免生理病症没有治愈希望时，过度崩溃，缺乏心理承受力。而且，人有了事情做，既能体现自我价值，适当的转移负面情绪，还能扩大视野、认知和思想维度。"

"呃，虽然我听得不是很明白，但我还想问一下，诊疗费一万块钱是真的吗?"

"后面去延市看病，可能需要不少钱，先预备一万块吧。"

"懂了，李医生你呀，真是……"

"好啦好啦，千万别对我表达钦佩、敬重、感谢之类，我现在好饿，我要去赵根儿家吃饭了。还有，不要把我的方案告诉任何人，包括赵根儿本人!"

李婧俏皮的言语，配上活泼的肢体动作，实在可爱，肖禹不禁会心一笑，柔声说:"结束后打电话给我，我去接你。"

众人顿时露出调侃的表情!

李婧难得害羞:"知道了。"说完，拔腿就走。

梁兵碰了碰肖禹的胳膊，轻叹道:"李医生不仅专业过硬、颜值在线，而且智商、情商双一流，简直完美! 肖书记，真是羡慕你啊!"

肖禹笑而不语。

他究竟有多幸运，才会拥有如此优秀的女朋友，如星光般闪耀，亦如阳光般温暖。

宜县人民医院。

梁振兴手术两周后，便回家休养了，剩下三蛋子，又在医院熬了七天，终于获得了出院的批准。

这一天，恰逢周一，李婧又开晨会又坐诊，忙得连喘息的时间都没有。

趁着父母办理出院手续的空档，三蛋子偷偷摸摸地去了心身医学科。哪知，门诊人满为患，他瞅了瞅墙上的电子屏，前面还排了十八个人。

"咋弄呢?"

三蛋子踌躇了片刻，决定放低姿态，求助护士台:"我，我想见见李婧李医生，行不?"

"请问挂号了吗?"林佳问道。

三蛋子摇头:"没有挂号，我是在这儿住院的，刚办了出院。我是李医生的……我，我们也没有什么关系，但李医生答应过我，让我随时来找她。"

"你是来咨询病症的，还是个人私事呀?"

"应该算是私事吧。"

"那你直接打电话联系呗。"

"我……我想见人，当面聊聊。"

"那我给你挂个号，你排队进去……"

"现在不能见吗? 我……我就跟她说几句话，不耽误多少时间。"三蛋子有点儿着急，他是瞒着父母来找李婧的，这件事情，是他跟李婧之间的秘密约定，并不想被其他人知道。

闻言，林佳表情无奈:"凡事呢，要讲规矩的。"

三蛋子急得脑门冒汗:"我明白，但是我真的赶时间，拜托拜托，行个方便吧!"

遇上如此无理取闹的人，林佳没有忘记她现在是心身医学科的护士，控制情绪，是专业的基本功。所以，她默默地深呼吸，继续保持微笑:"抱歉，为了体现对所有患者的公平公正，必须挂号排队。如果是个人私事，请自行电话联系。"

"你咋这么轴呢?"三蛋子假装了半天的好脾气，彻底被磨没了，"你就让我见见，又能咋的? 是能少你二两肉，还是掉你一层皮?"

林佳登时气白了脸:"你怎么说话呢? 懂不懂尊重人哪?"

"得，你厉害，老子不求你了!"

三蛋子说罢，直接闯入排队的人群，意图强闯诊室!

然而，守在门口等待下一个看诊的患者，是个体型彪壮的中年妇女，眼看马上就轮到了，怎么可能允许别人插队? 当即胳膊一抡，抻了三蛋子一下，恶声恶气地斥道:"这医院是你家开的呀? 这么大的人了，连点儿礼貌都不懂吗?"

林佳连忙从护士台冲出来，保持着最后的耐心，极力劝说三蛋子:

"你别打扰李医生工作了，你不想打电话，那就发微信，发短信，或者中午十二点再来，行不行？"

"不行！"三蛋子的狗脾气上了头，死要面子，绝不服软。

林佳忍无可忍："医院不是你闹事的地方！请你马上离开，否则我叫保安请你出去！"

"叫啊，有本事你叫啊！"

"好！"

诊室里，李婧隔着门听着外面的嘈杂，秀眉微微皱起，但只停顿了几秒钟，便又继续工作了。

林佳的处置是正确的。在村里的时候，村民们顾忌着同村同族的情分，屡屡宽宏忍耐，但出了梁湾村，如果三蛋子仍旧我行我素、嚣张乖戾，那么社会必然要教他做人。

而李婧，既然决定了要把三蛋子引向正路，就断然不能公开给他开后门，带头破坏社会规则，只有让他得了教训，受了磨砺，才有可能回归本真，重新定义善与恶，然后去选择做一个怎样的人。

医院保卫科接到林佳的电话后，立即派遣两名安保人员，手持警棍，风驰电掣般赶过来，一前一后围堵住了三蛋子！

三蛋子双腿顿时发软，虽说肖禹经常威胁他要报警，但从来没有动真格的，现今，身边没有了熟识的同村人，他嘴上强硬，其实心里是没有底气的！

保安打量着三蛋子，厉声说道："是你在闹事吗？请跟我们走一趟！"

"我，我没有闹事，是你们的护士不讲理，不让我进去找人。"三蛋子咽了咽唾沫，不觉放软了语气。

林佳简直要被气哭了："我不讲理？你问问大伙儿，到底是谁不讲理？真是猪八戒倒打一耙！"

堵门的中年妇女当即附和："保安，快把这人带走，净可着人家小护士欺负！"

周遭围观的人也纷纷点头作证，于是，保安不再废话，一把架起三蛋子，将人往外拖去！

三蛋子哪里受过这种气，死命挣扎，却牵动了初愈的肋骨，疼得龇牙咧嘴，最终在众目睽睽之下，被抓进了保卫科！

与此同时，三蛋子爸妈发现儿子不见了，马上打电话，可三蛋子犹豫半天，竟生硬地挂断了！

"是你家里人吗？"

保安睇了眼屏幕上闪现的备注名字，面无表情地说道："请你家人把你身份证送过来，说明你的情况，等我们核实了你的身份，证明你确实认识李婧医生，并且不会对李婧医生造成人身威胁，你才可以离开。"

三蛋子像是斗败的公鸡，耷拉着脑袋，再也没有了先前的张狂气焰。但是，他的倔犟，令他死活不肯向外求救，哪怕父母急得团团转，他也要维护自己的脸面。

可父母找不到人，就不停地打电话，三蛋子烦躁得不行，只好接通，抢先说道："我有事，你们先回家吧，甭管我了！"说罢，直接关掉了手机。

保安见状，无语道："你是不想解决问题了吗？你要是不配合我们工作，我们只好把你扭送派出所了。"

"祸不及家人，我是不会叫我爸妈来的。"三蛋子振振有词。

保安笑了："既然你挺懂道理，那干吗还要犯浑？说说看，你叫什么？户籍是哪儿的？"

三蛋子闭口不言。

"看来只有警察才能让你开口了……"

"梁晓晨，集子镇梁湾村人。"

"行，我给你们村委会打电话，请你们村干部来领人。"

"别打！"

三蛋子连忙阻止，连表情都变得可怜巴巴的："大哥，千万别让我们

人间有微光

村的人知道啊，否则我没脸活了！"

"这也不行，那也不行，你想怎么着？"保安渐渐失了耐心。

三蛋子靦着脸哀求："我……我保证不会伤害李医生，你们把我放了呗。"

保安瞪了他一眼，从贴在墙上的医院内部通讯录里找到李婧的手机号码，然后直接拿起办公桌上的固定电话拨了出去。

十几秒后，那端接通，保安客气地说道："您好，李医生！我这里是保卫科，有件事情需要跟您核实一下。有个叫梁晓晨的人，您认识吗？"

三蛋子一听，羞得急忙双手按脸，仿佛李婧隔空能够看到他的狼狈似的。

但是，李婧未加思索，脱口而出："不认识。"

保安一愣，随即进一步确认："是咱宜县集子镇梁湾村的梁晓晨，李医生确定不认识吗？"

"梁湾村？"李婧停下手里的工作，想了想，道，"梁晓晨的小名是不是叫三蛋子？"

保安扭头望向三蛋子："你不是认识李医生吗？过来，接电话！"

三蛋子还想扭捏，保安一把拎起他："快点儿！"

三蛋子无法，只能灰溜溜地照做。

"喂？李、李医生，是我，我是三蛋子。"

"呵呵。"

三蛋子又怂又紧张的样子，逗乐了李婧，她出言打趣道："没想到你的大名这么好听呀！"

虽然李婧的语气很温和，可三蛋子仍然手心冒汗，捋不直舌头："我、我那个啥，我花二百块钱请人改的名儿，以前叫梁三蛋。"

李婧毫不吝啬地赞赏道："改得好，寓意非常棒，明媚的早晨，旭日初升，充满希望。"

"嘿嘿，那我的钱没白花。"三蛋子笑得有些傻气，紧绷的身体不知不觉放松了下来。

李婧眼波流转，计上心头："晓晨，你帮我一个忙好吗？"

"啥忙？"

"我最近时间紧，没顾得上抄写学习笔记，今天下午医院宣传科要检查，你帮我抄写几篇，可以吗？嗯，作为回报，我中午请你吃饭。"

"抄笔记？"

三蛋子瞠目结舌，随即连连拒绝："不行不行，我没上过几天学，好多字都不会写，我干不来的！"

李婧道："照抄呀，我相信你可以的，除非你不想帮我，想看我被医院通报批评，丢人丢回延市去！"

"呃，后果这么严重吗？"三蛋子将信将疑。

李婧点头："当然严重！我是仁和医院委派到宜县人民医院做学术交流的，若是风评不好，工作任务没有完成，肯定会被遣回仁和医院，那我的前途就全完了！"

闻言，三蛋子倒吸一口凉气，脱口而道："我帮你！"

李婧嘴角轻勾，笑容满溢："我就说嘛，晓晨不仅是个好名字，还是仗义善良的好人！"

被人认可和夸奖，对于三蛋子来说，是稀有之事，他不禁臊红了脸，满心满眼的开心，但余光瞥见身边的保安，顿时又犯了愁："可我被扣在保卫科了，怎么帮你呀？"

李婧道："没关系，我让人把本子、书和笔给你送到保卫科，你踏踏实实地在保卫科抄笔记，等我下了班来找你，有我作担保，保卫科不会再为难你了。"

"好。"

"但是呢，有个小小的问题，还需要你委屈一下。医院只给我派了一个搭班子的护士，她叫林佳，我只能请她帮我送东西给你，可是我听说，你跟她闹得不太愉快，所以待会儿她过来后，你向她道个歉呗。"

人间有微光

"这、这……"

三蛋子一下子又蔫了，长这么大，他最硬的就是嘴，从来不跟人道歉的。

李婧掌握着节奏，再次使用激将法："晓晨，你是大男孩儿，将来干的都是大事，那格局和心胸怎么能小呢？男子汉大丈夫，错了就得认，说句'对不起'不难，除非你胆小，压根儿不敢说……"

"我敢！"

李婧一句"干大事的人"，点燃了三蛋子的雄心壮志，他突然觉得，他死撑的面子，是微不足道的小事，完全不重要了。

林佳原本进来诊室，是想跟李婧说明情况的，正好听到李婧通电话提到了她，她便忍着情绪，等李婧交代完保安，结束通话后，她忍不住抱怨道："李医生，被迫道歉，有什么意思嘛？我才不要接受呢。"

李婧莞尔："怎么没意思？看着一个性格别扭的人，说出别扭的'对不起'，于你，于他，都是件有意思的事。"

林佳抿了抿唇，试探地问道："李医生，你真的认识那个闹事的人啊？他是你以前的患者，还是……"

"他是我现在的患者。"李婧收敛了笑容，正色道，"林佳，梁晓晨的病症不重，他是有性格缺陷，才会表现出非正常的言行举止。我刚刚的引导，起到了不错的效果，说明治疗方向是对的。所以，拜托你配合我，好吗？"

林佳听闻，不假思索地点头："没问题，李医生，你怎么说，我就怎么做！"

保卫科。

林佳的到来，令三蛋子多多少少有些尴尬。

虽说答应了李婧，可是真正面对的时候，又窘迫又难堪，仿佛头顶悬了把刀似的，从始至终，都没敢跟林佳对视一眼。

"梁晓晨，需要抄写的内容，李医生用红笔勾画出来了，李医生的字，特别工整端正，所以你要认真地抄，不能偷工减料，更不能潦草马虎，不然容易被人看出来。"

林佳交代完毕，便静等着三蛋子道歉。

三蛋子憋了半天，才从喉咙里挤出细若蚊蚁的一句话："林护士，对不起。"

林佳"扑哧"一声笑了："李医生说得对，确实有意思，哈哈。"

"啥意思?"三蛋子满脸错愕，不自觉地抬起了头。

林佳故作神秘的眯了眯眼眸："你猜。"说罢，又是一笑，然后不待三蛋子反应，便转身离开了。

三蛋子丈二和尚摸不着头脑，扭头看向保安，保安双手一摊："看我干啥? 我哪儿知道?"

三蛋子不再废话，走到办公桌前坐了下来。

林佳送来了一个崭新的牛皮笔记本、两支签字笔，还有一本书叫作《情绪的自我管理》。

三蛋子没有多想，翻开第一页，找到画了红色波浪线的段落，开始一笔一画地认真抄写起来。

人一旦投入了某件事当中，便会觉时间如流水，转瞬即逝。

沉浸式抄书的三蛋子，已经达到了忘我的境界，完全没有察觉到李婧是几时站在他身后的。

李婧颇感欣慰。

昔日人人喊打的小混混，今日伏案刻苦，只为帮他人渡过难关，这份善良，是值得点赞的。而在当年教育阶段，如果有个人能够好好教导他，兴许他也能考上大学，走上不同的人生道路。

这时，外出执勤的保安回来了："李医生!"

三蛋子回头，看到李婧含笑的面庞，不知怎的，突然红了脸。

李婧望向保安，笑着回应："不好意思，给你们添麻烦了。"

"没事儿，咱都是为了工作。"

保安从饮水机里接了杯水递给李婧，随后瞅了眼三蛋子抄得密密麻麻的笔记本，感叹道："这小子适合干办公室的工作，起码能坐得住，有耐心。"

闻言，三蛋子眼神一亮，脊背不自觉挺了挺。

印象中，好似从来没有人夸过他，除了李婧。

保安拍了拍三蛋子的肩膀，语重心长道："以后好好做人，不管发生啥事，切记，莫冲动！"

李婧笑："吃一堑长一智，同样的错误，傻子才会再犯呢！"

三蛋子大窘，不自然地挠了挠头，小声嘀咕："我可不当傻子了。"

李婧脸上的笑意愈发地浓："把东西收拾收拾，我们该走了。"

两人出了医院，一时不知该往哪儿去。

李婧问："你想吃什么？"

"不晓得。"三蛋子很是苦恼，"住院这阵子，我妈天天给我补身体，我现在看见大鱼大肉就犯恶心。"

李婧思忖片刻，提了个建议："你有没有小时候特别喜欢吃的东西？想不想回忆童年味道？"

"我在镇上读小学的时候，校门口有好多摆摊卖小吃的，有蜂蜜糕、绞绞糖、鸡蛋皮串串，生意非常火爆。每天放了学，同学们都争着抢着去买，但是我家没钱，除了儿童节和元旦，我爸从不给我零花钱，我只能看着别人吃，默默地流口水。后来，我想到一个办法，我跟绞绞糖老板商量，我帮他捡冰棍棒棒，每五十根棒棒兑换五毛钱的绞绞糖，老板是个好人，看我馋得厉害，偶尔还会多送我几毛钱的绞绞糖，我呢，礼尚往来，若是捡了一百二十根棒棒，也按一百根算，咱不能总教老板吃亏嘛。"

三蛋子忆及童年往事，整个人都焕发了光彩。

李婧听着新鲜，好奇道："绞绞糖是什么呀？它和冰棍棒棒有什么关系吗？"

"绞绞糖有三种口味，绿色是苹果味儿的，红色是草莓味儿的，黄色是菠萝味儿的，它是黏稠的麦芽糖浆，需要两只手各拿一根棒棒，把糖浆粘在棒棒上绞着吃。"

三蛋子越说越兴奋，从袋子里拿出那两支签字笔，现场比画教学："你看啊，假如这是两根棒棒，这样一绞，一拉，打个圈，其中一根再从圈里穿进来，再拉平，然后再来一遍……就这样反反复复，边吃边绞，绞得时间久了，绞绞糖还会变色呢，真的是好吃又好玩儿。"

李婧笑得合不拢嘴："那还等什么？出发呗！"

"去镇上？"

"当然！"

"好嘞，出发！"

一场说走就走的短途旅行开始了。

集子镇中心小学门口，一如既往的热闹。

人行道两边摆满了各式各样的小摊，小吃、玩具、文具，应有尽有，摆摊的大多是上了年纪的大爷大妈，摊位小，价格便宜，卖的都是五毛、一块，最多不超过五块钱的东西。

三蛋子轻车熟路带着李婧来到了卖绞绞糖的小摊前，豪气地说："李医生，我请客，你随便买，几种口味都试试。"

李婧也是个不拘小节的人，便没有客套："行，每种口味来一个，咱俩一起吃。"

于是，两人站在路边，一边绞一边吃，不亦乐乎。

在这个暖阳斜照的午后，他们像是回到了小时候，像是两个贪吃的孩子，挨个把每个小吃摊都光顾了一遍。

学校对面是集子镇的文化广场，吃饱喝足的两人，便坐在长椅上歇脚。

三蛋子吃完绞绞糖的棒棒没有扔，拿在手上反复把玩儿："李医生，我好久都没有这么高兴过了。谢谢你啊，非但没有嫌弃我是个混混，还带我出来，陪我吃小孩子的玩意儿。"

闻言，李婧愣了愣，旋即粲然一笑："既然找到了让自己快乐的方式，以后就不缺快乐了。"

"人哪，其实最难的就是让自己高兴。"

"怎么讲？"

"我说不出来，但是我知道自个儿没有几天是高兴的。"

"你不工作，不缺钱，过着多少人羡慕的躺平生活，还有什么不高兴的？"

三蛋子侧过脸，认真地看着李婧，说道："我虽然脑子不够灵光，但是我心里明白，你说的是反话，是在讽刺我不学无术，不努力，不上进。"

"呵呵。"李婧忍俊不禁，"说你笨吧，你打小就懂得用自己的劳动换取喜欢的绞绞糖，可是说你聪明吧，我的真心真意都被你曲解了。"

"难道我理解错了？"

"当然。我的意思是，你既然选择了躺平，那么你肯定认为，这是最舒服的生活方式。所以，从理论上来说，你应该是快乐的。"

李婧不动声色地加以引导，期望三蛋子能够将埋在内心深处的烦恼倾诉出来。

三蛋子眼中浮现出几分迷惘。

他望向中心小学，望着堵在校门口等着接孩子的家长们，不知不觉，目中盈泪。

"其实我很讨厌这所学校，它带给我的快乐，仅限于校门口的那些小吃食。我脑子笨、学习差，成绩向来是班里倒数的，我家穷，我爸妈整天忙着赚钱，顾不上管我，我住在学校，吃在学校，运气好的话，一周见一次家长，运气不好的话，半个月，甚至一个月才能回一趟家。后来，他们赚到钱了，觉得愧对我，便拿钱哄我高兴，他们认为，只要给我足够挥霍的钱，就算是弥补了我童年的孤独，可他们并不知道，我不怕穷，我每天捡冰棍棒棒换绞绞糖，比我兜里揣着几百块钱，成为同学眼中的异类，要开心得多。这些年，我总是想不明白，人活在这个世上，是不是必须得跟别人活成一样，才算是同类，才不会被人孤立、欺辱、霸凌？"

"霸凌？"李婧吃了一惊。

"是呀，你可能不知道，霸凌有很多种方式的。比如说，有人把厕所的脏水泼在我脸上，有人扇我耳光抢我钱，有人把毛毛虫扔进我衣服里，我越哭，他们笑得越大声，他们还把我关在宿舍，逼我给他们洗鞋，吃饭的时候，我碗里的肉是不允许吃的，得拿去讨好他们，课间活动上，没有人跟我玩儿，每次组队做游戏，我都没有队友，只能充当啦啦队，为别人鼓掌喝彩。最搞笑的是，我周末假期回村，就连同村的小朋友都欺负我，骗我掉进粪坑里，然后无止境地嘲笑我……"

三蛋子折断了手中的冰棍棒棒。

李婧良久未言。

幸运的人用童年治愈一生，不幸的人用一生治愈童年。

浅薄的安慰，只是聊胜于无罢了，并不能让人立刻走出阴霾。因为这世上没有真正的感同身受，每个人的心理承受力也不尽相同。

此时此刻，倾听与陪伴，或许更合适。

冬日的微风，吹干了泪痕。

三蛋子波动的情绪，渐渐归于平静。

他问："李医生，你觉得我还有救吗？"

李婧没有正面回答，她从袋子里拿出笔记本。"我看看你抄得怎么样。"她一页页地翻阅，频频点头，"短短两个多小时，竟然抄了十几页，既有效率，又有质量，不愧是我相中的好帮手呀！"

"真的吗？"

"我对工作的要求是很高的，轻易不夸人，但凡我开口夸奖，必定是对方做到了一百分！"

"谢谢你李医生，如果你需要，我还可以继续抄，《情绪的自我管理》这本书很有意思，我很喜欢。"

肉眼可见的快乐，绽放在了这个年轻人的脸上。

李婧欣然颔首。

一个人眼里有了光，生活的质量、事业的宽广，甚至是生命的长度，才算是有了希望。

16

第十六章　调研村民心理状况

　　应梁湾村委会的邀请，李婧挨家挨户向村民发放了心理健康测查表，调研村民的心理状况。

　　为了顺利开展这项大型公益活动，李婧分别向仁和医院、宜县人民医院提交了申请，作了正式的汇报。两家医院的主管领导、科室主任、骨干医师及时召开了线上视频会议，共同研究探讨。

　　李婧是仁和医院心身医学科的人，主任王菱自是率先表态："据我所知，基层 12355 青少年服务站在今年的上半年，全面测查了延市某个民办寄宿小学三、四年级学生的心理状况，调研结果引起了教育部门的高度重视，因为存在心理疾病的学生，高达三分之二，而这些学生当中，又有多一半的人来自农村和乡镇，但就诊率极低。以梁湾村为试点调研，以一隅看全县，乃至全市，既可以为延市医疗系统在心身医学医疗资源配置方面提供数据支持，还可以为政府解决农业人口在民生、卫生、教育、生育等各方面起到参考作用。这项公益活动，我认为是具有深刻意义的。"

　　"开会之前，我了解到一个信息，据中科院和北京大学第六医院方面表示，全球已经超 10 亿人有精神疾病，而我国精神障碍患儿超 5000 万，含抑郁症、焦虑症、失眠障碍等，总体就诊率却不到 20%。"

　　副主任秦飞分享了最近的新闻报道后，也坚定地表示支持："现今脱贫攻坚、乡村振兴正是如火如荼的时候，依据调研的实际情况，在精神

　　　　　　　　　　　　　　　　　　　　　　　　　人间有微光

文明建设中加入心理健康医疗的内容，我相信，一定是利好利民的重要举措！"

闻言，宜县人民医院的张副院长颔首道："没错，窥一斑而知全豹。梁湾村是宜县挂了牌的贫困村，常住人口不少，这两年成功脱贫的人数也挺多的，随着经济变化，产生的家庭矛盾、夫妻矛盾、子女教育、赡养老人等问题，相对来说比较全面，而引发的各种心理疾病，也相对具有代表性。所以，我同意由李婧医生带队，调研梁湾村村民的心理状况，我们医院全力支持！"

主持会议的仁和医院副院长宋长淼即道："既然没有反对意见，我们鼓掌通过！"

收到好消息后，李婧挑了周末两天，带上宜县人民医院和她搭班子的护士林佳及参与学科带教计划的心身医学人才，共计十人，两人一组，分成五个小队，进驻梁湾村工作。

为了提高村民的配合度，梁茂明拿着大喇叭提前广播了两天，肖禹和姜小音则去村上几个典型户的家里，进行重点宣传、讲解，以免再出现当初梁大生的闹剧，导致李婧等医护人员受伤。

李婧和林佳搭档，走访村子西川的十几户人家，姜小音自告奋勇，要当李婧的引路人，肖禹手里有工作，脱不开身，便答应了。

"这对夫妻都是乡镇干部，家里条件比较好，算得上村里的小康之家。丈夫在集子镇林业站工作，妻子梁小双是梁湾村的坐地户，也是之前镇上的计生干部。"

姜小音一边介绍，一边带着李婧二人走进第一户村民的大门。

"梁大姐，在家吗？李医生来啦！"

听到姜小音的呼唤，一个中年妇女推门走了出来，不知道是不是刚刚哭过的原因，眼圈泛着红，堆在脸上的笑容也十分勉强："都来了啊，快，快回屋里坐，刚烧的炕，暖和着呢。"

李婧将梁小双的情绪状态收入眼底，不动声色地笑着应道："梁大姐，家里就你一人吗？姐夫和孩子呢？"

闻言，梁小双掀门帘的手顿了顿，神色不甚自然地回道："孩子去奶奶家了，我男人他……他在后屋炕上躺着呢。"

"哦，那会不会打扰姐夫休息啊？"

"不会，他睡得跟死猪一样，天上打雷都吵不醒的。"

几人进了屋，灶台上正烧着炭火，扑面而来的暖意，很快驱散了一身寒气。

梁小双家是平房套间，家具家电应有尽有，还铺了地板砖，这在农村来说，确实算得上小康家庭。

但沙发上凌乱地扔着几件衣服，还有文件袋、手提包之类，梁小双神情略显尴尬："姜干事、李医生，不好意思，家里有点儿乱，你们先坐，我……我收拾收拾。"

梁小双迅速拿走杂物，然后泡了三杯热茶。

"谢谢。"李婧是个自来熟，丝毫不见拘谨，"梁大姐，您别忙活了，我们坐下随便聊会儿。"

她亲切随和的笑容，缓解了梁小双些许压抑的情绪，梁小双勉强笑了笑，搬来板凳，在茶几对面坐下，道："村里下达通知了，虽然我不知道要干些什么，但我会全力配合你们的工作。"

林佳把准备好的测查表递过去："梁大姐，请您按照个人实际情况填写这份心理健康测查表。要是有不懂的地方，您随时指出来，我帮您解释。"

梁小双点了点头，便开始填写。填到一半时，手机响铃了，看到来电姓名，梁小双肉眼可见地皱起了眉头，但也只是迟疑了几秒钟，便接通了电话："徐婶，怎么了？"

不知道徐婶说了什么，梁小双突然起身，急匆匆地出了门。

剩下几人互相对视了一眼，眼里都露出了莫名及担忧之色。

不多会儿，外面突然传来窸窸窣窣的哭声！

"梁大姐！"

姜小音连忙奔出去。

梁小双蹲在窗台下，一边哭一边捶脑袋，情绪完全崩溃了！

"梁大姐，外面冷，有什么事儿，咱回家说，小心冻感冒了。"

姜小音见过村里的婆姨胡搅蛮缠，也见过跟男人撒泼打滚的，又或者是被丈夫家暴而大哭求饶的妇女，可梁小双的丈夫在炕上睡着呢，梁小双干吗哭得这么伤心？

"李医生，我们……"林佳咽着唾沫，小声询问李婧，"我们要不要出去看看呀？"

李婧轻轻摇头："不用。"

"为什么？"

"她的情绪早就压在心里了，能有机会发泄出来，是好事儿。"

林佳恍悟："李医生，你观察得可真仔细。"

正在这时，睡在后屋梁小双的丈夫，突然冲了出来，连看都没看李婧和林佳一眼，直接出门怒骂："哭什么哭？早就跟你说了，让你不要管，跟你没关系，你偏要管！你以为你是谁啊？你是菩萨还是大夫？我们能做得，能给的帮助都给了，你还想怎么着？是不是把我们这个家折腾没了，你才能死心？梁小双我告诉你，你现在只有两条路，要么撒手，要么离婚，以后咱俩各走各的！"

"我……我也想好好过日子啊，可徐婶失独，终究是因为我，现在徐婶老无所依，思子心切，我……"

"跟你有什么关系？你是为了工作，是计划生育政策要求徐婶只能生一胎！"

"可徐婶……"

"没有可是，哪怕徐婶偷怀二胎，是你上报，是你劝说徐婶堕胎的，你也只是尽了你的岗位职责！"

然而，无论丈夫如何劝慰，始终无法消除梁小双内心的愧疚感，眼见她仍然哭个不停，男人气青了脸。"你没救了！"说罢，扭头便往大门外走去。

姜小音站在原地，不知道该怎么办，缘由差不多清楚了，可是连梁小双的丈夫都劝不下，她又该如何开口呢？

好在，李婧及时出来了，她蹲在梁小双面前，轻声问道："梁大姐，徐婶的孩子是出了意外吗？"

"嗯，车祸。"梁小双哽咽着嗓音说，"孩子死的时候才十二岁，当时徐婶不到四十，想着还能再生一胎，所以还能支撑得住，可事与愿违，徐婶再也怀不上了，无论看了多少医生都没用，后来连徐叔也病死了，剩下徐婶一个人孤零零的……"

姜小音听着难过："徐婶好可怜啊，她是哪个村的？"

"张家村。"梁小双把头深深地埋了下去，"徐婶恨我，她说是我杀了她的孩子，毁了她的家，我会遭报应的！"

姜小音抿了抿嘴："这……这也不能怪你呀，意外嘛，谁都不希望发生的。"

"道理虽然如此，可是，未经他人苦，谁又能真正懂得他人的痛呢？"李婧轻声一叹，扶上梁小双的肩膀，"梁大姐，你先回屋歇着。我答应你，待我忙完手头的工作，我陪你去张家村探望徐婶，好不好？"

梁小双刷地抬头，眼里满是希冀："真的？"

李婧笑道："当然，我跟你一起帮助徐婶，我相信徐婶会好起来的。你别忘了，我可是心身科医生哦。"

"谢谢！"梁小双感激涕零，"谢谢你李医生，只要徐婶心里能舒服点儿，让我做什么都行！"

李婧把梁小双带回了家，留下姜小音若有所思。

周末两天的时间，她们先后走访了十几户，包括集子镇中学老师梁国栋、"五好母亲"曹小玲。所见所闻，打破了姜小音固有的认知，令她惊讶又迷茫。

人间有微光

走出最后一户人家时，天色将晚，朦胧的月光，照着清冷的村路，将几个人的身影拉得老长。

"李医生。"姜小音迟疑着开口道，"我可以请教你一个问题吗？"

李婧粲然一笑："当然可以。"

"嗯……我不明白，梁国栋提起他老婆的工作时，怎么语气怪怪的？他老婆可是县上数一数二的女老板，年收入上百万呢！"

"人性具有正反面，人心呢，既丰富又复杂。虽然社会进步了，可是有些男人还是存在大男子主义，他们认为赚钱养家是男人的责任，也是维系男人尊严的表现，可他们又不希望自己的老婆是个一无是处的家庭主妇，所以矛盾就出现了。"

"哦，我懂了，就是既想让老婆赚钱，又怕老婆赚得比自己多，让自己没面子？"

"呵呵，其实吧，他们自己也想不明白，所以才会纠结，才会郁郁寡欢。"

姜小音听得兴起，立马联想到另一家的情况："就像曹小玲，虽然供养了三个大学生，被评为'五好母亲'，可她老公仍然嫌弃她没有文化，没有出去工作的本事，只会在家里做饭、喂猪、干农活！"

李婧喟叹道："其实每个人内心深处都有一个'贪'字，都有无法满足的欲望，否则就失去动力了。"

"可甘蔗哪有两头甜？我觉得做人还是要多些平常心才好。"

说到这儿，姜小音停下步子，表情凝重："李医生，我想跟你道个歉，希望你能原谅我。"

"怎么讲？"李婧有些错愕，但心头立刻掠过一个想法。

果然，姜小音直接挑明了她们之间暗藏的芥蒂："我以前不太喜欢你，觉得你是利用肖书记的关系，才成了梁湾村的香饽饽，你最大的能耐，就是给人灌心灵鸡汤，进行各种洗脑。我欣赏肖书记，渴望和优秀的他比肩而立，所以，我认为你配不上他。但是，通过梁大生、赵根儿的事情，以及我们这两天的共事，我改变了想法，先入为主地看待一个人，想当然地猜测评价一个人，都是不准确的，性格是，能力、品质亦如是。现在，我愿意承认你的优秀，承认你和肖书记是天作之合，承认我的认知狭窄、思想肤浅，就当是我也被你'洗脑'了，我喜欢你，希望和你成为朋友。"

心里的包袱终于卸下，姜小音感到了从未有过的轻松。

而李婧对这个坦荡直爽、敢爱敢恨的女孩儿，亦表现出了不加掩饰的欣赏。"我们彼此喜欢，自然是好朋友喽！"

夜幕下，两个女孩儿不约而同地绽开了明媚笑靥……

调研工作完成后，李婧借用了肖禹的办公桌，将测查结果逐一录入随身携带的笔记本电脑，形成初始电子病历。不过，工程量太大了，连续工作了四个小时，不仅腰酸背痛，而且眼睛又涩又疼。

肖禹推门进来，看到李婧靠在椅背上，正在阖目休息，便用温水浸湿毛巾，轻轻敷在李婧眼睛上面。

李婧小声嘟哝："我没事儿，滴了眼药水，一会儿就好了。"

"你教我怎么录，剩下的工作我来做，我保证不会出错的。"肖禹说着，双手捏上李婧的肩膀，为她缓解疲劳。

李婧莞尔："不用啦，我习惯了高强度的工作节奏，可以应付得来。你自己工作也多，有时间的话多休息，要是把你累垮了，我的负担岂不是更重？"

"呵呵。"肖禹笑道，"你都说我是老干部了，我身体素质怎么可能差？放心吧，我会劳逸结合的，倒是你，虽然是医生，但医者不一定能够自医，也要把身体健康放在首位才行。"

"遵命，肖书记！"

"测查结果怎么样？"

"大约有三分之一的人，或有焦虑症、躁郁症，或有程度不一的抑郁

人间有微光

倾向、孤僻、人格障碍、社会适应性障碍、神经衰弱等各种心理问题。"

"这么多人？"

肖禹难以置信，拿起纸质的测查表逐一翻看，可是越看结果，越是无法理解："村里的养殖大户孙玉梅、乡镇计生干部梁小双、集子镇中学老师梁国栋、供养了三个大学生的'五好母亲'曹小玲、混世魔王三蛋子……这些人要么经济条件不错，要么工作稳定家庭和睦，要么性格温和受人尊敬，就算是三蛋子，也是个既不缺钱，又没心没肺的人，怎么也会有心理问题？"

李婧坐起身，正色道："一个人的心理健康与否，往往不是我们表面看到的原因，它存在很多内在因素，或者不为人知的黑暗面。比如说，孙玉梅年收入超过二十万元，在经济上没有忧愁，对外所展示的是勤劳、贤惠、能干的正面形象，也是全镇妇女学习的榜样。可是，没有人知道，孙玉梅和老公常年分居，因为她觉得老公没有文化，除了下地干农活之外，什么也不懂，根本配不上她，结果，她老公跟隔壁村的黄寡妇好上了，她心里郁闷，却因为害怕丢脸被人嘲笑而不敢离婚、不敢告诉别人，甚至还要假装夫妻感情和睦，保持对外的形象。久而久之，心病越积越厚，就成了抑郁症。"

"居然有这种事儿？"

"再比如说三蛋子，我去医院探望他的时候，跟他简单聊过几句，取得了他的信任。出院后，他来医院找我，通过引导和交流，我了解到了他性格缺陷的原因。原来他从小到大，因为脑子笨、学习不好，经常被同学霸凌，连同村的小朋友都欺负他，骗他掉进粪坑里，然后无止境地嘲笑他，而他的父母，整天忙着赚钱，只会拿钱哄他高兴，却从来不关心他的痛苦。童年的阴影，往往会伴随一个人一辈子，对他成年之后的思想、三观和行为方式，都会产生极大的错误影响。"

"所以说，三蛋子整天寻衅滋事，不工作，不上进，是出于报复的心理？"

"是，但也不全是。三蛋子没有完全复制自己的遭遇转嫁他人，说明他内心的善，是大于恶的，所以说，人的心理承受力，对抗负面情绪的意志力不同，结果也会千差万别。"

说到这儿，李婧把肖禹拉到电脑前坐下，道："我最近上网查资料时，看到了一篇讲《乡村振兴不能忽视心理健康》的文章，它提到了我国第一部心理健康蓝皮书，也就是《中国国民心理健康发展报告（2017—2018）》，通过调查，发现我国农业户口的国民中，心理健康状况"差"的约为2.6%，心理健康状况"较差"的约为18.3%，非农业户口中这两项比例分别为2%和13.8%。考虑到我国农业户口人数有9亿多，虽然比例相差不大，但绝对数量仍然庞大。关注和解决我国农业人口心理健康问题已成为实现乡村振兴路上越来越重要的内容。"

"实现乡村振兴关键在人，尤其是农业人口。人是经济社会发展的基本要素，实现乡村振兴除了要有足够数量的人力资本外，更要有高效率的人力资本。但人力资本要素的利用效率取决于人的健康，而人的健康不仅仅是躯体，还包括心理健康。只有身心同时健康的人，才能更好地发挥主观能动性，在产业兴旺、生态宜居、乡风文明、治理有效、生活富裕的乡村振兴之路上贡献更大的力量。"

肖禹逐句读完，内心深受震动："李婧，我完全赞同这个理念，振兴乡村，不仅仅要让农民在生活中脱贫致富奔小康，还要让农民心理健康，精神世界充实和富有，如此才能真正的提高幸福感！"

翌日，肖禹召开紧急干部会议，并邀请李婧参会。

会上，李婧将心理测查结果做了详细汇报，针对造成农业人口心理不健康的主观原因和客观原因，进行了理论分析。

肖禹提出："扶贫先扶志，物质文明和精神文明必须两手同时抓！接下来，我建议加大投入基础设施和公共服务的短板，及产业培育力度，提升乡村吸引力，让更多的村民在家门口就业致富，同时，我们要加大人文关怀，构建科学完善的乡村治理体系，振兴乡村文化，让更多的年轻人回到乡村，缓解老人和儿童的孤独感。"

"没错，人富了，心空了，要钱有什么用？肖书记和李医生提出的问题，很尖锐、很正确！脱贫的意义，不能仅限于摆脱贫困，还要拔除心里的疙瘩，开开心心地过日子！"梁兵举双手赞同。

"我也没意见。"梁茂明若有所思，"以前哪，我纯粹不懂心理健康是啥玩意儿，自从带杰杰去仁和医院看病，才算开了眼界了。李医生这一查，查出这么多人有心理问题，还包括我自个儿，是啥中度焦虑症。哎，我就是太爱操心了，不是发愁三蛋子不学好，就是发愁赵根儿下辈子怎么办，想得多了，又焦又躁，半夜睡不着……"

老支书梁茂平长叹一声："茂明，我老了，上了年纪了，你也五十多岁不年轻了，咱们就把利国利民的事儿交给肖禹这些年轻干部，他们见识广、有学问，脑子灵活、敢想敢干，把村子交到他们手上啊，我是一百个放心！"

梁茂明颔首，"对，是这个理儿。其他人呢，对于肖书记的建议，都来表个态！"

其余人举手同意，全票通过！

肖禹遂道："李医生，这么多患者，你打算怎么安排就医？你在宜县还能待多久？如果需要村上配合，你尽管开口，毕竟人太多了，不好耽误你的工作，还有个人时间。"

"工作量太大，我一个人肯定是完不成的，而且拖的时间太长，耽误患者的病情。我打算联系仁和医院心身医学科，为患有心理问题的村民做全面检查，并一一制定治疗方案，之后，需要心理疏导的村民，要么去宜县人民医院找我，要么我来村里坐诊。"

李婧及此处，忍不住翘起了嘴角："有件事忘了告诉大家，我是仁和医院选派到宜县人民医院，帮扶基层医疗建设的代表医生，为期一到两年。我决定和肖禹一起为梁湾村的明天而奋斗！"

闻言，整个会议室沸腾了！

李婧准备的惊喜，是一场高级的告白，事业、理想、爱情，同频共振，格局远大。

肖禹在众目睽睽之下，泛红了双眸，努力地压抑着冲破心房的悸动。

大雪初霁的日子里，梁湾村迎来了盛大的喜事！

在警方、民政、妇联等相关部门的陪同下，梁秀芝终于踏上了回家的归途！报社记者、自媒体、平台主播全程追踪报道，令这个地处陕北黄河边上的贫困村庄高调曝光，受到了全国人民的关注！

为了给父母惊喜，梁秀芝请各方帮忙隐瞒，只在回家的前两天，通知了村长梁茂明，请村上做好接待媒体的准备。

梁茂明激动地连夜召开两委班子会议。

"秀芝说，她离家这么多年，全靠村委会和村上的乡亲们替她照顾父母，她亏欠了全村，可她没有能力回报大家，所以她请求警方把自己的遭遇告诉媒体，希望媒体把咱们梁湾村报道出去，让更多的人知道梁湾村，带动村上的农产品销量，兴许还能为村上拉来更多投资，把村子建设得更好！"

听到这个好消息，村干部们高兴得无以复加！

梁茂明接道："所以，这两天我们把手头的工作放一放，集中精力为大后天做准备！第一，应秀芝的要求，严格保密，不要把消息透露给梁秋林老两口，还要保证不让他们离家；第二，组织人手清理积雪，要保障进村的公路及村里的主干路畅通无阻，凡是有可能被记者关注到的产业，比如菌菇大棚、瓜菜大棚、果园等地，都要保证路是通的，记者实地采访时是安全的！第三，来的人多，接待任务重，我们要从吃、住、行、宣传等方面做好全方位的准备工作！"

"我有个建议，我们梁湾村的电商直播账号刚刚注册没多久，粉丝量还没上来，能不能趁着这个机会，我们也进行现场直播，提升关注度？"姜小音率先举手，兴奋地连语调都变了。

肖禹颔首："是个好建议，宣传方面的工作由你全权负责。"

"是，保证完成任务！"姜小音眉开眼笑。

梁茂明道："接下来，请肖书记给大家分配具体的工作。"

会议室里的灯光，一直亮到深夜。

两天后，梁秀芝如约回村了！

李婧听闻消息，特地请假，赶来了梁湾村。

彼时，梁秋林正在院里喂鸡，梁奶奶坐在炕头缝补衣服，杰杰坐在桌前画画。

纷沓的脚步声，使得梁秋林本能地扭头望向院门外，未待他反应，各种相机的闪光灯，便"咔嚓咔嚓"地将他淹没了！

"爸！"

就在梁秋林懵圈之际，伴随着久违的、熟悉的呼唤，一道人影扑了过来，"扑通"一声跪在了他面前！

"爸，我是秀芝，我回来了！"

梁秀芝泪洒当场！

抓在梁秋林手里的舀鸡食的铁勺"咣当"落地，他不可置信地看着多年未见的女儿，浑身都在颤抖："秀，秀芝……我、我我不是在做梦吧？"

梁秀芝哭得不能自已："爸，是我！我真的回家了！对不起爸，是我不好，是我不孝，让你和我妈受苦了！"

听到外面的动静，梁奶奶先是一愣，随即扔下针线，连鞋也顾不上穿，便跌跌撞撞地冲出了屋门！

"秀儿，秀儿……"

"妈！"

母女两人哭喊着，抱作一团！

梁秋林亦是泣不成声："回、回来就好，我们一家人终于、终于团圆了……"

这时，有怯怯的童音，响起在身旁："奶奶，穿鞋。"

梁秀芝扭头，看到手里拎着棉布鞋的小男孩儿，眼泪流得更凶了，"妈，这就是我哥的孩子吗？"

"对。"梁奶奶接过棉布鞋穿上，摸着杰杰的小脑袋，激动得又哭又笑，"杰杰，姑姑回来了，快叫姑姑。"

杰杰怯生生地唤道："姑……姑姑。"

"哎！"梁秀芝答应着，将杰杰抱入了怀中。

数不清的相机、手机从不同的角度，不停地拍摄着，视频平台的主播们，举着手机亢奋地即时播报这里发生的一切……

李婧没有去凑热闹，她站在坡底下，拿着手机观看直播，感动得数度落泪。

"李医生！"

古垒穿着警服，从坡上下来，笑容爽朗地招呼道："好久不见！"

"古警官！"李婧欣喜地挥手，"好久不见，十分想念啊！"

古垒笑着摇头："可别，你这么说，容易让我伤感的。"

"那就请古警官给个机会，允许我请你吃饭，当作感谢和安慰，怎么样？"

"呵呵，吃饭是小事，目前重要的是，媒体记者难得来一趟，你不打算珍惜机会吗？"

"哦，怎么珍惜？"

"我记得你跟我说过，梁秀芝的侄子是自闭症患者，梁家深度贫困，没有能力把孩子送去康复训练中心，那你何不借着这个机会，为孩子筹集些善款呢？"

"对哦，我刚才只想着不要去打扰他们全家团聚，竟然没想到这一层！"

"还有件事，梁秀芝当年的失踪，是被人拐卖了，两年后，她在逃亡途中，幸被现任丈夫何广奎所救，她身心遭受了巨大创伤，自觉没脸回家见父母，干脆改名换姓嫁给了何广奎，只当梁秀芝已经死了。后来，梁秀芝生下一儿一女，为人父母后想法也发生了变化，她开始思念家乡，思念亲人，动了想要回家的念头，可是何广奎担心她一去不回，竟有意识地限制她的自由，对她进行洗脑，说是像她这种被人买去破了身的女人，在农村人的传统思想下，就是个残花败柳，丢了祖宗的脸面，她们全家都会被人耻笑，她的父母要拿绳子上吊等等！"

"原来我猜对了，梁秀芝果然是被人PUA了！"李婧听得毛骨悚然，"那后来呢？"

古垒感慨道："当地警方请了心理专家介入，再加上你拍摄的梁家父母想念女儿的视频，这才逐步瓦解了梁秀芝的意志，说出了不想回家的理由。鉴于这种情况，警方没有着急让梁秀芝回家认亲，等到心理专家对梁秀芝和何广奎心理疏导结束，取得良好的效果后，才安排了今天这一出。"

"所以，你告诉我的目的，是怕老两口知道后，生气何广奎，阻止梁秀芝回何家？"李婧心情难以平静，但她毕竟是心身科医生，理智战胜一切。

古垒点了点头，眼中满是赞赏："你可真是太聪明了！梁秀芝虽然想通了，可她毕竟与何广奎组成了家庭，还共同生育了一双儿女，她没办法舍下丈夫和孩子，彻底回到梁湾村。所以，梁家父母的思想工作，恐怕还得你这个专业人士来做。"

李婧喟叹："其实，我和老两口有过深入交流，寻女这么多年，从满怀希望到不断失望，他们的夙愿越来越低，只要梁秀芝平安健康地活着，他们便心满意足了。"

"何广奎是做化肥饲料生意的，经济条件还不错，为了弥补愧疚，何广奎说，他愿意奉养老两口和杰杰，可以把他们接过去一起生活。"

"梁秀芝也是这个想法吗？"

"对。"

"能否行得通不好说，人老了，故土难离呀。"

"总之，在充分尊重老两口意愿的基础上，希望有个皆大欢喜的结局吧。"

两人聊得差不多了，便一同去了梁奶奶家。

"李医生，我闺女秀芝回来了！"

看到李婧，梁奶奶开心得像个孩子似的，说完又赶忙叮嘱梁秀芝："李医生是我们家的大恩人，不仅免费医治杰杰的病，还资助了我们不少钱，你可要好好谢谢李医生！"

"梁奶奶，秀芝一回来，您就跟我见外了啊？"李婧佯装不悦，嘴角却绽出会心的笑容。

梁秀芝上前握住李婧的手，哭肿的双眼，又是泪流不止："李医生，谢谢你，你不仅帮了我爸妈和杰杰，还帮了我，我看到你录的视频了，我、我……"

李婧温柔安抚："秀芝，你别激动，既然回家了，过去的事情就不要再想了，过好当下才是最重要的！"

"姨。"杰杰走过来，像往常一样，张开双手求抱抱。

李婧弯腰抱起杰杰，笑问道："杰杰，姑姑回家了，开不开心啊？"

"开心。"杰杰指着桌上的画，着急献宝似的说："姨，我画了小狗、小猫，还有红红的太阳。"

经过多次的语言训练，杰杰的语言能力有了明显的提升。

"哇，我看看。"李婧放下杰杰，把水彩画拿在手中欣赏，虽然画得很幼稚，可是色彩明亮，证明杰杰的内心是阳光的。

"杰杰太棒啦，姨喜欢。"

李婧的夸奖，令杰杰更高兴了："送，送给姨。"

"谢谢杰杰。"李婧在杰杰光洁的额头上亲了亲，软语轻哄道，"杰杰，姨带你出去玩儿，好不好？"

"好。"

"走喽！"

如此温馨有爱的互动，全被拍了下来，即时展现在了大众面前。

记者们围上来，争抢着采访李婧："李医生，可不可以介绍下你自

　　　　　　　　　　　　人间有微光

己？你和梁奶奶家有什么关系？为什么梁奶奶说你是她家的大恩人？"

李婧从容应答："大家好，我叫李婧，我是延市仁和医院心身医学科的医生，被选派到宜县人民医院帮扶基层医疗建设。梁杰杰是我入职仁和医院以来，接诊的第一个病人，年仅五岁，患有自闭症，但他很乖，很懂事。杰杰家是贫困户，仁和医院减免了杰杰住院期间的医疗费用，我个人承担了为杰杰康复训练的任务，但我的力量有限，我想呼吁各方公益平台、爱心人士，帮助杰杰进入专业的康复训练机构，获得更加有效的治疗，让这个蒙受了苦难的家庭，多一些希望和幸福。"

这段采访内容播出后，为仁和医院带来了良好的社会评价，而李婧的目的也达到了，省里的公益基金会第一时间联系李婧，安排杰杰免费入住省城自闭症康复中心！

而梁秋林老两口为了杰杰，也为了不拖累梁秀芝的生活，婉拒了何广奎的孝心，带着杰杰去了省城治病。

好消息不止这一波，梁湾村原生态的风貌、朴实善良的村民，都受到了大众的喜爱，经过媒体持续几轮、多角度、全方位的报道，梁湾村频繁登上新闻头条，吸引了省内外诸多企业陆续走进村子，进行考察投资！

第十七章　新时代下山乡巨变的梁湾村

春节前，经过多方协调，李婧成功邀请到仁和医院眼科医生入村，开展了老年人常见眼科疾病预防与控制知识的宣传讲解，免费进行视力检测、眼压、电脑验光，并给全村五十岁以上的老年人争取到了一百副老花镜，向梁湾村卫生室捐赠了价值五千余元的常用药品。

春节过后，鱼蟹水产养殖园、牡丹花卉观光园、草莓樱桃采摘园，也在强有力的资金支持下，红红火火地建设起来了！

在这期间，李婧多次奔波梁湾村，为赵根儿做心理疏导，并不遗余力地治疗白红霞的心理创伤，通过不懈努力，白红霞终于打开心扉，从伤痛中走了出来。而芳芳离开赵根儿之后，重拾母爱，加之李婧的心理干预，病情日渐好转，待到开春，终于背着小书包，快快乐乐地走进了幼儿园。

鉴于赵根儿的良好表现，李婧履行约定，带着赵根儿前往仁和医院就医。幸运的是，医学日益进步，经过专家手术，赵根儿的生育功能被治愈了！

出院的这天，当赵根儿走出病房时，惊喜地发现，白红霞和芳芳正在等他。

"红霞，芳芳！"

久违的一声呼唤，令一家三口瞬间红了眼睛。

赵根儿热泪盈眶，悔恨万千："对不起，对不起……全都是我的错，我不敢奢求你们原谅我，但我保证，我再也不会做任何伤害你们母女的事情，我会努力上进，好好经营这个家，用我的余生，弥补我曾经犯下的错误……"

"爸爸。"芳芳的泪水像断了线的珠子，流进嘴巴里又咸又苦，"我想爸爸。"

赵根儿的心，顿时碎了一地："红霞，你骂得对啊，我以前真不是人，这么乖的女儿，我竟然舍得打她，我真该死……"

白红霞别过脸，哽咽地道："芳芳在镇上念书，我就近找了份超市理货的工作，以后我在镇上陪芳芳，你在村里踏踏实实工作，不要再辜负那些帮助你的人了，努力做个让芳芳骄傲的爸爸。"

赵根儿拼命点头："我会的，我一定会的!"

"看你表现，你要是真的能改过自新，我就抽空带芳芳回村看望你。"

"谢谢你红霞，你肯给我机会，是我的福气。李医生帮我找回了自信，让我明白了人要活出自己的价值，要学会尊重别人，才能获得同等的尊重。所以，你等着看吧，我一定让你看到不一样的我!"

春末夏初的暖阳，从走廊的窗户照进来，落下斑驳的光影。

每一个向阳而生的人，就仿佛一颗种子，只要从黑暗的泥土里爬出来，便会不断地挣扎向上，攀向更高的远方……

邓家庄的公墓改革，闹得沸沸扬扬。

为了果园土地最大化利用，减少了公墓占地面积，致使许多年代久远的老坟迁不进去，只能平掉，进而引发了诸多人的不满。

消息传到梁湾村，村民们同样心怀芥蒂，议论纷纷。谁人无祖先？平了老坟，先辈无处安身，岂不是大不孝？而梁湾村建公墓的事情，也在规划之内，所以，村民们的反应，不比邓家庄小，尤其是梁大生，仿佛天要塌了似的，崩溃得不得了。

因此，村支书梁茂平召开了全体村民大会，苦口婆心地讲政策，讲发展，可中国人根深蒂固的思想观念，不是随随便便能改变的。

然而，令人难以置信的是，号称迁坟钉子户的葛大婶子，竟然返回邓家庄，带头平掉了祖上三座老坟，并且同意将父母的坟，迁回邓家庄公墓！

此事一出，轰动了两个村子的人！

众人争相询问理由，葛大婶子只说了一句话："哪个祖先不希望子孙后代把光景过好？只要在心里惦念着先人，就是孝子孝孙。"

大家一听，确实是这个理儿，即便还有想不开的，看到榜样在前，也随波逐流地接受了。

半年后，美丽新乡村全面竣工。

在村委会正确合理的规划下，村里不止建了公墓，还增建了老人院、图书馆、健身广场、书画室、舞蹈室、演讲朗诵大舞台。

村里的孤寡老人都搬进了老人院。

姜小音通过直播平台，向全社会发出倡议，组建了一支中青年公益服务队，专为老人院提供帮助，不定期为老人们做饭、理发、洗澡、换洗床单被褥，陪老人们下棋、聊天，为老人们苦闷的晚年生活，平添了温暖和欢笑。

梁湾村在全国走红后，县委宣传部和县文联多次入村调研采风，肖禹乘势递交了申请材料，请县文联的团体协会给予梁湾村支持，派遣专业老师进村免费授课。

于是，广场舞、读书活动、朗诵排练、书法绘画，一应俱全，每个月搞一项活动，红红火火，既凝聚了人心，丰富了精神世界，也在各个方面提高了文化素养。

村里选了个吉日，全体村民乔迁新居。

村委会在健身广场上摆了几十桌迁居宴，姜小音还组织了精彩的文娱活动，用来庆祝梁湾村取得的丰硕成果。

时光易逝。

转眼之间，两年期满，李婧帮扶宜县人民医院医疗建设的工作，完美地画上了句号。

在李婧调回延市仁和医院后，宜县人民医院正式开设了心身医学科，科室医护人员、医疗资源配备齐全，为宜县十二万常住人口提供了有力的心理健康医疗保障。

而梁湾村的脱贫攻坚事业，仍在如火如荼的进行中。

肖禹的工作，越来越忙，除了偶尔碰上学习考察，有机会回延市外，基本上两个月才能回来一趟。

李婧重回岗位，医院和科室有意加大对她的培养，所以，除了正常的工作安排外，各种医学活动、学习交流，挤占了她多数的休息时间，再加上 12355 青少年服务站心理咨询的人数逐渐增多，她也很难腾出空余去梁湾村看望肖禹。

异地恋，虽然思念难抑，但一对小情侣早就习以为常了，他们彼此信任，感情坚不可摧。

然而，双方的父母，却是焦虑难安。

肖家父母从委婉暗示性的催婚，已经发展成了明示，但凡肖禹打电话过来，他们都要催上一催。

肖禹耐着性子安抚："爸，妈，我和小婧自有打算，你们别着急好不好？梁湾村现在到了脱贫攻坚时刻，我恨不得一个人掰成两个人用，哪有时间筹备结婚啊？而且小婧调回仁和医院没多久，正是事业上升期，不好耽误的。"

肖爸一听，直接急火攻心："可是你俩都快三十岁了，年龄不等人啊！要不这样，你们先订婚，买房和装修的事儿，你俩顾不上的话，爸妈可以代劳啊！"

"嗯……等过段时间小婧有空闲了，看看她们医院周边有没有好的楼盘，选近点儿的，方便她上下班。"

"好啊，只要有行动，我们就不着急了。不过，我们到现在还没见过小婧呢……"

"爸，妈，我现在要去开会，见面的事，等我下次回来再说。"

肖禹匆匆挂了电话。

为了早日见到儿媳，肖家父母决定瞒着肖禹，偷偷去仁和医院，假扮患者找李婧看病。

肖禹总夸李婧是如何如何的好，他们虽然相信儿子的眼光，也尊重儿子对婚姻对象的选择，可是见不到人，总是心里没底儿。

到了仁和医院，肖妈跟导医台的护士打听后，专门挂了李婧的号。

李婧一如往常地坐诊。

肖家父母排队近一小时，才听到了电脑叫号，两人连忙走进诊室，齐刷刷地瞧着李婧，眼珠像是定格了似的，一动不动。可惜，李婧穿着白大褂，戴着口罩，看不清全貌。

"您好。"李婧感觉有些异常，便礼貌询问，"请问哪位是患者啊？请坐。"

闻言，肖家父母赶紧收回目光，肖妈戳了戳肖爸，示意肖爸坐下。

李婧微微一笑："请您把就诊卡和挂号单给我。"

肖爸递东西的时候，不经意看到了李婧胸前的工作证，便盯着上面的红底证件照多看了几眼。

肖妈也注意到了，两人用眼神交流，不约而同地点头，确实如肖禹所说，是个漂亮有气质的姑娘！

殊不知，两人的奇怪行径，全部收入了李婧的眼底，但她只是看了看肖爸的姓名，便什么都明白了。

于是，她笑着问："叔叔，您怎么啦？最近有什么情绪问题吗？"

"医生啊，我没什么病，就是……就是睡不着觉，能治吗？"肖爸非常努力地编了一个病症。

李婧道："失眠多久了？知道失眠的原因吗？"

肖爸脱口道："时间倒是不长，原因嘛，就是我儿子老大不小了，因为工作忙，顾不上结婚，我们当父母的就着急呀……"

"老肖，你不能这么说，孩子们的难处，咱要理解，不能灌输压力！"

肖妈生怕惹李婧不快，不仅圆场，还当场许下承诺："李医生，我家老肖的厨艺可好了，将来儿媳妇想吃什么就做什么，我呢，保证是个好婆婆，儿媳妇想干啥就干啥，绝不干涉！"

李婧哭笑不得。

聊到这儿了，已经明显跟看病没关系了，她便起身，摘下口罩，大大方方地打招呼："叔叔阿姨，你们好，我叫李婧，谢谢你们来看我。肖禹经常夸奖叔叔的厨艺呢，我已经垂涎很久了，等肖禹回来，我一定上门拜访。"

肖家父母又惊又喜："小婧你……你看出来了？"

李婧解释道："叔叔的名字和地址，跟肖禹曾经告诉我的一模一样。"

肖妈一脸抱歉："我们怕打扰你，或者吓着你，但是又想见见你，所以才整了这么一出，真是对不起啊！"

"不不不，是我和肖禹不好，忽略了长辈的感受。"

李婧谦和有礼，言行有度，肖家父母是越看越喜欢，恨不得现在就把人领回家。

无巧不成书。

李婧在仁和医院应付未来的公婆，李建平夫妇则瞒着李婧去了梁湾村，假扮游客，暗中考察肖禹。

于是，肖禹遇上了故意找茬投诉的未来岳父岳母！

彼时，梁湾村已经建成了菌菇大棚、瓜菜大棚、鱼蟹水产养殖园、牡丹花卉观光园、草莓樱桃采摘园，农业和养殖业全面发展，蒸蒸日上。

而村民搬迁新居后，梁湾村和省旅游公司达成合作，正在对老村进行整体改造，将共同开发乡村旅游。

李建平提前做了功课，非要从老村进入牡丹花卉观光园，施工单位的安保人员告之需要绕行，他偏不，几句话就激怒了对方，然后便嚷嚷着要找村委会投诉，而且点名道姓，必须第一书记肖禹亲自前来道歉！

为了女儿的终身幸福，李建平算是把老脸都豁出去了，他想要看看肖禹的处事能力，以及个人品行。

开会开到一半，肖禹接到施工方负责人打来的电话，听闻有人闹事，起先并未在意，但仔细想想，又觉不对劲儿，便搁下会议，匆匆赶了过去。

初次见面，李建平夫妇便被肖禹吸引了，时隔多年，竟然真的没有长残，与当年照片上俊朗帅气的少年几无差别。

唯一不同的是，肖禹变得成熟了。

他淡定自若，眼中既无怒气，亦无紧张，看见他们在打量他，礼貌地说道："您好！我是梁湾村第一书记，我叫肖禹。"

李建平贡献了平生最好的演技，一手叉腰，一手指着安保人员，怒气冲冲："肖书记，你来得正好，我要投诉你们的人态度恶劣，给我造成了精神伤害！"

张澜被李建平折服了，为了不让自己笑出来，她使劲地向下抿嘴，甚至还暗暗地掐了几下腰。

肖禹见状，向来严肃的面容，竟浮起些许笑意："抱歉，此处确为施工地段，无法通行，给您添麻烦了。听说你们想去牡丹花卉观光园，我当个向导，送你们过去吧。"

"哦，这就把我打发了？眼看快到饭点儿了，你让我去看牡丹？"李建平眼睛一瞪，作出一副不好惹的样子。

肖禹思考了几秒钟，语气变得小心翼翼起来："叔叔、阿姨，我的厨艺还不错，酒量也还行，若您二位不嫌弃……"

"你会做饭？"

人间有微光

"你会喝酒？"

夫妇二人一听，几乎同时发问，而且表情都带着几分惊喜。

"是。"肖禹点头，并有意暗示道，"我女朋友可以证明。她叫李婧，是一位优秀的心身科医生，如果叔叔受到了精神伤害，她可以医治……"

"不用！"

李建平连忙叫停，又气又笑："你认得我们？"

肖禹装不下去了，只能坦白从宽。"高三的时候，你们来学校给李婧开过家长会。所以，我认得你们。"

"那你不早说？"张澜顿时觉得刚刚李建平的行为太傻了。

肖禹诚心道歉："对不起，我不知道叔叔想做什么，是否真的想投诉，如果属于公事范畴，该我做的工作，必须要做的。"

李建平也觉得脸上不光彩："那你干吗又给揭穿了？"

肖禹回道："因为我确认了叔叔是冲我来的，而且是为了私事。"

听明白了原委，张澜笑得合不拢嘴，并且毫不吝啬地夸奖肖禹："不愧是我家小婧看上的人，优秀！"

丈母娘看女婿，越看越喜欢。

可李建平这个老丈人心里还是吃味儿，总觉得自己的小棉袄，全世界的男人都配不上。

于是，李建平怀着复杂的心情答应了肖禹的宴请，决心在酒量上胜过肖禹，给肖禹一个下马威。

谁知，一顿酒喝下来，李建平直接改口喊肖禹"女婿"了，肖禹也一口一个"爸"叫得欢。

张澜拍下视频发给李婧。

李婧喜上眉梢，看来他们这对小情侣，分别通过考验了呢。

又是一年春来到。

在梁湾村全体村民的热忱邀请下，李婧再次调研了村民的心理状况，看着最新的心理健康测查表，以及旧貌换了新颜的梁湾村，李婧露出了满意的笑容，也完全理解了肖禹在第一书记岗位上坚守的意义。

爆竹贺岁庆佳节，美丽的村庄红灯千盏，火树银花。

在首届梁湾村春晚的舞台上，梁茂明手持话筒，满怀欢喜地宣布："今年我村人均纯收入破三万元！从现在起，梁湾村正式摘帽脱贫了！"

掌声雷动，经久不歇！

在场之人，无不热泪盈眶。

从全县著名的贫困村，到乡村振兴示范村，这一条艰辛奋斗之路，他们走了将近五年。

从今往后，他们有了更大的勇气，去迎接通往幸福的灿烂征途。

"我们梁湾村能够有今日，还有一个人需要感谢。下面，请大家热烈欢迎我们的贵宾李婧医生上台！"

李婧突然被点名，虽然有点懵，但欣喜雀跃之情，溢于言表。

梁茂明欢呼道："请乡亲们为李医生送上精心准备的礼物！"

第一个上台的人，竟然是赵根儿，举手投足，精神奕奕，他向李婧鞠躬，带着真诚的敬意，道："李医生，这两年间，我在扶贫干部的帮助下，学习了养殖技术，办了农家乐，红霞也回来了，我们现在日子过得充实又富足，非常幸福！感谢你，李医生！"

三蛋子如风般冲上舞台，兴奋难抑："李医生，我现在很能干哦，我承包了乡村快递站，从来没有一个差评，大家都夸我勤劳苦干有责任心呢！"

孙玉梅性格豪爽，一派云淡风轻："李医生，听了你的开导，我想通了，离婚了，我现在过得呀，又自在，又轻松，每天胃口好，睡得香，我还参加了中老年舞蹈班、书法班，闲暇时候，我们一群志同道合的朋友背着单反相机出去采风，别提有多惬意了！"

梁茂明听到这儿，忍不住插了个队："我也要说一下啊，我现在不焦虑了，我看到他们一个个奋发上进，把小日子过得红红火火的，我打心底里高兴啊!"

梁兵自豪地爆出大料:"我的礼物是,我们梁湾村受到了县里的表彰,获得了'五好村'的荣誉!"

…………

村民们一个接一个上台,他们都是李婧用心用爱治愈过的人,都努力让自己成为更好更优秀的人。这一份份特殊的礼物,弥足珍贵,教人此生难忘。

滚烫的热泪,遮盖了李婧的视线。

灯光骤亮,璀璨如烟火。

肖禹被人簇拥着走来,今夜的他,西装革履,俊朗挺拔。

"李婧,我想把我自己当作礼物送给你,请你嫁给我!"

肖禹在梁湾村数百村民的见证下,在这片融入了他热血的沃土上,单膝跪地,送上戒指,完成了他的求婚梦想!

"肖禹,我也准备了两份礼物送给你。"

李婧笑靥如花,幸福满溢:"第一份礼物是,我的论文《论心理健康助推乡村振兴内生动力》发表了!第二份礼物,我通过了党组织的考验,成为一名共产党员!"

最好的爱情,不是彼此对视,是共同瞭望远方、相伴前行。

人生很长,总有乌云会遮住太阳,但也总有簇簇微光,会照亮人间,带你走向星辰大海……